KB109618

절반의 태양 2

절반의 태양 2

치마만다 응고지 아디치에 장편소설

김옥수 옮김

Half of a Yellow Sun

Chimamanda
Ngozi Adichie

민음사

3부

1960년대 초기

19

으그우는 뒷마당으로 나가는 계단에 앉았다. 나무 잎사귀에서 빗방울이 미끄러져 떨어지고 공기 중에는 축축한 흙냄새가 감돌았다. 으그우는 리처드 선생님과 함께 갈 여행에 대해 해리슨 아저씨와 얘기하는 중이었다.

"맙소사! 우리 주인어른이 너희 마을의 사악한 축제를 구경하려는 이유를 도무지 모르겠어."

해리슨 아저씨가 말했다. 그는 으그우보다 서너 계단 밑에 있어서 한가운데가 벗어진 머리가 한눈에 보였다.

"리처드 선생님께서 악마에 관한 글을 쓰려고 하시나 봐요."

물론 오리 오크파는 사악한 축제가 아니었다. 하지만 해리슨 아저씨의 말에 반박할 수 없었다. 최루탄에 대해 물어보려면 그의 기분을 맞춰 주어야 했다. 두 사람은 한동안 입을 다물고 머리 위에 맴도는 독수리들을 바라보았다. 이웃집에서 닭을 잡은 것이다.

"아, 레몬이 잘 익었네."

해리슨 아저씨가 나무를 가리키고 영어로 덧붙였다.

"신선한 놈을 따서 머랭 파이를 만들어야겠어."

"머랭이 뭔데요?"

으그우가 물었다. 이런 질문을 좋아하는 해리슨 아저씨가 웃으며 말했다.

"머랭이 뭔지도 몰라? 미국식 음식이야. 너희 마님이 런던에서 돌아오시면 너희 집에 가져가도록 내가 주인어른한테 만들어 드릴 거야. 너희 마님이 아주 좋아하실 거야."

해리슨 아저씨가 몸을 돌려 으그우를 보았다. 그는 바닥에 신문지를 깔고 앉아 있어 몸을 돌릴 때마다 신문지가 구겨지는 소리가 들렸다.

"물론 너도 아주 좋아할 거고."

"네."

으그우가 대답했다. 하지만 으그우는 리처드 선생님 댁에 우연히 들렀다가 해리슨 아저씨가 소스 냄비에 오렌지 껍질을 집어넣는 걸 보고 그가 만든 음식은 결코 먹지 않겠다고 맹세한 터였다. 만일 오렌지 알맹이를 넣었다면 그렇게 놀라지 않았을 것이다. 그러나 오렌지 껍질을 집어넣는다는 건 염소 고기 대신 털이 덥수룩한 염소 가죽을 집어넣는 것과 마찬가지였다.

해리슨 아저씨가 계속 말했다.

"난 레몬으로 케이크도 만들어. 레몬은 건강에 아주 좋아. 백인 음식은 뭐든지 건강에 좋아. 우리 부족 사람들이 먹는 엉터리 음식이랑은 전혀 달라."

"네, 정말 그래요."

으그우가 대답하고 목청을 가다듬었다. 이제 최루탄에 대해서 물어야 했다. 하지만 다른 말이 흘러나왔다.

"남학생 기숙사에 제 방이 생겼는데, 보여 드릴까요?"

"그래."

해리슨 아저씨가 일어났다.

으그우는 해리슨 아저씨와 함께 방에 들어서면서 흰 바탕에 검은 무늬가 있는 천장을 가리켰다.

"제가 직접 그린 거예요."

으그우가 의자를 계속 옮기면서 천장 밑에 촛불을 갖다 대며 몇 시간에 걸쳐 만든 무늬였다.

"오 마카, 정말 멋있어."

해리슨 아저씨가 구석에 있는 좁은 스프링 침대, 탁자, 의자, 그리고 벽에 못을 박고 걸어 놓은 셔츠, 바닥에 가지런히 놓은 신발 두 켤레를 보았다.

"새로 산 신발이니?"

"네, 우리 마님이 바타에서 사다 주신 거예요."

해리슨 아저씨가 탁자에 있는 잡지책들을 들추며 영어로 물었다.

"모두 네가 읽은 책이니?"

"네."

주인어른 서재 쓰레기통에서 으그우가 주워 온 잡지책들이었다. 《매스매티컬 애널즈》는 비록 이해할 순 없었지만 읽은 건 맞았다. 그리고 《소셜리스트 리뷰》 역시 이해를 못 했지만 몇 장 읽긴 읽었다.

바깥에서 비가 다시 내리기 시작했다. 양철 지붕으로 떨어지는 빗방울 소리가 점차 커져서 두 사람은 바깥에 있는 차일 밑에 서서 수직으로 떨어지는 빗줄기를 바라보았다.

으그우가 팔을 때렸다. 비가 내릴 때 맡는 시원한 공기는 좋지만 주변을 날아다니는 모기는 정말 싫었다. 마침내 그는 입을 열었다.

"혹시 최루탄을 구할 방법이 없을까요?"

"최루탄? 그걸 왜 물어봐?"

"주인어른 신문에서 읽었는데, 그게 어떻게 생겼는지 알고 싶어서요."

사실은 주인어른이 국회 의사당에 나온 국회 의원들 이야기를 할 때 최루탄에 대해 들었다. 국회 의원들이 서로 발과 주먹으로 때리며 난투극을 벌이자 마침내 경찰이 나타나서 최루탄을 뿌려 모두를 기절시킨 다음에 축 늘어진 그들을 각자의 자동차에 태워 집으로 돌려보냈다는 내용이었다. 으그우는 그 말을 듣고 최루탄에 열광했다. 사람을 기절시킬 수 있다면 꼭 구하고 싶었다. 그래서 리처드 선생님과 오리 오크파 축제에 참석하러 고향에 갔을 때 은네시나치에게 꼭 써 보고 싶었다. 그녀를 개울가의 작은 숲으로 데려가서 최루탄은 사람을 건강하게 만드는 마법의 약이라고 말하고 싶었다. 그러면 그녀는 그 말을 믿을 게 분명했다. 으그우가 백인과 한 자동차를 타고 오는 걸 보고 깊은 인상을 받았기 때문이다. 하지만 해리슨 아저씨에게 사실대로 말할 수는 없었다.

"최루탄을 구하는 건 아주 어려울 거야."

"왜요?"

"넌 아직 어려서 그 이유를 말해도 몰라. 나중에 어른이 되면 알려 줄게."

해리슨 아저씨가 고개를 의미심장하게 끄덕이며 말했다.

으그우는 처음에 어리둥절했지만 해리슨 역시 최루탄이 뭔지 모르며 그걸 인정하지 않고 슬쩍 넘어가려고 한다는 사실을 깨달았다. 으그우는 잔뜩 실망해서 나중에 조모 아저씨에게 물어봐야겠다고 생각했다.

조모 아저씨는 최루탄이 무엇인지 알고 있었다. 그래서 으그우가 그걸 어디에 쓰려는지 듣고는 오랫동안 손뼉을 치면서 폭소를 터뜨렸다.

"야, 이 멍청아! 젊은 여자한테 최루탄을 쓰려는 이유가 뭐야? 잘 들어, 네가 마음에 들고 분위기가 적당하게 무르익으면 젊은 여자가 네 말을 들을 거야. 최루탄 같은 건 필요 없어."

으그우는 조모 아저씨가 한 말을 마음에 새기면서 다음 날 아침 리처드 선생님이 모는 자동차를 타고 고향 마을로 갔다. 아누리카는 자동차가 오는 걸 보고 도로까지 뛰어나와서 대담하게도 리처드 선생님의 손을 잡고 흔들었고, 그다음에는 으그우를 껴안았다. 그녀는 으그우와 함께 걸어가며 부모님은 지금 밭일을 하는 중이라고, 사촌이 바로 어제 아기를 낳았다고, 은네시나치는 지난주에 북부로 떠났다고 알려 주었다.

으그우는 갑자기 걸음을 멈추고는 아누리카를 멍청하게 쳐다보았다.

"무슨 일 있니? 축제가 취소된 건 아니겠지?"

리처드 선생님이 물었다.

으그우는 차라리 그랬으면 좋을 것 같았다.

"아니에요, 선생님."

으그우는 마을 광장으로 걸어가서 리처드 선생님과 함께 오지 나무 밑에 앉았다. 마을 사람들이 벌써 모여들고 있었다. 얼마 후에는 아이들이 두 사람을 에워싸고 "온예 오차, 백인." 하고 소리치며 손을 내밀고 리처드 선생님의 머리카락을 만졌다. 아이들이 그럴 때마다 리처드 선생님은 "케두? 안녕, 이름이 뭐니?" 하고 물었다. 그러면 아이들은 그를 물끄러미 쳐다보다가 팔꿈치로 서로를 쿡쿡 찌르며 낄낄거렸다.

으그우는 나무에 등을 기댔다. 은네시나치와 만날 생각만 하며 보낸 시간이 아까웠다. 이제 은네시나치가 떠났으니 그녀는 북부에 있는 어느 장사꾼의 차지가 될 게 분명했다. 근육질 남자들이 풀을 머리에 꽂고 나무로 만든 울퉁불퉁한 가면을 얼굴에 쓴 채 긴 채찍을 손에 들고 나타났지만 으그우의 눈에는 하나도 들어오지 않았다. 리처드 선생님은 사진도 찍고 공책에 뭔가를 적으며 저건 이름이 뭐냐, 지금 저 사람들이 무슨 말을 하는 거냐, 밧줄로 음무오를 잡아당기는 사람들은 누구냐, 저건 무슨 뜻이냐 등등 다양한 질문을 퍼부었다. 하지만 으그우는 은네시나치를 만날 수 없다는 좌절감 때문에 뜨거운 열기나 계속 퍼붓는 질문이나 시끄러운 소리 등 모든 것이 귀찮을 뿐이었다.

은수카로 돌아가는 자동차에서도 으그우는 계속 차창 밖만 내다보았다.

"벌써 고향이 그리운 거니?"

리처드 선생님이 물었다.

"네, 선생님."

으그우가 대답했다. 그가 입을 다물었으면 했다. 지금은 혼자 있고 싶었다. 주인어른도 아직 클럽에 있으니 거실에 있는 《르네상스》를 가져다가 남학생 기숙사 침대에 웅크리고 앉아서 읽고 싶었다. 아니면 새로 산 텔레비전을 보는 것도 괜찮았다. 운이 좋으면 서부 인디언 영화가 나올 수도 있었다. 지금 으그우에게 필요한 건 눈이 크고 아름다운 여자, 노래, 꽃, 기분 전환이 될 만한 화려한 색깔들, 그리고 펑펑 우는 것이었다.

으그우는 뒷문으로 슬그머니 들어가다가 화로 옆에 있는 주인어른 어머니를 발견하고 깜짝 놀랐다. 아말라는 문가에 서 있었다. 두 사람이 온다는 걸 주인어른도 몰랐던 게 분명했다. 미리 알았다면 손님방을 치워 놓으라고 했을 것이다.

"어이쿠, 어서 오세요, 큰마님. 어서 오세요, 아말라 아줌마."

지난번에 큰마님이 올란나 마님에게 마녀라고 비난하면서 공격했던 것과 마을에 가서 디비아를 찾아가겠다고 협박했던 것이 떠올랐다.

"잘 지냈니, 으그우? 우리 아들이 네가 마을에서 열리는 축제를 백인한테 보여 주러 갔다고 하던데?"

"네, 큰마님."

거실에서 뭐라고 크게 소리치는 주인어른 목소리가 들렸다. 친구가 집에 들러서 클럽에 안 간 게 분명했다.

"이제 들어가서 쉬렴, 이 누고. 우리 아들 저녁 식사는 내가 차릴 테니까."

큰마님이 말했다. 하지만 으그우는 큰마님이 부엌을 빼앗는 것도 싫었으려니와 그녀가 올란나 마님이 제일 좋아하는 냄비에다 강한 냄새가 나는 수프를 끓이게 놔둘 수 없었다. 그녀가 지금 당장 떠나기를 바라는 미움만 간절했다.

"도움이 필요할 경우에 대비해서 그냥 남아 있을게요, 큰마님."

으그우가 말하자 큰마님이 어깨를 으쓱하곤 돌아가서 후추줄기를 흔들어 새까만 후추 열매를 떨어뜨리며 물었다.

"오페 은살라 요리는 잘하니?"

"아니요, 그걸 요리한 적은 없어요."

"왜? 우리 아들이 좋아하는데?"

"우리 마님이 그걸 요리하라고 시킨 적이 없어요."

"얘야, 그 여자는 네 마님이 아니란다. 신부 몸값도 치르지 않고 남자랑 동거하는 여자에 불과해."

"네, 큰마님."

큰마님이 웃었다. 아주 중요한 걸 으그우가 마침내 알아들어서 다행이라는 표정이었다. 그리고 모퉁이에 있는 조그만 질그릇 항아리 두 개를 가리켰다.

"우리 아들이 마실 신선한 야자수 술을 가져왔다. 야자수 술을 제일 잘 만드는 사람이 오늘 아침에 만들어 온 거야."

큰마님이 항아리 주둥이를 막은 녹색 잎사귀를 치우자 하얀 거품과 함께 신선하고 달콤한 냄새가 흘러나왔다. 그녀가 한 잔을 따라서 으그우에게 주며 말했다.

"마셔 봐."

혀에 닿는 느낌이 강렬했다. 건기에 짠 야자수즙이라서 농도가 아주 짙어 누구든 금방 취하게 만드는 술이었다.

"고맙습니다, 큰마님. 맛이 아주 좋아요."

"너희 마을 사람도 야자수 술을 잘 만드니?"

"네, 큰마님."

"하지만 우리 마을 사람처럼 잘 만들진 못할 거야. 아바에는 이 보족 땅 전체에서 술을 제일 잘 만드는 사람이 있거든. 그렇지, 아 말라?"

"맞아요."

"그릇을 닦아 주겠니?"

"네."

아말라가 그릇을 닦기 시작했다. 그릇을 문지를 때마다 양어 깨와 두 팔이 들썩거렸다. 으그우는 지금까지 그녀를 자세히 바라 본 적이 없었다. 그런데 지금 보니 늘씬하고 새까만 두 팔과 얼굴 이 촉촉하고 반짝거렸다. 땅콩기름으로 목욕한 것 같았다.

크고 단호한 주인어른 목소리가 거실에서 들려왔다.

"멍청한 우리 정부는 영국과 관계를 끊어야 해요. 분명한 입장 을 밝혀야 한다고요! 영국이 로디지아에 더 심하게 굴지 않는 이 유가 뭐겠어요? 그들이 경제 제재를 가한다 해서 도대체 무슨 차 이가 있겠어요?"

으그우는 문가로 가서 귀를 기울였다. 로디지아라는, 아프리 카 남부에 있는 나라에서 일어난 이야기는 정말 재미있었다. 리처 드 선생님처럼 생긴 사람들이 으그우처럼 생긴 사람들에게서 아 무 이유도 없이 물건을 빼앗아 간다는 게 너무나 이상했다.

"접시를 가져오렴, 으그우."

큰마님이 말했다.

으그우는 찬장에서 접시를 하나 꺼내 들고 주인어른에게 음식을 갖다줄 준비를 갖췄다. 하지만 큰마님이 이제 됐다며 손을 흔들었다.

"내가 있으니까 이제 넌 쉬렴, 불쌍한 것 같으니. 그 여자가 해외에서 돌아오면 널 다시 심하게 부려 먹기 시작할 거야. 너도 너희 집에서는 소중한 아들일 텐데."

큰마님이 조그만 꾸러미를 풀어서 수프 그릇에 무언가를 뿌렸다. 순간 으그우 마음에 의심이 타올랐다. 지난번 큰마님이 떠난 직후에 뒷마당에 나타난 검은 고양이도 떠올랐다.

"그게 뭔가요, 큰마님? 주인어른 음식에 넣은 거요?"

으그우가 묻자 큰마님이 고개를 돌려서 짧게 웃었다.

"이건 아바 사람들이 좋아하는 특별한 향료야. 향이 아주 좋지."

"네, 큰마님."

하기야 큰마님이 디비아에게 받은 약을 주인어른 음식에 넣을 이유는 없다는 생각이 들었다. 검은 고양이는 나쁜 징후가 아니고 단지 이웃집 고양이에 불과하다는 마님 말이 맞는 것 같았다. 하지만 노란 눈에서 빨간빛이 번뜩이는 새까만 고양이를 기르는 이웃집은 주변 어디에도 없었다.

으그우는 이상한 향료나 고양이에 대해서 두 번 다시 생각하지 않았다. 주인어른이 저녁 식사를 하는 사이에 조그만 항아리에서 야자수 술을 한 잔 훔쳐 먹고는 그 맛이 너무 달콤해서 또 한 잔 훔쳐 먹고 머릿속이 몽롱한 구름에 둘러싸인 것 같은 기분에 휩싸였기 때문이다. 제대로 걸을 수도 없었다. 거실에서 주인어른이 혀 꼬부라진 목소리로 말하는 소리가 들렸다.

"위대한 아프리카의 미래를 위하여! 감비아[01] 형제들의 독립을 위하여 그리고 로디지아에서 분리한 잠비아[02] 형제들의 독립을 위하여!"

이 말과 함께 폭소가 터져 나왔다. 야자수 술에 주인어른이 흠뻑 취한 것이다. 으그우도 함께 웃었다. 하지만 부엌에는 혼자밖에 없었고 뭐가 재미있는지도 몰랐다. 그러다가 마침내 의자에 앉은 채 머리를 탁자에 기대고 마른 생선 냄새를 맡으며 깊은 잠에 빠졌다.

으그우는 찌뿌듯한 기분을 느끼며 잠에서 깨어났다. 입에서 시큼한 냄새가 나고 머리가 아팠다. 너무나 밝게 내리쬐는 햇살과 아침 식탁 앞에서 신문을 펴고 시끄럽게 떠들어 대는 주인어른이 짜증스러웠다.

"정치인들이 이런 문제를 어떻게 이리도 가볍게 처리할 수 있어? 쓰레기들! 이놈들이야말로 최악의 집단이야!"

한 마디 한 마디가 으그우 머릿속을 콕콕 찔렀다.

주인어른이 출근하고 나서 큰마님이 물었다.

"넌 학교에 안 가니, 으보, 으그우?"

"오늘은 노는 날이에요, 큰마님."

"아, 그렇구나!"

그녀는 실망한 표정이었다.

---

01 아프리카 서부에 있는 나라로, 영국과 프랑스의 세력 다툼 속에 있다가 1783년 영국의 식민지가 되었고 1965년 영국으로부터 독립함.

02 아프리카 중앙 남부에 있는 나라로, 1964년 영국의 식민지였던 로디지아로부터 분리 독립함.

나중에 으그우는 아말라 등에다 무언가를 바르는 큰마님을 보았다. 두 사람 모두 욕실 앞에 서 있었다. 그는 다시 의심이 생겼다. 큰마님이 두 손을 천천히 둥글게 움직이는 것이 왠지 이상했다. 마치 무슨 의식을 치르는 것 같았다. 그리고 아말라가 등을 똑바로 펴고 작은 가슴의 윤곽이 옆에서 보이도록 상의를 허리춤까지 내린 채 말없이 가만히 선 것도 이상했다. 큰마님이 아말라 등에 무슨 약을 바르는 것 같았다. 하지만 그럴 이유가 없었다. 설사 큰마님이 디비아에게 가서 약을 받아 온 게 확실하다고 해도 약을 쓸 대상은 아말라가 아니라 올란나 마님이었다. 하지만 어쩌면 그 약이 여자에게만 효과가 있어서 큰마님이 자신과 아말라에게만 해독제를 미리 발라 놓고 그 약을 써서 나중에 올란나 마님 혼자만 죽거나 임신을 못 하거나 미치게 할 가능성도 있었다. 마님이 런던에 있는 사이에 큰마님이 미리 예방 조치를 하고 약을 마당에 묻어 놓아서 나중에 마님이 돌아오면 효력을 발휘하게 할 수도 있었다.

　으그우는 부르르 떨었다. 집 안 곳곳에 어둠의 그림자가 가득했다. 큰마님이 명랑하게 콧노래를 흥얼거리는 것도 불안했고 그녀가 주인어른 음식을 혼자 차리겠다며 으그우를 몰아내고 툭하면 아말라에게 귓속말로 뭔가를 속닥거리는 것도 불안했다. 그는 큰마님이 밖으로 나갈 때마다 자세히 살폈다. 그래서 큰마님이 마당에 뭔가를 묻으면 그녀가 실내로 들어간 직후에 그걸 파낼 생각이었다. 하지만 그녀는 어떤 것도 묻지 않았다. 큰마님이 디비아를 찾아가서 마님을 죽일 방법에 대해서 알아 온 것 같다고 말하자 조모 아저씨가 말했다.

"그 할머니는 혼자 아들을 독차지하고 싶어서 그러는 거야. 그래서 매일 요리도 하고 콧노래도 부르는 거라고. 내가 아내를 남겨 두고 혼자 찾아가면 우리 어머니가 얼마나 좋아하시는 줄 알아?"

"하지만 지난번에 왔다 갈 때 검은 고양이가 나타났다고요."

"저 아래쪽 오줌바 교수님네 집에서 일하는 여자애는 마녀야. 그 애는 밤에 망고 나무 꼭대기로 날아올라서 마녀 동료들을 만나. 난 그들이 밑으로 던지는 잎사귀를 항상 긁어내니까 알지. 검은 고양이는 바로 그 애를 찾아온 거야."

으그우는 조모 아저씨 말을 믿고 큰마님의 행동을 너무 민감하게 받아들인 거라고 생각하려 애썼다. 하지만 다음 날 저녁, 약초밭에서 잡초를 솎아 내고 부엌으로 들어가다가 개수대에 가득 몰려든 파리들을 보았다. 창문은 살짝 열려 있었다. 수백 마리가 넘는 통통한 녹색 파리 떼가 어떻게 창문 틈새로 들어와서 서로 뒤엉키며 한곳으로 몰려들 수 있는지 도무지 이해할 수가 없었다. 뭔가 끔찍한 일이 일어나고 있는 게 분명했다. 으그우는 주인어른 서재로 당장 뛰어갔다.

"정말 이상하군."

주인어른이 말했다. 그리고 안경을 벗다가 다시 쓰면서 입을 열었다.

"에제카 교수라면 이런 일종의 집단 이동 행위를 설명할 수 있을 텐데. 파리들이 나갈 수 있도록 창문을 닫지 마."

"하지만 주인어른."

으그우가 반박하려는 순간에 큰마님이 부엌으로 들어왔다.

"파리들은 가끔 이래. 평범한 거야. 시간이 되면 가만히 들어올 때처럼 가만히 나갈 거야."

큰마님이 문기에 몸을 기댄 채 말했다. 불길할 정도로 득의양양한 기색이었다.

"그래, 그럴 거야. 차 한잔 줘, 우리 일꾼."

주인어른이 등을 돌려서 서재로 가며 말했다.

"네, 주인어른."

주인어른이 어떻게 그렇게 태평할 수 있는지, 평범한 파리 떼가 아니라는 사실을 어떻게 모를 수 있는지, 으그우는 도저히 이해할 수가 없었다. 그래서 차를 쟁반에 담아 서재로 갖다주며 말했다.

"주인어른, 저 파리 떼는 우리한테 뭔가 중요한 사실을 알려주고 있어요."

주인어른이 탁자를 가리켰다.

"따르지 마. 그냥 저곳에 놓아둬."

"파리 떼가 부엌에 몰려든 이유는 디비아가 만든 나쁜 약 때문이에요, 주인어른. 누군가 그곳에 나쁜 약을 두었기 때문이에요."

으그우는 그 범인이 누구인지 안다는 말을 덧붙이고 싶었다. 하지만 주인어른이 어떻게 받아들일지 확실치 않았다.

"뭐라고?"

주인어른이 안경 너머로 눈을 가늘게 떴다.

"파리 떼요, 주인어른. 파리 떼가 몰려든 건 누군가 이 집에 나쁜 약을 두었기 때문이에요."

"그만 문을 닫고 나가렴. 난 할 일이 많아, 우리 일꾼."

"네, 주인어른."

으그우가 부엌으로 돌아가니 파리 떼는 사라지고 없었다. 창문은 그대로 살짝 열려 있어 희미한 햇살이 탁자에 놓인 식칼의 날을 비추었다. 으그우는 아무것도 만지기 싫었다. 이상한 기운이 프라이팬과 냄비를 모두 오염시킨 것 같았다. 큰마님이 요리하는 것이 처음으로 기뻤다. 하지만 그녀가 저녁에 요리한 우그바[03]와 튀긴 생선을 조금도 먹지 않았으며, 주인어른과 손님들에게 내주고 남은 야자수 술도 단 한 모금도 마시지 않았고, 밤에 잠도 제대로 이루지 못했다. 몸이 근질근질해서 계속 뒤척이며 눈을 비볐다. 이런 상황을 제대로 알 만한 사람에게 물어보고 싶었다. 조모 아저씨도 좋고 숙모도 좋고 아누리카도 좋았다. 그러다가 일어나서 가구에 묻은 먼지나 닦으려고 집으로 들어갔다. 뭔지 모를 힘이 끌어당기는 것 같았다. 보랏빛을 띤 뿌연 안개로 싸인 이른 새벽이 부엌에 짙은 그림자를 드리웠다. 으그우는 잔뜩 겁에 질려 전등 스위치를 켰다. 금방이라도 뭐가 튀어나올 것만 같았다. 전갈이 나올 수도 있었다. 예전에 원한을 품은 사람이 삼촌네 오두막에 전갈을 집어넣어서 몇 주 동안 삼촌은 잠에서 깰 때마다 새로 태어난 쌍둥이 아들 근처를 기어 다니는 새까만 전갈을 발견하곤 했다. 그러다가 한 아이가 전갈에 물려서 거의 죽을 뻔한 적이 있었다.

으그우는 우선 책장을 청소했다. 위에 올려져 있던 서류를 옮기고 허리를 숙여 중앙 탁자의 먼지를 닦을 때 주인어른 침실 문

---

03 야자수 기름, 고추, 왕새우 등을 넣어 만든 아프리카식 샐러드.

이 열렸다. 으그우는 복도를 쳐다보았다. 주인어른이 너무 일찍 일어나는 것 같아 놀랐다. 하지만 문에서 나온 사람은 아말라였나. 어두운 복도에서 깜짝 놀라 아말라가 더 깜짝 놀란 으그우와 눈을 마주치는 순간 그녀는 잠시 멈칫하다가 손님방으로 재빨리 도망쳤다. 그녀는 허리춤에 느슨하게 걸친 상의를 한 손으로 움켜잡은 채 문을 여는 방법조차 잊어버린 듯 몸을 쾅 부딪히며 문을 밀어서 방 안으로 들어갔다. 아말라가, 평범하고 조용하고 차분한 그녀가 주인어른 침실에서 잠을 잔 것이다! 으그우는 가만히 서서 빙글빙글 돌아가는 머리를 진정시키며 차분하게 생각하려고 애썼다. 큰마님이 준비한 약은 바로 이 일을 위한 것이었다는 확신이 들었다. 그러나 으그우가 걱정스러운 건 주인어른과 아말라 사이에 일어난 일이 아니었다. 마님이 이 사실을 알면 어떻게 될지 두려울 뿐이었다.

20

올란나는 2층 거실에서 어머니 맞은편에 앉아 있었다. 어머니는 그곳을 여성 휴게실이라고 불렀다. 어머니가 친구들과 모여 앉아서 서로 별명을 부르며(예술! 금덩이! 으고디야!) 웃어 대고, 누구 아들이 런던에서 여자 문제를 일으키는 동안 그의 약혼녀는 자기 아버지 땅에다 집을 지었다는 이야기나, 누가 싸구려 레이스를 사 놓고는 최근에 유럽에서 들여온 거라고 속인다는 이야기, 누가 누군가의 남편을 빼앗으려고 한다는 이야기, 혹은 누가 밀라노에서 값비싼 가구를 수입했다는 이야기 등을 나누며 수다를 떠는 장소였다. 그런데 지금은 너무나 조용했다. 어머니는 한 손에 소다수 잔을, 그리고 다른 손엔 손수건을 들고 있었다. 지금 어머니는 울고 있었다. 그녀는 아버지의 정부에 대해 이야기했다.

"너희 아빠가 정부한테 이케자에다 집을 사 줬어. 내 친구가 바로 그 옆에 살아."

올란나는 눈물을 찍어 대느라 조심스레 움직이는 어머니의

히 바라보았다. 손수건은 공단으로 만들어진 것이었다.

눈물을 빨아들이는 힘이 부족할 터였다.

빠한테 얘기하셨어요?"

란나가 물었다.

내가 너희 아빠한테 무슨 말을 하겠니? 그와 야 기니?"

어머니가 잔을 내려놓았다. 하인이 은 쟁반에 담아서 가져온 것은 지금까지 단 한 모금도 마시지 않았다.

"너희 아빠한테는 단 한 마디도 하고 싶지 않아. 이런 일이 있었다는 걸 너한테 알리는 건 내가 아무한테도 말하지 않았다는 소문이 나돌게 두고 싶지 않아서야."

"제가 아빠한테 말씀드릴게요."

올란나가 말했다. 어머니가 바라는 건 바로 이거였다. 런던에서 돌아온 지 불과 하루밖에 안 됐는데 켄징턴 산부인과 의사에게 진찰을 받고 찾아든 기쁨은 벌써 사그라지고 있었다.

산부인과 의사가 올란나에게는 아무 이상이 없으며 조금만 더 노력하면 된다고 눈을 찡긋하면서 말할 때 온몸으로 번져 나가던 기쁨은 이미 기억조차 할 수 없었다. 지금이라도 당장 은수카로 돌아가고 싶은 마음뿐이었다.

어머니가 손수건을 비틀며 말했다.

"정말 참을 수 없는 건 그 여자가 보잘것없는 쓰레기란 사실이야. 두 남자 사이에서 두 아이를 낳은 원시인 같은 요루바 쓰레기야. 늙고 못생긴 여자라고 들었어."

올란나는 벌떡 일어났다. 여자가 그렇게 생긴 게 문제라도 되는 듯이, "늙고 못생긴"이라는 말이 아버지에게는 해당되지 않는다는 듯이 말하는 게 싫었다. 어머니가 괴로워하는 건 아버지에게 정부가 생겼다는 사실 자체가 아니라 정부에게 라고스 상류층이 사는 동네에다 집을 사 주었다는 사실임을 올란나는 알았다.

"너희 아빠한테는 카이네네가 올 때까지 기다렸다가 말하는 편이 좋지 않을까, 은네?"

어머니가 눈물을 다시 찍어 내며 말했다.

"제가 말씀드린다고 했잖아요."

올란나는 발끈했다.

하지만 그날 저녁에 아버지 방으로 들어서면서 올란나는 어머니 말이 옳았다는 걸 깨달았다. 카이네네라면 이런 역할을 잘해 낼 게 분명했다. 그녀라면 당당히 매섭고 날카롭게 필요한 말을 정확히 할 테고, 지금 자신처럼 거북해하고 어색해하지 않았을 것이다.

"아빠."

올란나가 입을 열면서 뒤에 있는 문을 닫았다. 아버지는 책상 앞에서 등이 쭉 뻗은, 검은 나무로 만든 의자에 앉아 있었다. 어머니에게서 들은 게 사실이냐고 물을 수 없었다. 어머니와 자신이 그 사실을 확실히 알고 있다는 인상을 주어야 했기 때문이다. 그 여자가 어떻게 생겼는지, 그녀가 아버지와 어떤 대화를 나누었는지 등등에 대한 궁금증이 순간적으로 치솟았다.

"아빠."

올란나가 입을 다시 열었다. 영어로 말할 생각이었다. 그러면 차갑고 딱딱하게 말할 수 있을 것 같았다.

"우리 어머니를 존중해 주시길 바라요."

올란나가 하려던 말은 이게 아니었다. '엄마' 대신 사용한 '우리 어머니'란 표현은, 마치 그를 배제하고 이제 그를 '우리 아버지'라고 부를 수 없는 이방인으로 여기는 것처럼 들릴 터였다.

아버지가 의자에 등을 기댔다.

"그런 여자랑 관계를 맺고 우리 어머니 친구분들이 사시는 동네에 집까지 사 주셨다는 건 정말 불쾌한 일이에요. 아빠는 주변의 시선을 신경 쓰지 않고 회사에서 그 집으로 갔고 운전사는 그 집 앞에다 주차했어요. 그건 우리 어머니의 따귀를 때리는 격이에요."

아버지 눈길이 아래쪽을 향하고 있었다. 자신의 마음속을 들여다보는 남자의 시선이었다.

"아빠한테 어떻게 하라고 말씀드리진 않겠지만 뭔가 조치를 취하셔야 할 거예요. 우리 어머니가 힘들어하세요."

올란나는 "조치를 취하셔야 할 거예요."라는 말을 일부러 강조하며 말했다. 지금까지 그녀는 아버지에게 이런 식으로 말한 적이 한 번도 없었다. 아니, 아버지에게 말을 거는 일 자체가 거의 없었다. 올란나는 가만히 서서 아버지를 물끄러미 바라봤고 그도 그녀를 바라보았다. 두 사람 사이에 공허한 침묵이 맴돌았다.

"아누고 음, 잘 들었다."

아버지가 말했다. 뭔가 음모를 꾸미는 듯한 나지막한 이보 말이었다. 올란나의 말을, 다른 여자와 바람을 피우는 것 자체는 괜찮지만 그러려면 어머니를 제대로 속이라는 뜻으로 받아들인 것 같았다. 그래서 올란나는 화가 났다. 자신이 실제로 그런 투로 말한 것 같기는 하지만 그래도 화가 나는 건 어쩔 수 없었다. 그녀는 방을 둘러보고 커다란 침대가 너무 낯설다고 생각했다. 금실로 짠 화려한 담요는 생전 처음 보았으며 옷장 서랍에 달린 정교하게 조각된 금속 손잡이도 처음 보았다. 심지어 아버지조차도 전혀 모르는 뚱뚱한 이방인처럼 보였다.

"하실 말씀이 그것밖에 없나요? 제 말을 잘 들으셨다면서요?"

올란나가 목소리를 높이며 물었다.

"내가 무슨 말을 하길 바라니?"

그녀는 갑자기 아버지, 어머니, 그리고 자신과 카이네네가 불쌍하게 느껴졌다. 모두가 성만 똑같은 이방인처럼 지내야 하는 이유가 뭔지 묻고 싶었다.

"필요한 조치를 취하마."

아버지가 말했다. 그리고 일어나서 올란나에게 다가왔다.

"고맙구나, 올라 음."

올란나는 아버지가 무엇을 고마워하는지 그리고 왜 자신을 올라 음, '우리 금덩이'라고 부르는지 이해할 수 없었다. 아버지는 어린 시절 이후로 자신을 그렇게 부른 적이 없었다. 억지로 엄숙하게 말하는 것도 이상했다. 그녀는 몸을 돌려 밖으로 나갔다.

"쓰레기 같은 놈! 멍청한 놈!"

다음 날 아침에 어머니가 크게 외치는 소리를 듣고서 올란나는 급히 아래층으로 내려갔다. 바람을 피운 남편에게 아낙네들이 흔히 그러듯이 어머니가 아버지의 멱살을 단단히 움켜쥐고 싸우는 중이라고 생각했다. 큰 소리는 부엌에서 흘러나왔다. 하지만 그녀는 문 앞에서 멈췄다. 어머니 앞에서 한 남자가 무릎을 꿇은 채 두 손을 높이 치켜들고 손바닥을 위로 벌려 비는 중이었다.

"마님, 제발, 마님, 제발."

어머니가 옆에서 지켜보는 집사 맥스웰에게 시선을 돌렸다.

"이 푸고? 저놈은 우리가 저를 몰래 음식이나 훔쳐 내라고 고용한 줄 아는 거야, 맥스웰?"

"아닙니다, 마님."

맥스웰이 대답했다.

어머니가 바닥에 무릎을 꿇은 남자를 다시 바라보았다.

"그래, 우리 집에 들어온 첫날부터 계속 이런 짓을 저지른 거야, 이 쓸데없는 인간아? 물건이나 훔치려고 우리 집에 들어온 거냐고?"

"마님, 제발. 마님, 제발. 제발 자비를 베풀어 주세요, 마님."

"엄마, 무슨 일이에요?"

올란나가 묻자 어머니가 돌아서며 말했다.

"오, 은네, 네가 내려온 것도 몰랐구나."

"무슨 일인데요?"

"여기에 있는 짐승 같은 놈 때문이야. 우리 집에 들어온 지 한 달밖에 안 된 놈이 글쎄, 우리 집에 있는 걸 다 훔쳐 가려고 하는구나."

어머니가 남자를 다시 노려보았다.

"일거리를 준 사람한테 네놈이 이런 식으로 보답을 해? 멍청한 놈!"

"무슨 짓을 했는데요?"

"이리 와서 보렴."

어머니가 올란나를 뒷마당으로 데려갔다. 망고 나무에 자전거 한 대가 기대서 있는데, 자전거 뒤에 매어 둔 망태기가 떨어져 바닥에 쌀이 흩어져 있었다.

"저놈이 우리 쌀을 훔쳐서 집으로 가져가려고 했어. 망태기가 떨어진 건 신이 우리를 도우신 거야. 저놈이 지금까지 우리 집에서 뭘 훔쳐 갔는지 누가 알겠어? 그러니 목걸이가 가끔 없어질 수밖에."

어머니가 씩씩거리며 말했다.

올란나는 바닥에 흩어진 쌀알을 물끄러미 바라보며 어머니가 이런 일에 이렇게까지 화를 내는 이유가 뭘까 생각했다.

"아가씨, 제발 마님한테 빌어 주세요. 귀신한테 홀려서 이런 일을 저질렀어요. 제발 마님한테 빌어 주세요."

남자가 이제 올란나에게 빌면서 간청했다.

그녀는 남자의 홀쭉한 얼굴과 노란 눈동자로 시선을 돌렸다. 처음 생각한 것보다 나이가 많은 노인이었다. 예순 살이 넘어 보였다.

"일어나세요."

올란나가 말했다.

노인이 어찌할 줄 몰라 하며 어머니를 바라보았다.

"일어나라고 했잖아요!"

올란나는 소리칠 생각은 아니었지만 갑자기 날카로운 목소리가 나오고 말았다. 노인이 주춤거리며 일어나서 눈을 밑으로 깔았다.

"엄마, 저 노인을 해고할 거라면 그냥 그렇게 하세요."

올란나가 말하자 노인이 기겁했다. 그녀가 그렇게 말할 줄은 꿈에도 몰랐다는 표정이었다. 어머니 역시 깜짝 놀란 표정으로 올란나와 노인과 맥스웰을 차례대로 바라보다가 엉덩이에 올렸던 손을 내려놓으며 말했다.

"한 번 더 기회를 주지. 하지만 허락 없이 우리 집에 있는 물건에 절대 손대지 마. 알겠어?"

"네, 마님. 고맙습니다, 마님. 신의 은총이 함께하시길, 마님."

노인이 감사하다는 노래를 계속 부르는 동안 올란나는 식탁에서 바나나 하나를 집어 들고 부엌을 떠났다.

올란나는 오데니그보에게 전화를 걸어서 노인이 너무 비굴한 것을 보고 화가 치밀었다고, 평소 같으면 어머니가 노인을 해고하는 걸로 간단히 끝냈겠지만 이번에는 거의 한 시간 동안 무릎을 꿇고 싹싹 비는 노인에게 마음껏 화냈다면서 이렇게 말했다.

"네 컵 분량도 안 되는 쌀이었어."

"그래도 도둑질은 도둑질이야, 은켐."

"우리 아빠랑 정치인 친구들은 온갖 계약으로 돈을 훔쳐 내지만 그 누구도 그들한테 무릎 꿇고 용서를 빌라고 하지 않아. 그들이 훔쳐 낸 돈으로 많은 집을 지어서 노인처럼 가난한 사람한테 빌려주고 비싼 월세를 물리기 때문에 사람들에겐 식량 살 돈조차 남지 않는다고."

"그렇다고 해서 도둑질이 정당화될 순 없어."

오데니그보가 평소답지 않은 모습으로 우울하게 대답했다. 올란나는 그가 이 이야기를 들으면 그럴 수는 없다며 펄펄 뛸 거라고 예상했었다.

"그럼 불공평이 인간 학대로 이어져야 한다는 거야?"

"그게 현실이니까."

"무슨 일 있어?"

"어머니가 여기에 계셔. 어머니가 오는 줄 몰랐어."

오데니그보가 대답했다. 목소리가 이상한 게 이해가 갔다.

"화요일 전에 가실 건가?"

"모르겠어. 당신이 여기에 있으면 좋겠어."

"난 당신과 정반대 마음이야. 그래, 교육을 받은 마녀의 마법을 깨뜨리는 이야기라도 나눴어?"

"어머니가 그런 이야기를 꺼낼 낌새가 보이면 말도 안 되는 소리 마시라고 단호하게 말할 거야."

"어머니한테 우리가 아기를 가질 거라고 말씀드리는 게 좋을 거야. 그러면 내가 아기를 낳을 거란 생각에 몸서리를 치시려나? 마녀의 유전자가 당신의 손자한테 대물림될 수도 있잖아."

올란나는 오데니그보가 웃기를 바랐지만 그는 웃지 않았다. 그리고 한동안 가만히 있다가 말했다.

"화요일까지 기다릴 수가 없어."

"그건 나도 마찬가지야. 으그우한테 침실 양탄자를 바람에 말려 놓으라고 전해."

그날 밤 어머니가 침실로 들어올 때 올란나는 클로에 향수 냄새를 맡았다. 향이 사랑스러웠지만 그녀는 사람들이 잠자리에 들면서 향수를 바르는 걸 도대체 이해할 수가 없었다. 어머니에게는 아주 많은 향수병이 있었다. 작달막한 향수병, 위로 올라가면서 가늘어지는 향수병, 동그란 향수병 등을 길게 세워 놓은 화장대가 마치 상점의 진열대 같았다. 매일 밤 잠자리마다 향수를 발라도 50년 이상은 쓸 수 있을 만큼 많았다.

"고마워, 은네. 너희 아빠가 벌써 적절한 조치를 취하고 있어."

어머니가 말했다.

"네."

올란나는 아버지가 취한다는 적절한 조치가 무언지 알고 싶지 않았다. 아시린 지린이 키아네네처럼 말해서 아버지가 필요한 조치를 취하게 한 것이 이상한 성취감으로 다가왔다.

"은위주 부인이 전화를 걸어서 너희 아빠를 봤다고 하는 일은 이제 없을 거야. 며칠 전에는 그 여자가 결혼을 거부하는 딸이 있는 사람들에 대해 이상한 말을 지껄였어. 내가 어떤 반응을 보이나 알고 싶어서 일부러 그런 말을 던진 것 같아. 그 여자 딸은 작년에 결혼했는데 결혼식에 필요한 물품을 수입하지 못했지. 심지어 결혼식 드레스마저 여기 라고스에서 만들었으니까!"

어머니가 의자에 앉았다.

"그건 그렇고, 널 만나고 싶어 하는 사람이 있어. 너도 이그웨오노치에 가족을 알지? 그 집 아들이 엔지니어인데 어디선가 널 보고 관심을 보이는 것 같아."

올란나는 한숨을 쉬고 뒤로 등을 기대며 어머니가 하는 말을 들었다.

올란나는 한낮에 은수카에 도착했다. 태양이 쨍쨍 내리쬐고 벌들조차도 그늘에 들어가서 지친 몸을 쉴 때였다. 오데니그보의 자동차는 주차장에 있었다. 노크도 하기 전에 으그우가 문을 열어 주었는데, 셔츠 단추는 풀리고 팔 밑에는 땀이 살짝 배어 있었다.

"어서 오세요, 마님."

으그우가 인사했다. 올란나는 충직하게 웃는 그의 얼굴을 바라보며 물었다.

"으그우. 우노 아노크와 오푸마? 그동안 잘 지냈어?"

"네, 마님."

그가 대답하고 택시에 있는 짐을 가지러 나갔다.

올란나는 안으로 들어갔다. 으그우가 창틀을 청소하고 난 후면 거실에 희미하게 감돌곤 하는 공기 청정제 향이 너무나 반가웠다. 그러나 이미 떠났을 거라고 생각한 오데니그보의 어머니가 정장 차림으로 소파에 앉아 가방을 만지작거리는 걸 보고 풀이 꺾였다. 아말라는 그 옆에서 조그만 금속 상자를 들고 있었다.

"은켐! 이렇게 돌아와서 정말 기뻐! 아주 기뻐!"

두 사람이 포옹하는 순간, 올란나는 오데니그보의 몸이 편하게 느껴지지 않았으며 짧은 키스는 부드럽지 않고 뻣뻣하기만 했다.

"어머니와 아말라는 지금 막 떠나려는 중이야. 내가 버스 정류장까지 데려다주려고 해."

오데니그보가 말했다.

"안녕하세요, 어머니."

올란나가 인사했다. 하지만 가까이 다가서려 하지는 않았다.

"올란나, 케두?"

오데니그보의 어머니가 물었다. 먼저 다가와서 포옹한 사람도 어머니였고 따뜻하게 웃은 사람도 어머니였다. 올란나는 어리둥절했지만 기뻤다. 두 사람이 아주 진지한 관계이며 앞으로 아기를 가질 계획임을 오데니그보가 충분히 설명해서 마침내 어머니가 이해한 것 같았다.

"아말라, 잘 지냈어요? 아말라도 온 줄은 몰랐어요."

올란나가 말하자 아말라가 바닥만 쳐다보며 웅얼거렸다.

"어서 오세요."

"짐은 다 꾸리셨죠? 이제 나가요. 어서요."

오데니그보가 어머니에게 말했다

"식사는 하셨어요?"

올란나가 물었다.

"아침에 먹은 음식이 아직 배 속에 그득하다."

오데니그보 어머니가 행복한 표정으로 대답했다.

오데니그보가 끼어들었다.

"이제 나가야 해. 이따가 테니스 시합이 있어."

"당신은 어때요, 아말라? 식사를 충분히 했나요?"

올란나가 물었다. 환하게 웃는 어머니의 얼굴을 보니 조금이라도 함께 있고 싶은 마음이 들었다.

"네. 고마워요."

아말라가 대답했다. 두 눈은 여전히 바닥만 내려다보았다.

"자동차에 짐을 넣어야 하니까 아말라한테 열쇠를 주렴."

어머니가 오데니그보에게 말했다.

그는 아말라에게 다가가다가 약간 거리를 두고 멈춰서 팔을 길게 내밀며 열쇠를 건네주었다. 그리고 아말라는 손가락 끝에 걸친 열쇠를 조심스럽게 받았다. 몸이 조금도 닿지 않았다. 순간의 사소한 동작이지만 서로 접촉하지 않으려는 모습이, 살이 조금도 닿지 않으려는 모습이 너무나 진지했다. 서로 그러면 안 된다는 무언의 약속이라도 한 것 같았다.

"안녕히 가세요."

올란나가 말했다. 그녀는 밖으로 스르르 빠져나가는 자동차를 바라보며 명청히 서서 자신이 착각한 거라고, 저 둘 사이에 별다른 문제는 없다고 스스로를 달랬다. 하지만 계속 신경이 쓰였다. 자신의 몸에 뭔가 문제가 있다고 확신하면서도 아무 문제가 없다는 말이 나오길 기대하며 산부인과 의사를 기다릴 때와 비슷한 느낌이었다.

"마님, 식사하실 건가요? 제가 밥을 데울까요?"

으그우가 물었다.

"나중에."

순간 올란나는 으그우에게 너도 그 동작을 보았느냐고, 무슨 눈치를 못 챘느냐고 묻고 싶은 충동이 일었다.

"가서 아보카도가 익었는지 보고 오렴."

"네, 마님."

으그우가 약간 망설이다가 밖으로 나갔다.

그녀는 오데니그보가 돌아올 때까지 문 앞에 서 있었다. 배 속이 뒤틀리고 가슴이 쿵쿵 뛰는 이유가 궁금했다. 그래서 문을 열어 그의 얼굴을 살피며 물었다.

"무슨 일 있었어?"

오데니그보는 손에 신문을 든 채였다.

"무슨 뜻이야? 지난번 시험을 못 본 학생이 있는데, 오늘 아침에 찾아와서 통과시켜 달라며 돈을 내밀었어, 명청한 놈."

"아말라가 어머니랑 왔다는 건 몰랐어."

"그래."

오데니그보가 시선을 피하며 신문을 펼쳤다. 순간 충격이 서서히 번져 나가기 시작했다. 그리고 깨달았다. 그의 딱딱한 동작은, 그 얼굴에 떠오른 공포는, 아무렇지 않은 것처럼 보이려고 애쓰는 모습은 일어나면 안 되는 일이 일어났다는 의미였다.

"당신 아말라안테 손댔구니."

올란나가 말했다. 질문이 아니었다. 그러나 대답을 듣고 싶었다. 그렇지 않다고 대답하길, 어떻게 그렇게 생각할 수 있느냐며 화를 내길 바랐다. 하지만 그는 아무 말도 하지 않았다. 안락의자에 앉은 채 그녀를 물끄러미 바라볼 뿐이었다.

"당신이 아말라한테 손을 댔어."

올란나가 다시 말했다. 이런 일이 있으리라고는 전혀 상상하지 못해서 어떻게 대답해야 좋을지 모르겠다는 듯이 자신을 물끄러미 바라보는 그의 표정을 그녀는 평생 못 잊을 것 같았다.

그녀는 부엌으로 가다가 하마터면 식탁 옆에서 쓰러질 뻔했다. 가슴을 내리누르는 무게를 도저히 감당할 수 없었다.

"올란나."

오데니그보가 불렀다.

올란나는 못 들은 척했다. 너무 겁이 나서, 죄책감이 너무 커서 그녀가 떠나도 그는 그녀를 못 쫓아올 터였다. 그러나 그녀는 당장 자동차를 몰고 자기 집으로 떠나지 않았다. 그 대신 밖으로 나가서 뒷마당 계단에 앉았다. 레몬 나무 옆에서 병아리 여섯 마리를 돌보며 병아리를 툭툭 밀어서 땅바닥에 있는 먹이를 쪼아 먹게 하는 암탉을 바라보았다. 으그우는 남학생 기숙사 근처에 있는 나무에서 아보카도를 따는 중이었다. 올란나는 그곳에 하염없이 앉아 있었다.

갑자기 암탉이 꼬꼬댁거리며 날개를 펼쳐서 병아리들을 보호하기 시작했다. 하지만 안전한 곳으로 재빨리 도망치지 못했다. 솔개 한 마리가 급히 달려들어 병아리 한 마리를 낚아챘다. 갈색과 하얀색이 섞인 병아리였다. 솔개가 내려오며 날카로운 발톱으로 병아리를 낚아채는 속도가 너무 빨라 올란나는 순간적으로 자신이 착각했다고 생각했다. 하지만 실제로 일어난 일이었다. 암탉이 꼬꼬댁거리며 빙글빙글 돌면서 먼지구름을 일으켰기 때문이다. 다른 병아리들은 어리둥절한 표정이었다. 올란나는 그들을 바라보며 과연 저 병아리들이 자기네 엄마가 슬퍼서 몸부림치고 있다는 사실을 이해할 수 있을까 생각해 보았다. 그러다가 마침내 울음을 터뜨리고 말았다.

*

하루하루가 흐릿하게 지나갔다. 올란나는 다양한 생각을 하며 일에 몰두했다. 오데니그보가 처음 찾아왔을 때 그녀는 문을 열어 주어야 할지 말아야 할지 망설였다. 하지만 그는 계속 문을 두드리며 "은켐, 제발 열어. 비코, 제발 열어." 하고 사정했다. 올란나는 마침내 문을 열었다. 그녀가 가만히 앉아 물을 조금씩 마시는 동안 그는 술에 취했다고, 아말라가 막무가내로 달려들었다고, 순간적으로 솟구친 욕정에 불과하다고 변명했다. 이 말이 나오는 순간, 올란나는 당장 나가라고 소리쳤다. "순간적으로 솟구친 욕정에 불과하다."라는 말로 자신을 합리화하는 표현이 귀에 거슬렸다. 그녀는 그 표현이 너무 싫었다. 두 번째로 찾아왔을 때 확고부동한 태도로 "그건 아무 의미도 없는 거야, 은켐." 하고 말하는 것도 너무나 싫었다. 중요한 건 그것에 어떤 의미가 있는지가 아니라 그런 일이 일어났다는 그 자체, 자신이 딱 3주일을 비운 사이에 자기 어머니의 비료 어가와 잠을 잤다는 그 자체였다. 그가 자신의 믿음을 너무나 쉽게 깨뜨렸다는 사실이었다. 결국 올란나는 카노에 가기로 결정했다. 생각을 정리할 수 있는 곳이 있다면 그곳은 바로 카노였다.

비행기가 라고스에서 멈추고 올란나가 대합실에 앉아서 기다릴 때 키가 크고 날씬한 여자가 급히 지나갔다. 올란나는 벌떡 일어나서 "카이네네!" 하고 소리치려다가 저 여자가 카이네네일 수는 없다는 사실을 깨달았다. 카이네네는 여자보다 피부가 훨씬 새까만 데다가 녹색 치마와 빨간 블라우스를 절대 입을 리가 없었다. 하지만 올란나는 그 여자가 카이네네이길 간절히 바랐다. 나란히 앉아 오데니그보에 대한 이야기를 털어놓으면 그녀가 지혜롭고 냉철하게 위로의 말을 해 줄 것 같았다.

카노에서 아리제는 분노를 터뜨렸다.

"짐승 같으니. 그 남자의 그건 썩어서 문드러지고 말 거야. 그 사람은 매일 아침 잠에서 깨어나면 언니를 볼 수 있다는 사실에 하느님한테 무릎 꿇고 감사해야 한다는 사실도 모르나?"

아리제가 말하면서 소매가 볼록한 웨딩드레스 스케치를 여러 장 보여 주었다. 은나크완제가 마침내 청혼을 한 것이다. 올란나는 스케치 그림을 살펴봤지만 모두가 너무 초라하고 천박해 보였다. 하지만 자신을 걱정하며 분노해 준 것이 고마워서 스케치 하나를 가리키며 중얼거렸다.

"오 마카. 이건 정말 예쁘네."

이페카 외숙모는 오데니그보에 대한 말을 한마디도 안 했다. 카노에 온 지 며칠이 지나서 올란나는 외숙모와 함께 베란다에 앉았다. 뜨겁게 내리쬐는 태양에 양철 차일이 딱딱거리는 소리를 냈다. 하지만 이웃한 세 집이 함께 쓰는, 연기 가득한 부엌보다는 훨씬 시원했다. 올란나는 야자수 잎사귀를 엮어 만든 작은 부채를 계속 흔들었다. 정문 근처에 선 두 여자 중 하나가 이보 말로 소리쳤다.

"오늘 돈을 갚으라고 했잖아! 타타! 내일이 아니라 오늘! 내가 입속에 물을 잔뜩 머금고 말한 것도 아니니까 당신도 똑바로 알아들었을 거 아냐!"

그러는 동안 다른 여자는 계속 손을 비비고 사정하며 하늘을 올려다보았다.

"기분은 어때?"

이페카 외숙모가 물었다.

"좋아요, 외숙모. 여기 있으니까 훨씬 좋아요."

외숙모가 반죽에 손을 넣어서 새까만 벌레를 꺼냈다. 올란나는 부채질을 더 빠르게 했다. 외숙모가 입을 꾹 다물고 있어서 자신이 말을 더 해야 한다는 조바심이 났다.

"은수카에서 하는 수업을 미루고 이곳 카노에 머무를 생각이에요. 한동안 학원에서 강의하는 것도 괜찮을 거예요."

"안 돼. 음바. 은수카로 돌아가."

외숙모가 절굿공이를 내려놓으며 말했다.

"그 사람 집으로 돌아갈 순 없어요, 외숙모."

"내 말은 그 사람 집으로 돌아가란 말이 아니야. 은수카로 돌아가란 말이지. 너한테도 집과 직장이 있잖아? 남자는 누구나 똑같아. 아내가 없는 동안 제일 먼저 나타난 구멍에 자기 그것을 집어넣을 수 있어. 그래서 누가 죽기라도 했니?"

올란나는 부채질을 멈추었다. 머리에 축축한 땀이 어리는 게 느껴졌다.

"너희 외삼촌이랑 결혼하고 나서 난 다른 여자가 나타나서 날 쫓아내지나 않을까 항상 걱정했어. 하지만 너희 외삼촌이 내 삶을 조금도 바꿀 수 없다는 사실을 나중에 깨달았어. 내 삶은 내가 바꾸고 싶을 때에만 바뀌는 거야."

"그게 무슨 말이에요, 외숙모."

"내가 더 이상 두려워하지 않는다는 걸 알고 이제 너희 외삼촌도 아주 조심하지. 어떤 식으로든 날 창피하게 만들면 두 다리 사이에 있는 뱀을 잘라 버리고 말겠다고 수없이 말했거든."

외숙모는 절구질에 다시 열중했다. 외삼촌 부부의 결혼 생활에 대한 올란나의 환상이 서서히 깨져 나갔다.

외숙모가 말했다.

"자기 삶을 남자한테 맡기는 일은 절대 없어야 해. 무슨 말인지 알겠어? 네 삶은 너 자신, 오직 너 자신만의 것이야, 소소 지. 토요일에 돌아가. 네가 가져갈 수 있도록 빨리 아바차를 만들어 줄 테니까."

외숙모가 반죽을 조금 맛본 다음에 뱉어 냈다.

올란나는 토요일에 카노를 떠났다. 비행기 통로 건너편 좌석에는 흑단처럼 새까만 피부가 반짝반짝 빛나는 남자가 앉아 있었다. 대합실에서 기다릴 때부터 올란나를 계속 쳐다보던 순모 정장 차림의 남자였다. 남자는 처음에 그녀의 여행 가방을 들어 주겠다고 했으며 나중에는 비행기 승무원에게 그녀 옆자리가 비었으니 그곳으로 좌석을 옮겨도 되느냐고 물었다. 그 남자가 이제는《뉴 나이지리아》신문을 건네며 물었다.

"이걸 읽으시겠습니까?"

가운데 손가락에 낀 커다란 오팔 반지가 눈길을 끌었다.

"네, 고맙습니다."

올란나는 신문을 받았다. 그리고 대충대충 넘겼다. 계속 바라보는 남자의 시선이 느껴졌다. 신문을 건네며 말을 거는 게 남자의 수법인 것 같았다. 올란나는 남자가 자신을 유혹하면 두 사람에게 마술 같은 일이 일어나서 비행기 착륙 후 남자와 팔짱을 끼고 걸어가며 새로운 인생을 시작할 수 있을 것만 같은 생각이 갑자기 들었다.

남자가 말했다.

"라고스 대학에서 이보족 출신 부총장을 마침내 쫓아냈습니다."

"오."

"뒤표지에 있습니다."

올란나가 신문을 뒤집었다.

"그렇군요."

"애초에 라고스에서 이보족 남자가 대학 부총장을 해야 할 이유가 없지 않아요?"

남자가 물었다. 올란나는 아무 대답도 없이 살짝 웃으며 듣고 있다는 표시만 했다.

"이보족은 이 나라에 있는 모든 걸 장악하려고 드는 게 문제예요. 자기네 땅에서나 살지 뭐 하러 다른 지역으로 나온답니까? 상점이란 상점은 모두 그들이 가지고 있어요. 웬만한 공직은 물론 경찰직까지 모두 그들이 장악했어요. 무슨 잘못을 저질러서 체포돼도 케다란 말만 제대로 하면 풀어 줄 정도니까요."

"케다가 아니라 케두인데요. '안녕하세요'란 뜻이지요."

올란나가 차분하게 말하자, 남자가 물끄러미 쳐다보았다. 올란나도 그를 물끄러미 쳐다보았다. 반짝거리는 새까만 피부가 여자라면 아주 예뻤을 거란 생각이 들었다.

"이보족이세요?"

남자가 물었다.

"네."

"하지만 얼굴이 푸라니족처럼 보이네요."

나무라는 듯했다.

올란나는 머리를 흔들며 다시 말했다.

"이보족이에요."

남자는 미안하다고 하는 듯 웅얼대며 고개를 돌려서 서류 가방을 뒤지기 시작했다. 올란나가 신문을 건네주자 남자는 억지로 받는 표정이었다. 그리고 올란나가 가끔씩 쳐다보았지만 남자는 라고스에 내릴 때까지 그녀를 두 번 다시 보지 않았다. 하지만 남자의 편견은 그녀에게 새로운 가능성을 열어 주었다. 동거한 남자가 마을 처녀와 잤다는 이유로 상처받을 필요가 없었다. 자신도 비행기에서 푸라니족 여자가 되어 낯선 남자와 팔짱을 끼고 이보족 사람을 마음껏 조롱할 수 있었다. 자신의 삶을 스스로 책임지고 꾸려 나가는 여자가 될 수 있었다. 무엇이든 될 수 있었다.

비행기에서 일어날 때 올란나는 남자를 쳐다보며 웃었다. 하지만 고맙다는 말은 하지 않았다. 남자의 놀라움과 후회 그 어느 쪽도 건들고 싶은 생각은 없었다.

올란나는 픽업트럭을 빌리고 운전사를 고용해서 오데니그보의 집으로 갔다. 책을 싸고 운전사에게 실어 갈 물건을 지시하는 그녀의 뒤꽁무니를 으그우가 계속 쫓아다녔다.

"주인어른이 꼭 다른 사람으로 변한 것처럼 매일 울면서 지내요, 마님."

으그우가 영어로 말했다.

"내 믹서를 상자에 넣어."

올란나가 말했다. '내 믹서'란 표현이 어색하게 들렸다. 예전에는 소유권에 대한 개념 없이 그냥 '믹서'라고 부르곤 했다.

"네, 마님."

으그우가 부엌으로 가서 상자를 들고 돌아왔다. 그리고 주저하며 내밀었다.

"마님, 주인어른을 제발 용서하세요."

올란나가 으그우를 보았다. 으그우도 알았던 것이다. 그 여자가 오데니그보의 침대에 있는 걸 보았던 것이다. 또 다른 배신감이 몰려들었다.

"오시소! 내 믹서를 차에 실어."

"네, 마님."

으그우가 문으로 향했다.

"아직도 저녁이 되면 손님들이 계속 찾아오니?"

올란나가 물었다.

"마님이 계시던 예전이랑 많이 달라요."

"하지만 계속 찾아오긴 하니?"

"네."

"너희 주인어른은 여전히 테니스를 치고 교원 클럽에 나가니?"

"네."

"다행이군."

진심이 아니었다. 오데니그보가 좌절의 나락에 빠져서 힘들어한다는 말을 듣고 싶었다.

오데니그보가 찾아왔을 때 올란나는 평소와 전혀 다름없는 그의 모습을 보고 실망하지 않으려고 애썼다. 그는 문가에 서서 공허한 말만 했다. 너무나 막힘없이 너무나 쉽게 "내가 다른 여자는 절대로 사랑하지 않는다는 사실은 당신도 잘 알잖아, 은켐." 하고 말하는 그의 모습에 분노만 치밀었다. 시간만 지나면 모든 게 예전처럼 돌아갈 거라고 확신하는 모습이었다.

올란나는 다른 남자가 자신을 은밀하게 바라보는 시선에도 분노가 치밀었다. 독신 남자는 집으로 찾아왔고 유부남은 강의실 바깥에서 우연히 만난 척하며 접근했다. 그들이 자신과 오데니그보의 관계가 영원히 끝났다고 판단하고 퍼붓는 구애에 화가 났다. 그리고 "아무 관심 없다."라고 말했다. 그러면서도 그 말이 오데니그보의 귀에 들어가지 않기를 바랐다. 자신이 슬퍼한다는 인상을 주고 싶지 않았다. 실제로 그녀는 슬프지 않았다. 강의 교재도 늘렸고, 조리에 많은 시간이 걸리는 요리도 했으며, 새 책도 읽었고,

새 음반도 샀다. 성 빈첸시오 아 바오로 모임의 간부직도 맡아 여러 마을을 돌아다니며 음식을 나누어 주었고, 모임 내용을 공책에 정리했다. 앞마당에다 백일홍도 심었고, 이웃에 사는 미국 국적의 흑인 여자 에드나 훼일러와 친하게 지냈다.

에드나는 웃음소리가 아주 컸다. 그녀는 대학에서 음악을 가르쳤고, 재즈 음악을 약간 크게 들었으며, 부드러운 돼지고기 요리를 잘했다. 또 미국 몽고메리에서 결혼을 일주일 앞두고 떠난 자신의 약혼자와 어릴 때 자신을 때렸던 삼촌에 대한 이야기를 자주 꺼냈다. 바로 하루 전에 한 이야기를 또다시 꺼낼 정도였다.

"내가 제일 이상하게 여기는 게 뭔지 아세요? 교양 있다는 백인들이 멋진 의상에 모자를 쓰고, 흑인을 나무에 매다는 광경을 구경하려고 모여든다는 사실이에요."

에드나는 조용하게 웃으며 자기 머리카락을 톡톡 건드렸다. 윤이 나서 반지르르 빛나는 머리카락이었다. 처음에 두 사람은 오데니그보에 대한 얘기를 하지 않았다. 올란나로서는 오데니그보나 그 친구들을 전혀 모르는 사람과 함께 지내는 시간이 새로울 뿐이었다. 그런데 한번은 에드나가 빌리 홀리데이의 「내 남자」를 함께 부르다가 갑자기 물었다.

"그 남자를 왜 사랑하세요?"

올란나는 고개를 들었다. 마음속에 아무 생각도 없었다.

에드나가 눈썹을 치켜뜨고 소리 없이 입으로 노래하는 모양만 만들었다.

"내가 그 남자를 왜 사랑하느냐고요? 사랑엔 이유가 없잖아요."

올란나가 대답했다.

"이유 없는 사랑은 없어요."

"사랑이 먼저 찾아오고 이유는 그다음에 따라오는 거예요. 그 사람이랑 있으면 다른 건 조금두 필요 없는 것 같아요."

그녀는 자기가 한 말에 깜짝 놀랐다. 자신이 이렇게 생각하고 있다는 놀라운 진실을 알게 되자 울고 싶어졌다.

에드나가 가만히 지켜보며 말했다.

"스스로 괜찮다며 자신을 속이지 마세요."

"난 자신을 속이지 않아요."

올란나가 반박했다. 빌리 홀리데이의 애처로운 비음이 짜증스러웠다. 그녀는 자신의 속마음이 그대로 드러나 보인다는 것을 지금까지 몰랐다. 에드나가 항상 자신의 웃는 모습만을 진심이라고 생각하고, 자신이 집에 혼자 있을 때마다 눈물을 흘리는 것은 모를 거라고 생각했었다.

에드나가 말했다.

"난 남자에 대해 상담해 줄 능력은 없어요. 하지만 당신한테는 그 문제에 대해 깊은 대화를 나눌 상대가 필요해요. 성당 신부라면 좋지 않겠어요? 성 빈첸시오 아 바오로 모임에 나가서 자선 활동을 하는 보상을 받는 셈 치고?"

에드나가 웃고 올란나도 웃었다. 하지만 이 문제에 중립적인 누군가를 만나서 깊은 대화를 나누며 자신을 되찾을 필요가 있다는 생각은 이미 올란나의 마음속에 깊이 자리 잡았다. 그래서 그녀는 며칠에 걸쳐 베드로 성당으로 차를 몰다가 중간에 마음을 바꾸곤 했다. 월요일 오후에는 일부러 중간에 멈출 여유가 없도록 과속 방지 턱조차 무시한 채 그냥 달렸다. 그리고 공기가 답답한

데미안 신부 사무실에 있는 나무 의자에 앉아 '평신도'라는 표시가 붙은 서류철 캐비닛만 바라보면서 오데니그보에 대한 이야기를 털어놓았다.

"전 그 사람을 보고 싶지 않아서 교원 클럽에도 안 갑니다. 전 테니스에 대한 관심도 잃었습니다. 그 사람은 절 배신했고 아프게 했습니다. 그런데도 아직 제 가슴엔 그 사람이 있는 것 같습니다."

데미안 신부가 목깃을 잡아당기고 안경을 조정한 다음에 코를 문질렀다. 올란나는 그가 속으로 무슨 생각을 할지 궁금했다. 계속 아무 말도 없었기 때문이다. 그러다가 그가 마침내 말했다.

"지난 주일에는 성당에서 보이지 않더군요."

올란나는 실망했다. 하지만 신부의 입장에서 보면 주님을 찾는 것도 하나의 해결책이 될 수 있을 거라는 생각이 들었다. 그러나 그녀가 바란 건 슬픈 마음에 대한 위로, 그리고 도덕적 우월감을 중요하게 여기라는 격려였다. 또 오데니그보에 대한 비난도 필요했다.

"신부님은 제가 성당에 더 많이 나와야 한다고 생각하시나요?"

"네."

올란나는 고개를 끄덕이고 가방을 들고 일어나서 떠날 준비를 했다. 괜히 왔다고 생각했다. 스스로 독신 생활을 감내하는, 하얀 신부복을 입은 동그란 얼굴의 신부가 자신의 감정을 이해하길 바란 것 자체가 무리였다. 그런데 데미안 신부는 안경 뒤편의 커다란 눈으로 그녀를 계속 쳐다보고 있었다.

"그리고 자매님이 오데니그보를 용서해야 한다고 생각합니다."

신부가 말하고 목깃을 잡아당겼다. 목깃이 너무 꽉 끼는 모양이었다.

순간 올란나는 그가 경멸스러웠다. 누구나 할 수 있는 말을 너무 쉽게 안 싯이다. 그런 말이나 들으려고 찾아온 건 아니었다.

"알겠습니다. 고맙습니다."

올란나가 일어났다.

"그 사람을 위해서가 아닙니다. 자매님을 위해섭니다."

"뭐라고요?"

신부가 여전히 앉아 있어서 올란나는 고개를 숙이며 그 눈동자를 쳐다보았다.

"그 사람을 용서한다는 관점에서 보지 마세요. 자신을 행복하게 한다는 관점에서 보세요. 일부러 고통을 선택해서 어떻게 하실 겁니까? 고통을 먹기라도 할 겁니까?"

올란나는 창문 위에 있는 십자가를, 고통스러운 표정으로 자신을 조용히 바라보는 예수의 얼굴을 바라보았다. 그리고 아무 말도 하지 않았다.

*

오데니그보가 아주 이른 시각에 올란나를 갑자기 찾아왔다. 아침 식사를 하기도 전이었다. 그녀는 문을 열어 상대의 어두운 표정을 보기도 전에 뭔가 문제가 생겼음을 직감했다.

"무슨 일인데?"

그녀가 물었다. 오데니그보의 어머니가 죽었기를 바라는 마음이 슬며시 들었다는 사실이 너무 무서웠다.

"아말라가 임신했어."

오데니그보가 말했다. 나쁜 소식을 들어야 하는 상대를 걱정하는 마음이 드러나는, 아무런 사심도 느껴지지 않는 딱딱한 말투였다.

올란나는 문 손잡이를 움켜잡았다.

"뭐라고?"

"어머니가 지금 막 찾아와서 아말라가 아이를 가졌다고 말했어."

그녀는 웃음이 나왔다. 웃고 또 웃었다. 계속 웃었다. 현재의 상황이, 지난 몇 주가, 갑자기 너무나 묘하게 느껴졌다.

"안으로 들어가게 해 줘, 제발."

그가 사정했다.

올란나는 뒤로 발을 빼며 말했다.

"들어와."

그가 의자 모서리에 앉았다.

올란나는 간신히 붙여 놓은 도자기 조각이 또다시 깨지는 느낌이었다. 다시 깨지는 순간은 고통스럽지 않았다. 다시 붙이려는 노력이 애초에 아무 소용도 없었다는 자각이 고통스러웠다.

"은켐, 제발, 함께 이 문제를 해결하자. 뭐든지 당신이 원하는 대로 할게. 이 문제를 제발 함께 해결하자."

올란나는 부엌으로 가 주전자 불을 끄고 돌아와서 오데니그보의 맞은편에 앉았다.

"단 한 번 그랬다고 했잖아! 그런데 단 한 번에 아말라가 임신했다는 거야? 단 한 번에?"

그녀는 목소리를 높이고 싶지 않았다. 하지만 믿을 수가 없었다. 술에 취한 상태에서 여자와 딱 한 번 자서 임신까지 시켰다는 사실을 도무지 믿을 수가 없었다.

"맞아, 딱 한 번이었어. 딱 한 번."

"알았어."

올란나가 대답했다. 하지만 조금도 이해할 수 없었다. 그에게 따귀를 날리고 싶은 충동이 일었다. 딱 한 번이라고 강조하는 게 마치 그 일이 불가피했던 것처럼, 중요한 건 그런 일이 일어났다는 자체가 아니라 그런 일을 저지른 횟수라도 되는 것처럼 들렸다.

"어머니한테 아말라를 에누구에 있는 오콘크워 박사한테 보내겠다고 하니까, 그렇게 하려거든 먼저 당신부터 죽이라고 했어. 어머니 말로는 아말라한테 아이를 낳게 해서 당신 손으로 직접 기르겠다는 거야. 아말라는 온도에서 목재소 일을 하는 남자랑 결혼할 예정이라면서."

그가 벌떡 일어났다.

"어머니가 처음부터 계획적으로 꾸민 일이야. 어머니가 날 완전히 취하게 만들고는 아말라를 내 방에 집어넣은 이유를 이제 알겠어. 하늘에서 갑자기 날벼락이 떨어진 기분이야."

올란나는 오데니그보를 바라보았다. 햇살 아래의 머리끝부터 가죽 샌들 안의 날씬한 발가락까지 바라보았다. 자신이 사랑하는 사람에 대한 모멸감이 이렇게 강하게 솟구친다는 것이 놀라울 뿐이었다.

"당신을 그렇게 만든 사람은 바로 당신 자신이야."

올란나가 말했다.

그가 붙잡으려고 했지만 올란나는 그의 손을 가볍게 떨쳐 내고 그만 나가라고 말했다. 그리고 나중에 화장실에 있는 거울 앞에 서서 자신의 배를 두 손으로 사정없이 짓눌렀다. 배에서 오는 통증이 자신은 아무 쓸모도 없는 인간이며, 아이는 자신의 배가 아닌 다른 여자의 배에 있다는 사실을 상기시켰다.

에드나가 너무 오랫동안 문을 두드려서 올란나는 침대에서 일어나 문을 열어 줄 수밖에 없었다.

"무슨 일 있었어요?"

에드나가 물었다.

"다른 사람은 방귀를 뀌어도 아무렇지 않은데 자기가 뀌면 똥이 나온다는 우리 할아버지 말씀이 생각나네요."

올란나가 말했다. 우스꽝스럽게 말하고 싶었지만 목소리가 너무 가늘게 흘러나와 당장이라도 울 것같이 들렸다.

"무슨 일인데요?"

"그 사람이랑 잔 여자가 임신을 했어요."

"도대체 당신은 뭐가 문제예요?"

자신에게 문제가 있다는 듯한 말에 올란나가 눈을 가늘게 뜨고 에드나를 바라보았다.

"이제 그만 정신을 차리세요! 당신은 그 사람이 당신처럼 울면서 하루하루를 보낸다고 생각하세요? 몽고메리에서 그 나쁜 놈이 날 떠날 때 난 자살하려고 했는데, 그 자식은 어떻게 했는지 아세요? 슬그머니 도망쳐서는 루이지애나에 있는 밴드에서 연주를 했어요."

에드나가 신경질적으로 머리카락을 톡톡 건드리며 계속 말했다.

"당신을 보세요. 당신은 그 누구보다 다정한 사람이에요. 그리고 모두가 삼반일 징도고 이름다워요. 그런데 또 뭐가 더 필요한 거예요? 현재의 자신한테 만족할 순 없나요? 당신은 너무나 약해요!"

올란나는 뒤로 주춤 물러섰다. 고통과 생각과 분노가 한데 엉켜 온몸으로 무섭게 몰아쳐서 그녀는 또렷한 말을 뱉어 냈다.

"당신 애인이 당신을 버린 건 내 잘못 때문이 아니에요, 에드나."

에드나가 처음에는 깜짝 놀란 표정을 짓더니 곧 화를 내며 홱 돌아서서 밖으로 나갔다. 올란나는 에드나가 떠나는 모습을 지켜보았다. 그런 말을 한 게 미안했다. 하지만 사과하고 싶은 생각은 아직 없었다. 하루나 이틀 두고 볼 생각이었다. 올란나는 갑자기 배가 고팠다. 엄청나게 고팠다. 하도 울어서 속이 완전히 비어 버린 모양이었다. 먹다 남은 졸로프 쌀밥은 차가웠지만 그것을 완전히 먹어 치우고 시원한 병맥주 두 병을 마셨다. 아직도 배가 차지 않았다. 찬장에 있는 비스킷과 냉장고에 있는 오렌지를 먹었다. 그런 다음에 동부 상점에 가서 포도주를 사기로 했다. 술을 마시고 싶었다. 마실 수 있을 때까지 맘껏 마시고 싶었다.

상점 입구에 두 여자가 서 있었다. 사회 과학부 교수인 인도 여자와 인류학을 가르치는 칼라바리 여자였다. 두 여자가 상냥하게 웃으며 알은척했다. 하지만 은밀하게 바라보는 시선에 동정이 깃든 것 같았다. 올란나가 완전히 무너졌다고, 그녀가 나약하다고 생각하는 것 같았다.

올란나가 포도주 병을 살피고 있을 때 리처드가 다가오며 말했다.

"당신인 줄 알았어요."

"안녕하세요, 리처드."

올란나는 리처드의 장바구니를 보았다.

"직접 쇼핑하러 나오시는 줄 몰랐어요."

"해리슨이 고향에 며칠 다녀온다고 해서요. 그래, 어떻게 지내세요? 괜찮으세요?"

그녀는 리처드의 눈에 동정이 어리는 것이 싫었다.

"아주 좋아요. 두 개 중에서 어느 걸 살지 결정할 수가 없네요."

그녀가 포도주 병 두 개를 가리켰다.

"두 병을 다 사서 선생님과 같이 마시며, 어떤 게 좋은지 품평회를 하면 어떨까요? 한 시간 정도 시간 내 줄 수 있으세요? 급히 돌아가서 글을 써야 하는 건가요?"

올란나의 활기찬 제안에 리처드는 깜짝 놀란 표정이었다.

"폐만 끼칠 것 같네요."

"무슨 말씀이세요. 그렇지 않아요. 게다가 지금까지 날 찾아온 적이 한 번도 없잖아요…… 내 집에."

그녀는 점잖고 우아하게 행동하면서 리처드와 포도주를 마시고 리처드가 쓰는 책, 자신이 새로 심은 백일홍, 이보 으쿠우 예술, 엉망진창이 된 서부 지역 선거에 대한 대화를 나눌 수 있을 것 같았다. 그러면 리처드가 돌아가서 오데니그보에게 자신이 잘 지낸다고, 정말 잘 지낸다고 말할 것 같았다.

리처드는 올란나 집에 들어가서 소파에 똑바로 앉아 딱딱하게 몸이 굳은 채로 포도주 잔을 들었다. 올란나는 리처드가 오데 니그보 집에서 그런 것처럼 몸을 축 늘어뜨린 채 편하게 행동하기 를 바랐다. 그녀는 양탄자가 깔린 바닥에 앉았다. 두 사람은 케냐 의 독립을 축하하며 건배했다.

"영국이 케냐에서 저지른 끔찍한 만행에 대해 꼭 쓰셔야 해요. 음부를 잘라 내기도 했다죠?"

올란나가 묻자 리처드가 뭐라고 중얼거리며 시선을 피했다. '음부'란 말에 수줍어하는 것 같았다. 그녀는 빙그레 웃고 똑바로 쳐다보며 다시 물었다.

"맞죠?"

"그래요."

"그럼 그 내용을 꼭 쓰셔야 해요."

그녀는 두 번째 잔을 천천히 마셨다. 고개를 들어서 목구멍을 타고 내려가는 차가운 액체를 즐기며 물었다.

"지금 쓰시는 책은 제목이 뭔가요?"

"『바구니에 가득한 손』."

"『바구니에 가득한 손』이라. 느낌이 섬뜩하네요."

올란나가 술잔을 기울여서 모두 마셨다.

"노동에 관한 내용이에요. 철도처럼 노동이 이루어 낸 성과물, 그리고 식민지 기업의 잔인한 노동 착취에 대한 거예요."

"오!"

올란나가 일어나서 두 번째 병의 마개를 땄다. 그리고 허리를 숙 여서 자기 잔을 먼저 가득 채웠다. 몸이 가벼웠다. 온몸을 짓누르던 부담이 모두 사라진 것 같았다. 하지만 머리는 아주 맑았다. 지금 자신이 무엇을 원하며 무슨 짓을 하는지 또렷이 알고 있었다. 술병을 들고 리처드의 옆으로 갈 때 수줍어 어쩔 줄 모르는 그의 체취가 콧속에 파고들었다.

"제 잔은 아직 안 비었어요."

리처드가 말했다.

"네, 그렇군요."

그녀가 대답하며 바닥에 술병을 내려놓고 리처드 옆에 앉았다. 그의 이마로 내려온 머리카락을 매만지며 노란 머리카락이 정말 매끈하다고, 오데니그보처럼 푸석푸석하지 않다고, 오데니그보와 완전히 다르다고 생각했다. 자신을 바라보는 그의 눈동자가 회색으로 변하는 것 같기도 하고 아닌 것 같기도 했다. 올란나는 그 얼굴을 만지다가 뺨에 손을 올려놓았다. 그리고 마침내 입을 열었다.

"이리 와서 나와 바닥에 앉아요."

두 사람은 소파에 등을 기댄 채 바닥에 나란히 앉았다. 리처드가 중얼거렸다.

"그만 가 봐야겠어요."

이렇게 말한 것 같았다. 하지만 올란나는 그가 떠나지 않을 것이며 자신이 뻣뻣한 양탄자에 누우면 그도 옆에 누울 것임을 알았다. 올란나는 리처드의 입술에 키스했다. 리처드가 그녀를 확 끌어안다가 갑자기 몸을 떼어 내며 얼굴을 피했다. 그가 가쁘게 내뿜는 숨소리가 들렸다. 올란나는 그의 허리띠를 풀어서 몸을 뒤로 빼고 바지를 잡아당기다가 크게 웃었다. 바지 끝이 신발에 끼었기 때문이다. 그녀는 옷을 벗었다. 리처드가 그녀의 위로 올라오고 뻣뻣한 양탄자는 벌거벗은 등과 엉덩이를 콕콕 찔렀다. 젖꼭지를 부드럽게 핥는 느낌이 났다. 오데니그보가 빨고 깨물 때의 느낌과 신이 달랐다. 쾌락의 파도가 몰려들지 않았다. 오데니그보는 혀를 입안에 밀어 넣고 이리저리 움직이며 모든 걸 잊게 만드는 쾌감을 안겨 주었지만 리처드는 그렇게 하지 않았다. 배에 키스를 할 때도 지금 그가 배에다 키스를 하는구나 하는 느낌 정도였다.

하지만 리처드의 그것이 몸속으로 파고드는 순간에 모든 게 변했다. 올란나는 엉덩이를 치켜들고 리처드가 자신의 그것으로 찔러 대는 리듬에 따라 함께 움직였다. 자신의 손목을 묶은 굴레를 벗어던진 것 같았다. 온몸에 전기가 일어나 입에서 커다란 비명이 저절로 터져 나오는 것 같았다. 환희가 밀려들었다. 놀라운 은총을 받는 느낌이었다.

21

리처드는 윈스턴 처칠 경의 사망 소식을 듣고 안도의 한숨을 내쉬었다. 주말에 하코트 항구로 가지 않아도 되는 핑계가 생겼기 때문이다. 아직은 카이네네를 만날 자신이 없었다.

영국 대사관에서 열리는 추도식에 참석하러 라고스에 가야 한다고 하자 카이네네는 전화로 이렇게 말했다.

"이제 그 끔찍한 처칠 경 농담은 안 해도 되겠구나?"

리처드는 웃음을 터뜨렸다. 카이네네가 자신이 한 일을 알고 떠나 버리면, 그래서 전화로 그녀의 이런 냉소적인 목소리를 두 번 다시 들을 수 없게 되면 어떤 기분이 들까 궁금했다.

불과 며칠 전이지만 올란나 집에서 있었던 일이 까마득하게 느껴졌다. 일을 치른 다음에 거실 바닥에서 깊은 잠에 빠졌다가 두통을 느끼며 씁쓸하게 깨어나는 순간, 리처드는 벌거벗은 자신의 몸이 너무나 창피했다. 올란나는 옷을 다 입고 소파에 말없이 앉아 있었다. 그는 너무나 당혹스러웠다. 자신들이 저지른 일에 대해 무슨 말을 해야 좋을지 몰랐다. 결국 그는 한마디 말도 없이 그냥 떠났다. 올란나의 얼굴에 깃든 후회가 경멸로 바뀌는 걸 바라지 않았기 때문이다. 자신을 선택받은 게 아니었다. 어떤 남자에게든 일어날 수 있는 일이었다. 그 자리에 자신이 있었을 뿐이다. 벌거벗은 올란나를 껴안고 있을 때도 리처드는 이 사실을 알고 있었다. 하지만 날씬한 그녀의 몸에서, 함께 움직이는 몸에서, 주는 만큼 받아들이는 몸짓에서 일어나는 쾌감은 조금도 줄어들지 않았다. 이렇게 확실한 쾌감을 느끼며 이렇게 오랫동안 섹스를 한 것은 처음이었다.

그런데 지금은 허탈했다. 올란나를 도달할 수 없는 대상으로 여기며 멀리서 숭배했는데, 그 혀에 감도는 포도주를 맛보고 자신의 몸에 코코넛 냄새가 밸 정도로 벌거벗은 몸을 서로 뒤섞고 나니 이상한 상실감이 생겼다. 환상이 사라진 느낌이었다. 하지만 그 무엇보다 두려운 건 카이네네를 잃을 가능성이었다. 리처드는 그녀에게 이 사실을 완벽하게 숨겨야 한다고 단단히 마음을 먹었다.

*

수전은 추도식에서 리처드의 옆자리에 앉았다. 윈스턴 처칠의 연설 장면 일부를 상영할 때 장갑 낀 두 손을 꼭 움켜쥐고 리처드에게 몸을 기댔다. 리처드는 자신의 눈에 눈물이 고이는 것을 느꼈다. 처칠 경에 대한 존경이 두 사람 사이에 존재하는 유일한 공통점인 것 같았다. 추도식이 끝난 다음에 수전은 폴로 클럽에서 술이나 한잔하자고 말했다. 그녀는 예전에 리처드를 그곳에 데려가 넓은 녹색 잔디밭 옆에 앉아 이렇게 말한 적이 있었다.

"아프리카 사람들이 이곳에 들어올 수 있게 된 건 서너 해에 불과해. 그런데도 지금은 얼마나 많은 흑인이 몰려드는지 몰라. 감사할 줄도 모르면서 말이지."

두 사람은 이번에도 같은 장소에 앉았다. 하얀 페인트를 칠한 난간 근처였다. 옆에는 몸에 딱 맞는 검은 정장 차림의 나이지리아인 웨이터가 기다렸다. 폴로 클럽은 거의 텅 비었지만 건너편에서는 폴로 시합이 진행 중이었다. 남자 여덟 명이 말을 전속력으로 몰면서 고함을 지르고 욕설을 퍼붓는 소리가 시끄러웠다. 수전은 만난 적이 한 번도 없는 사람의 죽음을 애도하듯이 조용히 말했다. 지난번에 장례식을 국장으로 치른 사람이 웰링턴 공작이었다는 게 정말 재미있다고, 그리고 처칠 경이 영국을 위해 아주 많은 일을 했다는 사실을 아직까지 제대로 모르는 사람들이 있다는 건 정말 슬픈 일이라고, 추도식에 참여한 어떤 사람들이 처칠 경의 외가 쪽에 인도의 피가 섞였다고 말한 건 너무 심했다고 말이다. 수전을 만난 건 은수카로 이사하고 나서 처음이었다. 예전에 비해서 피부가 많이 탄 것 같았다. 그녀는 진을 서너 잔 마시면서 활기를 되찾더니, 영국 문화원에서 상영했다는 왕실 가족에 대한 놀라운 영상물에 대해서 찬사를 늘어놓았다. 그러다가 양쪽 귀를 빨갛게 물들이며 잠시 후에 이렇게 말했다.

"지금 내 말 듣고 있어?"

"물론이지."

"당신의 정부, 오조비아 추장의 딸에 대한 소문을 들었어."

그녀가 말했다. 비꼬는 투였다.

"그 사람 이름은 카이네네야."

"언제나 콘돔을 확실히 쓰려고 노력하고 있는 거야? 흑인은 교육을 아무리 많이 받은 사람이라 해도 항상 조심하는 게 좋아."

리처드는 끝없이 펼쳐진 고요한 초원을 바라보았다. 수전과 함께라면 결코 행복할 수 없을 거라는 확신이 들었다. 인생살이가 너무나 허무하게 끝나고 말 것 같았다.

"존 블레이크랑 잤어."

그녀가 말했다.

"그래?"

그녀가 웃었다. 술잔을 만지작거리면서 탁자에 대고 이리저리 돌리며 물기를 문질렀다.

"놀란 것 같네."

"그런 건 아니야."

리처드가 대답했다. 하지만 사실은 놀랐다. 수전이 블레이크와 잤기 때문이 아니라 그 상대가 그녀의 친한 친구 캐롤라인의 남편이었기 때문이다. 하지만 백인들의 인생이라는 게 어차피 이런 식이었다. 리처드가 알고 있는 백인은 누구나 열대 지방의 뜨거운 날씨를 즐기며 심심풀이로 친구의 남편이나 부인을 몰래 만나 바람을 피웠다. 진정한 의미의 사랑과 열정은 어디에도 없었다.

수전이 말했다.

"특별한 의미는 없어, 조금도. 당신이 덧없는 연애를 끝낼 때까지만 그렇게 지낼 거란 사실을 당신한테 알려 주고 싶었어."

리처드는 그건 친구에 대한 배신이란 말을 하고 싶었지만 자신이 그런 말을 할 자격은 없었다.

5 책 : 우리가 죽을 때 세상은 침묵했다

그는 기아에 대해서 적는다. 나이지리아는 기아를 전쟁 무기로 사용했다. 기아는 비아프라를 비참하게 만들었고 동시에 유명하게 만들었다. 그래서 비아프라의 생명을 최대한 연장시켰다. 기아는 전 세계 사람들이 비아프라의 현실에 주목하도록 했으며, 런던과 모스크바와 체코슬로바키아에서 항의 시위를 촉발시켰다. 기아는 잠비아와 탄자니아와 코트디부아르와 가봉이 비아프라를 인정하게 했다. 기아 때문에 닉슨은 미국인들이 아프리카에 대해 관심을 가지게 했다. 또한 전 세계 부모들은 자녀들이 음식을 조금도 남기지 못하도록 했다. 기아는 전 세계 원조단체로 하여금 야밤에 몰래 비행기를 몰아 비아프라에 식량을 전달토록 했다. 양쪽 진영이 항로에 대한 협정을 맺지 않았기 때문이다. 그리고 기아는 사진 기자의 경력을 부풀려 주었으며, 국제 적십자회로 하여금 비아프라를 2차 세계 대전 이후 가장 참혹하게 고통받는 지역으로 선포하게 했다.

22

으그우는 설사병에 걸려서 고생했다. 주인어른 캐비닛에 있는 쓰디쓴 알약이나 조모 아저씨가 준 시큼한 잎사귀도 씹어 먹었지만 소용이 없었다. 음식 때문에 걸린 병이 아니었다. 어떤 음식이든 입에만 들어가면 남학생 기숙사 화장실로 곧장 달려가야 했기 때문이다. 이건 걱정 때문에 걸린 병이었다. 그는 너무나 괴로워하는 주인어른이 매우 걱정스러웠다.

아말라가 임신했다는 소식을 큰마님에게 들은 다음부터 주인어른은 안경이 잘 보이지 않는 것처럼 비틀거리며 걷고, 차를 달라고 할 때도 풀이 죽은 목소리로 말했으며, 손님이 찾아오면 자신이 집에 없다고 말하게 했다. 주차장에 주인어른의 자동차가 그대로 보이는데도 말이다. 주인어른은 툭하면 허공을 물끄러미 바라보았다. 툭하면 재즈 음악을 들었다. 툭하면 마님 얘기를 꺼냈다.

"너희 마님이 돌아올 때까지 그대로 둬."

"너희 마님은 그게 복도에 있는 걸 더 좋아할 거야."

그럴 때마다 으그우는 "네, 주인어른." 하고 대답했다. 하지만 그는 주인어른이 마님이 진짜 돌아올 거라고 생각하며 하는 소리가 아님을 알았다.

지독한 설사는 큰마님이 아말라를 데리고 찾아오면서 더 심해졌다. 으그우는 그녀를 자세히 살펴보았다. 임신한 것처럼 보이지 않았다. 여전히 날씬하고 배도 나오지 않았다. 으그우로서는 디비아 약이 아무 효과가 없기만 바랄 뿐이었다. 하지만 큰마님은 뜨거운 감자 껍질을 까면서 그에게 이렇게 말했다.

"아이가 태어나면 내가 데리고 살 거야. 그러면 우리 동네 아낙네들도 우리 아들이 고자란 말은 더 이상 안 하겠지."

아말라는 거실에 앉아 있었다. 임신 때문에 자신감이 생겼는지 가만히 앉아서 빈둥대며 전축과 라디오만 들었다. 하기야 그녀는 이제 큰마님의 심부름꾼이 아니라 손자를 낳아 줄 여자였다. 으그우는 부엌문에서 아말라를 계속 지켜보았다. 그녀가 주인어른의 안락의자나 마님이 제일 좋아하는 방석을 고르지 않아서 그나마 다행이었다. 그렇게 했다면 당장 가서 일어나라고 요구했을 것이다.

아말라는 손으로 무릎을 누르며 앉아서 중앙 탁자에 있는 신문 더미만 멍청한 표정으로 물끄러미 바라보았다. 이마에 순면 스카프를 두른, 너무나 평범한 차림의 이런 보통 여자가 이렇게 커다란 사건 한가운데에 휘말렸다는 것은 말도 안 되는 일이었다. 그녀는 예쁘지도 않고 추하지도 않았다. 고향 마을에서 매일 아침 냇가로 물을 뜨러 가는 아주 평범한 젊은 여자 가운데 하나였다. 두드러지게 눈에 띄는 곳이라곤 하나도 없었다.

아말라를 가만히 바라보던 으그우는 갑자기 화가 치밀었다. 아말라에 대한 분노가 아니라 마님에 대한 분노였다. 그녀는 큰마님이 약을 써서 주인어른을 이렇게 평범한 여자의 품속에 밀어 넣었다는 이유로 자기 집에서 도망치지 말았어야 했다. 계속 이 집에 머물며 아말라와 큰마님에게 이 집의 진정한 안주인은 자신임을 보여 주어야 했다.

숨이 막힐 정도로 답답한 하루하루가 흘러가는 동안 큰마님은 냄새가 지독한 수프를 계속 만들어서 혼자 먹었다. 주인어른은 밤늦도록 밖에 머물렀고 아말라는 구역질을 했으며 으그우는 설사했기 때문이다. 하지만 큰마님은 아무렇지도 않은 것 같았다. 계속 콧노래를 흥얼거리며 요리하고 청소도 하고 마침내 화로 켜는 법을 알았을 때는 자화자찬하면서 웃으며 이렇게 말했다.

"언젠가는 나한테도 이런 화로가 생길 거야. 우리 손자가 나한테 이런 걸 사 줄 거야."

그녀는 그렇게 일주일 이상을 보내더니 마을로 돌아가야겠다고 했다. 하지만 아말라는 그냥 두고 가겠다고 주인어른에게 말했다.

"너도 저 애가 얼마나 아픈지 알지? 우리 마을에는 우리 후손이 태어나는 걸 바라지 않는 적들이 있어. 그들이 저 아이한테 해코지를 하려고 들 거야. 하지만 우리는 그들을 물리쳐야 해."

"안 돼요, 데리고 가셔야 해요."

주인어른이 반발했다. 자정이 지난 시각이었다. 큰마님은 주인어른이 돌아올 때까지 자지 않고 기다렸던 것이다. 으그우는 문 잠글 시간만 기다리며 부엌에서 졸고 있었다.

큰마님이 말했다.

"저 애가 아프다고 하는 말을 못 들었니? 여기에 머무는 편이 훨씬 좋아."

"의사에게 진찰을 받게 할게요. 하지만 어머니가 꼭 데려가셔야 해요."

"지금 네가 이러는 건 아말라를 거부하는 게 아니라 네 자식을 거부하는 거야."

큰마님이 말했지만 주인어른은 똑같은 말만 반복했다.

"어머니가 꼭 데려가셔야 해요. 올란나가 금방 돌아올지도 모르는데 아말라가 여기에 있으면 문제를 해결할 수가 없어요."

"그래도 네 자식인데……."

그녀는 슬픈 표정으로 머리를 흔들었다. 하지만 반박하지 않았다.

"난 으무아다 모임에 참석하러 내일 떠나야 해. 주말에 돌아와서 저 아이를 데려가마."

큰마님이 떠난 날 오후에 으그우는 채소밭 바닥에 앉아서 무릎을 세운 채 두 팔로 다리를 감싸고 있는 아말라를 발견했다. 그녀는 매운 후추 열매를 씹어 먹고 있었다.

"잘돼 가요?"

그가 물었다. 어쩌면 아말라는 마녀라서 지금 이곳에 앉아 은밀한 의식을 행하는 중일 수도 있었다.

아말라는 한동안 가만히 있다가 대답했다. 그녀는 말을 거의 안 하기 때문에 그 입에서 어린아이처럼 높은 음성이 나올 때마다 으그우는 깜짝깜짝 놀랐다.

"후추 열매는 아이를 지울 수 있어."

"뭐라고요?"

"매운 후추 열매를 많이 먹으면 아이를 지울 수 있다고."

그녀는 짐승처럼 애처롭게 흙바닥에 쪼그리고 앉아 눈물을 줄줄 흘리며 후추 열매를 천천히 계속 씹었다.

"후추 열매에는 그런 효능이 없어요."

으그우가 말했다. 하지만 그녀 말이 맞았으면 좋겠다고 생각했다. 후추 열매가 아말라 배 속의 아이를 지워 줘서 자신은 예전 생활을 되찾고 주인어른과 마님이 다시 합치면 모든 것이 좋을 것이다.

"많이 먹으면 그럴 수 있어."

그녀가 강하게 말하며 손을 내밀어서 후추 열매를 한 움큼 더 땄다.

으그우는 스튜에 넣기 위해 정성스럽게 키운 후추 열매를 아말라가 다 먹어 치우는 걸 바라지 않았다. 하지만 후추 열매에 그런 효능이 있다는 말이 사실이라면 그대로 두는 편이 훨씬 좋을 것 같았다.

아말라의 얼굴은 눈물과 콧물과 먼지가 섞여서 반질거렸다. 그리고 그녀는 가끔씩 입을 크게 벌리고 후추 열매 때문에 매운 혀를 강아지처럼 길게 내민 채 헉헉거렸다. 으그우는 아이를 낳지 않을 생각이면 왜 이런 일을 벌였느냐고 그녀에게 묻고 싶었다. 큰마님의 계획도 분명히 알았을 터이고 주인어른 침실도 자기 발로 들어가지 않았는가! 하지만 묻지 않았다. 아말라와 친해지고 싶지 않았다. 그래서 발길을 돌려 안으로 그냥 들어갔다.

아말라가 떠나고 며칠이 지난 후에 올란나 마님이 찾아왔다. 마님은 낯선 손님처럼 소파에 똑바로 앉아서 발을 꼬았다. 그리고 으그우가 접시에 담아 온 친친도 거절했다.

"그냥 부엌으로 가져가."

마님이 말하는 순간 주인어른이 말했다.

"탁자에 놓고 나가."

으그우는 어찌해야 좋을지 몰라서 접시를 들고 가만히 서 있었다.

"그럼 그냥 부엌으로 가져가!"

주인어른이 날카롭게 다시 말했다. 실내에 가득한 긴장감이 마치 으그우 때문인 것처럼 말이다. 으그우는 부엌문을 꽉 닫지 않았다. 그 옆에 서서 엿들을 생각이었다. 하지만 꽉 닫아도 상관 없을 뻔했다. 마님이 소리치는 목소리가 너무나 컸기 때문이다.

"문제는 당신 어머니가 아니라 바로 당신이야! 이번 일은 당신이 자초해서 일어난 거야! 책임은 당신한테 있다고!"

그렇게 조용한 목소리가 이렇게 변할 수 있다는 사실에 으그우는 깜짝 놀랐다.

"난 여자를 밝히는 남자가 아니야. 그건 당신도 알잖아. 우리 어머니가 이렇게 만들지 않았다면 이런 일은 일어나지 않았어!"

주인어른은 목소리를 낮춰야 했다. 빌어야 하는 사람이 소리 치면 안 된다는 걸 주인어른은 모른단 말인가!

"그럼 당신 어머니가 당신 그걸 꺼내서 아말라 몸속에 집어넣 기라도 했다는 거야?"

마님이 말했다.

순간 으그우는 배 속이 요동치는 걸 느끼고 남학생 기숙사에 있는 화장실을 향해 뛰쳐나갔다. 그리고 돌아오다가 레몬 나무 옆에 서 있는 마님을 발견했다. 그는 대화가 어떻게 끝났는지, 대화가 끝났다면 나무 옆에 서 있는 이유는 무엇인지 알아보려고 마님의 얼굴을 살폈다. 입술 주변에는 주름이 팽팽하게 당겨져 있었다. 자신만만하게 서 있는 그녀는 새로 쓴 가발 때문에 키가 훨씬 커 보였다.

"필요한 게 있으신가요, 마님?"

으그우가 묻자 마님은 아나라 식물 쪽으로 걸어가며 말했다.

"아주 예쁘게 자랐어. 비료를 줘서 이런 거니?"

"네, 마님. 조모한테서 구했어요."

"그럼 후추에도 주는 거야?"

"네, 마님."

마님이 발길을 돌렸다. 검은 구두에 무릎까지 내려오는 드레스를 입은 그녀의 모습이 낯설었다. 예전에 그녀는 언제나 길고 헐렁한 원피스나 실내복 차림으로 마당에 나왔다.

"마님?"

마님이 몸을 돌렸다.

"북부에서 장사하는 아저씨가 있는데요. 장사가 너무 잘되다 보니까 사람들이 샘을 냈어요. 그런데 하루는 아저씨가 옷을 빨아서 밖에 널다가 누가 셔츠 소매를 싹둑 잘라 낸 사실을 발견한 거예요."

그녀가 물끄러미 쳐다보았다. 더 이상 듣고 싶지 않다는 표정이었다.

"소매를 잘라 낸 사람은 거기에다 약을 발라 나쁜 주술을 걸었지만 아무런 효과도 없었어요. 우리 아저씨가 즉시 셔츠를 태워 버렸기 때문이에요. 그날 우리 아저씨 오두막 근처에 파리 떼가 잔뜩 몰려들었답니다."

"도대체 지금 무슨 소리를 하는 거니?"

마님이 영어로 물었다. 지금까지 그녀는 으그우에게 영어로 말한 적이 거의 없기 때문에 아주 차갑고 멀게 느껴졌다.

"큰마님이 우리 주인어른한테 나쁜 주술을 걸었어요, 마님. 부엌에 몰려든 파리 떼를 봤어요. 큰마님이 주인어른 음식에 뭔가를 넣는 것도 봤어요. 그리고 아말라 몸에다 뭔가를 바르는 광경도 봤어요. 우리 주인어른을 유혹하려고 약을 사용한 게 분명해요."

"바보 같은 소리!"

그녀의 멸시에 으그우는 가슴이 오그라들었다. 마님이 변했다. 피부는 팽팽했고 의복은 빳빳했다. 그녀가 허리를 숙이자 옷에 달라붙은 녹색 진딧물이 가볍게 떨어졌다. 하지만 그녀는 집을 돌아서 주인어른 차고 앞에 주차한 자동차로 걸어가지 않았다. 다시 집으로 들어갔다. 으그우는 그 뒤를 따랐다. 서재에서 마님이 큰 소리로 뭔가 계속 말을 이어 가는 것이 들렸지만 부엌에 있는 으그우는 제대로 알아들을 수가 없었고 엿듣고 싶은 마음도 없었다. 이윽고 침묵이 흘렀다. 그러다가 침실 문이 열리고 닫혔다. 그는 잠시 기다리다가 복도를 살금살금 걸어서 나무 문에 귀를 댔다. 마님이 내는 소리가 달랐다. 예전에 그녀는 목에서 겨우 흘러 나오는 신음 소리를 냈는데 지금은 악악거리며 노골적으로 헐떡 거렸다. 금방이라도 폭발할 것 같은, 주인어른 때문에 쾌락과 분노가 동시에 일어나는 것 같은, 그래서 쾌락을 최대한 즐긴 다음에 분노를 폭발시킬 것 같은 소리였다. 으그우는 희망이 솟구치는 것을 느꼈다. 두 시간이 하해의 음식을 먹을 수 있도록 졸로프 쌀밥을 맛있게 지어야겠다고 생각했다.

나중에 시동을 건 자동차가 전조등으로 하얀 꽃 덤불을 훑고 지나갈 때 으그우는 마님이 급하게 쓸 물건 서너 개를 가져오려고 자기 집으로 간다고 생각했다. 그래서 식사 2인분을 준비만 해 놓고 식탁은 차리지 않았다. 냄비에 따뜻하게 보관하고 싶었다.

주인어른이 부엌으로 들어오며 물었다.

"오늘은 너 혼자만 식사를 할 생각이야, 우리 일꾼?"

"마님을 기다리는 중인데요?"

"내 음식만 차려, 오시소!"

"네, 주인어른. 마님은 금방 다시 오시겠지요, 주인어른?"

"내 음식이나 차려!"

주인어른이 다시 말했다.

23

올란나는 리처드의 거실에 들어섰다. 가구가 하나도 없는 실
내에 당황했다. 액자나 책이나 러시아 인형 같은 거라도 있어서 눈
길을 줄 수 있으면 좋을 것 같았다. 벽에 걸린 작은 이보 으크우 밧
줄 무늬 그릇 사진이 전부였다. 사진을 쳐다보고 있을 때 리처드가
나왔다. 그의 미소가 부드러워 보였다. 노란 머리카락과 새파란 눈
이 멋있어서 정말 잘생긴 얼굴이라고 새삼스럽게 생각했다.

"안녕하세요, 리처드."

올란나는 형식적인 인사말은 듣지도 않은 채 단도직입적으로
물었다.

"지난 주말에 카이네네를 만났나요?"

리처드는 시선을 피하며 윤기가 흐르는 그녀의 가발에만 초
점을 맞췄다.

"아니요. 만나지 않았어요. 라고스에 갔어요. 윈스턴 처칠 경
추도식에요."

"우리가 벌인 일은 정말 멍청한 짓이었어요."

그녀가 말했다. 리처드의 두 손이 덜덜 떨리는 것이 보였다. 그는 고개를 끄덕였다.

"네, 네."

"카이네네는 쉽게 용서하지 않을 거예요. 카이네네한테는 말하지 않는 게 좋을 거예요."

"물론이죠."

그는 조금 후에 덧붙였다.

"당신한테는 감정적인 문제가 있었고 난 행동을 조심……."

"손바닥도 마주쳐야 소리가 나는 거예요, 리처드."

올란나는 그의 덜덜 떨리는 두 손과 목소리 그리고 창백하게 변한 얼굴 모두가 갑자기 경멸스러웠다.

해리슨이 쟁반을 들고 나타났다.

"마실 걸 가져왔습니다, 주인어른."

"마실 것?"

리처드가 움찔하며 재빨리 몸을 돌렸다. 올란나는 주변에 부딪힐 만한 물건이 없어서 다행이라고 생각했다.

"오, 아니에요. 뭘 좀 드시겠습니까?"

"그냥 갈 거예요. 잘 지냈나요, 해리슨?"

"네, 마님."

리처드가 문까지 따라왔다.

"우리는 예전처럼 지내야 할 것 같아요."

그녀가 말하고 나서 자동차를 향해 급히 걸어갔다. 너무 일방적으로만 말하지 말고 두 사람 사이에 있었던 일에 대해 서로 차분하게 대화를 나누는 편이 좋았을지도 모르겠다는 생각이 들었다. 하지만 과거의 오점을 해결하지 않고 질질 끌어서 좋을 건 없었다. 두 사람 모두 그것을 원했으며 두 사람 모두 그 일을 후회했다. 이제 중요한 건 그 사실을 아무도 모르게 하는 것이었다.

그런데 어이없게도 올란나는 리처드와 있었던 일을 오데니그보에게 불쑥 말하고 말았다. 올란나는 오데니그보의 침대에 누워 있고(올란나는 침실도 이제 두 사람 것이 아니라 오데니그보의 것이라고 생각했다.), 오데니그보는 올란나 옆에 앉았을 때였다. 그녀가 떠난 이후 두 번째로 함께 잔 후였다. 그는 그녀에게 이제 집으로 제발 다시 들어오라고 부탁하면서 이렇게 말했다.

"우리 결혼해. 그러면 어머니도 우릴 내버려 두실 거야."

모든 문제가 어머니 때문에 일어났다는 식으로 책임을 미루며 말하는 게 너무나 밉살스러운 나머지 올란나는 불쑥 이렇게 말하고 말았다.

"난 리처드랑 잤어."

"아니야!"

오데니그보가 도저히 믿을 수 없다는 표정으로 머리를 흔들었다.

"맞아."

오데니그보가 일어나서 옷장 쪽으로 걸어가 그녀를 쳐다보았다. 그러고는 안경을 벗어서 콧잔등을 문질렀다. 지금 당장은 그녀에게 무슨 짓을 저지를지 몰라서 바로 옆에 있을 수 없다는 표정이었다.

올란나도 일어나 앉았다. 이제 두 사람 사이에는 언제나 불신이 깔려 서로를 항상 의심하게 되리라는 생각이 들었다.

"그 사람을 사랑해?"

오데니그보가 묻고 올란나는 대답했다.

"아니."

오데니그보가 돌아와서 올란나 옆에 앉았다. 그녀를 침대에서 밀쳐 내고 싶은 충동과 꼭 끌어안고 싶은 충동 사이에서 괴로워하는 것 같았다. 그러다가 갑자기 일어나서 밖으로 나갔다. 그녀가 가겠다는 말을 하려고 서재 문을 두드렸을 때 그는 아무 반응도 하지 않았다.

올란나는 자기 집으로 돌아와서 거실을 이리저리 거닐었다. 리처드에 대한 말은 꺼내지 말았어야 했다. 아니면 자세히 말해야 했다. 카이네네와 오데니그보를 배신한 걸 후회한다고, 하지만 그 행동 자체는 후회하지 않는다고 말했어야 했다. 그건 잔인한 복수가 아니라 속죄의 의미였다고, 이기심 때문에 너무나 괴로웠다고 말해야 했다.

다음 날 아침 대문을 시끄럽게 두드리는 소리에 올란나는 안도했다. 오데니그보와 차분히 앉아서 대화를 나누고 싶었다. 이번에는 서로 평행선을 그리며 방황하지 말자고 확실하게 말하고 싶었다. 하지만 문 앞에 선 사람은 오데니그보가 아니었다. 에드나가 통통 부은 눈으로 울면서 들어와 백인들이 고향 마을의 흑인 장로교회에 폭탄을 던졌다고 했다. 어린 여자애 네 명이 죽었는데, 그 가운데 한 명은 조카딸의 학교 친구라고 했다.

"6개월 전에 고향에 갔다가 그 애를 봤어. 6개월 전에 그 애를 봤다고."

올란나는 차를 내오고 옆에 앉아서 그녀의 어깨를 껴안았다. 에드나는 숨이 막히는 것처럼 헉헉대며 엉엉 울었다. 머리카락도 기름을 발라 반짝거리는 평소의 모습이 아니었다. 낡은 대걸레를 뒤집어 놓은 것 같은 더벅머리였다.

"오, 하느님! 오, 하느님!"

에드나가 계속 울면서 소리쳤다.

올란나는 손을 내밀어 에드나의 팔을 꼭 움켜잡았다. 에드나의 원초적인 슬픔에 올란나는 무력감을 느꼈고 그녀와 함께 과거로 돌아가서 모든 걸 돌려놓고 싶었다. 마침내 에드나가 잠이 들었다. 올란나는 그녀의 머리 밑에 베개를 조심스레 밀어 넣고 가만히 앉아서 곰곰이 생각했다. 어떤 하나의 행동이 시공을 뛰어넘는 커다란 반향을 일으켜서 결코 씻어 내지 못할 상처를 남길 수 있다는 사실이 놀라웠다. 인생살이가 너무 허무하다는 생각도, 일부러 고통을 선택할 필요는 없다는 생각도 들었다. 올란나는 오데니그보 집으로 돌아가기로 결심했다.

올란나가 다시 돌아온 첫날 밤에 두 사람은 침묵 속에서 저녁 식사를 했다. 입에 음식을 가득 넣고 턱을 크게 움직여 씹어 먹는 오데니그보가 그녀는 짜증스러웠다. 그래서 음식은 거의 먹지 않고 거실에 갖다 놓은, 책이 든 상자만 계속 쳐다보았다. 그는 닭 뼈에서 살을 계속 발라내더니 쌀밥 한 그릇을 단숨에 먹었다. 그리고 마침내 입을 열었다. 서부 지역의 혼란스러운 분위기에 대한 것이었다.

"그곳 사람들이 그 주지사를 재선시키지 말았어야 했어. 뽑아 놓은 그 주지사 일당들이 야당 인사를 살해하고 자동차를 불태우는 것에 놀라는 이유가 뭐야? 원래 짐승보다 못한 놈들은 언제나 짐승보다 못된 만행을 저지르는 법이야."

"주지사 뒤에는 수상이 있잖아."

그녀가 말했다.

"진짜 괴수는 사르다우나야. 그놈은 지금 이 나라를 마음 내키는 대로 요리하고 있어."

"아기를 가지려고 계속 노력해야 할까?"

올란나가 묻자 안경 뒤로 오데니그보가 깜짝 놀란 기색을 감추지 못하고 그녀를 쳐다보며 대답했다.

"당연히 그래야지. 그렇지 않아?"

올란나는 아무 대답도 하지 않았다. 두 사람이 자초한 일을 두고도 완전히 다른 조건에서 맺어 나갈 새로운 관계가 아직 남았다고 생각하니 안개처럼 남은 슬픔과 함께 새로운 기쁨이 온몸을 휘감았다. 이제부터는 두 사람이 함께하는 공간을 지키려고 그녀 혼자 몸부림칠 필요가 없었다. 오데니그보도 함께할 게 분명했다. 그녀에 대한 확신이 깨졌기 때문이다.

으그우가 식탁을 치우러 들어왔다.

"브랜디를 갖다줘, 우리 일꾼."

"네, 주인어른."

오데니그보는 으그우가 브랜디를 갖다 놓고 떠난 후에 말했다.

"리처드한테 우리 집에 그만 오라고 했어."

"언제 만났는데?"

"우리 학과 건물 근처 큰길에서. 그 얼굴을 보니까 화가 치밀어 올랐어. 그래서 이모케 거리까지 쫓아가서 따졌어."

"뭐라고 따졌는데?"

"기억나지 않아."

"나한테 말하기 싫은 거야."

"기억나지 않아."

"옆에 다른 사람도 있었어?"

"리처드네 일꾼이 나왔어."

두 사람은 거실 소파에 앉았다. 오데니그보에게는 리처드에게 분노를 터뜨리며 공격할 권리가 없지만 그 심정을 이해할 것 같았다.

"난 아말라를 나무란 적이 없어. 내가 믿은 사람은 바로 당신이야. 당신이 동의하지 않으면 다른 사람은 그 신뢰를 깨뜨릴 수 없어. 그래서 당신한테만 화를 낸 거야."

오데니그보가 올란나의 허벅지에 손을 댔다.

"당신이 화를 낼 사람은 나야, 리처드가 아니라."

그는 오랫동안 침묵했다. 아무 대답도 하지 않을 거라고 생각할 즈음에 그가 입을 열었다.

"당신한테 화를 내고 싶은데 마음대로 안 돼."

너무나 무력한 그의 모습에 올란나는 감동했다. 그래서 그 앞에 무릎을 꿇고 앉아 셔츠 단추를 풀고 부드러우면서도 근육이 단단한 배를 입으로 빨았다. 바지 지퍼에 손을 대자 그가 숨을 훅 들이마셨다. 올란나의 입속에서 그의 그것이 딱딱해지고 커졌다. 그녀는 아래턱이 살짝 아팠지만 그가 두 손을 활짝 펴고 자신의 머리를 잡아당기자 그 힘에 흥분했다. 그러다가 화들짝 놀라며 말했다.

"맙소사, 으그우가 보겠어."

오데니그보는 올란나를 침실로 데려갔다. 조용히 옷을 벗고 함께 좁은 욕실에 들이기서 서로를 애무하며 샤워하다가 침대에서 엉겨 붙었다. 두 사람 모두 물기가 축축한 몸을 천천히 움직였다. 올란나는 오데니그보의 몸이 위에서 자신을 짓누르는 느낌이 너무나 편안한 것에 감탄했다. 그가 숨을 쉴 때마다 브랜디 냄새가 났다. 옛날로 다시 돌아간 것 같다는 말을 하고 싶었다. 하지만 올란나는 말하지 않았다. 그 역시 같은 느낌일 터였다. 두 사람을 묶어 주는 침묵을 깨고 싶지 않았다.

올란나는 오데니그보가 자신에게 팔을 걸치고 입을 벌려 드르렁대는 소리를 내며 깊은 잠이 들 때까지 기다렸다. 그리고 슬며시 일어나서 카이네네에게 전화를 걸었다. 리처드가 그녀에게 아무 말도 하지 않았는지 확인할 필요가 있었다. 오데니그보가 화낸 것에 놀라 리처드가 지레 그 사실을 고백할 가능성은 물론 없지만 완전히 마음을 놓을 수가 없었다.

"카이네네, 나야."

카이네네가 수화기를 들자 올란나가 말했다.

"에지마 음."

카이네네가 말했다. 그녀 입에서 '우리 쌍둥이'란 말이 나온 건 정말 오랜만이었다. 평소와 마찬가지로 귀찮아하며 느릿느릿 말했지만 그래도 기분이 좋았다.

"잘 지내는지 궁금해서 전화했어."

"물론 잘 지내지. 그런데 지금 몇 시인지는 알아?"

"이렇게 늦은 줄 몰랐어."

"혁명가 애인 품으로 돌아간 거야?"

"응."

"엄마가 그에 대해 뭐라고 말했는지 알아? 이번에는 그가 엄마한테 완벽한 명분을 줬어."

"그래, 그가 실수했어."

올란나는 이렇게 말한 것을 곧 후회했다. 자신이 오데니그보를 비난한다는 인상을 카이네네에게 심어 주고 싶지 않았다.

"하층민 여자를 임신시키는 건 사회주의 교리에도 어긋나는 거 아니야?"

"그만 쉬도록 해."

침묵이 흘렀다. 그리고 카이네네가 재미있다는 듯이 말했다.

"은그와누. 잘 자."

올란나는 수화기를 내려놓았다. 리처드가 말하지 않았다는 사실은 확인했다. 카이네네와 갈라서는 위험을 감수할 수는 없었다. 앞으로 리처드가 저녁 모임에 오지 않을 것이라는 게 그나마 다행스러운 일이었다.

아말라는 여자아이를 낳았다. 토요일이었다. 올란나는 부엌에서 으그우와 바나나 튀김을 만드는 중이었다. 현관 종소리가 울리는 순간 그녀는 오데니그보의 어머니에게서 전갈이 왔음을 알아차렸다.

오데니그보가 부엌문에 나타나 뒷짐을 지고 작게 말했다.

"오 무 은완이. 여자애를 낳았대. 어제."

올란나는 바나나를 으깨던 그릇에서 고개를 들지 않았다. 자신의 얼굴을 보여 주고 싶지 않았다. 펑펑 울고 싶은 기분과 그를 때리고 싶은 욕구와 마음을 단단히 먹어야 한다는 생각이 잔인하게 뒤섞여 얼굴에 어떤 표정이 드러날지 몰랐다.

"오후에 에누구에 가서 어떤지 살펴보아야겠어. 으그우, 이제 그만해."

올란나가 아무렇지도 않게 말하며 벌떡 일어났다.

"네, 마님."

으그우가 대답하며 올란나를 가만히 지켜보았다. 그녀는 최선의 연기를 할 거라는 가족의 기대를 한 몸에 받는 여배우와 같은 책임감을 느꼈다.

"고마워, 은켐."

오데니그보가 말하며 올란나의 허리를 한 팔로 감았지만 그녀는 그 팔을 뿌리쳤다.

"우선 몸부터 간단히 씻어야겠어."

자동차를 타고 가는 동안 두 사람은 침묵했다. 오데니그보는 뭐라도 말하고 싶은 듯 올란나를 자꾸 쳐다보았지만 무슨 말부터 해야 좋을지 몰랐다. 그녀는 계속 앞만 바라보다가 운전대를 어설프게 잡은 그를 딱 한 번 바라보았다. 도덕적인 우월감을 느꼈다. 어이없다는 생각도 들었지만 그와 다른 여자 사이에서 아이가 태어난 이 시점에서 복잡한 감정을 억누를 방법은 그나마 자신이 그보다 낫다는 생각을 하는 것뿐이었다.

병원 앞에다 자동차를 세우고 나서 마침내 오데니그보가 입을 열었다.

"무슨 생각 해?"

올란나는 차 문을 열었다.

"내 사촌 아리제 생각. 결혼하고 1년도 안 됐을 때부터 임신하려고 애쓰던 거."

오데니그보는 아무 말도 하지 않았다. 입원실 입구에서 오데니그보의 어머니가 두 사람을 맞아 주었다. 올란나는 그의 어머니가 좋아서 춤추며 자신만만하게 자신을 쳐다볼 거라고 예상했는데 예상 외로 어머니의 길쭉한 얼굴에는 그늘이 져 있었고 아들을 껴안으면서 웃는 것도 부자연스러웠다. 병원 소독약 냄새가 났다.

"어머니, 케두?"

그녀는 앞으로 이어질 상황을 최대한 자연스럽게 받아들이고 싶었다.

"잘 지내고 있다."

"아기는 어디에 있나요?"

어머니는 활기찬 그녀를 보고 깜짝 놀라는 것 같았다.

"신생아실에 있다."

"우선 아말라부터 보죠."

오데니그보의 어머니는 그들을 아말라의 침실로 안내했다. 아말라는 노란 시트로 덮인 침대에 누워서 벽만 바라보았다. 올란나는 아말라의 약간 봉긋한 배로 시선이 향했지만 곧 억지로 눈길을 돌렸다. 오데니그보의 아기가 그 속에 있었다고 생각하니 견딜수가 없었다. 올란나는 옆 탁자에 놓인 비스킷과 포도당 가루가 담긴 깡통 그리고 물 잔을 쳐다보았다.

"아말라, 그들이 왔다."

어머니가 말하자 아말라는 고개도 돌리지 않은 채 인사했다.

"안녕하세요, 은노."

"괜찮아요?"

"괜찮아요!"

오데니그보와 올란나가 거의 동시에 물었다.

아말라가 뭐라고 중얼거렸다. 얼굴은 여전히 벽을 향하고 있었다. 잠시 침묵이 흐르는 사이에 복도에서 바삐 움직이는 발소리가 들렸다. 올란나는 이 순간이 오리라는 것을 몇 개월 전부터 알았지만 막상 아말라를 보니 새까맣게 탄 속이 텅 비는 것 같았다. 그동안 마음 한구석에서는 이 순간이 오지 않기만을 바랐다.

"이제 아기를 보러 가죠."

올란나가 오데니그보와 함께 떠날 때 아말라는 몸도 돌리지 않았다. 조금도 움직이지 않았다. 들은 척도 하지 않았다.

신생아실 앞에서 간호사가 벽에 쭉 늘어선 의자에 앉아 기다리라고 했다. 유리창 너머로 쭉 늘어선 아기 침대와 울어 대는 아기들이 보였다. 올란나는 간호사가 착각해서 다른 아기를 데려올 수도 있겠다고 생각했다. 하지만 혼동할 수 없는 일이었다. 아기의 부드럽고 새까만 곱슬머리와 짙은 피부 그리고 커다란 눈동자가 한눈에 들어왔다. 이틀 전에 태어난 이 아기는 오데니그보를 그대로 빼닮은 모습이었다.

하얀 양모 담요로 감싼 아기를 간호사가 안겨 주려고 할 때 올란나는 오데니그보를 가리켰다.

"아기 아빠한테 주세요."

"산모가 지금까지 아기를 안지 않은 걸 아세요?"

간호사가 아기를 오데니그보에게 안겨 주며 말했다.

"뭐라고요?"

올란나가 물었다.

"산모가 아기를 한 번도 안아 주지 않아서 저희가 유모를 고용했어요."

올란나는 오데니그보를 바라보았다. 두 팔을 쭉 뻗은 채 아기를 안고 있었다. 가까이하고 싶지 않은 표정이었다. 간호사가 무슨 말을 하려다가 젊은 연인이 급히 들어오는 걸 보고 그쪽으로 재빨리 걸어갔다. 오데니그보가 말했다.

"어머니가 조금 전에 말씀하셨어. 아말라가 아기를 안으려고 하지 않는대."

올란나는 아무 말도 하지 않았다.

"난 가서 병원비를 계산해야겠어."

오데니그보가 미안해하는 것이 느껴졌다.

올란나가 팔을 내밀었다. 아기를 받아 든 순간, 아기가 시끄럽게 울기 시작했다. 건너편에서 간호사와 젊은 연인이 쳐다보았다. 품에 안은 아기가 우는 걸 어떻게 달래야 좋을지 모른다는 걸, 자신은 임신할 수 없다는 걸 그들이 한눈에 알아볼 것만 같았다.

"쉬잇, 쉬잇. 오 주고."

올란나가 중얼거렸다. 연극을 하는 느낌이었다. 하지만 그 조그만 입은 여전히 활짝 열린 채 비틀어져 있었다. 우는 소리가 너무 날카로워서 아기가 이렇게 계속 울면 해로울 거라는 걱정까지 들었다. 그녀는 아기의 주먹 사이로 손가락을 넣어 주었다. 우는 소리는 천천히 그쳤지만 아기는 조그만 입을 여전히 벌린 채 분홍색 잇몸을 내보였고 동그란 눈을 가늘게 찡그리고 그녀를 쳐다보왔다. 그녀가 아기를 보며 웃자 간호사가 다가와서 말했다.

"면회 시간이 끝났어요. 아이가 몇 명 있으세요?"

"하나도 없어요."

올란나가 대답했다. 간호사가 자신이 아기를 낳은 경험이 있다고 생각해서 기뻤다.

오데니그보가 돌아왔고 두 사람은 아말라의 병실로 갔다. 오데니그보의 어머니는 음식이 든 그릇을 든 채 침대 옆에 앉아서 말했다.

"아말라가 아무것도 먹지 않아. 그와크와 야. 아말라한테 음식을 먹으라고 해 봐."

올란나는 오데니그보가 불편한 표정으로 잠시 망설이다가 갑자기 너무 큰 소리로 말한다고 느꼈다.

"음식을 먹어야 해, 아말라."

아말라가 뭐라고 중얼거렸다. 그러다가 마침내 고개를 돌렸고, 올란나는 그 얼굴을 바라보았다. 갑자기 불어온 삶의 돌풍에 휘말려서 고통스러워하며 침대에 웅크리고 누운 평범한 마을 여자였다. 아말라는 오데니그보를 단 한 번도 바라보지 않았다. 아말라에게 그는 경외와 두려움의 대상인 것이 분명했다. 어머니가 아말라에게 그의 방으로 들어가라고 했든 하지 않았든 아말라는 그에게 안 된다는 말을 할 수 없었을 것이다. 아니, 그런 말을 할 수 있나는 생각 자체를 못 했을 것이다. 그는 술에 취해서 제정신이 아니었고 아말라는 그에게 무조건 복종했다. 그는 하인을 거느린 주인어른인 데다가 영어로 말할 줄 알고 자동차도 있기 때문이다. 누구 탓도 할 수 없었다.

"우리 아들이 하는 말을 들었니? 너보고 음식을 먹으라고 했어."

"네, 들었어요."

아말라가 일어나 앉아서 그릇을 받아 들었다. 하지만 두 눈은 바닥만 향했다. 올란나는 그런 아말라를 가만히 바라보았다. 오데니그보에게 분노가 치밀었다. 자기 목소리를 낼 줄 모르는 사람들의 속마음을 누가 얼마나 알아줄까? 그녀는 아말라에게 가까이 다가갔다. 하지만 무슨 말을 해야 좋을지 몰라서 포도당 가루가 든 깡통을 들어서 살피다가 다시 내려놓았다. 오데니그보와 그의 어머니는 바깥으로 나갔다.

"이제 그만 갈게요."

올란나가 말했다.

"안녕히 가세요."

올란나는 아말라한테 무슨 말이라도 해 주고 싶었다. 하지만 적절한 말이 떠오르지 않아서 그녀의 어깨만 쓰다듬어 주고 밖으로 나왔다. 오데니그보와 그의 어머니가 물탱크 옆에서 나누는 이야기가 길어지는 것 같았다. 서서 기다리는 동안 모기가 물기 시작해 올란나는 자동차에 올라타서 경적을 울렸다.

"미안해."

오데니그보가 자동차에 올라타며 말했다. 자기 어머니와 무슨 대화를 나누었는지 한마디도 하지 않고 자동차를 몰다가 한 시간 뒤 은수카 대학 정문을 지날 때 비로소 입을 열었다.

"어머니가 아기를 기르실 생각이 없으셔."

"아기를 기르실 생각이 없으셔?"

"응."

그녀는 그 이유를 알 것 같았다.

"남자아이가 아니라서?"

"응."

오데니그보가 핸들을 쥔 한쪽 손을 떼서 창문을 더 내렸다. 그가 아기 때문에 미안해하면서도 속으로는 기뻐하고 있다는 걸 알아챌 수 있었다.

"아기를 아말라 식구들한테 맡기기로 합의했어. 다음 주에 아바에 가서 그 집 식구들을 만나 볼 생각이야."

"우리가 길러."

아기를 기르고 싶다는 너무나 또렷한 욕망에 올란나 자신도 깜짝 놀랐다. 처음부터 이렇게 되기를 바란 것 같았다.

오데니그보는 눈을 크게 뜨고 그녀를 바라보았다. 과속 방지 턱을 넘을 때 속도가 너무 느려져서 엔진이 멈출까 걱정스러울 정도였다.

그가 작게 말했다.

"나한테는 우리 두 사람이 가장 중요해, 은켐. 심사숙고해서 정확한 판단을 내려야 해."

"아말라를 임신시킬 때는 우리 두 사람 생각을 안 했잖아."

올란나는 자신도 모르게 불쑥 말하고 말았다. 분노와 원한이 묻어나는 자신의 목소리가 싫었다.

그가 자동차를 차고에 주차시켰다. 피곤한 표정이었다.

"그 문제는 천천히 생각하도록 하자."

"우리가 길러."

그녀가 단호하게 말했다.

오데니그보의 아기를 기를 자신이 있었다. 육아에 대한 책을 사고 유모를 구하고 아기 침실을 꾸밀 생각이었다. 그날 밤에 침대를 이쪽저쪽으로 옮겨 보았다. 아기에 대한 동정심이 아니었다. 조그맣고 따듯한 몸뚱이를 안는 순간 뜻밖의 느낌을 받았다. 계획에는 없었지만 처음부터 이렇게 될 운명이었다는 느낌이었다. 하지만 그녀의 어머니는 그렇게 생각하지 않았다. 다음 날 전화선을 타고 흘러나오는 그녀의 목소리는 누가 죽었다고 말할 때처럼 침통하고 엄숙했다.

"은네, 너도 이제 네 아이를 낳을 거야. 네가 집을 비우자마자 그 사람이 마을 여자를 임신시켜서 낳은 아이를 네가 기르는 건 옳지 않아. 아이를 기르는 건 아주 중요한 일이야. 우리 딸, 하지만 이런 경우에 그렇게 하는 건 옳지 않아."

올란나는 수화기를 들고서 중앙 탁자에 올려놓은 꽃을 물끄러미 바라보았다. 꽃가지 하나가 꺾여 있었다. 으그우가 그걸 치우지 않았다는 게 놀라웠다. 그녀는 어머니의 말에 새겨들을 만한 진실이 담겨 있음을 느낄 수 있었다. 하지만 그 아기는 평소에 자신과 오데니그보 사이에서 태어날 거라고 항상 꿈꾸어 오던 아기와 너무나 비슷했다. 풍성한 머리카락과 큰 눈동자와 분홍색 잇몸이 똑같았다.

"그 여자 식구들이 널 괴롭힐 거야. 그 여자도 널 괴롭힐 거야."

어머니가 말했다.

"그 여자는 아이를 원치 않아요."

"그럼 그 여자 식구들한테 아이를 맡겨. 필요한 물품을 보내주면 되잖아."

한숨이 절로 나왔다.

"아누고 음, 좀 더 천천히 생각해 볼게요."

올란나는 수화기를 내렸다가 다시 집어 들고 교환수에게 하코트 항구에 있는 카이네네의 전화번호를 말했다. 교환수는 딴청을 부리며 번호를 서너 차례 말하게 하더니 낄낄거리며 전화선을 연결했다.

올란나의 말을 듣고 카이네네는 이렇게 대답했다.

"정말 고매하시군."

"그래서 그러는 게 아니야."

"그럼 그 아이를 서류에도 올릴 거야?"

"그래. 그럴 생각이야."

"아이한테 뭐라고 말할 건데?"

"뭐라고 말하다니?"

"그래, 아기가 자란 다음에 말이야."

"진실. 아말라가 친엄마란 사실. 그래서 날 '올 엄마'라고 부르게 할 거야. 나중에라도 아말라가 나타나면 엄마라고 부를 수 있도록."

"혁명가 애인을 기쁘게 하고 싶어서 그러는 거야?"

"그렇지 않아."

"넌 언제나 다른 사람을 기쁘게 하려고 하잖아."

"그 사람 때문에 이러는 게 아니야. 이건 그 사람 생각이 아니야."

"그럼 왜 그렇게 하겠다는 거야?"

"아기가 너무 불쌍해. 일종의 숙명 같아."

카이네네가 한동안 말이 없어서 올란나는 전화선을 잡아당겼다.

"그건 아주 용감한 결정인 것 같아."

마침내 카이네네가 말했다.

올란나는 또렷하게 들었는데도 다시 물었다.

"뭐라고?"

"네가 그렇게 하는 건 아주 용감한 거라고."

올란나는 의자에 등을 기댔다. 그 말이 너무나 달콤하게 들렸다. 힘이 솟아났다. 좋은 징조 같았다. 카이네네에게 그런 말을 들은 건 생전 처음이었다. 마침내 그녀는 아기를 집에 데려오기로 최종 결정을 내리며 물었다.

"아기 세례식에 와서 대모가 되어 줄래?"

카이네네가 대답했다.

"그 누추한 곳에 한 번도 못 갔으니까, 그래, 한번 가 보도록 하지."

올란나는 수화기를 내려놓으며 웃었다.

오데니그보의 어머니가 오기리[04] 냄새가 지독한 갈색 숄에 아기를 둘둘 말아서 안고 왔다. 거실에 앉아서 아기를 달래다가 올란나가 나타나자 벌떡 일어나 아기를 안겨 주었다.

"은그와누. 금방 다시 찾아오마."

---

04 참깨처럼 기름을 짜낼 수 있는 씨앗 종류를 발효시켜 만든 양념으로, 숙성된 치즈나 된장 냄새가 남.

그녀가 말했다. 마음이 불편해서 이번 일을 최대한 빨리 끝내고 싶은 표정이었다. 오데니그보의 어머니가 떠난 후에 으그우가 약간 걱정스러운 표정으로 아기를 살펴보았다.

"큰마님은 아기가 큰마님의 어머니를 닮았다고 했어요. 큰마님의 어머니가 돌아오신 거래요."

"으그우, 얼굴이 비슷하다고 해서 모두 환생한 건 아니야."

"하지만 정말이에요, 마님. 우리 모두가 다시 환생해요."

올란나가 손사래를 치며 말했다.

"어서 가서 이 숄이나 쓰레기통에다 버려. 악취가 심해."

아기가 울기 시작했다. 올란나는 아기를 달래고 작은 대야에다 목욕을 시키며 시계를 보았다. 으그우의 숙모가 구해 준 덩치 커다란 유모가 늦는 것 같아서 걱정스러웠다. 나중에 유모가 도착하자 아기는 젖을 실컷 빨고 잠이 들었다. 그녀는 자기 침대 옆 아기 침대에 똑바로 누워 자는 아기의 얼굴을 오데니그보와 함께 바라보았다. 아기 피부에서 갈색 광채가 났다.

"머리숱이 아주 많아, 당신처럼."

그녀가 말했다.

"아기를 보다 보면 가끔씩 내가 원망스러울 거야."

오데니그보의 말에 그녀는 어깨를 으쓱했다. 그녀는 그가 자기 때문에 아기를 기르는 거라고 생각하지 않기를 바랐다. 오데니그보를 위해서라기보다는 올란나 자신을 위한 것이었다.

"으그우 말이 당신 어머니가 디비아한테 갔대."

"뭐?"

"으그우는 당신 어머니가 디비아한테 얻어 온 약을 당신한테 먹여서 아말라랑 잠을 자게 했기 때문에 이 모든 일이 일어났다고 생각해."

오데니그보가 잠시 침묵하다가 입을 열었다.

"으그우가 이번 일을 이해할 방법은 그것밖에 없을 거야."

"그 약 때문이라면 남자아이가 나와야 했을 거야, 그렇지? 너무나 말도 안 되는 미신이야."

"따지고 보면 눈에 보이지 않는 기독교 신을 믿는 것도 말이 안 되는 건 마찬가지야."

그는 올란나가 교회에서 빈민 구제 활동을 하는 것에 대해 살짝 비꼬곤 했고 그녀는 거기에 익숙했다. 평소라면 자신 역시 보이지 않는 기독교 신을 완전히 믿는다는 확신이 없다고 대답했을 것이다. 하지만 연약한 아기가 작은 침대에 누워 있는 지금은 그렇지 않았다. 타인의 보살핌을 통해서만 살아갈 수 있는 아기가 있다는 것 자체가 최고선이 존재한다는 사실을 보여 주었다.

"난 확실히 믿어. 난 선하신 하느님을 믿어."

"난 그 어떤 신도 믿지 않아."

"나도 알아. 당신은 아무것도 믿지 않아."

"사랑. 난 사랑을 믿어."

그가 올란나를 바라보며 말했다.

그녀는 웃을 생각이 전혀 없었지만 웃음이 저절로 흘러나왔다. 사랑 역시 말도 안 되는 건 똑같다고 말하고 싶었다. 하지만 이렇게 말했다.

"아기 이름을 정해야 해."

"어머니가 오비아겔리라고 정했어."

"그렇게 부를 순 없어."

오데니그보의 어머니에게는 아기 이름을 정할 권리가 없었나. 아기를 기부했기 때무이다.

"지금 당장은 아기라고 부르다가 완벽한 이름을 찾아 주는 게 좋겠어. 카이네네는 치아마카가 어떠냐고 했어. 하느님은 아름답다는 뜻이야. 언제 불러도 마음에 들 거라면서. 카이네네가 대모를 서 줄 거야. 데미안 신부님을 만나서 세례명을 정해야겠어."

올란나는 킹스웨이에 가서 아기 용품을 구입하고 런던에 새 가발을 주문해야겠다고 생각했다. 마음이 들떴다.

아기가 꿈틀거리자 그녀는 온몸에 몰려드는 두려움을 느꼈다. 유아용 머릿기름을 발라 반짝이는 아기의 머리카락을 보았다. 과연 자신이 아기를 기를 수 있을까, 자신이 정말 해낼 수 있을까 궁금했다. 아기가 잠을 자다가 숨을 빠르게 몰아쉬며 헐떡이자 그것이 지극히 정상이라는 사실을 알았지만 그래도 걱정이 됐다.

그날 저녁에 카이네네에게 몇 차례 전화를 걸었지만 받지 않았다. 라고스에 갔을지도 모르겠다고 생각했다. 밤에 다시 전화하자 카이네네가 수화기를 들고 "왜?" 하고 대답했다. 잔뜩 쉰 목소리였다.

"에지마 음. 감기에 걸린 거야?"

"리처드랑 잤더군."

올란나는 벌떡 일어났다.

"넌 좋은 사람이야. 좋은 사람은 자매의 애인과 자지 말아야 하는 거야."

차분한 목소리였다.

그녀는 방석에 철퍼덕 주저앉았다. 오히려 다행이라는 느낌이 들었다. 카이네네가 알았다. 이제는 더 이상 카이네네가 알까봐 걱정할 필요가 없었다. 이제는 양심의 가책에서 벗어날 수 있었다.

"그래, 진작 고백해야 했는데 미안해. 특별한 의미가 있는 건 아니었어."

"물론 특별한 의미가 있는 건 아니겠지. 그냥 내 애인이랑 잔 것뿐이니까."

"일부러 그런 건 아니었어. 카이네네, 정말 미안해."

올란나는 두 눈에 눈물이 고이는 것을 느꼈다.

"왜 그런 거지? 넌 좋은 사람이고 착한 사람이고 예쁜 사람이고 백인을 싫어하는 흑인 혁명가잖아. 그 사람이랑 잠자리를 가져야 할 정도로 궁한 사람이 아니잖아. 그런데 왜 그런 거지?"

무서울 정도로 차분했다. 올란나는 숨을 천천히 쉬었다.

"나도 몰라, 카이네네. 무슨 생각이 있어서 그런 게 아니었어. 정말 미안해. 용서받을 수 없는 짓이었어."

"그래, 용서받을 수 없는 짓이었어."

카이네네가 말하고 전화를 끊었다.

올란나는 수화기를 내려놓았다. 가슴이 날카로운 뭔가로 찢기는 것 같았다. 그녀는 자신의 쌍둥이 자매를 잘 알았다. 카이네네가 아주 오랫동안 얼마나 고통스러워할지 너무나 잘 알았다.

24

리처드는 해리슨에게 채찍질을 하고 싶었다. 젊은 영국인이 나이 많은 흑인 하인에게 채찍질을 한다는 건 언제 생각해도 끔찍했다. 하지만 바로 지금 그는 그러고 싶은 충동에 시달렸다. 해리슨을 바닥에 엎드리게 하고 마구 때려서 입을 다물게 하고 싶은 마음이 간절했다. 그를 하코트 항구에 데려온 게 잘못이었다. 하지만 해리슨만 은수카에 남겨 두고 자기 혼자 이곳에 와서 일주일을 보낼 수는 없었다. 두 사람이 도착한 첫날, 해리슨은 자신의 존재 가치를 증명하고 싶은 듯 복잡한 요리를 만들었다. 콩과 버섯으로 만든 수프, 포포 열매 잡탕, 녹색 채소를 다져 넣은 크림소스 닭죽, 푸딩처럼 생긴 레몬 파이 등이었다.

"정말 맛있어, 해리슨."

카이네네가 장난스럽게 눈빛을 반짝이며 말했다. 기분이 좋아 보였다. 처음 도착했을 때는 거실에서 리처드를 껴안고 반들반들한 바닥에서 빙글빙글 돌며 춤출 정도였다.

"고맙습니다, 마님."

해리슨이 허리를 숙이며 대답했다.

"자네 집에서도 직접 이런 요리를 해 먹나?"

해리슨은 상처 받은 표정으로 대답했다.

"집에서는 안 합니다, 마님. 집사람이 원주민 요리를 합니다."

"물론 그렇겠지."

"전 유럽식 요리라면 무엇이든, 주인어른께서 고향에서 먹는 요리라면 무엇이든 만들 수 있습니다."

"그럼 집에 가서는 입에 안 맞는 '원주민' 음식을 억지로 먹어야겠군."

카이네네가 '원주민'이란 말을 강조했고 리처드는 웃음을 참으려고 애썼다.

"네, 마님. 하지만 먹을 순 있습니다."

해리슨이 다시 허리를 숙이며 대답했다.

"이 레몬 파이는 예전에 런던에서 먹은 것보다 훨씬 맛있어."

카이네네의 말에 해리슨이 환한 얼굴로 대답했다.

"고맙습니다, 마님. 오데니그보 선생님 댁에 놀러 오신 손님들도 모두 그렇게 말한다고 주인어른께서 말씀하십니다. 예전에는 주인어른께서 그곳에 가져가시도록 음식을 만들어 드리곤 했지만 그분이 우리 주인어른께 큰 소리를 친 다음부터는 그 집에 가져갈 음식을 두 번 다시 안 만든답니다. 주인어른께 미친 사람처럼 소리치는 걸 모든 사람이 들은 다음부터는 말이죠. 그분은 머리가 이상해요."

카이네네가 시선을 돌려 눈썹을 치켜뜨며 바라보자 리처드는 물 잔을 쓰러뜨렸다.

"제가 걸레를 가져오겠습니다, 주인어른."

그는 낭성 틸떠기서 헤리슨의 목을 조르고 싶은 충동을 눌렀다.

해리슨이 물을 모두 닦고 떠나자 카이네네가 물었다.

"해리슨이 무슨 말을 하는 거야? 혁명가가 당신한테 소리를 쳤어?"

리처드는 거짓말을 할 수도 있었다. 해리슨은 그날 오데니그보가 차를 몰고 나타나서 리처드에게 소리친 이유가 무엇인지 몰랐다. 하지만 그는 거짓말을 하지 않았다. 거짓말을 하다가 들켜서 사실대로 말할 수밖에 없게 되면 더 심각한 사태가 일어날 게 분명했다. 그래서 모든 것을 말했다. 쇼핑하다 올란나와 만나서 좋은 포도주를 고르다가 결국 둘 다 술에 취했으며 그래서 너무나 후회스러운 짓을 저지르고 말았다고 고백했다.

카이네네는 음식 접시를 옆으로 밀어 놓고 팔꿈치를 식탁에 올려놓은 다음 깍지 낀 손에다 턱을 가볍게 올려놓았다. 그리고 오랫동안 아무 말도 하지 않았다. 얼굴 표정을 도무지 읽을 수가 없었다. 그러다가 카이네네는 마침내 입을 열었다.

"용서해 달라는 말은 하지 마. 그런 상투적인 말은 듣고 싶지 않으니까."

"떠나라는 말만 하지 마."

카이네네가 깜짝 놀란 표정으로 물었다.

"떠나? 그건 너무 쉽잖아, 안 그래?"

"미안해, 카이네네."

그는 투명인간이 된 느낌이었다. 카이네네가 자신을 보고 있기는 하지만 그 시선은 뒤에 걸린 나무 조각품을 향한 것 같았다.

"그동안 올란나한테 욕정을 느끼고 있었구나. 너무 진부한 얘기야."

"카이네네."

그가 말하는 순간 카이네네가 벌떡 일어나서 소리쳤다.

"이케지데! 와서 여기 치워."

두 사람이 식당을 떠날 때 전화기가 울렸다. 카이네네는 못 들은 척했다. 하지만 전화기가 울리고 또 울려서 마침내 그곳으로 걸어갔다. 그리고 나중에 침실로 들어와서 말했다.

"올란나였어."

그는 간청하는 눈빛으로 그녀를 쳐다보았다.

"다른 사람이었다면 그나마 용서할 수 있었을 거야. 하지만 올란나라면 안 돼."

"정말 미안해."

"손님방으로 가서 자."

"그래, 그래, 당연히 그래야지."

리처드는 카이네네가 무슨 생각을 하는지 알 수 없었다. 무엇보다 무서운 건 그녀가 지금 도대체 무슨 생각을 하는지 짐작조차 할 수 없다는 사실이었다. 그는 베개를 톡톡 치고 담요를 다시 펼친 후 침대에 앉아서 책을 읽으려 했다. 하지만 복잡한 마음을 진정시킬 수가 없었다. 카이네네가 마두에게 전화해서 이 사실을 알리면 마두가 껄껄 웃으면서 이렇게 말할까 봐 두려웠다.

"애초에 그런 사람을 사귄 것 자체가 실수였어. 그 사람 내보내, 그 사람을 내보내, 그 사람을 내보내."

잠들기 직전에는 프랑스 희극 작가 몰리에르의 말이 떠올라 마음이 좀 진정되었다.

"깨시지 않는 행복은 따분하다. 좋을 때가 있으면 나쁠 때도 있어야 한다."

카이네네는 아침에 딱딱하게 굳은 얼굴로 리처드를 맞았다.

굵직한 빗줄기가 지붕을 때리고 구름이 가득한 하늘은 식당에 그늘을 드리웠다. 그녀는 전등을 켜고 식탁에 앉아 차를 마시며 신문을 읽고 있었다.

"해리슨이 팬케이크를 만들고 있어."

그리고 카이네네는 신문을 다시 보았다. 리처드는 건너편에 앉아서 무엇을 해야 좋을지 몰랐다. 죄책감 때문에 차도 따르지 못할 지경이었다. 그녀의 침묵과 주방에서 흘러나오는 소음과 냄새 때문에 밀실 공포증이 일어날 정도였다.

"카이네네. 우리, 대화 좀 나눌 수 있을까, 제발?"

그가 말하자 카이네네가 쳐다보았다. 그녀의 부어오른 눈두덩과 빨개진 눈가를 그때 처음 알아보았다. 그 속에 가득한 분노도 보았다.

"나중에 말하고 싶은 생각이 들면, 리처드."

그는 야단을 맞는 아이처럼 고개를 숙였다. 어서 꺼지라고, 두 번 다시 찾아오지 말라고 말하지나 않을까 두려웠다.

정오 직전에 현관 종소리가 나고 이케지데가 나타나서 마님의 자매가 찾아왔다고 말할 때 리처드는 카이네네가 현관문을 그냥 닫아 버리라고 말할 거라고 생각했다. 하지만 그녀는 그렇게 하지 않았다. 손님에게 음료수를 갖다주라고 이케지데에게 말하고 거실로 내려갔다. 리처드는 계단 꼭대기에서 그들의 얘기를 엿들으려 했다. 올란나의 울음 섞인 목소리가 들렸지만 무슨 말인지 알아들을 수 없었다. 오데니그보의 말소리도 짧게 들렸는데 아주 차분했다. 그러고 나서 카이네네의 또렷하고 분명한 말소리가 들렸다.

"나한테 그런 짓을 용서하라는 멍청한 말은 마세요."

짧은 침묵에 뒤이어 현관문을 여는 소리가 들렸다. 리처드는 창가로 급히 뛰어가서 후진하는 오데니그보의 자동차를 보았다. 오데니그보가 이모케 거리에 있는 집 앞에 세워 놓고 다림질을 잘한 옷차림으로 불쑥 튀어나와서 소리칠 때 보았던 바로 그 파란색 자동차였다.

"앞으로 우리 집에 찾아오지 마요! 무슨 말인지 알아들어요? 다시는 찾아오지 마요! 우리 집에 두 번 다시 찾아오지 말란 말입니다!"

베란다 앞에 서 있던 리처드는 오데니그보가 주먹을 날리지나 않을까 걱정했다. 하지만 그에게는 그럴 생각이 없다는 걸 나중에 깨달았다. 주먹을 날릴 가치도 없다고 생각한 것 같았다. 리처드는 많이 우울했다.

"엿들었어?"

카이네네가 2층으로 올라오며 묻는 소리에 리처드는 창문에서 고개를 돌렸다. 하지만 그녀는 대답도 듣지 않은 채 많이 수그러든 목소리로 말했다.

"저 혁명가가 레슬링 선수처럼 생겼지만 머리는 아주 좋다는 사실을 깜빡 잊었어."

"당신을 잃는다면 날 절대로 용서할 수 없을 거야, 카이네네."

카이네네가 무표정한 얼굴로 말했다.

"오늘 아침에 서재에 있는 당신 원고를 태워 버렸어."

리처드는 가슴에서 치솟는 정체불명의 여러 감정을 느꼈다. 이제 드디어 책으로 출판할 만한 원고를 썼다고 좋아했었는데 그 『바구니에 가득한 손』이 사라지고 말았다. 두 번 다시는 원고를 그렇게 열정적으로 쓰지 못할 것 같았다. 하지만 아무렇지도 않았다. 중요한 건 카이네네가 자신의 원고를 태움으로써 관계를 끝낼 생각이 없음을 보여 주었다는 사실이다. 어차피 헤어질 거라면 일부러 그런 고통까지 주진 않을 것이었다. 어쩌면 자신은 진정한 작가가 아니라는 생각도 들었다. 진정한 작가는 자신의 원고를 사랑보다 소중하게 여긴다는 글을 어디선가 읽은 적이 있었다.

6 책 : 우리가 죽을 때 세상은 침묵했다

그는 비아프라 사람들이 죽는 동안 계속 침묵하고 있는 세상에 대해 적는다. 그는 이 침묵을 영국이 조장했다고 주장한다. 영국은 나이지리아에 무기를 제공하고 조언해 주며 다른 모든 나라를 침묵하게 했다. 미국에게 비아프라는 '영국의 영향력 아래'에 있는 나라였다. 캐나다의 수상은 "비아프라가 어디에 있지?" 하고 말하며 빈정거렸다. 소련은 미국이나 영국을 자극하지 않고 아프리카에서 영향력을 확보할 수 있는 기회라고 흥분하며 나이지리아에다 기술자와 비행기를 보냈다. 백인 지상주의자들이 장악한 남아프리카와 로디지아는 흑인이 지배하는 정부가 실패할 수밖에 없다는 뚜렷한 증거라며 좋아했다.

공산당이 지배하는 중국은 영국과 미국과 소련의 제국주의를 비난했지만 비아프라를 전혀 지원하지 않았다. 프랑스는 비아프라에 상당량의 무기를 팔았지만 국가로 인정해 달라는 비아프라의 절박한 요구를 외면했다. 대다수 아프리카 흑인 정부는 비아프라의 독립이 자국의 분열을 촉진시킬까 봐 두려워 나이지리아를 지지했다.

4부

1960년대 후기

25

올란나는 천둥소리가 들릴 때마다 깜짝깜짝 놀랐다. 자신과 오데니그보와 아기와 으그우가 땅 밑의 대피소로 들어가기 전에 전투기가 날아와서 폭탄을 떨어뜨릴 것 같았다. 어떤 때는 지하 대피소가 무너져서 흙 속에 파묻히는 장면이 눈앞에 떠올랐다. 오데니그보는 몇몇 이웃 남자와 힘을 합쳐서 일주일 만에 지하 대피소를 만들었다. 거실만큼 널따란 구덩이를 파서 천장을 야자수 등걸로 막고 진흙으로 덮어 대피소를 완성시킨 후에 오데니그보는 말했다.

"이제 안전할 거야, 은켐. 이제 안전해."

하지만 그의 안내를 받으며 울퉁불퉁한 계단을 처음 내려갔을 때 올란나는 모퉁이에 똬리를 틀고 앉은 뱀을 발견했다. 검은 몸뚱이에 은빛 무늬가 반짝거렸다. 그 주변에는 귀뚜라미가 뛰어다녔다. 침묵이 도는 축축한 지하는 마치 무덤 속에 들어선 듯한 느낌을 주었다. 올란나는 비명을 질렀다.

그는 막대기로 뱀을 때려잡고는 대피소 입구를 철판으로 확실하게 막아 놓겠다고, 그러면 훨씬 안전할 거라고 말했다. 올란나는 너무나 침착한 그의 모습에 혼란스러웠다. 새로운 환경과 새로운 세계에 너무나 침착하게 대처하는 모습이었다. 나이지리아 정부가 화폐를 바꾼 직후에 라디오 비아프라에서는 비아프라 역시 화폐를 바꾼다고 급히 선언했다. 올란나는 은행 앞에서 이리저리 밀치는 수많은 남녀를 피하며 네 시간이나 줄 서서 나이지리아 화폐를 예쁜 비아프라 화폐로 바꾸었다. 나중에 아침 식사를 하다가 중간 크기의 돈 봉투를 꺼내 들고 이렇게 말했다.

"우리 수중에 있는 돈은 이게 전부야."

오데니그보가 재미있다는 표정으로 대답했다.

"우리 둘 다 돈을 벌고 있잖아, 은켐."

"당신 월급이 벌써 두 달째 밀렸어."

올란나는 오데니그보의 찻잔에 있던 티백을 꺼내 자기 잔에 넣었다.

"그리고 내가 아크와쿠마에서 받는 돈은 그 액수가 돈을 번다고 말할 수도 없는 수준이야."

"이제 조금만 지나면 예전처럼 살 수 있을 거야. 자유로운 비아프라에서."

오데니그보가 여느 때와 마찬가지로 확신에 찬 목소리로 말하며 차를 마셨다.

올란나는 거의 다 우러난 티백을 넣은 맛없는 차를 조금이라도 오래 마시며 온도를 유지하려고 컵을 뺨에 댔다. 오데니그보가 일어나서 작별 키스를 할 때도 그녀는 가진 돈이 거의 없는데도 그는 어떻게 이리도 태연할 수 있을까 궁금했다. 그가 물건을 사러 시장에 가지 않아서 그럴 거란 생각이 들었다. 소금값이 일주일에 두 배씩 오르고, 작은 조각으로 파는 닭고기도 굉장히 비싸며, 생필품 가격 전체가 너무 올라 살 사람이 없으니 쌀을 커다란 부대에 넣고 파는 사람은 아무도 없다는 사실을 몰라서 그러는 것 같았다. 그날 밤 오데니그보가 허리를 아주 빠르게 움직일 때 올란나는 침묵했다. 그와 분리된 것 같은 느낌은 그때가 처음이었다. 그가 귀에 대고 뭔가를 중얼거릴 때도 그녀는 라고스 은행에 있는 돈이 아쉬울 뿐이었다.

"은켐? 무슨 일 있어?"

오데니그보가 올란나를 쳐다보며 물었다.

"아니."

올란나의 몸 위에 있던 오데니그보는 그녀의 아랫입술을 빨다가 아래로 내려와서는 곧 곯아떨어져 코를 골아 대기 시작했다. 그 소리가 이렇게 시끄럽게 느껴진 건 처음이었다. 하기야 그도 피곤할 거라는 생각이 들었다. 비상 인력 동원 기획국까지 먼 거리를 걸어가서 수많은 이름과 주소를 하루 종일 정리하려면 힘이 들 것이었다. 그런데도 그는 매일 반짝거리는 눈으로 돌아왔다. 그리고 기획국 작업이 끝난 다음에도 선동가 모임에 합류해 여기저기 돌아다니며 사람들을 교육시켰다. 올란나는 모여든 마을 사람들 한가운데서 비아프라가 위대한 나라로 발전할 거라고 낭랑한 목소리로 연설하는 그의 모습을 떠올리곤 했다. 그의 두 눈은 미래를 바라보았다. 그래서 올란나는 하루하루 즐겁게 지내던 과거가, 은빛 자수를 놓은 식탁보가, 자신의 자동차가, 아이에게 주던 딸기 크림 비스킷이 그립다는 말을 하지 않았다. 아이가 동네 아이들과 즐겁게 정신없이 뛰어노는 걸 보고 있노라면 아이를 두 팔로 껴안고 미안하다는 말을 하고 싶을 때가 많다는 말도 하지 않았다.

올란나는 아크와쿠마에서 초등학교 1학년을 가르치는 무오케루 부인에게서, 군인들이 아이들을 트럭에 강제로 태워 갔다가 밤에 돌려보낸다는 이야기를 들었다. 중노동에 시달린 그 아이들의 손바닥은 갈라지고 피까지 난다 했다. 그 이후부터 올란나는 아이에게서 항상 눈을 떼지 말라고 으그우에게 당부했다. 하지만 군인들이 자기 아이 또래의 어린아이까지 데려가리라는 생각은 들지 않았다. 그보다는 비행기 공습이 걱정이었다. 올란나는 오래전부터 악몽에 시달렸다. 아이를 깜빡 잊고 혼자 대피소로 뛰어갔다가 폭탄이 떨어진 후에 아주 새까맣게 탄 어린아이의 시신을 실수로 밟는데, 그게 자신의 아이처럼 보이기도 하고 아닌 것처럼 보이기도 하는 악몽이었다. 그녀는 끊임없이 악몽에 시달리다가 결국에는 아이에게 대피소로 뛰어가는 연습까지 시켰다. 으그우에게 아이를 안아 들고 달리는 연습도 시켰다. 대피소로 달려갈 시간이 없을 경우에 대비해 아이에게 바닥에 바싹 엎드려 두 손으로 머리를 감싸서 공습에 대처하는 방법도 알려 주었다.

그런데도 뭔가 부족한 것 같았다. 그 꿈은 아이에게 뭔가 해로운 일이 일어난다는 사실을 알려 주는데 자신은 그게 무언지 모르는 것 같다는 생각에 초조했다. 그러다가 우기가 끝날 즈음부터 아이가 기침을 약하게 오랫동안 해 대기 시작하자 비로소 올란나는 안심했다. 아이에게 해로운 일이 일어난 것이다. 하늘이 공평하다면 전시에 겪는 불행은 누구에게나 공평할 테고, 아이가 이미 병에 걸렸다면 비행기 공습으로 다치는 일은 없을 거라는 생각이 들었다. 게다가 비행기 공습은 그렇지 않았지만 기침은 올란나가 해결할 수 있는 문제였다.

올란나는 아이를 알바트로스 종합 병원에 데려갈 생각이었다. 으그우가 오데니그보의 자동차 꼭대기에 쌓아 놓은 야자수 잎사귀를 치웠지만 올란나가 열쇠를 돌려도 엔진은 꾸르륵거리다가 시동이 꺼졌다. 결국에는 으그우가 차를 밀면서 시동을 걸어야 했다. 올란나는 차를 천천히 몰다가 아이가 기침을 해 댈 때마다 브레이크를 밟았다. 굵은 나뭇등걸로 길을 막아 놓은 검문소에서 그녀는 아이가 아주 아프다고 말했다. 시민 방위군은 안됐다면서 자동차나 핸드백도 뒤지지 않은 채 길을 열어 주었다. 병원의 어두컴컴한 복도에는 오줌과 페니실린 냄새가 배어 있었다. 실내에는 의자에 앉아서 아이를 무릎에 올려놓은 여자들과 아이를 등에 업고 일어서 있는 여자들로 가득했고 그들이 이야기를 나누는 소리와 아이들이 우는 소리로 시끌시끌했다. 올란나는 자신의 결혼식에 참석했던 은와라를 떠올렸다. 비행기 공습이 끝나고 "흙 때문에 드레스가 더러워지겠어요." 하고 말하면서 자신을 일으켜 줄 때 비로소 눈에 띈 사람이었다. 오케오마의 군복 윗옷이 드레스를 여전히 감싸고 있을 때였다.

올란나는 머리를 똑바로 치켜들고 또렷한 영어 발음으로 간호사에게 자신은 은와라 의사 선생의 오랜 친구라면서 이렇게 말했다.

"아주 위급한 상황이에요."

간호사가 은와라의 진찰실로 곧장 안내하자, 복도에 앉은 여자 한 명이 욕설을 퍼부었다.

"부씨아그외! 우리는 새벽녘부터 기다렸어! 우리가 백인처럼 콧소리를 내지 않는다고 차별하는 거야?"

은와라가 의자에서 날씬한 몸을 일으키며 다가와 악수한 후 "올란나." 하고 부르며 그녀의 두 눈을 쳐다보았다.

"잘 지내셨어요, 선생님?"

"그런대로요. 그래, 어떻게 지내셨나요?"

은와라가 말하며 아이의 어깨를 쓰다듬었다.

"아주 잘 지냈어요. 지난주에 오케오마가 찾아왔어요."

"네, 우리 집에서 하루 머물고 갔어요."

은와라는 올란나를 계속 쳐다보았지만 그녀는 그가 아무 소리도 듣지 못하며 정신이 나갔다는 느낌을 받았다. 넋이 나간 표정이었다. 그래서 그녀가 큰 소리로 말했다.

"아이가 며칠째 기침을 하고 있어요."

"아."

은와라가 아이를 돌아보았다. 청진기를 아이 가슴에 대고 아이가 기침을 할 때 은도라고 중얼거렸다. 찬장으로 가서 약병을 뒤질 때 올란나는 그가 불쌍하다는 느낌이 들었다. 하지만 그 이유가 불분명했다. 은와라는 약병이 얼마 없는 찬장을 아주 오랫동안 살폈디.

"기침약을 줄게요. 아이한테 필요한 건 항생제인데 다 떨어지고 없어요."

은와라가 말하며 또다시 이상한 시선으로 그녀를 뚫어지게 바라보았다. 외로움에 지친 표정이었다. 최근에 사랑하는 사람을 잃은 것 같았다.

"처방전을 써 드릴 테니까 무역하는 사람을 찾아서 구하도록 하세요. 물론 믿을 수 있는 사람이어야 합니다."

"물론이지요. 무오케루 부인이라고 잘 아는 사람이 있는데, 우리를 도와줄 거예요."

"다행이군요."

"언제 시간이 나시면 우리 집에 한번 놀러 오세요."

올란나가 일어섰다.

"네."

은와라가 그녀의 손을 꼭 잡고 오랫동안 놓지 않았다.

"고맙습니다, 선생님."

"뭐가요? 별다른 도움이 못 됐는데요, 뭘."

은와라가 문가를 가리켰으며 올란나는 그게 바깥에서 기다리는 여자들을 가리키는 몸짓임을 알아차렸다. 그녀는 나가면서 약병이 거의 없는 찬장을 슬쩍 쳐다보았다.

올란나는 아침에 아크와쿠마 초등학교로 가면서 마을 광장을 빠르게 뛰어갔다. 넓은 공터만 나타나면 행여나 공습이 일어날까 두려워서 그녀는 언제나 몸을 숨길 만한 나무 그늘로 뛰어다녔다. 아이들 몇 명이 학교 운동장 망고 나무 밑에서 망고 열매를 향해 돌을 던졌다. 올란나가 "어서 교실로 들어가, 오시소!" 하고 소리치자 아이들이 재빨리 흩어졌다가 다시 모여들며 망고를 향해 돌멩이를 던졌다. 그러다가 망고가 하나라도 떨어지면 환호성을 터뜨리고 서로 자기 돌에 맞은 거라고 목소리를 키워 가며 다투기 일 쑤였다.

무오케누 부인이 1학년 교신 앞에서 종을 만지작거리고 있었다. 두 팔과 두 다리에 무성한 검은 털, 윗입술에 가득한 솜털, 턱에 난 몇 가닥의 곱슬곱슬한 털, 그리고 땅딸막한 근육질 몸매를 볼 때마다 올란나는 그녀가 남자로 태어났다면 훨씬 좋았을 거라고 생각했다.

올란나는 무오케루 부인을 포옹하고 나서 물었다.

"항생제를 어디서 살 수 있는지 아세요, 언니? 아이가 기침을 하는데 병원엔 항생제가 하나도 없대요."

무오케루 부인은 입을 꼭 다문 채 생각에 깊이 빠져들었다. 매일 입는 긴 민소매 원피스에서는 수상 각하 얼굴이 환하게 빛났다. 비아프라가 완전한 국가로 자리를 잡을 때까지 그 옷만 입겠다고 선포한 터였다.

"약을 파는 사람은 많아. 하지만 남몰래 분필 가루를 섞어서 항생제라고 파는 장사꾼을 가려낼 줄 알아야 돼. 약값을 이리 줘. 내가 오니차 엄마한테 다녀올 테니까. 그 사람은 진짜야. 가격만 제대로 쳐 준다면 고원이 입던 팬티라도 갖다줄 사람이야."

"그 팬티는 관두고 약이나 달라고 하세요."

올란나가 웃으며 대답했다.

무오케루 부인도 웃고 종을 집어 들며 말했다.

"어제 환영을 봤어."

땅딸막한 체구에 비해 너무 긴 민소매 원피스가 바닥에 질질 끌렸다. 걷다가 밟혀서 넘어지지나 않을까 걱정스러울 정도였다.

"어떤 환영요?"

올란나가 물었다. 무오케루 부인은 환영을 자주 보았다. 지난 번에는 오고자 지역에서 오주크우가 전투를 직접 지휘하는 환영을 보았는데 그건 그곳에 있던 적군을 완전히 몰아냈다는 의미였다.

"아비리바 전사들이 칼라바리 지역에서 활과 화살로 침략자들을 몰살시켰어. 이 마그와, 아이들이 침략자의 유골을 짓밟고 개울로 갔어."

"정말요?"

올란나가 진지한 표정으로 물었다.

"그건 칼라바리를 절대로 빼앗기지 않는다는 의미야."

무오케루 부인은 종을 흔들어 대기 시작했다. 올란나는 빠르게 움직이는 근육질 팔을 가만히 바라보았다. 환영을 믿고 에지오웰레 출신이며 교육 수준이 많이 떨어지는 무오케루 부인과 올란나 사이에는 공통점이 하나도 없었다. 그런데도 올란나는 무오케루 부인이 언제나 친근하게 느껴졌다. 그녀가 올란나의 머리를 땋아 주고 여성 봉사대에 함께 가고 채소 보관 방법을 가르쳐 주기 때문에 그런 건 아니었다. 겁 없는 대담무쌍한 태도가 카이네네와 너무나 비슷하기 때문이었다.

그날 저녁 무오케루 부인이 신문지에 싼 항생제 캡슐을 가져왔을 때 올란나는 그녀를 안으로 들어오게 한 후 수영장 옆에 앉아 담배를 물고 찍은 카이네네의 사진을 보여 주었다.

"쌍둥이 자매예요. 하코트 항구에서 살고 있답니다."

무오케루 부인은 목걸이에 걸린 절반짜리 노란 태양 모양의 플라스틱 조각을 만지작거리며 감탄했다.

"쌍둥이 자매! 정말 놀라워. 쌍둥이 자매가 있다는 사실도 놀랍지만, 네케네, 두 사람은 닮은 데가 하나도 없어."

"우리는 입 모양이 똑같아요."

올란나가 말하자 무오케루 부인이 사진을 다시 쳐다보고 머리를 절레절레 흔들었다.

"두 사람은 닮은 데가 하나도 없어."

항생제 때문에 아이의 눈이 노래졌다. 기침이 많이 가라앉아 가슴 통증도 줄고 끄르륵거리는 숨소리도 줄었지만 식욕이 사라졌다. 아이는 가리를 접시 모서리로 골라냈으며 죽도 먹지 않고 남겨서 죽이 밀랍 같은 덩어리로 뭉쳤다. 올란나는 밀무역을 하는 여자에게 봉투에 든 현금을 털어 주고 비닐봉지에 담긴 버터 과자와 비스킷을 샀지만 아이는 입만 조금 대고 그만이었다. 올란나는 아이를 무릎에 앉혀 놓고 으깬 감자를 입에다 억지로 집어넣다가 아이가 목이 막혀서 울자 심장이 찢어지는 것 같았다. 아이가 죽을 거라는 공포가 솟구쳤다. 올란나는 어떤 생각을 하고 어떤 행동을 하든 공포에서 벗어날 수 없었다. 오데니그보도 선동가 모임 활동을 중단한 채 집으로 일찍 달려왔다. 그 역시 두려움을 느끼는 게 분명했다. 하지만 두 사람은 그런 얘기를 꺼내면 아이가 당장이라도 죽을까 봐 두려워서 아예 입에 담지도 않았다. 올란나는 자는 아이를 지켜보고 오데니그보는 일터에 나가려 옷을 입던 어느 날 아침까지는 그랬다. 라디오 비아프라에서 흘러나오는 낭랑한 목소리가 실내를 가득 채웠다.

영미 제국주의자들은 나이지리아 괴뢰 정권이 금방이라도 무너질 위험에 처하자 그들의 꼭두각시로 전락한 아프리카 국가 위원회의 결의를 이끌어 내서 막대한 무기를 지원할 구실로 삼으려는 음모를 꾸미고 있습니다…….

"그래, 맞아!"

오데니그보가 셔츠 단추를 빠르게 채우면서 말했다.

침대에서 아이가 뒤척였다. 통통했던 얼굴이 살이 쭉 빠져 가죽만 남은 게 어른의 얼굴처럼 보였다. 올란나는 그런 아이를 가만히 쳐다보았다. 그리고 조그맣게 말했다.

"아기가 못 일어날 것 같아."

오데니그보가 동작을 멈추고 올란나를 바라보았다. 그리고 라디오를 끄고 다가와서 그녀의 머리를 배에 대고 안았다. 그리고 아무 말도 하지 않았다. 그도 그렇게 생각하는 게 분명했다. 그녀는 머리를 빼냈다.

"아직은 식욕이 없는 게 정상이야."

마침내 오데니그보가 입을 열었다. 하지만 예전처럼 확신에 찬 목소리는 아니었다.

"아기 체중이 얼마나 많이 줄었는지 봐!"

올란나가 말했다.

"은쳄, 기침이 가라앉고 있으니까 식욕도 돌아올 거야."

오데니그보가 대답하고 머리를 빗었다. 올란나는 자신이 듣고 싶은 말을 해 주지 않는 그가 미웠다. 아이가 괜찮아질 거라는 말만 툭 던지고 아무렇지도 않은 표정으로 출근할 준비를 하는 그가 미웠던 것이다. 그는 집을 나서기 직전에 하는 키스도 짧게 했다. 평소처럼 입술을 오랫동안 누르지 않았다. 올란나는 분노가 치밀었다. 눈물이 두 눈에 가득 고였다. 아말라 생각이 났다. 병원에서 만난 이후 아말라는 두 사람에게 아무 연락도 하지 않았다. 하지만 아이가 죽을지도 모른다는 걸 그녀에게 알려 주어야 할 것 같았다.

아이가 하품을 하며 깨어났다.

"좋은 아침이에요, 올 엄마."

목소리가 가늘었다.

"아가야, 에지그보 은와, 잘 잤니?"

올란나는 아이를 일으켜 앉혀서 꼭 껴안고 목덜미에 따듯한 숨을 불어 주면서 샘처럼 솟아나는 눈물을 참으려고 애썼다. 아이 몸이 너무 홀쭉하고 너무 가벼웠다.

"죽을 좀 먹을까, 아가? 아니면 빵이라도? 무얼 먹고 싶니?"

아이가 머리를 흔들었다. 올란나가 아이에게 설탕 우유라도 마시라며 달래고 있을 때 무오케루 부인이 라피아 가방을 들고 만족스럽게 웃으며 들어와서 말했다.

"비숍 거리에 구조 센터가 열려서 아주 이른 아침에 다녀왔어. 으그우한테 사발 하나를 가져오라고 해."

무오케루 부인은 으그우가 가져온 사발에 노란 가루를 잔뜩 부어 주었다.

"그게 뭔가요?"

올란나가 묻자 무오케루 부인은 "계란 노른자 말린 거." 하고 대답한 다음에 으그우를 쳐다보며 말했다.

"이걸 튀겨서 아기한테 줘."

"이걸 튀겨요?"

"귀가 잘 안 들리니? 물로 반죽해서 프라이팬에 튀기라고, 오시소! 그러면 아이들이 아주 잘 먹는다니까."

으그우는 노란 가루를 의심쩍게 쳐다보며 부엌으로 들어갔다. 계란 노른자 가루를 반죽해서 야자 기름에 튀긴 요리는 색깔만 화려할 뿐 축 늘어진 모습이 그리 먹음직스럽지 않았다. 하지만 아이는 그걸 모두 먹었다.

구조 센터는 원래 여자 중학교 건물이었다. 그래서 올란나는 전쟁이 일어나기 전에는 여학생들이 아침이면 서둘러 수업에 들어가고 저녁이면 도로 밑에 있는 공립 전문 대학 남학생들을 만나려고 몰래 빠져나갔을 정문과 사방을 둘러친 담장과 파란 풀밭을 상상했다. 하지만 아직은 이른 새벽이고 정문은 굳게 닫혔다. 녹슨 쇠문이 열리자 올란나는 안으로 들어가 외국에서 들여온 원조 물품을 받을 수 있기만을 기다리는 엄청난 인파 사이로 어색하게 끼어들었다. 아무 대가도 지불하지 않고 식량을 공짜로 받으러 온 것이 스스로도 당혹스러웠다. 마치 나쁜 짓이라도 저지르다가 들킨 기분이었다. 쇠문 안에서 바삐 움직이는 사람들과 식량이 담긴 부대를 올려놓은 탁자 그리고 '세계 교회 협의회'라고 적힌 판자가 보였다. 몇몇 여자들이 바구니를 움켜잡고 쇠문 너머를 살피며 구조 센터 사람들이 쓸데없이 시간만 낭비한다며 투덜거렸다. 남자들은 자기네끼리 모여서 잡담하고 있었는데, 나이가 제일 많아 보이는 남자는 깃털이 꽂힌 빨간 추장 모자를 썼다. 어떤 젊은 남자의 목소리가 제일 컸는데, 그는 이제 막 말을 배우는 아기처럼 앳된 소리로 알아듣지도 못할 말을 크게 떠들어 댔다.

"포격 때문에 기억 상실증에 걸린 사람이야."

무오케루 부인은 이렇게 속삭인 후 올란나에게 띠리오라고 콕콕 찌르며 쇠문 앞쪽으로 천천히 나아갔다. 뒤에서 어떤 사람이 비아프라 군대가 이겼다는 이야기를 꺼냈다.

"분명히 말하는데, 하우사족 병사들 모두가 도망치느라 정신이 없었어. 상대가 자기들보다 무섭단 걸 깨달은 거지⋯⋯."

말하던 사람은 말끝을 흐렸다. 구조 센터 안에서는 남자 한 명이 쇠문을 향해 어슬렁거리며 다가왔다. 남자는 '태양이 떠오르는 나라'라는 검은 글씨가 새겨진 티셔츠가 헐렁해 보일 정도로 깡마른 체구였고 손에는 서류 다발을 들고 있었다. 그는 아주 중요한 인물처럼 어깨를 높이 추켜올린 채 거드름을 피우며 다가왔다. 감독관이었다.

"질서! 질서!"

남자가 소리치며 쇠문을 열었다.

올란나는 순식간에 몰려드는 인파를 보고 깜짝 놀랐다. 그녀는 사람들 사이에서 이리저리 떠밀리며 흔들렸다. 사람들이 올란나가 사람들 사이에 끼는 것을 용납하지 않는 듯이 그녀를 한쪽 구석으로 계속 밀어붙이는 것 같았다. 바로 옆에서 나이 지긋한 할아버지가 사람들 속으로 뛰어들며 휘두른 단단한 팔꿈치가 그녀의 옆구리에 고통스럽게 꽂혔다. 무오케루 부인은 그녀 앞에서 식량이 쌓인 탁자 한 곳을 향해 돌진했다. 깃털이 달린 추장 모자를 쓴 할아버지도 넘어졌다가 재빨리 일어나서 쩔뚝거리며 사람들이 선 줄을 향해 열심히 뛰어갔다. 군인들은 긴 채찍을 휘두르며 "질서! 질서!" 하고 외치고 여자들은 엄숙한 표정으로 탁자 옆에서 사람들이 앞으로 내민 바구니에 식량을 담아 주고 "됐어요! 다음!" 하고 소리쳤다. 모든 게 놀랍기만 한 광경이었다.

올란나가 줄 뒤로 걸어갈 때 무오케루 부인이 소리쳤다.

"저쪽으로 가! 저게 계란 노른자 가루 배급 줄이야! 어서 가! 이쪽은 건어물 배급 줄이야."

올란나가 그쪽 줄에 서는 순간 어떤 여자가 그녀의 몸을 밀치며 앞으로 끼어들려고 했다. 올란나는 뒤로 쓰러지려는 몸을 곧추세우고 여자가 앞에 끼어들도록 놔두었다. 올란나는 식량을 얻으려고 줄을 선다는 게 너무나 어색하고 창피스러웠다. 올란나는 초조해서 팔짱을 꼈다가 풀고 팔을 옆으로 내렸다가 다시 팔짱을 꼈다. 줄앞에 도착해서야 비로소 올란나는 그곳에서 퍼 주는 가루가 노란색이 아니라 하얀색이라는 걸 알았다. 계란 노른자 가루가 아니라 옥수수 가루였던 것이다. 계란 노른자 배급 줄은 그 옆이었다. 올란나는 급히 옆줄로 옮겨 갔지만 순간 그때 계란 노른자 가루를 퍼 주던 여자가 허리를 똑바로 펴면서 선언했다.

"계란 노른자 가루는 끝났어요! 오 그울라!"

올란나는 가슴으로 밀려드는 공포를 느끼며 여자에게 달려갔다.

"제발요."

"뭘요?"

여자가 묻고 근처에 선 감독관이 고개를 돌리며 쳐다보았다.

"우리 아기가 아파서……."

여자가 그녀의 말을 중간에 자르며 말했다.

"그럼 분유 배급 줄로 가세요."

놀란나가 여기의 판을 잡으며 사정했다.

"안 돼요, 안 돼요. 우리 아이는 아무것도 먹지 않아요. 계란 노른자만 먹어요."

여자가 올란나에게 잡힌 팔을 잡아 빼고 급히 건물로 들어가서 문을 쾅 닫았다. 올란나는 우두커니 섰다. 그런데 서류 뭉치로 부채질하며 그녀를 계속 쳐다보던 감독관이 갑자기 입을 열었다.

"에헤! 난 당신을 알아요."

올란나는 그의 대머리와 턱수염이 북슬북슬한 얼굴이 기억나지 않았다. 그래서 쓸데없이 알은척하면서 추파나 던지려는 남자가 분명하다고 생각하고 발길을 돌렸다.

"전에 당신을 봤어요."

감독관이 말하며 그녀에게 다가왔다. 그의 웃는 얼굴은 추파를 던지는 표정이 아니라 아주 기뻐하는 표정이었다.

"몇 년 전에 해외에서 돌아오는 동생을 마중하러 에누구 공항에 갔을 때 당신이 우리 어머니한테 진정하라고 말했어요. 이카시리 야 오비. 비행기가 착륙해서 곧장 멈추지 않았을 때 당신이 우리 어머니를 진정시켜 주었죠."

올란나는 그날 공항에서 있었던 일이 어렴풋이 떠올랐다. 벌써 7년이나 지난 일이었다. 심하게 사투리를 쓰던 그의 말투와 불안해하던 표정, 그리고 지금보다 훨씬 늙어 보이던 그의 얼굴이 떠올랐다.

"그게 당신이에요? 그런데 날 어떻게 알아보셨나요?"

"낭신처럼 아름다운 얼굴을 어떻게 잊어버릴 수 있겠어요? 우리 어머니는 기회가 있을 때마다 그때 아름다운 여자가 자기 손을 잡아 줬다는 말을 하신답니다. 우리 가족 가운데 그 일을 모르는 사람이 없어요. 앞으로도 우리 동생의 귀국에 대한 이야기가 나올 때마다 우리 어머니는 당신 얘기를 하실 거예요."

"그래, 당신 동생은 잘 지내나요?"

올란나가 묻자 남자의 얼굴에서 자부심이 피어올랐다.

"동생은 정부 기획국 간부랍니다. 제가 이 일을 하게 된 것도 동생 덕분이지요."

올란나는 남자의 도움으로 계란 노른자 가루를 구할 수 있었으면 좋겠다고 생각했다. 하지만 입에서는 다른 질문이 나왔다.

"당신 어머니도 잘 계신가요?"

"그럼요, 아주 잘 계신답니다. 어머니는 오르루에 있는 동생 집에 계세요. 누나가 아직 자리아에서 돌아오지 않았을 때는 굉장히 아프셨지요. 우리 모두 그 짐승들이 누나한테 못된 짓을 저지른 게 분명하다고 생각하던 참에 하우사족 친구들의 도움을 받아 누나가 돌아왔어요. 그래서 어머니도 많이 좋아지셨답니다. 내가 당신을 만났다고 하면 어머니가 아주 좋아하실 거예요."

감독관이 말을 멈추고 식량 탁자 한곳에서 다투는 젊은 여자 두 명을 보았다. 한 여자가 "분명히 말하는데, 이 건어물은 내 거야." 하고 말하자 다른 여자가 "은그와누, 오늘 우리 둘 다 죽자."라고 소리쳤다.

감독관이 올란나에게 말했다.

"가서 무슨 일인지 알아봐야겠어요. 정문 옆에서 기다리세요.

내가 계란 노른자 가루를 보내 드릴 테니까요."

"고마워요."

올란나는 삼두긴이 맘에 마음을 놓았다. 하지만 뭔가를 공짜로 받는 것은 여전히 어색했다. 정문 옆에 슬그머니 숨겼나. 도저질을 하는 기분이었다.

"오코로마두가 보내서 왔어요."

젊은 여자의 말소리가 옆에서 들려 올란나는 깜짝 놀랐다. 여자는 자루 하나를 올란나 손에 쥐여 주고 구조 센터로 돌아갔다.

"고맙다고 전해 주세요."

올란나가 그녀의 등에 대고 소리쳤다. 젊은 여자는 올란나의 말을 들었는지 못 들었는지 뒤도 돌아보지 않았다. 무오케루 부인을 기다리는 동안 무거운 부대가 든든하게 느껴졌다. 나중에 아이가 접시에 야자 기름만 남기고 계란 노른자 가루를 모두 먹어 치우는 광경을 바라보면서 아이가 저렇게 맛없는 걸 어떻게 먹을 수 있는지 신기할 뿐이었다.

올란나가 구조 센터에 다시 찾아갔을 때는 오코로마두가 정문 앞에 모인 군중들에게 무언가를 말하는 중이었다. 군중 사이에는 둘둘 만 돗자리를 팔에 낀 여자도 있었다. 정문 앞에서 밤을 꼬박 새운 것이다.

"오늘은 아무것도 없어요. 아워마마에서 물품을 싣고 오던 화물차가 오는 도중에 납치당했어요."

오로코마두는 지지자들 앞에서 연설하는 성지인처럼 엄숙했다. 올란나는 그를 가만히 쳐다보았다. 그는 수많은 사람들에게 나눠 줄 식량이 있는지를 미리 파악하고 사람들에게 통보하는 특권을 즐기고 있었다.

"군대가 트럭을 호위했지만 그걸 납치한 집단 역시 군대였습니다. 그들은 길을 막고 트럭에 있는 모든 물품을 빼앗았습니다. 운전사들을 구타하면서 말입니다. 월요일에 다시 오세요. 그때는 아마 문을 열 수 있을 겁니다."

한 여자가 재빨리 다가가 오코로마두의 두 팔에 남자 아기를 불쑥 내밀었다.

"그럼 이 애를 맡으세요! 문을 다시 열 때까지 먹을 걸 주세요!"

여자가 소리치고 다른 곳으로 걸어가기 시작했다. 황달 기운이 도는 깡마른 아기가 울부짖었다.

"비아 은완이! 이봐요, 이리 오세요!"

오코로마두가 뻣뻣한 태도로 아기를 내밀며 소리쳤다. 주변 여자들이 아기 엄마를 나무랐다.

"지금 아기를 버리겠다는 거야?"

"우조 아나기 아투 지?"

"혼자서 하느님을 만나러 가기라도 하겠다는 거야?"

그런 와중에 무오케루 부인이 앞으로 불쑥 나가서 오코로마두가 든 아기를 받아 들어 여자에게 돌려주었다.

"당신 아기를 데려가세요. 오늘 나누어 줄 식량이 없는 건 저 사람 잘못이 아니잖아요."

사람들이 하나둘씩 사라졌다. 무오케루 부인이 올란나와 함께 힘없이 걸으며 중얼거렸다.

"원조 물품이 실린 화물차를 군인들이 납치했다는 말이 사실인지 아닌지 누가 알겠어? 저들이 물품을 얼마나 많이 빼돌리는

지 아무도 몰라. 저들이 소금이란 소금은 모두 빼돌려서 팔아먹어서 지금까지 여기에서 소금을 받은 사람은 한 명도 없어."

올린니는 그녀가 아기를 엄마에게 돌려주던 장면을 떠올렸다.

"언니를 보면 제 쌍둥이 자매가 생각나요."

"왜?"

"우리 쌍둥이 자매도 정말 용감하거든요. 겁이라는 걸 몰라요."

"난 담배 피우는 여자는 싫어. 길거리 창녀 같아서."

올란나가 갑자기 걸음을 멈추고 무오케루 부인을 빤히 바라보았다. 그러자 그녀가 서둘러 변명했다.

"물론 올란나의 자매가 창녀란 말은 아니야. 내 말은 담배를 피우는 여자는 창녀들이니까 여자가 담배를 피우는 건 좋지 않다는 거야."

올란나는 무오케루 부인을 그저 바라보기만 했다. 그녀의 턱수염과 털이 무성한 팔이 보기 싫었다. 올란나는 말없이 그녀를 앞서며 빠르게 걸었다. 그리고 헤어질 때는 잘 가라는 인사도 하지 않았다. 아이는 으그우와 바깥에 앉아 있었다.

"올 엄마!"

올란나는 아이를 껴안고 머리를 쓰다듬었다. 아이가 그녀의 손을 잡고 그녀를 물끄러미 쳐다보며 물었다.

"계란 노른자 가루가 없어요, 올 엄마?"

"그래, 우리 아가. 하지만 나중에 또 가서 가져올 거야."

"안녕히 다녀오셨어요, 마님. 오늘은 아무것도 가져오지 않으셨어요?"

으그우가 묻자 올란나가 화를 냈다.

"바구니가 텅 빈 게 안 보이니? 눈이 멀기라도 한 거야?"

월요일에 올란나는 구조 센터를 혼자 찾아갔다. 무오케루 부인은 새벽에 그녀를 부르러 오지도 않았고 군중 속에서도 보이지 않았다. 구조 센터의 정문은 잠겼고 안쪽엔 아무도 없었다. 올란나는 인파가 흩어지기 시작할 때까지 그곳에서 한 시간 정도를 기다렸다. 화요일에도 정문은 잠겨 있었다. 수요일에는 정문에 새 맹꽁이자물쇠까지 달렸다. 토요일에야 정문이 활짝 열렸는데 그녀는 인파와 함께 안으로 달려가서 군인들이 휘두르는 막대기를 피해 누가 밀치면 함께 밀치면서 이 줄 저 줄을 빠르게 옮겨 다니는 자신을 보고 깜짝 놀랐다. 그녀가 옥수수 가루와 계란 노른자 가루가 각각 담긴 조그만 자루 두 개, 그리고 건어물 두 조각을 들고 떠날 때 오코로마두가 나타났다.

그는 손을 흔들며 올란나에게 "아름다운 여인. 은완이 오마!" 하고 불렀다. 아직까지 올란나의 이름을 몰랐던 것이다. 그가 가까이 다가와서 콘비프 캔 하나를 그녀의 바구니에 슬며시 밀어 넣고 아무 일 없었다는 표정으로 떠났다. 올란나는 빨간색의 기다란 캔을 내려다보다 너무 기뻐서 하마터면 웃음을 터뜨릴 뻔했다. 차가운 캔을 바구니에서 꺼내서 손으로 쓰다듬으며 살피다가 포격 때문에 기억 상실증에 걸린 군인이 자신을 물끄러미 쳐다보는 시선을 느꼈다. 그는 아무 표정이 없었으며 그녀의 시선을 피하는 시늉도 하지 않았다. 올란나는 콘비프 캔을 바구니에 다시 넣고 부대로 가렸다. 무오케루 부인이 옆에 없어서 캔의 내용물을 나눌 필요가 없다는 사실이 기뻤다. 으그우에게 이 캔의 내용물로 스튜 요리를 하라고 말할 생각이었다. 그녀는 이걸로 샌드위치를 만들어서 오데니그보와 아이와 함께 오랜만에 콘비프 샌드위치와 영국식 차를 마시고 싶었다.

　기억 상실증에 걸린 군인이 그녀를 뒤쫓아 정문을 나왔다. 그녀는 큰길로 곧장 이어지는 지저분한 골목길을 빠르게 걸었다. 하지만 누더기 군복을 걸친 남자 다섯 명이 그녀의 주변을 에워쌌다. 그러고는 바구니를 가리키고 더듬거리며 뭐라고 말했다. 동작은 어설프고 목소리는 커서 올란나는 그들의 말 중 일부만을 알아들었다.

　"아줌마!"

　"누나!"

　"이리 줘요!"

　"배고파 죽겠어요!"

　올란나는 바구니를 꼭 껴안았다. 그녀는 금방이라도 어린아이처럼 눈물을 터뜨리고 싶은 심정이었다.

　"저거 꺼져! 어서, 저리 꺼져!"

　올란나가 외치는 소리에 그들이 깜짝 놀란 표정으로 잠시 멈칫했다. 그러다가 보이지 않는 손에 이끌리듯 다시 천천히 다가오기 시작하며 그녀를 압박했다. 그들은 무슨 짓이라도 저지를 수 있을 것 같았다. 포격 소리에 모든 기억을 잃은 그들에게서 뭔가 절박하면서도 무서운 기운이 흘러나왔다. 올란나는 공포와 동시에 분노를 느꼈다. 너무나 분노가 커서 그녀는 오히려 대담해졌다. 그들과 맞서 싸우고 싶었다. 목을 졸라 죽이고 싶었다. 절대로 콘비프 캔을 빼앗길 수는 없었다. 올란나는 아주 빠르게 뒤로 몇 걸음 물러섰다. 그런데 너무 빨리 움직이느라 파란 베레모를 쓴 남자가 뒤에 있는 것을 미처 못 보았다. 그 남자는 그녀의 바구니를 움켜잡아 콘비프 통조림을 집어 들고 재빨리 도망쳤다. 다른 남자들도 그 뒤를 따랐다. 마지막 한 남자가 입을 반쯤 벌린 채 다른 남자들을 가만히 서서 바라보다가 뒤로 돌아서 도망치기 시작했다. 다른 남자들이 뛰어간 곳과 정반대쪽이었다. 올란나의 바구니는 땅바닥에 나뒹굴었다. 그녀는 콘비프 캔이 처음부터 자기 것이 아니었다는 생각을 하며 가만히 서서 속으로 펑펑 울었다. 그러다가 바구니를 집어 들고 옥수수 가루가 든 자루에 묻은 흙을 털어 내며 집으로 갔다.

올란나와 무오케루 부인은 거의 2주일 동안 학교에서 서로를 피했다. 그래서 올란나는 오후에 집으로 돌아왔을 때 나무를 태운 회색 재가 가득 들어 있는 양동이를 들고 집 바깥에 앉아 있는 무오케루 부인을 발견하고 깜짝 놀랐다.

무오케루 부인이 자리에서 일어났다.

"비누 만드는 법을 가르쳐 주려고 왔어. 지금 평범한 비누 한 개가 얼마에 팔리는지 알아?"

올란나는 수상 각하의 노려보는 얼굴이 찍힌, 실밥이 드러난 무오케루 부인의 민소매 원피스를 바라보며 갑자기 찾아와서 비누 만드는 법을 가르쳐 주겠다는 그녀의 제안을 일종의 사과로 받아들였다. 올란나는 재가 가득한 양동이를 들고 그녀를 뒷마당으로 안내했으며, 그녀의 설명을 듣고 시범을 지켜보고 나서 시멘트 벽돌이 쌓인 곳 옆에다 재를 부어 놓았다.

나중에 두 사람이 베란다 초가지붕 밑에서 벽에 붙여 놓은 나무 의자에 앉아 있을 때, 오데니그보는 이 이야기를 듣고서 머리를 절레절레 흔들었다.

　　"그 사람한테 비누 만드는 법까지 배울 필요는 없어. 어차피 난 당신한테 비누까지 만들게 하진 않을 거니까."

　　"내가 못 할 거라고 생각하는 거야?"

　　"사과를 받은 거로 끝내."

　　"카이네네에 관한 문제라서 내가 너무 과민하게 반응한 것 같아. 카이네네가 내 편지를 받았는지 궁금해."

　　오데니그보는 아무 말 없이 그녀의 손을 꼭 잡았으며 그녀는 그에게 굳이 설명하지 않아도 된다는 사실이 고마웠다.

　　"그런데 무오케루 부인 가슴에는 털이 얼마나 났을까? 혹시 본 적 있어?"

　　오데니그보가 물었다.

　　그가 먼저 웃었는지 그녀가 먼저 웃었는지는 확실치 않았다. 어쨌든 두 사람은 갑자기 폭소를 터뜨렸다. 하마터면 두 사람 모두 의자에서 떨어질 뻔할 정도로 정신없이 웃었다. 갑자기 모든 게 즐거워졌다. 그가 구름 한 점 없이 완벽한 하늘이라고 말하자 그녀는 폭격기가 나타나기에 딱 좋은 날씨라고 말했다. 그리고 두 사람은 또 폭소를 터뜨렸다. 커다란 구멍 사이로 깡마른 엉덩이가 드러난 반바지를 입은 작은 남자아이가 지나가며 인사할 때도 또다시 폭소를 터뜨리느라 아이의 인사조차 제대로 못 받았다. 두 사람이 서로 손을 꼭 잡고 얼굴에 웃음기를 가득 머금고 있을 때 스페셜 줄리어스가 공동 주택 안으로 들어왔다. 그의 윗옷에 달린 금속 장식이 반짝거렸다.

"으무아히아에서 최상품 야자수 술을 가져왔어요! 으그우한 테 술잔을 가져오라고 하세요."

스페셜 줄리어스가 조그만 통을 내려놓았다. 그의 너무나 낙천적인 태도와 그가 입고 있는 화려한 의상을 보니 이 세상에 그가 해결할 수 없는 문제는 하나도 없어 보였다. 으그우가 술잔을 가져오자 그가 말했다.

"해럴드 윌슨이 라고스에 들어왔다는 소식을 들었나요? 우리를 끝장내려고 영국군까지 데려왔다는 거예요. 2개 대대에 달하는 병력이에요."

"어서 앉아요, 친구. 말도 안 되는 소리는 그만하고."

오데니그보가 말하자 스페셜 줄리어스가 웃으며 술잔을 쭉 들이켰다.

"그래요, 말도 안 되는 소리예요. 오크와 야? 그런데 라디오는 어디에 있나요? 라고스에서는 영국 수상이 자기네를 도와 우리를 죽이려 한다는 걸 세상에 떠들어 대지 않을지 모르지만, 카두나의 정신 나간 사람들은 다를 수도 있으니까요."

아이가 나오며 인사했다.

"줄리어스 아저씨, 안녕하세요?"

"아가야, 아가야. 기침은 어떠니? 좋아졌니?

스페셜 줄리어스가 야자수 술에 손가락 하나를 담그더니 술을 아이 입에 넣어 주었다.

"이걸 먹으면 기침이 줄어들 거야."

아이가 좋아하며 입술을 빨자 올란나는 화를 냈다.

"줄리어스!"

스페셜 줄리어스가 쾌활하게 손을 흔들었다.

"알코올의 힘을 절대로 과소평가하지 마세요."

"이리 와서 내 옆에 앉아, 아가야."

올란나가 아이를 불렀다. 그녀는 너무 오래 입어서 가장자리가 너덜거리는 드레스를 입은 아이를 무릎에 올려놓고 꼭 껴안았다. 이제 기침도 많이 줄어들고 음식도 그런대로 먹기 시작한 터였다.

오데니그보가 의자 밑에서 라디오를 꺼냈다. 순간 날카로운 소리가 났다. 처음에 올란나는 그게 라디오에서 나오는 소리라고 생각하다가 곧 그게 공습경보라는 사실을 깨달았다. 그녀의 몸이 얼어붙었다. 근처 가정집에서 누군가가 비명을 질렀고 동시에 스페셜 줄리어스가 "적기다! 피해!" 하고 소리치고 술통까지 쓰러뜨리며 벌떡 일어나서 뛰어나갔다. 이웃들이 뛰어가며 소리쳤지만 올란나는 도무지 무슨 일인지 이해할 수가 없었다. 날카로운 소리가 머릿속까지 파고들며 뇌를 마비시켰다. 올란나는 달려가다가 쏟아진 술에 미끄러져서 무릎을 꿇으며 풀썩 쓰러졌다. 오데니그보가 그녀를 일으켜 세우고 아이를 안아 든 채 달렸다. 기관총 소리가 나기 시작했다. 공중에서 총알이 빗물처럼 떨어질 때 오데니그보는 사람들이 대피소로 들어오도록 대피소의 철판 입구를 붙잡고 있다가 제일 나중에 대피소 아래로 내려왔다. 으그우는 수프가 묻은 숟가락을 든 채였다. 올란나는 몸 위로 기어가는 귀뚜라미를 손바닥으로 내리쳤다. 거기에서 터져 나온 끈적끈적한 물질이 손가락에 느껴졌다. 그녀는 몸에 달라붙은 귀뚜라미가 이제 없는데도 자신의 두 팔과 두 다리를 손바닥으로 계속 때렸다. 첫 번째 폭발이 멀리서 들렸다. 잇달아 일어나는 폭발음이 조금씩 가까워지면서 더 크게 들리고 지축이 흔들렸다. 올란나 근처에 있던 사람들이 큰 목소리로 외쳤다.

"우리 주 예수님! 우리 주 예수님!"

올란나는 오줌이 꽉 찬 방광 때문에 고통스러웠다. 그런데 방광이 금방이라도 터지면 오줌 대신 엉터리 기도를 쏟아 부을 것 같았다. 한 여자가 그녀 바로 옆에 엎드린 채 아이를 꼭 잡고 있었다. 올란나의 아이보다 어린 남자아이였다. 대피소 내부가 어두웠지만 올란나는 남자아이의 몸뚱이 여기저기에 선을 그리며 새하얗게 일어난 곰팡이 자국을 볼 수 있었다. 또 다른 폭발이 땅을 뒤흔들었고 그러고 나서 갑자기 사방은 정적에 휘감겼다. 아무 소리도 들리지 않았다. 대피소 밖으로 나가니 멀리서 새들이 까옥 까옥 울어 대는 소리가 들렸고 불타는 냄새가 났다.

"우리 대공포의 성능이 놀라워요! 오 디 에그우!"

누군가가 말하자 스페셜 줄리어스는 "비아프라는 전쟁에서 이기리라!" 하고 노래를 부르기 시작했다. 얼마 후에는 거리의 모든 사람이 노래를 함께 불렀다.

비아프라는 전쟁에서 이기리라.
장갑차, 기관총,
전투기와 폭격기,
하 엔웨그히 이케 이메리 비아프라!

올란나는 활기차게 노래하는 오데니그보를 보며 함께 부르려고 했지만 노랫가락이 혀끝에서만 맴돌았다. 그러다가 무릎에서 느껴지는 날카로운 통증 때문에 아이의 손을 잡고 집으로 들어갔다.

저녁에 아이를 목욕시키고 있을 때 사이렌 소리가 다시 울려서 그녀는 벌거벗은 아이를 끌어안고 바깥으로 뛰어나갔다. 꼭 끌어안은 아이가 미끄러워 떨어뜨릴 것 같았다. 빠르게 날아오는 적기가 내는 굉음과 타타타 불을 내뿜는 날카로운 대공포 기관총 소리가 머리 위 아래로 사방에서 나서 이를 부딪치며 덜덜 떨었다. 올란나는 대피소 밑으로 재빨리 들어갔다. 귀뚜라미 같은 것에는 관심도 없었다. 잠시 후 으그우의 팔을 붙잡으며 물었다.

"오데니그보는 어디에 있어? 주인어른은 어디에 있어?"

"이곳에 계세요, 마님."

으그우가 대답하며 주변을 둘러보았다.

"오데니그보!"

올란나가 소리쳐 불렀다. 하지만 아무 대답도 없었다. 그녀는 대피소로 들어오는 오데니그보를 본 기억이 없었다. 그는 아직 바깥 어딘가에 있는 게 분명했다. 잇따라 일어나는 폭발음이 귀청을 뒤흔들었다. 머리를 옆으로 기울이면 귀에서 조그만 뼛조각이 떨어질 것 같았다. 올란나는 대피소 입구로 다가갔다. 뒤에서 으그우가 "마님? 마님?" 하고 부르는 소리와 아랫집에 사는 아낙네가 "어서 돌아와요! 어딜 가려는 거예요? 에베 카 이 나에제?" 하고 말하는 소리가 들렸지만 그녀는 그냥 무시한 채 대피소 바깥으로 기어 나왔다.

화려한 노을 속에서 올란나는 금방이라도 쓰러질 것 같았다.

하지만 심장이 울리도록 뛰면서 "오데니그보! 오데니그보!" 하고 소리쳤다. 그러다가 땅바닥에서 어떤 몸뚱이 위에 엎드린 오데니그보를 발견했다. 그녀는 셔츠를 벗은 그의 털이 무성한 가슴과 새로 기르기 시작한 턱수염과 찢어진 슬리퍼를 바라보다가 그도 죽을 수 있다는 사실, 누구나 죽을 수 있다는 사실을 깨달았고, 갑자기 목이 메어 왔다. 두려웠다. 그래서 그를 꼭 끌어안았다. 도로 아래편에 주택 한 채가 불타고 있었다.

"은켐, 괜찮아. 이 사람이 총에 맞았어. 다행히 총알이 살을 뚫고 지나간 것 같아."

오데니그보가 올란나를 옆으로 떼어 놓고 쓰러진 남자에게 돌아갔다. 그리고 벗어 놓은 셔츠를 남자의 팔에 감아 주었다.

아침에는 하늘이 고요한 바다 같았다. 올란나는 오데니그보에게 직장에 나가지 말라고 했다. 자신도 학교에 가지 않겠다며 가족이 함께 모여 대피소에서 하루 종일 지내자고 말했다.

오데니그보가 웃었다.

"멍청한 소리 그만해."

"어차피 아이들을 학교에 보내는 사람도 없을 거야."

"그럼 당신은 어떻게 할 건데?"

그가 너무나 평온한 말투로 물었다. 어젯밤 올란나는 밤새도록 잠도 못 이룬 채 가만히 누워서 폭탄 소리만 떠올리며 식은땀을 줄줄 흘렸는데 그는 코를 골아 대며 깊은 잠을 잤다.

"모르겠어."

오데니그보가 키스하며 그녀를 달래 주었다.

"사이렌이 울리면 대피소로 뛰어가. 그럼 아무 일도 없을 거야. 나는 오늘 음바이세로 교육을 갔다가 약간 늦을 수도 있어."

저음에 올린니는 너무나 무심한 그의 말에 화가 치밀었지만 나중에는 마음이 편안해졌다. 그녀는 오데니그보가 하는 말을 믿었다. 하지만 그건 그가 바로 옆에 있을 때뿐이었다. 그가 떠난 다음에는 너무 불안해서 금방이라도 쓰러질 것 같았다. 올란나는 목욕도 하지 않았다. 바깥에다 웅덩이를 파서 만든 화장실에 가는 것도 무서웠다. 한자리에 앉는 것도 무서웠다. 꾸벅꾸벅 졸다가 갑자기 울리는 사이렌 소리를 놓칠 것 같았다. 배가 볼록해지도록 물을 마시고 또 마셨다. 그래도 자꾸만 입안이 바싹 마르고 메마른 공기 덩어리에 목구멍이 막히는 것 같았다.

"오늘은 하루 종일 대피소에서 지내도록 하자."

올란나가 말하자 으그우가 물었다.

"대피소에서요, 마님?"

"그래, 대피소에서. 무슨 소린지 몰라?"

"하지만 대피소에만 있을 순 없잖아요, 마님."

"내 말을 못 알아들어? 대피소에서 오늘 하루를 보내자고 분명히 말했어."

으그우는 어깨를 으쓱했다.

"네, 마님. 아기 음식을 가져갈까요?"

으그우가 물었지만 올란나는 대답하지 않았다. 만일 그가 웃으면 따귀라도 갈길 생각이었다. 축축한 지하에 들어가 하루 종일 시간을 보내며 아이의 버터 과자를 함께 먹을 생각에 그가 즐거워하는 것 같았기 때문이다.

"아기를 준비시켜."

올란나가 말하고 라디오를 켰다.

"네, 마님. 오 은웨레 으그우. 오늘 아침에 아기 머리에서 서캐를 발견했어요."

"뭐라고?"

"서캐요. 하지만 두 개가 전부였어요."

"이? 도대체 지금 무슨 말을 하는 거야? 우리 아기한테 어떻게 이가 생길 수 있어? 얼마나 깨끗하게 키웠는데? 아가야! 아가야!"

올란나가 아이를 앞으로 잡아당겨서 땋은 머리의 매듭을 풀고 무성한 머리카락 사이를 뒤지며 중얼거렸다.

"지저분한 이웃집 아이들이랑 놀다가 옮았을 거야. 어휴 더러워."

올란나의 손이 떨려서 아이의 머리카락을 꼭 움켜잡고 있다가 한 움큼을 쑥 잡아당기자 아이는 울음을 터뜨렸다.

"가만히 있어!"

올란나가 소리쳤지만 아이는 꿈틀거리며 올란나의 손에서 빠져나가 으그우에게로 뛰어갔다. 아이는 당혹스러워하며 그녀를 쳐다보았다. 그녀가 낯설다고 느끼는 것 같았다. 라디오에서 비아프라 국가가 터져 나오며 그들 사이의 침묵을 채워 주었다.

> 태양이 떠오르는 땅, 용감한 영웅들이 사는
> 우리의 조국을 영원히 사랑하고 간직하리라.
> 스스로 우리를 지키지 않으면 모두가 죽으리.
> 사방에 가득한 적에게서 우리 가슴을 지키리라.
> 하지만 그 대가로 소중한 목숨을 바쳐야 한다면

우리는 조금도 두려워하지 않고 죽어 가리라…….

올란나는 국가가 끝날 때까지 라디오에 가만히 귀를 기울이다가 지친 표정으로 입을 열었다.

"아기를 데리고 베란다에 가서 정신 바짝 차리고 있어."

"대피소로 들어가지 않나요?"

"아기를 데리고 그냥 베란다에 나가 있어."

"네, 마님."

올란나는 라디오 주파수를 조정했다. 전쟁 소식을 듣고 싶었다. 위대한 비아프라를 찬양하는 방송을 듣고 싶었다. 하지만 그런 방송이 나오기에는 너무 이른 시간이었다. BBC를 틀어 보니 최근 전쟁 소식이 나왔다. 교황청, 아프리카 통일 기구, 영국 연방 각각에서 보낸 사절단이 휴전을 제안하러 나이지리아에 들어갔다는 뉴스였다. 올란나는 멍하게 라디오를 듣다가 껐다. 누군가에게 말하는 으그우 목소리가 들려서 그녀는 누가 왔는지 알아보려고 바깥에 나갔다. 무오케루 부인이 아이 옆에서 올란나가 풀어 놓은 머리 매듭을 다시 묶어 주고 있었다. 야자수 기름을 너무 많이 바른 듯 그녀의 두 팔에 난 털이 반짝거렸다.

"언니도 학교에 가지 않았나요?"

올란나가 물었다.

"부모들이 아이들을 집에 둘 줄 알았어."

"누군들 그러지 않겠어요? 공습이 왜 이렇게 끊임없이 일어나죠?"

무오케루 부인이 콧방귀를 뀌었다.

"해럴드 윌슨이 왔기 때문이야. 그에게 깊은 인상을 줘서 영국 군대를 데려오려는 거지."

"스페셜 줄리어스도 똑같은 말을 했는데 그건 불가능해요."

"불가능하다고?"

무오케루 부인이 웃었다. 올란나가 뭘 모른다는 표정이었다.

"그건 그렇고. 그 스페셜 줄리어스란 사람이 통행증을 위조해서 판다는 건 알아?"

"그 사람은 군납업자예요."

"그가 군대에서 빼돌린 물품을 판다는 게 아니라 통행증을 위조한다는 거야. 그 사람 형이 책임자라서 함께 손잡고 일한대."

무오케루 부인이 매듭을 다 묶고 아기 머리를 쓰다듬었다.

"그 사람 형은 범죄자야. 소문을 듣자 하니 자기 남자 친척들 전부한테 군 징집을 면제한다는 증서를 줬대. 그리고 그가 돈 많은 남자만 졸졸 쫓아다니는 젊은 여자애들이랑 무슨 짓을 저지르는 줄 알아? 여자애 다섯 명을 한꺼번에 침실에 데리고 들어갔다는 거야. 투피아! 비아프라를 제대로 건국하려면 그런 사람부터 처형해야 해."

올란나가 갑자기 펄쩍 뛰며 물었다.

"지금 이거 비행기 소리 아니에요? 비행기 소리 아니에요?"

"비행기, 그와? 옆집에서 누가 문 닫는 소리를 비행기 소리라고 하는 거야?"

무오케루 부인이 웃었다.

올란나가 바닥에 앉아서 다리를 쭉 폈다. 공포 때문에 온몸이 뻐근했다.

"우리가 이코트에크페네 근처에서 폭격기 한 대를 떨어뜨렸다는 소식은 들었어?"

무오케루 부인이 물었다

"못 들었어요."

"평범한 시민이 사냥총으로 떨어뜨렸다는 거야! 나이지리아 사람들이 너무 멍청해서 그놈들과 손을 잡은 사람들도 모두 멍청이가 되는 것 같아. 그놈들은 러시아와 영국이 갖다준 비행기를 몰지도 못할 정도로 멍청하다니까. 그래서 그놈들이 백인을 끌어들였는데 백인들도 아무것도 맞히지 못했지. 하하! 게다가 그들이 뿌리는 폭탄 절반은 터지지도 않아."

"하지만 터진 폭탄 절반만으로도 우리 모두 죽을 수 있어요."

무오케루 부인은 올란나의 말을 못 들은 듯 계속 말했다.

"우리 으그부니그웨가 그놈들한테 신의 분노를 보여 주는 중이라고 들었어. 아피크포에서는 수백 명이 죽어 나가서 나이지리아 군대 전체가 무서워서 도망쳤대. 아마 그놈들은 그런 무기를 본 적이 없을 거야. 그놈들은 우리한테 어떤 힘이 있는지 아직도 몰라."

무오케루 부인이 머리를 설레설레 젓고 깔깔거리며 웃으면서 절반짜리 노란 태양 플라스틱 조각이 걸린 목걸이를 잡아당겼다.

"한번은 대낮에 아낙네들이 아우구 시장에 잔뜩 모여서 한창 물건을 사고팔 때 고원이 폭탄을 터뜨렸대. 우리 모두가 굶어 죽게 하려고 적십자가 우리한테 식량 원조하려는 것도 못 하게 하고 크팜크팜도 거부했대. 하지만 그런 작전은 성공할 수 없어. 다른 나라에서 나이지리아에 퍼 주는 만큼 무기랑 비행기를 우리에게도 퍼 줬더라면 전쟁은 벌써 오래전에 끝나서 우리 모두 고향 집으로 돌아갔을 거야. 그래도 결국에는 우리가 승리할 거야. 신이 자고 있는 줄 아나? 절대 아니야!"

무오케루 부인이 깔깔거리며 웃을 때 사이렌이 울렸다. 올란나는 날카로운 사이렌 소리를 오래전부터 기다렸기 때문에 그 소리가 울리기 직전에 온몸이 부르르 떨릴 정도였다. 올란나는 아이를 쳐다보았지만 으그우가 벌써 아이를 껴안고 대피소로 뛰어가기 시작했다. 멀리서 날아오는 비행기 소리가 천둥소리 같았다. 이윽고 대공포 기관총 소리가 사방에서 날카롭게 났다. 그녀는 대피소로 기어들기 직전에 고개를 들어서 놀라울 정도로 낮게 떠 솔개처럼 내려오며 총알을 퍼부어 대는 폭격기를 보았다.

나중에 그녀가 대피소에서 나올 때 누군가가 소리쳤다.

"초등학교가 포격당했다!"

"이교도 놈들이 우리 학교를 포격했어."

무오케루 부인이 중얼거렸다.

"적기다! 폭격기다!"

젊은 남자가 머리 위로 나는 독수리를 가리키며 큰 소리로 웃었다.

그들은 아크와쿠마 초등학교로 급히 걸어가는 인파에 합류했다. 반대편에서 남자 두 명이 검게 탄 시신을 들고 빠르게 지나갔다. 화물차도 삼킬 정도로 널따란 폭탄 자국이 초등학교 앞쪽 도로를 둘로 갈라놓았다. 교실 천장이 무너져 목재와 금속과 먼지로 뒤범벅이었다. 올란나는 자기가 맡아 가르치던 반의 교실을 알아볼 수도 없었다. 창문은 모조리 날아갔지만 벽은 무너지지 않고 그대로 서 있었다. 그런데 무너진 교실 밖 학생들이 놀던 모래밭에 폭탄 파편 하나가 멋있는 구멍을 파 놓았다. 그나마 쓸 수 있는 의자를 사람들과 함께 학교 밖으로 꺼내는 동안 그녀의 머릿속에는 무서운 금속 파편이 땅바닥에다 어떻게 그렇게 아름다운 구멍을 만들어 낼 수 있을까 하는 생각뿐이었다.

사이렌은 이른 아침에는 울린 적이 없었다. 어느 날 아침 폭격기 공습을 알리는 왱왱 소리가 어딘가에서 갑자기 날카롭게 들릴 때 올란나는 아이에게 줄 버터 과자를 만들려고 옥수수 가루를 반죽하던 중이었다. 그녀는 아침에 울리는 사이렌이 무엇을 의미하는지를 알아차렸다. 누군가가, 어쩌면 모두가 죽을 수도 있었다. 대피소 지하에 웅크리고 앉아 손가락으로 흙을 파 문지르는 순간, 대피소가 폭발하기만을 기다리는 순간, 머릿속으로 파고드는 생각은 죽음 하나밖에 없었다. 폭격 소리가 더 가까이서 더 크게 들렸다. 대지가 요동쳤다. 영혼이 몸에서 빠져나간 것처럼 그녀는 아무것도 느끼지 못했다. 또다시 폭발이 일어나고 대지가 흔들렸다. 벌거벗은 아이 하나가 귀뚜라미를 뒤쫓아 기어가면서 낄낄거렸다. 그러다가 폭발이 멈추고 사람들이 다시 움직이기 시작했다. 설사 자신이 죽었다 해도, 설사 오데니그보와 아기와 으그우가 죽었다 해도 대피소에는 이제 막 갈아 놓은 밭에서 나는 것 같은 흙냄새가 여전히 날 것이며 태양은 여전히 떠오르고 대피소 안의 귀뚜라미는 여전히 폴짝폴짝 뛰어다닐 터였다. 자신들이 없어도 전쟁은 계속될 터였다.

올란나는 뭔지 모를 분노가 온몸에 끓어오르는 것을 느끼며 숨을 깊이 내쉬었다. 극단적인 공포가 극단적인 분노로 변하는 아주 이상한 기분이었다. 자신은 소중한 존재여야 한다. 비아프라가 승리할 때까지, 침략자들이 더 이상 위협을 가하지 않을 때까지 더 이상 죽음을 기다리며 계속 무기력하게 살아갈 수는 없었다.

올란나는 대피소에서 제일 먼저 기어 나갔다. 한 여자가 아이의 시신 근처에 쓰러져 뒹굴며 울부짖고 있었다.

"고원, 내가 네놈한테 무슨 잘못을 했어? 고원, 오리 이헤 음 메레 지?"

여자 몇 명이 주변에 모여들어 그녀를 일으켜 세우며 달랬다.

"그만 울어요. 이제 충분해요. 당신의 다른 아이들은 어떻게 하라고 이러세요?"

올란나는 뒷마당으로 가서 양동이에 든 재를 살펴보았다. 그리고 기침을 해 대며 불을 붙였다. 나무 타는 연기가 매웠다.

으그우가 그녀를 지켜보다가 물었다.

"마님? 제가 할까요?"

"아니야."

올란나는 찬물이 든 대야에다 재를 녹이며 힘껏 저었다. 물이 양다리로 튀었다. 그녀는 자신을 쳐다보는 으그우를 무시하고 계속 저었다. 으그우는 머리가 이상해질 정도로 올란나의 온몸에 분노가 가득하다는 사실을 알아차린 게 분명했다. 말없이 안으로 들어갔기 때문이다. 길가에서 여자가 울부짖는 소리가 끊임없이 들렸는데, 여자의 목이 조금씩 쉬면서 그녀의 목소리가 가늘어지고 있었다.

"고원, 내가 네놈한테 무슨 잘못을 했어? 고원, 오리 이헤 음 메레 지?"

올란나는 찬 잿물에 야자수 기름을 붓고 두 팔이 뻐근해질 때까지 젓고 또 저었다. 두 팔 밑으로 똑똑 떨어지는 땀방울이, 심장의 쿵쾅거림이, 식고 나서 흐느적거리며 나타나기 시작하는 덩어리의 냄새가, 이 주 기분 좋게 느껴졌다. 비누였다. 자신이 비누를 만든 것이다.

다음 날 학교로 가는 도중에 올란나는 항상 그러던 것처럼 광장을 가로질러 뛰어가지 않았다. 이제부터라도 조바심을 내며 살고 싶지 않았다. 그녀의 발걸음은 기운찼다. 그녀는 가다가 가끔씩 고개를 들고 맑은 하늘을 둘러보며 폭격기를 찾아보았다. 혹시라도 그걸 발견하면 걸음을 멈추고 돌멩이를 던지며 욕설을 퍼붓고 싶었다.

반 학생 가운데 절반의 절반만이 학교에 나왔다. 올란나는 그들에게 비아프라 깃발에 대해 가르쳐 주었다. 지붕이 사라진 교실에서 나무판자에 앉은 아이들 위로 가느다란 아침 햇살이 흘러들었다. 올란나는 비아프라 깃발이 그려진 오데니그보의 옷을 펼쳐 놓고 각각의 기호가 상징하는 내용을 설명했다. 빨강은 북부에서 살해당한 형제자매가 흘린 빨간 피를, 검정은 그들에 대한 추모를, 녹색은 비아프라의 번성을 의미하고, 땅에서 막 떠올라 절반만 보이는 노란 태양 그림은 찬란한 미래를 상징했다. 올란나는 아이들에게 수상 각하처럼 한 손을 재빨리 올리며 경례하는 법도 가르쳐 주었다. 그리고 비아프라와 나이지리아의 지도자를 그리고 아이들에게 따라 그리라고 말했다. 수상 각하는 굵은 선으로 튼튼하게 그리고 고원은 가는 선으로 나약하게 그렸다.

반에서 제일 똑똑한 여학생 은키루카는 두 얼굴에 음영을 집어넣고 선을 몇 차례 그어서 고원은 으르렁거리는 표정으로, 수상 각하는 빙그레 웃는 표정으로 만들었다. 은키루카는 그림을 제출하러 나와서 "침략자들을 모조리 죽이고 싶어요, 선생님." 하고 말했다. 그리고 자신이 옳은 말을 했다는 걸 스스로 아는 조숙한 아이다운 미소를 얼굴에 담았다.

올란나는 뭐라고 말해야 좋을지 몰라서 은키루카를 물끄러미 쳐다보았다. 그러다가 마침내 입을 열었다.

"은키루카, 가서 자리에 앉아."

오데니그보가 집에 오자 올란나는 아이 입에서 나온 죽인다는 말이 너무나 평범하게 들렸으며, 그 말을 듣는 순간 죄책감이 들었다고 말했다. 두 사람은 침실에 있었고 라디오에서는 나지막한 소리가 흘러나왔으며 옆방에서는 아이가 크게 웃는 소리가 들렸다.

"그 아이가 실제로 누굴 죽이고 싶다는 뜻으로 말한 건 아니야, 은켐. 당신은 그 아이한테 애국심을 가르친 것뿐이야."

오데니그보가 말하며 신발을 벗었다.

"난 잘 모르겠어."

올란나가 대답했다. 하지만 오데니그보가 그녀를 자랑스러워하는 듯해서 기운이 났다. 그는 올란나가 대의명분에 대해 생전 처음으로 강력하게 의견을 말한 걸 아주 좋아했다. 그녀도 이제 비로소 전쟁에서 이기려고 노력하는 동료가 된 기분을 느꼈다.

"적십자 사람들이 오늘 우리 기획국에 다녀갔어."

그가 조그만 상자를 가리켰다.

올란나는 상자를 열었다. 상자에서 나온 땅딸막한 연유 깡통 몇 개와 가느다란 설탕 우유 깡통 그리고 소금 한 자루를 침대에 올려놓았다. 사치품 같았다. 라디오에서 용감한 비아프라 군대가 아바카리키 지역에서 침략자를 깨끗이 몰아냈다고 힘차게 말하는 소리가 들렸다.

"우리, 파티를 열자."

올란나가 말했다.

"파티?"

"조촐한 정찬 파티. 은수카에서는 그런 파티를 자주 열었잖아."

"이제 조금만 기다리면 전쟁이 끝날 거야, 은켐. 그러면 우리 모두 자유 비아프라에서 파티를 여는 거야."

올란나는 오데니그보의 입에서 나온 "자유 비아프라에서"라는 말이 마음에 든 나머지 벌떡 일어나서 그의 입술에다 입술을 포갰다.

"그래, 하지만 우리 둘이서라도 전시 파티를 열 순 있겠지."

"그래, 그동안 우리 둘을 위한 파티가 너무 적었어."

"앞으로는 우리 둘이서라도 파티를 여는 거야."

그녀가 그의 입술에 여전히 입술을 포개고 있어서 이 말이 갑자기 다른 의미로 변하고 말았다. 올란나는 뒤로 물러나서 자신의 드레스를 단숨에 머리 위로 끌어올리고 오데니그보의 허리띠를 풀었다. 그녀는 그가 바지를 직접 벗도록 놔두지 않았다. 그리고 뒤로 돌아서서 벽에 기대어 그의 삽입을 유도했다. 올란나는 그의 깜짝 놀란 표정이, 그녀의 엉덩이를 단단히 움켜잡은 그의 손이 너무나 좋았다. 으그우와 아이가 바로 옆방에 있기에 목소리를 낮춰야 한다는 사실을 알고 있었지만 계속해서 파고드는 원초적인 쾌감과 신음을 도저히 억누를 수가 없었다. 마침내 모든 걸 끝낸 두 사람은 벽에 기댄 채 숨을 헐떡이며 낄낄 웃었다.

26

으그우는 원조 식량이 싫었다. 쌀알은 은수카의 기름진 곡식과 달리 푸석푸석하고 보리 알갱이는 뜨거운 물에 넣고 아무리 저어도 위로 부드럽게 떠오르지 않았으며 분유는 그릇 바닥에 덩어리로 뭉쳐서 풀어질 줄을 몰랐다. 으그우는 멈칫거리며 계란 노른자 가루를 숟가락으로 푸고 있었다. 닭이 낳은 진짜 계란에서 이런 가루가 나온다는 사실을 믿을 수가 없었다. 그는 그걸 밀가루 반죽에 넣고 섞었다. 하얀 모래를 반쯤 채운 단지가 밖에 있는 모닥불 위에 놓여 있었다. 단지에 약간 더 열을 가한 다음에 그곳에 반죽을 집어넣을 생각이었다. 무오케루 부인이 이런 식으로 빵 굽는 방법을 마님에게 알려 줄 때만 해도 그는 의심쩍었다. 마님이 집에서 만든, 어린아이 설사 똥을 연상시키는 검은 갈색 덩어리 같은 비누도 무오케루 부인이 가르쳐 준 것이기 때문이다. 하지만 마님이 처음에 시도한 빵은 아주 잘 구워졌다. 마님은 밀가루, 야자수 기름, 계란 노른자 가루로 반죽을 빚어서 구운 빵이 케이크와 비교할 정도는 아니어도 꽤 괜찮아서 그래도 밀가루를 유용하게 사용할 수 있게 되었다며 좋아했다.

으그우는 속으로는 짜증스러웠다. 비아프라 사람들에게 어떤 음식을 좋아하는지 물어보지도 않고 무작정 밀가루만 보내는 이유를 알 수 없었다. 원조 식량 센터가 새로 열리고, 무오케루 부인에게서 카리타스[05] 사람들은 가톨릭 신자에게 훨씬 관대하다는 말을 들은 마님이 목에다 묵주를 걸치고 나갔을 때만 해도 으그우는 그녀가 훨씬 좋은 식량을 가져오리라 기대했다. 하지만 그녀가 가져온 건 예전과 마찬가지로 짜기만 한 건어물이었다. 그런데도 그녀는 센터에서 여자들이 부르는 노래까지 즐겁게 불렀다.

카리타스, 고마워요,
카리타스 시 얀이 타바 오크포로코
나 크와쉬오르코르 가 아나.

하지만 마님은 맨손으로 돌아오는 날에는 노래를 부르지 않았다. 베란다에 앉아서 초가지붕을 바라보며 이렇게 물을 뿐이었다.
"으그우, 하루만 지나면 고깃국을 내버리던 시절이 기억나니?"
"네, 마님."
그럴 때마다 으그우는 자신이 직접 원조 센터에 가고 싶었다. 영어 실력이 좋은 마님은 그곳 사람들이 시키는 대로 말을 잘 들어서 물품이 모두 사라질 때까지 차례만 기다리다가 돌아오는 거

05 라틴어로 '자선'이라는 뜻으로, 사회봉사와 구호 활동을 하는 가톨릭 모임.

란 의심이 들었기 때문이다. 하지만 으그우는 그곳에 갈 수가 없었다. 낮 시간에 돌아다니는 걸 마님이 금지했기 때문이다. 강제 징집에 대한 소문이 사방에 쫙 퍼져 있었다. 아래쪽 거리에 사는 남자아이가 오후에 잡혀가서 머리를 박박 깎이고 아무 훈련도 받지 않은 채 그날 저녁에 전선으로 곧장 끌려갔다는 소문은 으그우도 의심하지 않았다. 하지만 마님이 너무 과민하다고 생각하기는 했다. 시장에 가도 괜찮을 것 같았다. 일부러 새벽 일찍 일어나 물을 길어 올 필요도 없어 보였다.

거실에서 무슨 소리가 들렸다. 스페셜 줄리어스 씨의 목소리가 주인어른만큼이나 컸다. 이제 으그우가 빵을 꺼내고 울퉁불퉁한 녹색 야채를 손질하거나 아니면 집과 약간 떨어진 시멘트 벽돌 더미에 앉아서 건너편 집을 내다보아야 할 시간이었다. 그러면 "이웃 친구, 잘 지냈어?" 하고 소리치는 에베레치와 만나는 행운을 누릴 수도 있었다. 그럴 때마다 으그우는 그녀에게 손을 흔들어 인사하며 그녀의 엉덩이를 두 손으로 움켜잡는 상상을 하곤 했다. 에베레치가 알은척할 때마다 자신이 굉장히 기뻐하는 게 놀라웠다.

으그우는 겉은 바삭바삭하고 속은 부드럽게 익은 빵을 얇게 잘라 접시에 담아 거실로 가져갔다. 스페셜 줄리어스 씨와 마님은 바닥에 앉고 주인어른은 일어나서 과장된 몸짓으로 지난번에 방문한 마을에서 사람들이 오이 신전에다 염소를 통째로 제물로 바치며 침략자들을 물리쳐 달라고 빌던 장면에 대해서 말했다.

"염소를 통째로요! 그렇게 소중한 단백질 덩어리를!"

스페셜 줄리어스 씨가 말하며 웃었다.

하지만 주인어른은 웃지 않았다.

"아니, 아니에요. 그런 의식이 심리적으로 아주 중요하다는 사실을 잊어서는 안 돼요. 거저 염소를 먹어 치우는 것 이상의 효과가 있어요."

"아, 빵이군!"

스페셜 줄리어스 씨가 중얼거렸다. 그러고는 포크조차 집지 않고 맨손으로 빵 조각을 집어 먹었다.

"맛있어, 정말 맛있어. 으그우, 우리 집에서 일하는 사람들한테 빵 굽는 방법을 가르쳐 줘. 그들이 밀가루로 만들 수 있는 건 친친밖에 없어. 매일 나오는 게 친친이 전부야. 아무 맛도 없이 딱딱하기만 한 친친. 이가 아플 정도야."

마님이 끼어들었다.

"으그우는 무엇이든 잘한답니다. 요리 솜씨가 '떠오르는 태양 술집'의 여자보다 훨씬 좋을 거예요."

그때 에크웨누고 교수님이 열린 문에 노크를 하며 안으로 들어왔다. 그의 두 손에 연노란색 붕대가 감겨 있었다.

"디 안이, 무슨 일이 있었나요?"

"화상을 살짝 입은 것뿐이에요."

주인어른이 묻자 에크웨누고 교수님이 대답하며 붕대가 감긴 두 손을 물끄러미 바라보았다. 그리고 긴 손톱을 매만질 수 없단 사실을 이제 막 깨달았다는 표정을 지었다.

"아주 커다란 물질을 하나로 융합하는 중이거든요."

"비아프라에서도 이제 전투기가 나오는 건가요?"

마님이 놀렸다.

"아주 커다란 물건인데 시간이 지나면 저절로 알게 될 거예요."

에크웨누고 교수님이 대답하며 의미심장한 미소를 지었다. 그는 손이 굼떠서 빵을 제대로 먹지 못하고 툭하면 흘리기 일쑤였다.

"반역자 탐지기라도 되는 모양이군요."

주인어른이 말하자 스페셜 줄리어스 씨가 침을 튀기며 동조했다.

"그래요! 흡혈귀 같은 반역자들. 그놈들이 에누구를 팔아먹은 거예요. 칼밖에 없는 시민들한테 수도 방위를 맡기고 어떻게 도망칠 수 있는 거예요? 은수카도 그런 식으로 잃은 거예요. 군대가 아무 이유 없이 퇴각했잖아요. 혹시 사령관 가운데 아내가 하우사족 출신인 사람은 없었나요? 그러면 아내가 남편이 먹는 음식에 약을 탔을 수도 있잖아요."

"우리가 에누구를 되찾을 거예요."

에크웨누고 교수님이 말하자 스페셜 줄리어스 씨가 물었다.

"침략자들한테 점령당한 에누구를 도대체 어떻게 되찾을 수 있겠어요? 그놈들이 지금 화장실 변기까지 뜯어 가고 있어요! 화장실 변기까지! 우디에서 탈출한 사람한테 들었어요. 그들은 지금 은수카에서 제일 좋은 집을 차지하고 우리 아내들과 딸들의 가랑이를 억지로 벌리고 그들에게 요리까지 시키고 있어요."

어머니와 아누리카와 은네시나치가 햇볕에 까맣게 그을린 하우사족 병사 밑에 깔린 모습이 너무나 선명하게 떠올라서 으그우는 몸을 부르르 떨었다. 그리고 밖으로 나가 시멘트 벽돌 더미에 앉았다. 단 1분이라도 고향에 돌아가서 가족들이 무사하다는 걸 확인하고 싶었다. 침략자들이 벌써 마을에 들어가서 골함석 지붕의 숙모네 집을 차지했을 것 같았다. 하지만 가족들 모두가 다른 사람들과 마찬가지로 염소와 닭을 끌고 으무아히아로 피난을 떠 났을 가능성도 컸다.

피난민들은 매일 늘어났다. 으그우는 피난민들을 자주 보았다. 거리에도, 석유 시추공 시설에도, 시장에도 매일 새로운 얼굴이 몰려들었다. 아낙네들은 툭하면 문을 두드려서 음식을 받는 대가로 일할 것이 없느냐고 물었다. 그녀들 옆에는 벌거벗은 깡마른 아이들이 있었다. 그러면 마님은 차가운 물에 가리를 넣어서 건네주며 일할 게 없다고 대답했다. 무오케루 부인은 집에 벌써 여덟 명이나 되는 친척을 받아들였다. 마님은 아이들을 데려와 그녀의 아이와 놀게 했으며, 아이들이 떠난 직후에는 으그우에게 아이 머리카락에 이가 있는지 자세히 찾아보라고 말했다. 주변의 이웃집들도 친척을 받아들였다. 주인어른 사촌들도 찾아와 거실에서 몇 주씩 지내다가 군대에 들어갔다. 집 없이 떠도는 피난민이 너무 많았기 때문에 어느 날 마님이 집에 돌아오자마자 아크와쿠마 초등학교가 난민 수용소로 바뀔 거라는 말을 했을 때도 으그우는 전혀 놀라지 않았다.

"학교에 대나무 침대와 조리 도구가 벌써 가득 들어왔어. 그리고 다음 주에는 신임 기관장이 올 거야."

마님은 피곤한 목소리로 말하고 화로에 올린 냄비를 열어서 끓는 감자 요리를 물끄러미 바라보았다.

"그럼 우리가 가르치던 아이들은 어떻게 되나요, 마님?"

"아이들을 다른 학교에 보낼 수 있느냐고 물으니까 교장 선생님이 날 빤히 쳐다보다가 웃었어. 우리가 마지막 학교라는 거야. 으무아히아에서는 이미 모든 학교가 난민 수용소나 신병 훈련장으로 변했어."

마님이 냄비 뚜껑을 덮으며 말했다.

"아이들을 우리 집 마당에 모아서 가르칠 생각이야."

"무오케루 부인이랑요?"

"그래. 그리고 너도, 으그우. 너도 아이들을 가르치는 거야."

"네, 마님."

으그우는 선생님이 된다는 생각에 잔뜩 흥분했다.

"마님?"

"왜?"

"침략자들이 우리 고향 마을에도 들어갔을까요?"

마님이 단호하게 대답했다.

"당연히 아니지. 너희 고향 마을은 너무 작아. 침략자들이 머물려면 최소한 대학 교정 하나 정도는 필요할 거야."

"하지만 그들이 은수카로 이어지는 오피 도로에 접어들면……."

"너희 고향 마을은 너무 작다고 했잖아! 그들은 그런 작은 곳에 아무런 관심도 없어. 너도 알다시피 그곳엔 제대로 묵을 만한 장소도 없잖아. 그곳은 아주 작은 시골 동네일 뿐이라고."

으그우는 마님을 쳐다봤고 마님은 그를 쳐다보았다. 둘 사이에 무거운 침묵이 흘렀다.

"오니차 엄마한테 갈색 신발을 팔아서 아기한테 예쁜 드레스를 새로 만들어 줄 생각이야."

마침내 마님이 말했지만 으그우는 그녀가 억지로 말하는 것 같다는 느낌을 받았다.

으그우는 접시를 닦기 시작했다.

으그우는 두루룩 미끄러지는 검은색 메르세데스 벤츠를 보았다. 금속 번호판에 새겨진 '기관장'이란 글씨가 햇살에 반짝거렸다. 그 반짝거리는 중형 벤츠는 에베레치네 집 근처에서 속도를 줄였다. 으그우는 그들이 자신에게 초등학교가 어디인지 물어봐서 그 위치를 알려 주는 동안에 운전석 계기판을 구경할 수 있으면 좋겠다고 생각했다. 하지만 그들은 멈추지 않았다. 자동차는 으그우를 지나 공동 주택 안마당으로 곧장 들어갔다. 자동차가 서기도 전에 빳빳한 군복을 입은 연락병이 건물에서 뛰쳐나와서 차 뒷문을 열어 주었다. 그리고 밖으로 나오는 기관장에게 경례했다.

에제카 교수님이었다. 으그우가 기억하던 것만큼 키가 커 보이지 않았다. 체중이 불고 가늘던 목에도 두툼하게 살이 붙었기 때문이다. 몸에 딱 맞는 정장 차림이 왠지 근사하고 새로웠다. 하지만 잘난 척하는 표정으로 목에 힘주며 말하는 모습은 예전과 똑같았다.

"젊은이, 자네 주인어른이 안에 계시는가?"

"아닙니다, 교수님. 주인어른은 직장에 나가셨습니다."

으그우가 대답했다. 은수카에서는 에제카 교수님이 그를 으그우라고 불렀다. 그런데 지금은 그를 알아보지 못하는 것처럼 말했다.

"그럼 자네 마님은?"

"마님께서는 원조 센터에 가셨습니다, 교수님."

에제카 교수님은 연락병에게 종이 한 장을 가져오라고 손짓

한 다음에 쪽지에다 뭔가를 적고 으그우에게 건넸다. 그의 손에 쥐어진 은 만년필이 반짝거렸다.

"두 분한테 기관장이 다녀갔다고 전하게."

"네, 교수님."

으그우는 그가 은수카에서 술잔을 까다롭게 살펴보던 시선과 언제나 다리를 꼬고 앉던 자세 그리고 주인어른 의견에 반박하던 모습을 떠올렸다. 많은 사람이 지켜보고 있다는 걸 운전사가 알기라도 하듯 벤츠가 아주 천천히 길 아래쪽으로 내려간 다음에 에베레치가 건너왔다. 완벽하게 동그란 엉덩이가 드러나는, 몸에 딱 붙는 치마를 입고 있었다.

"이웃 친구, 잘 지냈어?"

에베레치가 물었다.

"응, 잘 지내. 너도 잘 지냈어?"

에베레치가 그저 그렇다는 표정으로 어깨를 으쓱했다.

"지금 막 다녀간 사람이 신임 기관장이야?"

으그우는 아무렇지도 않은 표정으로 대답했다.

"에제카 교수님? 응, 은수카에서 친하게 지내던 사람이야. 매일 저녁마다 우리 집에 와서 내가 만든 매운 수프를 먹곤 했어."

에베레치가 눈을 동그랗게 뜨며 감탄했다.

"와! 그 사람은 거물이야. 이후그와라 모토? 타고 온 자동차 봤어?"

"오리지널 수입 자동차야."

두 사람은 한동안 침묵했다. 으그우는 에베레치와 이렇게 오랫동안 얘기를 나눈 것도 처음이고 그녀를 이렇게 가까이에서 보는 것도 처음이었다. 눈이 부실 정도로 멋진 엉덩이로 시선이 쏠리는 것을 억누를 수가 없었다. 으그우는 그녀의 얼굴과 커다란 눈동자, 이마에 난 빨래지, 색식루 감아서 꽃처럼 보이는 땋아 늘인 머리카락만 바라보려고 애썼다. 그녀 역시 으그우를 바라보았다. 그는 무릎 근처에 구멍이 뚫린 바지를 입고 있는 게 속상했다.

"꼬마 여자애는 잘 지내?"

에베레치가 물었다.

"응, 잘 지내. 지금 자고 있어."

"초등학교 지붕을 고치는 데 일하러 올 거니?"

자원봉사자들이 날아간 지붕을 대신하도록 군납업자가 기부한 야자수 잎사귀를 덮는 작업을 할 거라는 사실을 으그우는 알고 있었다. 하지만 도와줄 계획은 없었다.

"그래, 나도 갈 거야."

으그우가 대답했다.

"그럼 거기서 보자."

"잘 가."

으그우는 그녀가 돌아가는 뒷모습을 오랫동안 바라보았다.

나중에 마님이 텅 빈 바구니를 들고 돌아와서 얼굴에 살포시 미소를 머금은 채 에제카 교수님이 남겨 놓은 쪽지를 읽었다.

"그래, 그 사람이 신임 기관장이란 사실은 어제 처음 들었어. 쪽지에 적힌 내용도 그 사람다워."

으그우는 이미 쪽지를 읽은 터였다. "오데니그보와 올란나에게, 지나다가 인사나 하려고 들렀습니다. 새로 맡은 지루한 업무 사이에 짬이 나면 다음 주에 다시 들르겠습니다. 에제카." 하지만 그는 마님에게 물었다.

"왜요, 마님?"

마님은 쪽지를 탁자에 올려놓으며 대답했다.

"응, 그 사람은 언제나 자신이 다른 사람보다 우월하다고 생각하잖아. 그건 그렇고, 아차라 교수가 책과 의자와 칠판을 갖다줄 거야. 다음 주부터 우리에게 아이들을 보내겠다는 학부형들이 많아."

그녀는 기분이 좋아 보였다.

으그우가 한 발을 앞으로 내밀며 대답했다.

"정말 잘됐어요, 마님. 전 학교 지붕 고치는 일을 도우러 갈 거예요. 금방 돌아와서 아기 음식을 만들게요."

"안 돼."

으그우는 그녀가 자신이 강제 징집을 당할까 봐 염려한다는 걸 알고 있었다.

"그런 일은 서로 힘을 합치는 게 중요하다고 생각해요, 마님."

"그렇긴 하지. 그래, 가서 도와주렴. 하지만 조심해야 해."

으그우는 에베레치를 단번에 발견했다. 그녀는 몇몇 사람들과 함께 야자수 잎 더미 속에서 허리를 숙인 채 잎사귀를 자르고 엮어서 나무 사다리에 올라선 남자에게 건네주는 일을 하고 있었다.

"이웃 친구! 네가 신임 기관장을 개인적으로 안다는 걸 사람들한테 알려 줬어."

에베레치의 말에 으그우는 웃으며 사람들에게 "안녕하세요?" 하고 인사했다. 그곳에서 일하던 사람들도 으그우가 그런 사람을 안다는 것이 놀랍고 존경스럽다는 표정으로 "안녕하세요?", "에헤, 케두?", "은노?" 하고 중얼거렸다. 그는 갑자기 중요한 사람이 된 기분이었다. 누군가가 그에게 짧은 칼을 건네주었다. 한 여자는 계단에 앉아서 멜론 씨앗을 갈았고 조그만 여자애들은 망고 나무 밑에서 카드놀이를 했으며 한 남자는 수상 각하의 턱수염이 난 얼굴 모양으로 지팡이 손잡이를 깎는 중이있다. 어디선가 고약한 냄새가 났다.

에베레치가 으그우에게 몸을 기울이며 속삭였다.

"이런 곳에서 계속 산다고 상상해 봐. 아바카리키까지 빼앗겼으니 앞으로는 여기에 더 많은 피난민들이 몰려올 거야. 에누구를 빼앗긴 다음부터 주거 시설이 큰 문제가 되고 있어. 기획국에서 일하는 어떤 사람들은 자기 자동차에서 잘 정도야."

"그래, 맞아."

으그우는 일단 동의했지만 그런 사실까지는 몰랐다. 그는 에베레치가 친근하게 말하는 게 너무나 마음에 들었다. 그는 칼을 힘차게 내리쳐 야자수 잎사귀를 자르기 시작했다. 누군가가 교실 안에 라디오를 켜 놓았는지 어느 지역에서 용감한 비아프라 군대가 적군을 완벽하게 쓸어 냈다는 소리가 흘러나왔다.

"우리 군대가 저놈들한테 본때를 보여 주는군!"

멜론 씨앗을 갈던 여자가 말했다.

"바야프라가 이번 전쟁에서 이길 거야. 하느님이 하늘에다 그렇게 써 놓으셨어."

턱수염을 한 가닥으로 가늘게 묶은 남자가 말했다.

에베레치가 낄낄거리며 으그우에게 속삭였다.

"멍청한 촌뜨기야. 바야프라가 아니라 비아프라라는 것도 몰라."

으그우도 웃었다. 야자수 잎사귀로 몰려들던 통통한 검정 개미들 가운데 한 마리가 팔로 기어오르자 에베레치가 당황하며 으그우를 바라보며 비명을 질렀다. 그는 개미를 당장 털어 냈다. 그녀의 피부는 따뜻하고 촉촉했다. 그녀는 개미를 정말로 무서워하는 사람이 아니었다. 으그우가 털어 주길 바랐던 게 분명했다.

아기를 등에 업은 여자 한 명이 포대기를 고쳐 매며 말했다.

"시장에서 집으로 돌아가는데 침략자들이 교차로를 장악하고 마을에다 포탄을 퍼붓는 거야. 우리는 집으로 갈 수가 없었어. 재빨리 돌아서서 도망쳐야 했어. 내가 가지고 있는 거라곤 이 포대기랑 블라우스 그리고 후추를 판 얼마 안 되는 돈이 전부였어. 시장에 가면서 집에 남겨 둔 다른 두 아이는 지금 어디에 있는지도 몰라."

여자의 눈에서 갑자기 눈물이 솟구쳐 오르는 바람에 으그우는 깜짝 놀랐다.

"여봐요, 그만 울어요."

턱수염을 가늘게 묶은 남자가 퉁명스럽게 말했다. 하지만 여자는 계속 울었고 그녀의 등에 업힌 아기도 울기 시작했다.

으그우는 잎사귀 한 묶음을 사다리로 건네주다가 순간 동작을 멈추고 교실 안을 보았다. 냄비와 취침용 깔개, 금속 상자, 대나무 침대가 널린 모습은 피난민의 거처 그 자체였다. 교실로 사용한 적이 한 번도 없는 것 같았다. 애초부터 갈 곳이 전혀 없는 절박한 사람들을 위한 시설 같았다. 벽에 붙여 놓은 화려한 포스터에는 이런 글이 적혀 있었다.

"공습이 일어나도 무서워 말자. 적군이 보이면 당장 몰아내자."

등에 아기를 업은 다른 여자가 껍질을 벗긴 카사바 줄기를 냄비에 담긴 더러운 물로 닦아 내고 있었다. 그녀의 등에 업힌 아기는 얼굴을 찡그리고 있었다. 으그우는 그곳에 가까이 갔다가 하마터면 숨이 막힐 뻔했다. 공중에 맴도는 악취는 바로 그 더러운 물에서 나는 것이었다. 며칠째 같은 물로 카사바 줄기를 씻는 게 분명했다. 악취가 대단했다. 코가 마비될 정도였다. 더러운 화장실 냄새와 콩을 삶는 고약한 냄새, 그리고 삶은 달걀이 썩는 냄새가 뒤섞인 것 같았다.

으그우는 숨을 참고 야자수 잎사귀를 엮는 곳으로 돌아갔다. 방금까지 울던 여자가 축 늘어진 가슴을 내놓고 아기에게 젖을 먹이는 중이었다. 턱수염을 가늘게 묶은 남자가 소리쳤다.

"반역자만 없었다면 우리 마을이 넘어가지 않았을 거야! 난 시민 방위군이었어. 내가 얼마나 많은 반역자를 골라냈는지 몰라. 대부분이 강변에 사는 사람들이었어. 이보 말도 못하는 소수 부족을 이제 더 이상 믿을 수 없다고."

순간 학교 운동장 한가운데에서 아이들이 전쟁놀이를 하며 외치는 소리에 남자가 입을 다물고 그쪽을 바라보았다. 열한 살에서 열두 살 정도로 보이는 남자아이들이 머리에 바나나 잎사귀를 쓰고 대나무로 만든 가짜 총을 들고 있었다. 그중 제일 기다란 총은 비아프라 사령관을 맡은, 키가 크고 광대뼈가 튀어나온 엄숙한 표정의 아이가 들고 있었다.

"전진!"

사령관이 소리치자 아이들이 앞으로 기어갔다.

"발사!"

아이들이 팔을 크게 휘두르며 돌멩이를 던지다가 총을 움켜잡고 상대편인 나이지리아 패잔병 쪽으로 돌격했다. 턱수염 난 남자가 손뼉을 쳤다.

"정말 훌륭해! 저 아이들한테 무기만 쥐어 주면 침략자들을 당장 몰아낼 수 있을 텐데."

아이들을 지켜보던 다른 사람들도 박수 치며 환호성을 올렸다. 야자수 잎사귀 작업이 잠시 중단되었다. 턱수염 난 남자가 말했다.

"전쟁이 시작되었을 때 난 군대에 들어가려 했어. 여기저기 지원했지만 다리 때문에 모두가 날 거절해서 결국엔 시민 방위군에 들어갈 수밖에 없었어."

"다리가 어때서요?"

멜론 씨앗을 갈던 여자가 물었다.

남자가 자신의 다리를 들어 보여 주었다. 절반밖에 없는 발바닥이 쪼그라든 감자처럼 보였다.

"북부에서 이렇게 되고 말았어."

뒤이은 침묵 속에서 야자수 잎사귀를 자르는 딱딱 소리가 아주 크게 났다. 바로 그때 교실에서 아이의 엄마로 보이는 여자가 조그만 여자아이를 뒤쫓아 나와서 아이의 머리를 계속 때리며 소리쳤다.

"그래서 접시 하나만 깨뜨린 거야? 왜? 어서 가서 남은 접시를 모두 깨뜨리지? 모두 깨뜨리란 말이야! 쿠와 하! 접시가 많잖아? 그러니까 모두 깨뜨리라고!"

아이가 망고 나무 쪽으로 도망치자 여자는 가만히 선 채 악마

의 꼬임에 넘어가서 접시를 깨뜨렸다고 아이에게 욕설을 퍼붓다
가 교실로 돌아갔다.

"아이끼 깁시를 깨뜨린 게 뭐가 문제지? 어차피 접시에 담아
먹을 음식도 없는데?"

젖을 먹이던 여자가 아직도 훌쩍거리며 퉁명스럽게 말하자
모두가 웃었다. 에베레치는 으그우에게 몸을 기울이고 턱수염 난
남자는 입 냄새가 아주 고약하다고, 군대에서 그를 받아들이지 않
은 이유도 아마 그 때문일 거라고 속삭였다. 으그우는 그녀의 몸
에다 자기 몸을 비비고 싶은 욕구를 느꼈다.

으그우는 에베레치와 함께 떠나며 뒤를 돌아보았다. 둘이 친
하다는 것을 모두에게 확실히 보여 주려고 했다. 비아프라 군복을
입고 헬멧을 쓴 군인 한 명이 알아듣지도 못할 이상한 영어로 크
게 떠들어 대면서 지나갔다. 걸음도 심하게 뒤뚱거려서 당장이라
도 옆으로 쓰러질 것 같았다. 한쪽 팔은 길고 다른 쪽 팔은 팔꿈치
에서 잘려 나가 짤막했다. 에베레치가 군인을 가만히 바라보다가
작게 말했다.

"저 사람 가족은 그가 저렇다는 걸 모르겠지?"

"뭐?"

"가족들은 저 사람이 우리 나라를 위해 열심히 싸우고 있다고
생각할 거야."

군인이 갑자기 소리쳤다.

"총알을 낭비하지 마라! 총알 하나당 침략자 한 명씩 처단하
라!"

아이들이 주변에 모여서 그를 놀리고 비웃었다.

에베레치가 약간 빠르게 걸으며 말했다.

"우리 오빠도 전쟁 초기에 군대에 들어갔어."

"몰랐어."

"그래. 오빠는 집에 딱 한 번 찾아왔어. 그때 이웃 사람들 모두가 환영하러 나오고 아이들은 서로 오빠 군복을 만져 보려고 다퉜어."

그녀는 자기네 집이 나타날 때까지 아무 말도 하지 않다가 발길을 돌리며 말했다.

"그럼 나중에 봐."

"내일 봐."

으그우가 대답했다. 더 길게 말하지 못해 아쉬웠다.

으그우는 베란다에다 의자 세 개를 갖다 놓아 마님의 학급을 꾸몄고, 공동 주택 입구에다 의자 두 개를 놓아 무오케루 부인의 학급에서 쓰도록 했고, 시멘트 벽돌 더미 근처에 의자 두 개를 놓아 자신의 수업을 듣는 어린 학생들이 쓰도록 했다.

수업을 시작하기 전날, 마님이 으그우와 무오케루 부인에게 말했다.

"수학이랑 영어랑 도덕을 매일 가르치도록 해요. 전쟁이 끝나면 아이들이 정규 수업에 쉽게 적응할 수 있게 해야 해요. 학생들이 수상 각하처럼 완벽한 영어와 완벽한 이보 말을 구사하도록 가르치는 거예요. 학생들이 위대한 우리 나라에 대해 자부심을 가질 수 있도록 말이에요."

마님을 자세히 바라보던 으그우는 그녀의 두 눈에서 반짝이는 게 눈물인지 햇살인지 궁금했다. 그는 마님과 무오케루 부인에게서 최대한 많은 걸 배워서 아이들을 제대로 가르치겠다고, 자신도 길힐 수 있다는 건 증명해 보이겠다고 다짐했다. 그런데 수업 첫날 으그우가 나뭇등걸에다 자신이 쓸 칠판을 기대어 놓을 때, 스페셜 줄리어스 씨의 친척이라는 아낙네가 어린 딸을 데려와서 으그우를 쳐다보며 마님에게 물었다.

"저 아이도 선생인가요?"

"네."

"저 아이는 이 집에서 일하는 일꾼 아닌가요? 하인이 언제부터 공부를 가르치기 시작했나요, 비코그와?"

그녀가 사납게 말하자 마님이 대답했다.

"아이를 가르치고 싶지 않으면 그냥 데려가세요."

여자가 딸의 손을 잡아당겨 떠났다. 으그우는 마님이 동정 어린 눈초리로 자신을 쳐다보면 한층 더 비참한 느낌이 들 거라고 생각했다. 하지만 마님은 어깨만 으쓱하면서 말했다.

"오히려 잘된 거야. 저 아이한테 이가 있어. 머리에 서캐가 하얗게 깔렸어."

다른 아이들의 부모들은 달랐다. 그들은 마님의 아름다운 얼굴과 그녀의 완벽한 영어 실력에 감탄했고, 그런 그녀가 수업료조차 받지 않는다는 사실에 고마워했다. 그들은 야자수 기름과 감자와 가리를 가져왔다. 적군 지역을 넘나들며 밀무역을 하는 여자는 닭 한 마리를 가져왔다. 한 군납업자는 아이 두 명과 함께 책 한 상자를 들고 왔다. 상자에서는 아이들이 읽는 책 『치케와 강』 여섯 권과 『오만과 편견』 축약본 여덟 권이 나왔다. 마님은 책을 보는 순간 두 팔로 상대를 껴안았다. 깜짝 놀라면서도 즐거워하는 남자의 얼굴을 으그우는 불쾌하게 쳐다보았다.

일주일이 지난 다음에 으그우는 무오케루 부인이 아는 게 거의 없음을 깨달았다. 그녀는 간단한 나눗셈 계산도 힘들어했으며 책을 읽을 때는 행여나 틀릴까 두려워 작은 목소리로 읽었고 문제를 틀린 학생에게 틀렸다고 야단만 칠 뿐 올바른 답도 알려 주지 않았다. 그래서 으그우는 마님만 지켜보게 되었다. 마님은 높은 목소리로 학생들에게 말하곤 했다.

"발음을 정확하게! 발음을 정확하게! 세틀(Settle), 세틀(Settle). 이 단어엔 R가 없잖아!"

학생 한 명 한 명에게 매일 크게 읽는 연습을 시키는 마님을 따라 으그우도 학생들에게 간단한 단어를 소리 내어 암송하게 했다. 마님의 아이는 학교에 제일 먼저 올 때가 많았다. 일곱 살짜리 아이는 여덟 살짜리 아이들의 반에서 가장 어렸지만 고양이, 냄비, 침대 등의 단어를 마님처럼 정확한 발음으로 읽었다. 다른 사람들 앞에서는 선생님이라고 불러야 한다는 사실을 잊어버리고 자신에게 "으그우."라고 부를 때마다 으그우는 속으로 킥킥거리며 웃었다.

두 주가 지날 무렵의 어느 날 학생들이 집으로 돌아가자 무오케루 부인은 올란나에게 거실 의자에 앉아 이야기 좀 나누자고 부탁했다. 그녀는 키에 비해 너무 긴 민소매 원피스 자락을 끌어당겨 두 다리 사이에 찔러 넣었다.

"난 먹여 살릴 사람이 열두 명이나 있어. 아바카리키에서 이제 막 찾아온 우리 남편 친척들은 치지도 않은 숫자야. 우리 남편은 전쟁터에 나가서 다리 하나를 잃고 돌아왔어. 그러니 그가 무슨 일을 하겠어? 앞으로 난 소금을 구해다가 장사를 시작할 생각이야. 그래서 더 이상 가르칠 수가 없어."

미님이 대답했다.

"충분히 이해해요. 하지만 그걸 사려면 적군 영토에 들어가야 하는 거 아니에요?"

"당연하지. 비아프라에서 살 수 있는 게 뭐가 있겠어? 길이란 길은 모조리 봉쇄됐는데."

"그런 길을 어떻게 다닌다는 거예요?"

"내가 잘 아는 여자가 있어. 군대에 가리를 공급하기 때문에 군인들이 그 여자 화물차를 호위해 줘. 그 화물차를 타고 으푸마로 가서 경계가 허술한 은크웨레인이 주변 전선을 걸어서 넘어갈 거야."

"얼마나 걸어야 하는데요?"

"약 20~30킬로미터. 각오가 대단한 사람이 아니면 해낼 수 없어. 나이지리아 동전으로 소금과 가리를 사서 화물차가 있는 곳까지 다시 걸어올 거야."

"제발 조심하세요, 언니."

"그 일을 하는 사람이 많은데 아직 아무 일도 일어나지 않았어."

무오케루 부인이 일어났다.

"으그우가 내 반을 맡아야 할 거야. 하지만 그 애라면 잘해 낼 수 있을 거야."

으그우는 식탁에서 아이에게 가리와 수프를 먹이며 그녀의 말을 못 들은 척했다.

으그우는 무오케루 부인이 가르치던 상급반을 그다음 날 넘겨받았다. 그는 단어의 뜻을 알려 줄 때 반짝거리는 상급반 아이들의 눈빛이 마음에 들었고, 주인어른이 스페셜 줄리어스 씨에게 "내 아내와 으그우가 소크라테스식 교육법으로 비아프라 다음 세대의 얼굴을 바꾸어 놓고 있어!" 하며 자랑스럽게 말하는 것도 기분이 좋았다. 하지만 그 무엇보다 마음에 든 건 에베레치가 장난스럽게 '선생님'이라고 부르는 것이었다.

에베레치는 으그우에게 깊은 인상을 받은 게 분명했다. 그녀는 자기 집 문가에 서서 으그우가 학생들을 가르치는 장면을 지켜보았으며 그럴 때마다 그는 목소리를 키워 가며 좀 더 주의 깊게 단어를 발음했다. 어느 날부터인가 수업이 끝난 다음에 에베레치가 건너오기 시작했다. 그녀는 으그우와 함께 뒷마당에 앉거나 아이와 놀거나 밭에서 잡초를 뽑는 그를 지켜보았다. 가끔씩 마님은 그녀에게 옥수수 알갱이를 길 아래쪽에 있는 방앗간에 갖다주라고 부탁하기도 했다.

으그우는 주인어른이 직장에서 가져온 우유와 설탕을 조금씩 훔쳐 낡은 깡통에 보관했다가 에베레치에게 건네주었다. 그녀는 고맙다고 말하긴 했지만 그다지 감동한 눈치는 아니었다. 그는 더위가 한창이던 어느 날 오후에 마님 방으로 몰래 들어가서 접힌 종이에다 향내가 좋은 분을 조금 부었다. 에베레치를 감동시켜야 했다. 그녀는 분에 코를 대고 킁킁거리다가 목덜미에 분을 살짝 바른 다음에 말했다.

"난 너한테 이런 분을 달라고 한 적 없어."

으그우는 웃었다. 에베레치와 함께 있으면서 생전 처음으로 완벽한 편안함을 느꼈다. 그녀는 부모님이 자신을 장교가 묵는 방에 집어넣던 이야기를 했으며 그는 생전 처음 듣는 이야기처럼 열심히 들었다. 에베레치는 무심하게 말했다.

"배가 많이 나온 장교였어. 순식간에 일을 치르더니 나한테 자기 배 위에 누우라고 했지. 그리고 그는 곯아떨어졌어. 내가 배 위에서 내려오려고 하니까 그가 깨어나서는 그냥 그렇게 있으라고 했어. 난 잠을 이룰 수가 없어서 그 사람이 질질 흘리는 침만 밤새도록 바라보았어."

그녀가 잠시 멈췄다가 다시 입을 열었다.

"그 사람이 우리를 도와줬어. 우리 오빠를 중요한 자리에 배치했거든."

으그우는 시선을 돌렸다. 에베레치가 그런 일을 겪었다는 사실에 분노가 치밀었다. 그 이야기를 들으면서 그녀의 알몸을 떠올리고 흥분하여 발기하는 자신에게도 화가 치밀었다. 다음 날부터 그는 자신이 그녀와 함께 침대에 누워 있는 장면을 떠올리며 자신이라면 장교와 전혀 다르게 행동할 거라고 생각했다. 상대를 충분히 존중하고 상대가 좋아하는 행동이나 상대가 하라는 행동만 할 것이다. 은수카에 있던, 주인어른의 『연인들을 위한 지침서』에서 본 여러 체위를 에베레치에게 가르쳐 줄 수 있을 것 같았다. 서재 책꽂이 사이의 지저분한 구석에 끼워진 얇은 책이었다.

청소를 하다가 그 책을 처음 발견한 순간, 으그우는 비현실적이라 더욱 흥미로운 그림들을 빠르게 넘기며 구경했다. 그 책이 있다는 사실을 주인어른이 잊어버렸다는 것을 나중에 알고는 그걸 남학생 기숙사로 가져가 며칠 밤을 자세히 살피며 연구하기도

했다. 그는 친예레와 다양한 체위를 시도할 생각도 했지만 그럴 수는 없었다. 그녀는 밤에 찾아올 때마다 너무나 깊은 침묵에 휩싸여 있어서 새로운 시도를 할 분위기가 전혀 아니었다.

으그우는 그 책을 은수카에다 놓고 온 것이 너무나 안타까웠다. 여자는 옆으로 눕고 남자는 그 뒤에 눕는 체위일 때 여자가 두 손을 어떻게 하는지 등등에 대해서 자세히 떠올리고 싶었다. 그는 주인어른의 침실을 뒤지다가 그 책이 그곳에 있을 가능성은 없다는 사실을 알고 자신이 정말 멍청하다는 생각이 들었다. 그리고 탁자에 있는 책 몇 권이 집 안에 있는 책 전부라는 데 깊은 슬픔을 느꼈다.

*

으그우가 아이가 먹일 아침을 요리하고 주인어른은 목욕하고 있을 때 거실에서 마님이 갑자기 큰 소리를 질렀다. 라디오가 아주 크게 켜져 있었다. 급기야 그녀가 라디오를 들고 뒷마당으로, 헛간으로 뛰어가며 이렇게 소리쳤다.

"오데니그보! 오데니그보! 탄자니아가 우리 나라를 인정했어!"

주인어른이 젖어서 윤기가 흐르는 가슴 털을 그대로 드러낸 채 물이 스며든 겉옷으로 허리춤만 간신히 가리고 나왔다. 두꺼운 안경도 쓰지 않고 웃는 얼굴이 우스웠다.

"지니? 뭐라고?"

"탄자니아가 우리 나라를 인정했어!"

"뭐?"

둘은 서로를 껴안고 서로가 내뱉은 숨까지 빨아들일 것처럼 얼굴을 맞대고 깊게 키스했다.

주인어른이 라디오를 받아 주파수를 맞추며 말했다.

"다시 한번 확인하자. 다른 방송국에서 하는 말도 들어 보자."

보이스 오브 아메리카 방송에서노 똑같은 내용이 나오고 마님이 통역한 프랑스 방송에서도 마찬가지였다. 탄자니아가 독립국 비아프라의 존재를 최초로 인정한 것이다. 마침내 비아프라가 인정받은 것이다. 으그우가 아이를 간질이자 아이가 웃었다.

주인어른이 말했다.

"은예레레는 진실을 인정한 사람으로 역사에 오랫동안 남을 거야. 물론 다른 많은 나라들도 우리 나라를 인정하고 싶겠지만 미국 때문에 그러지 못하는 거야. 미국이 제일 큰 장애물이야!"

으그우는 다른 나라가 비아프라를 인정하지 않는 책임이 왜 미국에게 있다고 하는지 이해할 수 없었다. 으그우 생각에 그 책임은 영국에게 있었다. 하지만 그날 오후에 에베레치를 만났을 때 주인어른이 한 말을 마치 자기 의견이라도 되는 것처럼 당당하게 말했다. 아주 더운 오후였다. 그는 자기네 집 베란다 그늘에서 돗자리를 깔고 낮잠을 즐기는 에베레치를 찾아내서 깨웠다.

"에베레치, 에베레치."

그녀는 잠에서 막 깨어나 빨개진 눈으로 불쾌한 표정을 지으며 일어나 앉았다. 하지만 으그우를 발견하고는 웃으며 물었다.

"선생님, 오늘 수업이 벌써 끝난 거야?"

"탄자니아가 우리 나라를 인정했다는 소식을 들었어?"

"그래, 그래."

에베레치가 두 눈을 비비고 웃으며 행복한 듯 말하는 소리를 듣고서 으그우는 기분이 더 좋아졌다.

"다른 많은 나라가 우리 나라를 인정하지 않는 이유는 미국 때문이야. 미국이 제일 커다란 장애물이야."

"그래."

두 사람이 계단에 나란히 앉았을 때 에베레치가 말했다.

"좋은 소식이 또 있어. 우리 숙모가 이 지역의 카리타스 대표가 되었어. 그래서 나한테 성 요한 성당 원조 센터에서 일하는 자리를 줄 거야. 앞으로 건어물을 더 많이 얻을 수 있게 되었어!"

에베레치가 팔을 내밀어 손가락으로 으그우의 목덜미를 살짝 꼬집으며 장난쳤다. 으그우는 그녀를 쳐다보았다. 그녀의 벌거벗은 엉덩이를 움켜잡고 싶을 뿐 아니라 매일 밤마다 함께 자고 그 다음 날 아침에 그 옆에서 깨어나고 싶었다. 재미있는 대화를 끝없이 나누고 싶었다. 에베레치는 스스로 자신의 잠자리로 찾아든 친예레와 전혀 달랐다. 말투나 행동거지가 그가 생각한 범위를 뛰어넘는 은네시나치와 비슷했다. 그녀에 대한 사랑이 샘물처럼 솟아올랐다. 사랑한다는 말을 하고 또 하고 싶었다. 으그우는 에베레치를 사랑했다. 하지만 그런 말을 하지 않았다. 두 사람이 가만히 앉아서 탄자니아를 찬양하고 더 많은 건어물을 얻을 거라는 희망에 부풀어 이런저런 이야기를 주고받을 때 푸조 403 자동차가 거리를 질주하는 소리가 들렸다. 운전사는 사람들에게 최대한 깊은 인상을 주고 싶은 듯 큰 마찰음을 내며 방향을 틀어서 집 앞에 멈췄다. 빨간 페인트로 휘갈긴 '비아프라 육군'이라는 글씨가 선명했다. 빳빳하게 선을 잡아 다림질을 한 군복 차림의 군인 한 명이 권총을 차고 내렸다. 군인들이 두 사람에게 다가오는 순간 에베레치가 벌떡 일어났다.

"안녕하세요?"

에베레치가 말하자 상대가 물었다.

"당신이 에베레치인가요?"

그녀가 고개를 끄덕였다.

"우리 오빠 때문인가요? 우리 오빠한테 무슨 일이 일어난 건 가요?"

"아닙니다. 은워구 소령님이 당신을 부르십니다. 지금 길 아래쪽 술집에 계십니다."

그의 음흉한 시선이 으그우는 역겨웠다.

"아!"

에베레치가 입을 벌리고 한 손을 가슴에 댔다.

"금방 가요! 금방 가요!"

에베레치가 집 안으로 급히 뛰어갔다. 그녀가 너무나 좋아해서 으그우는 배신감을 느꼈다. 군인이 으그우를 물끄러미 쳐다보았다.

"안녕하세요?"

군인이 물었다.

"당신은 뭐야? 빈둥거리는 민간인이야?"

"전 교사입니다."

"교사? 온예 은쿠지?"

군인이 권총을 앞뒤로 흔들었다. 으그우는 영어로 대답했다.

"네. 우리는 마을 학급을 만들어서 학생들한테 비아프라의 독립과 이상에 대해 가르치고 있습니다."

으그우는 자신의 영어 발음이 마님과 똑같기를 바랐다. 그리고 자신의 점잖은 태도에 상대가 지레 기가 죽어 더 이상 아무것도 묻지 않기를 바랐다.

"어떤 학급?"

군인이 물었다. 중얼거림에 가까웠다. 으그우에게 깊은 인상을 받았지만 의심하는 눈치였다.

"우리는 도덕과 수학과 영어를 가르치는 데 집중하고 있습니다. 신임 기관장님께서 우리를 후원하십니다."

으그우가 대답하자 군인이 멀뚱멀뚱 쳐다보았다.

그녀가 급하게 나왔다. 얼굴엔 하얀 분을 살짝 바르고 눈썹은 검게, 입술은 빨갛게 변한 모습이었다.

"자, 가요."

에베레치가 군인에게 말하더니 으그우에게 몸을 기울여서 속삭였다.

"갔다 올게. 날 찾는 사람이 있으면 필요한 물건을 가지러 은고지네 집에 갔다고 전해 줘."

"좋아요, 선생! 다음에 봅시다!"

으그우는 군인의 눈에서 희미하게 번뜩이는 우월감을 본 것 같았다. 글자도 모르는 멍청이가 우월감이라니! 으그우는 두 사람이 떠나는 모습을 도저히 바라볼 수 없었다. 그래서 자기 손톱만 보았다. 고통과 혼란과 당혹감이 몰려들었다. 힘이 쭉 빠졌다. 에베레치가 전에 한 번도 말한 적이 없는 남자를 만나려고 급히 달려가면서 자신에게 누가 찾으면 대충 거짓말을 둘러대라고 했다는 걸 도저히 믿을 수가 없었다. 길을 건너는데 다리가 후들거렸다. 그 후 남은 시간 동안 으그우는 냄새가 고약한 염색 작업에 몰두했다. 그러나 당장이라도 술집에 가서 대체 무슨 일이 일어나고 있는지 보고 싶은 생각뿐이었다.

에베레치가 으그우네 집 뒷문을 두드린 건 어두워지고 나서였다.

"떠오르는 태양 술집이 벌써 이름을 바꾼 걸 아니? 지금은 사람들이 탄자니아 술집이라고 불러!"

에베레치가 웃었다. 으그우는 그녀를 물끄러미 바라볼 뿐 아무 말도 하지 않았다.

"사람들이 탄자니아 음악을 틀고 탄자니아 춤을 추고 있어. 그리고 어떤 사업가는 술집의 모든 사람들에게 닭고기와 맥주를 돌렸어."

으그우는 질투가 솟구쳐 올랐다. 질투가 목구멍을 틀어막아서 숨이 막힐 것 같았다.

"올란나 아줌마는 어디에 계셔?"

"아기한테 책을 읽어 주고 계셔."

으그우가 간신히 대답했다. 오후에 무슨 일이 있었는지, 그 남자와 무슨 짓을 했는지, 입술에 칠한 립스틱이 모두 지워진 이유는 무엇인지, 모두 털어놓을 때까지 그녀를 흔들어 대고 싶었다.

에베레치가 한숨을 쉬었다.

"물 좀 있니? 목이 말라. 맥주를 마셨거든."

으그우는 에베레치가 아까처럼 너무나 느긋하고 편하게 말하고 행동하는 걸 믿을 수가 없었다. 하지만 컵에 물을 따라서 건네주었으며 그녀는 그걸 천천히 마셨다.

"소령은 몇 주일 전에 만났어. 오르루에 갈 때 차를 태워 주었거든. 하지만 날 기억할 줄 몰랐어. 아주 좋은 사람이야."

그녀가 잠시 멈추었다가 다시 입을 열었다.

"넌 우리 가족이라고 말했어. 그러니까 그 사람이 아무도 널 군대에 끌어가지 못하게 해 주겠다고 했어."

에베레치는 자신이 한 일을 자랑스러워하는 눈치였다. 하지만 으그우는 그녀에게 이를 차례대로 하나씩 뽑히는 것 같은 고통을 느꼈다.

으그우는 몸을 돌렸다. 에베레치의 애인에게서 어떤 도움도 받고 싶지 않았다.

"이제 몸을 씻어야 해."

에베레치가 물을 한 잔 더 마시고 이렇게 말하며 떠나갔다.

"은그와누. 그럼 다음에 봐."

*

으그우는 에베레치네 집에 더 이상 찾아가지 않았다. 에베레치가 알은척을 해도 모르는 척하고 그녀가 눈을 커다랗게 뜨며 "왜 그래, 으그우? 내가 너한테 무슨 잘못을 한 거야?" 하고 물으면 화를 냈다. 결국에 그녀도 으그우에게 더 이상 말을 걸거나 뭔가를 묻지 않았다. 그는 상관하지 않았다. 하지만 자동차가 지나가는 소리가 들릴 때마다 급히 달려가서 비아프라 육군 푸조 403인지 아닌지 확인했다. 아침마다 나가는 에베레치를 보면서 소령과 규칙적으로 만나는 장소를 정한 것 같다고 생각하기도 했다.

어느 날 저녁에 에베레치가 그에게 건어물을 주려고 찾아왔을 때까지는 말이다. 으그우는 문을 열고 한마디도 하지 않고 조그만 꾸러미만 받아 들었다

"정말 좋은 아가씨야, 에지그보 은와. 원조 센터에서 일을 잘하는 게 분명해."

마님이 칭찬했다.

으그우는 아무 말도 하지 않았다. 마님의 칭찬이 불쾌했다. 아이가 에베레치 아줌마는 언제 놀러 오느냐고 물을 때도 마찬가지였다. 으그우는 사람들도 자신이 당한 배신에 분노해 주길 원했다. 마님에게 자세한 사정을 말하고 싶었다. 지금까지 마님에게 개인적인 문제를 털어놓은 적이 한 번도 없었지만 이번에는 그럴 수 있을 것 같았다. 그래서 주인어른이 업무를 마치고 스페셜 줄리어스 씨와 함께 탄자니아 술집으로 간 금요일에 조심스럽게 계획을 잡았다. 마님은 아이를 데리고 무오케루 부인을 만나러 나가 있었다. 으그우는 그녀가 돌아오기를 기다리는 동안 밭에 가서 잡초를 뽑았다. 그런데 자신이 말할 내용이 너무 추상적이라는 생각이 들었다. 마님은 자신이 하는 말을 듣고 주인어른이 엉뚱한 소리를 할 때 그러는 것처럼 가만히 웃을 것 같았다. 에베레치는 지금까지 단한 번도 으그우에 대한 감정을 말한 적이 없었다. 하지만 자신에 대한 으그우의 감정까지 모른다고 할 수는 없을 터였다. 설사 그녀자신은 으그우를 그렇게 생각한 적이 없다 하더라도 그의 면전에다 육군 소령 애인을 그런 식으로 밝히는 건 너무나 잔인했다.

으그우는 마님이 온 기척을 느끼고 마음을 단단히 먹으며 안으로 들어갔다. 마님과 아이는 거실에 있었다. 아이는 바닥에 앉

아서 낡은 신문에 싸인 무언가를 풀어내는 중이었다.

"어서 오세요, 마님."

으그우가 인사하자 마님이 고개를 돌려서 그를 바라보았다. 두 눈이 텅 빈 것 같았다. 뭔가 문제가 있었다. 에베레치에게 우유를 몰래 갖다준 걸 들킨 것일까? 하지만 그녀의 두 눈이 너무 퀭했다. 힘이 하나도 없었다. 몇 주일 전에 훔친 우유 때문에 화난 건 아니었다. 으그우는 숨이 막혔다. 아주 나쁜 일이 일어난 게 분명했다.

"마님? 무슨 일이 있나요?"

"너희 주인어른 어머니가 돌아가셨어."

마님 입에서 나온 말이 딱딱하게 굳어 공중에 맴도는 것 같아서 으그우는 앞으로 좀 더 다가갔다. 그리고 잠시 후에야 알아들었다.

"주인어른 사촌이 전갈을 보냈어. 아바에서 총에 맞으셨대."

"헤이!"

으그우는 머리에 손을 올려놓고, 고향을 떠나길 거부하며 콜라나무 옆에 서 있던, 마지막으로 본 큰마님의 모습을 떠올리려고 애썼다. 하지만 그 모습을 떠올릴 수가 없었다. 큰마님이 후추가 든 냄비를 열던 모습만 희미하게 떠올랐다. 두 눈에 눈물이 고였다. 앞으로 이렇게 험한 꼴을 얼마나 더 겪어야 하는지 궁금했다. 어쩌면 하우사족 침략자들이 고향 마을에 들어가서 집에 있는 어머니에게 총을 쏘았을지도 몰랐다.

주인어른이 집에 와서 침실로 들어갔을 때 으그우는 따라 들어가야 할지 아니면 밖으로 나올 때까지 기다려야 할지 망설였다. 그러다가 기다리기로 했다. 으그우는 석유곤로에 불을 붙이고 아이에게 줄 버터 과자를 굽기 시작했다. 예전에 큰마님이 만든 냄새가 지독한 수프를 맛있게 먹었더라면 좋았을 거라는 생각이 들었다.

마님이 부엌으로 들어오며 소리쳤다.

"예 석유곤로를 켠 거야? 이 나 에주주 에주주? 머리가 안 돌아가? 내가 석유를 아껴야 한다고 했잖아!"

으그우는 깜짝 놀랐다.

"하지만 마님, 아이 음식을 요리할 때에는 석유곤로를 쓰라고 하셨잖아요."

"내가 언제 그랬어! 밖으로 나가서 모닥불을 피워!"

"죄송합니다, 마님."

하지만 마님은 분명히 그렇게 말했다. 지금은 아이 혼자서만 하루에 세 끼를 먹고 나머지 사람들은 두 끼만 먹었다. 모닥불 연기 냄새를 맡으면 아이가 기침을 하니까 아이 음식을 만들 때에는 석유곤로를 쓰라고 했다.

"석유가 얼마나 비싼지 알기나 해? 네가 돈을 버는 게 아니니까 그렇게 써도 된다고 생각하는 거야? 네가 살던 마을에선 모닥불로 충분하지 않았어?"

"죄송합니다, 마님."

마님이 뒷마당에 있는 시멘트 벽돌 더미 위에 앉았다. 으그우는 밖에서 모닥불을 피워 아이가 먹을 저녁 요리를 끝냈다. 자신을 바라보는 마님의 시선이 느껴졌다.

"너희 주인어른이 나한테 말을 안 하려고 해."

마님이 말했다. 뒤따라 이어진 오랜 침묵이 으그우의 가슴에 친밀감을 느끼게 했다. 마님은 전에 주인어른에 대해 이런 식으로 말한 적이 단 한 번도 없었다.

"안타깝네요, 마님."

으그우가 마님 옆에 앉았다. 손으로 마님의 등을 토닥거리고 싶었지만 그럴 순 없었다. 그래서 그는 등으로 향하던 손을 공중에 멈춘 채 가만히 있었고 마님은 한숨을 쉬며 일어나 안으로 들어갔다.

주인어른이 헛간에 가려고 나왔을 때 으그우가 말했다.

"마님한테서 무슨 일인지 들었습니다, 주인어른. 은도. 정말 안타까워요."

"그래, 그래."

주인어른이 대답하며 활기차게 걸어갔다.

으그우는 이런 대화가 적절하지 않다고 생각했다. 큰마님의 죽음에 대해 더 많은 대화를 하고 더 많은 슬픔과 더 많은 고통을 함께 나누어야 할 것 같았다. 하지만 주인어른은 으그우를 거의 쳐다보지도 않았다. 나중에 스페셜 줄리어스 씨가 안타까운 마음을 전하러 찾아왔을 때도 주인어른은 아주 짧고 활기차게 대답했다.

"사상자가 생기는 건 너무나 당연해요. 독립의 대가는 죽음이니까요."

주인어른은 갑자기 일어나 침실로 들어갔으며 마님은 눈물이 가득한 눈으로 스페셜 줄리어스 씨를 바라보며 고개를 절레절레 흔들었다.

으그우는 다음 날 아침에 주인어른이 직장에 가지 않고 집에 있을 거라고 생각했지만 주인어른은 평소보다 일찍 일어나 목욕했다. 전날 밤에 만든 걸 데워 내온 차도 마시지 않고 감자 조각도 먹지 않았다. 셔츠 자락을 바지춤에 집어넣지도 않았다.

"전선을 넘어갈 순 없어, 오데니그보!"

마님이 말하며 주인어른을 뒤쫓아 자동차가 있는 곳까지 나갔
나. 주인어른이 자동차에 올려놓은 야자수 잎사귀를 모두 끌어 내
리고 보닛을 열어서 엔진을 살피는 동안 그녀가 뭐라고 계속 중얼
거렸지만 으그우의 귀에까지 들리지는 않았다. 주인어른이 운전석
에 올라타서 흔들리는 차를 몰았다. 마님은 그 뒤를 쫓아서 도로까
지 나갔다. 으그우는 순간 그녀가 뛰어서 주인어른 자동차를 쫓아
가려고 한다는 어처구니없는 생각을 했다. 그러나 금방 돌아온 마
님은 스페셜 줄리어스 씨에게 빨리 쫓아가서 주인어른을 데려오라
고 부탁했다고 말했다.

"너희 주인어른은 어서 가서 자기 어머니를 묻어야 한다고 하
지만 도로가 막혀서 그럴 수가 없어. 도로가 막혔다고."

마님은 마당 입구만 바라보았다. 화물차가 큰 소리를 내며 지
나가거나 새가 지저귀거나 아기가 우는 등 무슨 소리만 들리면 베
란다 의자에서 벌떡 일어나 도로 아래쪽을 살폈다. 넓적한 칼로
무장한 사람들이 노래하며 빠르게 걸어갔다. 앞에서 그들을 이끄
는 사람은 팔이 하나였다. 그들이 외쳤다.

"선생님! 안녕하세요! 지금 적군을 쓸어 내려 가는 거예요! 침
략자들을 뿌리째 뽑아낼 거예요!"

그들이 거의 지나갈 즈음에 마님이 벌떡 일어나 소리쳤다.

"파란 자동차를 모는 우리 남편을 찾아보세요!"

그들 가운데 한 명이 고개를 돌리고 약간 의아한 표정으로 손
을 흔들었다.

으그우는 초가지붕 처마 밑에서도 오후의 밝은 태양이 내뿜

는 뜨거운 열기를 느꼈다. 아이는 앞마당에서 맨발로 뛰놀았다. 스페셜 줄리어스 씨가 긴 미국 자동차를 몰고 나타나자 마님이 벌떡 일어섰다.

"아직 돌아오지 않았나요?"

스페셜 줄리어스 씨가 자동차 안에서 묻자 마님이 말했다.

"그 사람을 찾지 못했군요."

스페셜 줄리어스 씨가 걱정스러운 표정을 지었다.

"오데니그보한테 적군 지역을 통과할 수 있다고 말한 사람이 도대체 누구예요? 누가 그런 말을 했어요?"

으그우는 스페셜 줄리어스 씨가 그만 입을 다물어 주길 바랐다. 그에게는 주인어른을 비판할 권리가 없었다. 흉측한 윗도리를 입고 자동차에 가만히 앉아서 떠드는 것보다는 사방을 돌아다니며 주인어른을 찾아보는 편이 훨씬 나을 터였다.

스페셜 줄리어스 씨가 떠난 다음에 마님은 가만히 앉아서 몸을 앞으로 숙이고 두 손으로 머리를 감쌌다.

"물을 갖다 드릴까요, 마님?"

그녀는 머리를 흔들었다.

으그우는 떨어지는 태양을 바라보았다. 어둠이 재빨리 잔인하게 몰려들었다. 밝은 빛이 조금씩 어두워지는 과정조차 없었다.

"아, 어떻게 해야 좋을까? 어떻게 해야 좋을까?"

그녀가 중얼거렸다.

"주인어른은 돌아오실 거예요, 마님."

하지만 주인어른은 돌아오지 않았고 마님은 벽에 머리를 기댄 채 자정이 훨씬 넘도록 베란다에 앉아 있었다.

27

리처드가 식탁에 앉아 있을 때 현관 종소리가 울렸다. 그는 라디오 소리를 줄이고 작업하던 원고를 정돈하고 나서 현관문을 열었다. 해리슨이 서 있었다. 이마와 목덜미와 두 팔 그리고 카키색 반바지 밑으로 드러난 두 다리가 피투성이였고 붕대로 감겨 있었다.

그 모습을 본 순간 리처드는 기절할 뻔했다.

"해리슨! 맙소사! 도대체 어떻게 된 거예요?"

"안녕하세요, 주인어른."

"공격을 받은 거예요?"

해리슨은 안으로 들어와서 누더기 가방을 내려놓고 웃음을 터뜨리기 시작했다. 리처드는 해리슨을 가만히 바라보다가 그가 두 팔을 들어 머리에 묶은 새빨간 붕대를 푸는 순간 이렇게 말했다.

"아니에요, 아니에요. 그럴 필요 없어요. 그러면 안 돼요. 지금 당장 운전사를 불러서 병원으로 가요."

해리슨이 붕대를 홱 잡아당겼다. 머리는 깨끗했다. 상처도, 피

흘린 자국도 없었다.

"이건 홍당무 즙이에요, 주인어른."

해리슨이 말하며 다시 웃었다.

"홍당무?"

"네, 주인어른."

"그럼 피를 흘린 게 아니란 말이에요?"

"네, 주인어른."

해리슨이 거실 안으로 쑥 들어가서 모퉁이에 섰다. 리처드가 자리에 앉으라고 하자 그는 의자 끝에 엉덩이를 걸치고 앉았다. 그리고 미소를 지운 얼굴로 입을 열었다.

"고향 마을에서 오는 길이에요, 주인어른. 고향 마을이 금방 넘어갈 것 같다는 말은 아무한테도 안 했어요. 그런 말을 하면 반역자로 몰리거든요. 하지만 침략자들이 가까이 왔다는 건 누구나 알고 있어요. 이틀 전만 해도 포격 소리를 들었으니까요. 하지만 마을 위원회에서는 우리 군대가 훈련하는 소리라고 해요. 그래서 전 가족들과 염소를 제일 안쪽 농장에 데려다 놓았어요. 그러고 나서 주인어른한테 무슨 일이 일어날지 몰라서 하코트 항구로 찾아온 거예요. 물론 몇 주 전에 블라이든 교수님 운전사한테 전갈을 보내긴 했지만요."

"하지만 난 아무 전갈도 못 받았어요."

"멍청한 운전사."

해리슨이 투덜댄 후에 계속 설명했다.

"전 홍당무즙을 짜 붕대에 묻혀서 몸에 감고 비행기 공습을 당했다고 말했어요. 그래야 화물차에 올라탈 수 있거든요. 부상당한 남자만 여자와 어린아이를 따라갈 수 있어요."

"그래, 은수카는 어떻게 됐어요? 어떻게 거기서 벗어났어요?"

"벌써 몇 달이 지났네요, 주인어른. 포격 소리가 들릴 때 전 주인어른 짐을 모두 싸고 원고는 상자에 넣어서 정원에 묻었어요. 조모가 지난번에 만든 작은 꽃밭 옆에요."

"원고를 묻었다고요?"

"네, 주인어른. 길을 가다가 빼앗기면 안 되니까요."

"그야 물론이죠."

리처드가 말했다. 해리슨이 『밧줄 무늬 그릇을 만들던 시대에』를 가져올 거라는 희망을 품었던 것은 말도 안 되는 일이었다.

"그래, 그동안 어떻게 지냈어요?"

리처드가 묻자 해리슨이 머리를 흔들었다.

"배가 너무 고파요, 주인어른. 우리 가족은 염소만 바라보고 있어요."

"염소만 바라본다고?"

"염소가 뭘 먹는지 보아 두었다가 그걸 따서 물에 끓인 다음에 아이들한테 마시라고 주는 거예요. 그러면 영양을 보충할 수 있거든요."

"그렇군요. 이제 남자 하인 숙소로 가서 씻어요."

"네, 주인어른."

해리슨이 일어났다.

"그런데 앞으로 어떻게 할 계획인가요?"

"네, 주인어른?"

"고향 마을로 다시 돌아갈 거예요?"

리처드가 묻자 해리슨이 팔에 감은 가짜 피가 잔뜩 묻은 붕대를 만지작거리며 대답했다.

"아니에요, 주인어른. 전쟁이 끝나기를 기다리며 주인어른한테 요리해 드릴 거예요."

"네, 그러세요."

리처드가 말했다. 카이네네의 집사 두 명이 군대에 들어가기 위해 떠나고 이케지데 혼자만 남았기에 그나마 부담이 적은 게 다행이었다.

"하지만 주인어른, 하코트 항구도 금방 함락될 거라는 소문이 돌고 있어요. 침략자들이 영국에서 준 배를 타고 오는 중이래요. 그들이 지금 하코트 항구 외곽에 포격을 하고 있대요."

"이제 가서 목욕해요, 해리슨."

"네, 주인어른."

해리슨이 떠난 다음에 리처드는 라디오 소리를 키웠다. 그는 라디오 카두나의 아랍 억양이 강한 발음이 좋긴 하지만 "하코트 항구가 해방되었습니다! 하코트 항구가 해방되었습니다!" 하고 확신에 차 말하는 건 마음에 들지 않았다. 이들은 이틀 전부터 하코트 항구가 적군에게 넘어올 거라고 말하고 있었다. 라고스 라디오도 마찬가지였다. 하지만 좋아하는 정도는 약간 덜했다. BBC 역시 하코트 항구의 함락이 임박했으며 그건 공항과 항구와 석유를 모두 잃은 비아프라가 마침내 무너진다는 의미라고 선언했다.

리처드는 식탁에 놓인 술병에서 대나무 마개를 잡아당겨 술을 한 잔 따랐다. 분홍색 액체가 몸속에 기분 좋은 온기를 퍼뜨렸다. 머리에서는 해리슨이 살았다는 안도감과 원고가 은수카에 묻힌 채 있다는 실망감, 하코트 항구의 운명에 대한 불안감 등 다양한 감정이 소용돌이쳤다. 두 번째 잔을 따르기 직전에 리처드는 술병의 라벨을 읽었다,

"비아프라 공화국, 연구 및 생산국, 네네 백포도주, 45%."

리처드는 술을 천천히 마셨다. 지난번에 마두가 현지에서 만든 술을 두 상자 가져오며 술을 맥주병에 넣어서 파는 것도 승전 기원 운동의 일환이라고 농담하며 말했다.

"연구 및 생산국 측에서는 오주크우도 이걸 마신다고 주장하지만 난 그 말을 안 믿어요. 나도 투명한 술만 마시니까요. 색깔이 있는 건 믿을 수가 없어요."

리처드는 수상 각하를 오주크우라고 부르는 마두의 불손한 태도가 항상 신경 쓰였지만 아무 말도 하지 않았다. 마두가 카이네네에게 "우리는 휘발유와 야자수 기름을 섞어서 자동차를 굴려." 혹은 "우리는 으그부니그웨 비행에 성공했어." 혹은 "우리는 고철 쓰레기로 장갑차를 만들었어."라고 말할 때처럼 능글맞게 웃는 얼굴을 보고 싶지 않았기 때문이다. 그가 말하는 '우리'에는 리처드가 배제되어 있었다. 의도적으로 강조하는 그 말에는 리처드가 '우리'에 속하지 않으며 외부 손님은 주인의 자유를 누릴 수 없다는 의미가 들어 있었다.

그래서 몇 주 전에 카이네네에게서 이런 말을 듣고 리처드는 많이 혼란스러웠다.

"마두는 당신이 선전국에다 글을 써 주면 좋겠다고 생각해. 그러면 당신한테 어디든 다닐 수 있는 특별 통행증과 휘발유를 제공할 거야. 당신이 쓴 글을 해외에 있는 우리 홍보국 사람들한테 보

널 거래."

"하필이면 왜 나야?"

카이네네는 어깨를 으쓱했다.

"안 될 건 또 뭐야?"

"마두는 날 싫어하잖아."

"그렇게 말하지 마. 내가 보기에 마두가 바라는 건 비아프라 사람이 죽어 나간 숫자만이 아니라 그 이상을 쓸 수 있는 능력 있는 내부인인 것 같아."

처음에 리처드는 '내부인'이란 말에 감동했다. 하지만 곧이어 의심이 들었다. '내부인'이란 말은 카이네네가 덧붙인 말이지 마두가 한 말은 아니었다. 그는 리처드를 외국인이라고 생각해서 이런 일에 적격이라고 생각하는 게 분명했다. 마두가 전화를 걸어서 그 일을 하겠느냐고 물었을 때 리처드는 싫다고 대답했다.

"깊이 생각해 봤나요?"

그가 묻는 말에 리처드가 답했다.

"내가 백인이 아니라면 당신은 그런 부탁을 안 했을 거예요."

"물론 내가 그런 부탁을 한 이유는 당신이 백인이기 때문이에요. 외국에서는 당신이 백인이기 때문에 당신이 쓴 글을 훨씬 진지하게 받아들일 거예요. 이 전쟁은 당신이 싸우는 전쟁이 아니에요. 당신이 요청만 하면 당신네 정부는 당신을 당장이라도 대피시킬 거예요. 당신이 나뭇가지를 휘두르며 '전쟁, 전쟁!' 하고 외친다고 해서 비아프라를 지지한다고 말할 수는 없어요. 당신이 진정으로 힘을 보태고 싶으면 그 일을 맡아야 해요. 지금 이곳에서 일어나는 일을 온 세상에 알려야 해요. 우리가 이렇게 죽어 가도 온 세상이 침묵하도록 놔둘 순 없으니까요. 해외에서는 전문 기자가 쓴 글보다 비아프라에 사는 백인이 쓴 글을 더 믿을 거예요. 러시아와 이집트 조종사가 모는 나이지리아 미그라 포격기가 매일 공습하고, 수송기에 싣고 온 폭탄을 민가에 떨어뜨려서 수많은 여성과 아이들을 죽이고 있어요. 아무리 영국과 소련이 추악한 동맹을 맺어서 나이지리아에 많은 무기를 공급하고, 미국이 우리를 도와주지 않고, 원조 물품을 수송하는 비행기가 나이지리아 대공포가 무서워서 환한 대낮이 아니라 깜깜한 밤에 불을 다 끄고 날아온다 해도, 우리는 살아남으리란 걸 알려 주어야 해요."

마두가 숨을 쉬려고 말을 멈출 때, 리처드의 머리에 "우리가 죽을 때 온 세상이 침묵하도록 놔둘 순 없다."라는 말이 울려 퍼졌다. 그래서 그는 말했다.

"알았어요. 그 일을 할게요."

리처드는 함락당한 오니차에 대한 글을 제일 먼저 썼다. 예전부터 나이지리아 측에서 이 고도(古都)를 장악하려고 수없이 공격했지만 비아프라 측에서 용감하게 맞서 싸웠으며, 전쟁이 일어나기 전에는 이곳에서 수많은 문학 작품이 출간되기도 했는데 지금은 이곳에 니제르 다리가 불타는 연기만 구슬프게 피어오른다는 내용이었다. 그리고 나이지리아 2사단 군인들이 성삼위 가톨릭교회에 몰려들어서 제단에다 오줌을 갈기고 그곳 민간인 수백 명을 학살한 사건을 언급하며 한 목격자의 증언을 차분하게 인용했다.

"침략자들은 하느님께 오줌을 갈긴 사람들입니다. 우리는 그들을 물리쳐야 합니다."

글을 쓰면서 리처드는 예전의 어린 학생으로 다시 돌아가서 교장 선생님의 감독을 받으며 엘리자베스 숙모에게 편지를 쓰는 것 같다고 느꼈다. 반점이 난 교장 선생님의 얼굴과 함께 그가 과학을 '쓰레기'라고 했던 일, 그가 식당 복도를 돌아다니며 오트밀을 먹으면서 신사는 이러는 거라고 했던 일이 선명하게 떠올랐다. 리처드는 당시에 자신이 무엇을 더 증오했는지, 그가 집에다 강제로 편지를 쓰게 한 것인지 아니면 편지 쓰는 걸 감시한 것인지 아직도 판단할 수 없었다. 그리고 지금은 자신이 무엇을 더 싫어하는지, 감독관 역할을 하는 마두인지 아니면 마두 생각에 너무 많은 신경을 곤두세우는 자신인지 판단하기 어려웠다.

며칠 후에 마두에게서 쪽지가 왔다.

아주 잘 썼어요. (다음엔 약간 더 차분하게 쓸 수 있겠지요?) 홍보국에서 그 글을 유럽에 보냈어요.

마두가 옆으로 갈겨쓴 글씨는 '나이지리아 육군'의 '나이지리아'라는 글씨에 X표를 하고 대신 그 자리에 '비아프라'라고 굵은 글씨로 써넣은 종이에 적혀 있었다. 마두가 보낸 글은 리처드에게 옳은 결정을 내렸다는 확신을 주었다. 리처드는 마치 자신이 옴두르만에서 벌어진 우세한 군대와 열세한 군대가 벌이는 전투를 세상에 알리는 젊은 윈스턴 처칠이라도 된 기분이었다. 다른 점이 있다면 지금 자신에게는 처칠과 달리 도덕적인 명분이 있다는 것이었다.

몇 주가 지나고 글을 몇 차례 쓴 지금, 리처드는 내부인으로서 기쁨을 만끽했다. 리처드가 그러지 말라고 아무리 말해도 운전사가 존경심이 가득한 눈으로 급히 달려 나오며 차 문을 열어 주는 게 기뻤다. 리처드가 이보 말로 인사하면 특별 통행증을 확인한 시민 방위군이 의심의 눈초리를 재빨리 거두고 환하게 웃으며 재빨리 길을 열어 주는 것도 기쁘고 사람들이 그가 던지는 모든 질문에 기꺼이 대답하는 것도 기뻤다. 전쟁이 일어난 배경에 대해 "전국적인 파업과 험악해진 여론과 서부 지역의 폭동이 서로 연관되었다."라며 도대체 자신들도 무슨 말을 하는 건지 모르면서 그저 떠들어 대는 외국인 기자들보다 훨씬 유리한 지점을 차지한 것도 기뻤다.

하지만 무엇보다 기쁜 건 수상 각하와 만난 것이었다. 오웨리에서 연극을 관람할 때였다. 공습 때문에 모두 깨진 극장 유리창으로 시원한 저녁 바람이 불어 들어와 배우의 대사 일부가 잘 들리지 않았다. 리처드는 수상 각하의 뒷줄에 앉았는데, 연극이 끝난 다음에 인력 동원 기획국 최고위층이 그를 수상 각하에게 소개했다. 손을 꼭 잡고 "그런 훌륭한 일을 해 주셔서 고맙습니다." 하고 부드럽게 말하는 옥스퍼드 악센트가 그에게 편안하게 다가왔다. 정치적인 냄새가 너무 강한 연극이라는 생각이 들었지만 그는 아무 말도 하지 않고 아주 훌륭한 연극이라는 수상 각하의 말에 바로 동조했다.

해리슨이 부엌에서 일하는 소리가 들렸다. 리처드는 라디오 비아프라에 주파수를 맞추어 오바에서 적군을 궁지에 몰아넣었다는 뉴스를 들은 다음에 라디오를 껐다. 그리고 술잔에 술을 채우고 쓰던 글의 마지막 문장을 다시 읽었다. 지금 그는 특공대는 시민들에게 인기가 아주 좋으며 모두가 존경한다는 글을 쓰는 중이었다. 하지만 독일 출신 용병인 특공대 사령관에 대한 글은 리처드 자신의 불신 때문에 글이 자연스럽지 않았다. 문체가 너무 딱딱했다. 백포도주는 불안감을 누그러뜨리지 못하고 오히려 더 키워 줄 뿐이었다. 그는 일어나 마두에게 전화를 걸었다.

"리처드, 정말 다행이군요. 지금 막 들어왔거든요."

마두가 말하고 리처드는 물었다.

"하코트 항구에 대한 소식이 있나요?"

"소식?"

"지금 공격받는 중인가요? 으무오크우루시가 포격당하고 있죠?"

"아, 반역자 일부가 폭탄을 지니고 있다는 보안 정보는 있어요. 당신은 침략자들이 정말 그렇게 가까이 다가왔다면 그런 식으로 시원찮게 포격할 거라고 생각하세요?"

재미있다는 듯이 말하는 마두 목소리를 듣는 순간 리처드는 갑자기 바보가 된 듯한 기분이 들었다. 그래서 말끝을 흐렸다.

"귀찮게 해서 미안해요. 난 단지……."

"아니에요. 카이네네가 돌아오면 안부나 전해 주세요."

마두가 말하고 전화를 끊었다.

리처드는 술잔을 비우고 한 잔 더 따르려 하다가 말았다. 마개를 병 입구에 억지로 끼우고 베란다로 나갔다. 바다는 잔잔했다. 리처드는 불안감을 털어 내려는 듯 팔을 쭉 편 다음에 손으로 머리를 쓸어 올렸다. 하코트 항구가 넘어간다는 건 자신이 즐겨 찾는 도시가, 자신이 사랑하는 도시가, 자신의 일부가 사라진다는 걸 의미했다. 하지만 마두가 맞을 터였다. 그는 금방 적군에게 함락될 도시를 두고 넘어가지 않는다고 거짓말할 사람이 아니었다. 카이네네가 사는 도시이니 더욱 그럴 터였다. 그가 하코트 항구는 ~~끙찍민지 않는다고 말하며~~ ~~그것이~~ 사실일 터였다.

리처드는 유리문에 희미하게 비치는 자신을 바라보았다. 피부는 햇볕에 그을렸으며 머리칼은 길게 자라서 약간 헝클어진 모습이었다. "난 내가 아니다."라는 랭보의 말이 떠올랐다.

카이네네는 리처드에게서 해리슨의 홍당무에 대한 이야기를 듣고 웃었다. 그리고 리처드의 팔을 쓰다듬으며 말했다.

"걱정하지 마. 원고를 상자에 넣어 두었으니 흰개미가 갉아 먹지 못할 거야."

그녀는 작업복을 벗고 나른하게 기지개를 켰으며, 리처드는 우아하게 휘는 늘씬한 등을 바라보며 새삼 감탄했다. 몸속에서 욕망이 꿈틀거렸지만 저녁까지, 저녁 식사를 끝낼 때까지, 손님이 오면 접대를 마칠 때까지, 이케지데가 일을 마칠 때까지 기다려야 했다. 그러면 두 사람은 베란다로 나가 탁자를 옆으로 밀고 바닥에 부드러운 양탄자를 깐 다음에 그 위에 벌거벗은 몸으로 누울 것이다. 그녀가 두 다리를 벌리고 자신에게 걸터앉으면 리처드는 그 엉덩이를 꼭 움켜잡고 밤하늘을 올려다볼 것이며 그 순간 환희가 무엇인지 확실히 깨달을 것이다. 이것은 전쟁이 일어난 이후에 새롭게 시작한 두 사람만의 의식이었으며, 그가 전쟁이 일어난 걸 반기는 유일한 이유였다.

"콜린 윌리엄슨이 오늘 사무실에 들렀어."

카이네네가 말했다.

"그 사람이 돌아온 줄 몰랐어."

리처드가 대답했다. 햇볕에 탄 콜린의 얼굴과, 나이지리아를 지지하는 편집국 분위기가 싫어 BBC에서 나왔다고 말하면서 드러내는 그의 색 바랜 이가 떠올랐다.

"그 사람이 우리 엄마가 보낸 편지를 가져왔어."

"당신 어머니 편지를!"

"엄마가《옵저버》에 실린 글을 보고 전화해서 비아프라로 돌아갈 거냐고, 그렇다면 하코트 항구에 있는 딸한테 편지를 전해 줄 수 있느냐고 물었대. 그러다가 그가 우리를 안다는 말을 듣고 깜짝 놀란 거야."

리처드는 카이네네가 말한 '우리'라는 표현이 너무 좋았다.

"두 분은 잘 계신대?"

"물론이지. 아무도 런던을 포격하진 않으니까. 엄마 말이 올란나와 내가 죽는 악몽을 계속 꿔서 기도도 하고 런던에서 비아프라 구호 운동에도 참여하고 있대. 약간의 돈을 기부한 게 전부겠지만 말이야."

그녀가 입을 다물고 편지 봉투를 내밀었다.

"엄마가 봉투 안에다 영국 지폐를 넣고 테이프로 꼼꼼하게 붙여 놓았어. 정말 인상적이야. 올란나 몫으로도 봉투 하나를 보내고."

리처드는 편지를 빠르게 읽었다. 파란 종이 제일 밑에 적힌 "리처드한테 안부 전해."라는 글이 자신에 대한 유일한 언급이었다. 그는 그걸 올란나에게 어떻게 전할 계획인지 묻고 싶었지만 묻지 않았다. 오래전부터 올란나에 관한 문제는 침묵에 부쳐졌다. 아무도 그 말을 꺼내지 않았다. 전쟁이 일어나고 올란나가 보낸 편지 세 통을 받았을 때도 카이네네는 그런 편지가 왔다는 말 외에 한마디도 안 했다. 답장도 보내지 않았다.

"다음 주에 요무아치아로 사람을 보내서 옮길까 하는데 건체 줄 생각이야."

카이네네가 말했다.

리처드는 편지를 돌려주었다. 침묵이 깔렸다.

"나이지리아는 하코트 항구에 대한 관심을 버리지 않을 거야."

리처드가 말했다.

"그들은 하코트 항구를 점령할 수 없어. 우리 나라 최고의 정예 부대가 여기에 있어."

카이네네가 느긋하게 말했다. 하지만 두 눈은 진지했다. 몇 개월 전에 오르루에서 짓다 만 집을 살 생각이라고 말할 때처럼 진지했다. 그녀는 현금보다 부동산을 가지고 있는 게 유리하다고 말했지만 리처드는 믿을 수 없었다. 집을 짓는 것은 하코트 항구가 무너질 경우에 대비한 안전망이 분명했다. 리처드에게는 하코트 항구가 점령당할 수 있다는 생각 자체가 신에 대한 불경과 같았다. 인부들이 건축 재료를 훔치지는 않는지 살피기 위해 두 사람은 주말마다 그곳에 내려갔지만 그는 그곳에서 살 수도 있을 거라고 절대 말하지 않았다. 그런 말이 저주를 불러올 것 같았다.

리처드는 이제 다른 곳으로 여행하는 것도 싫었다. 계속 이곳에 머물며 하코트 항구를 지키고 싶었다. 자신이 이곳에 머무는 한 아무 일도 일어나지 않을 것 같았다. 하지만 유럽에 있는 홍보국 사람들이 울리에 있는 임시 활주로에 대한 글을 요구했다. 그는 마지못해 아주 이른 새벽에 울리로 떠났다. 그러면 나이지리아 비행기가 대로를 달리는 자동차에 기관총을 갈겨 대는 정오 이전에 돌아올 수 있었기 때문이다. 오키그웨 도로를 달리는데 눈앞에 커다란 폭탄 자국이 나타났다. 운전사가 피하려고 핸들을 옆으로 돌릴 때 리처드는 문득 불길한 예감이 들었지만 그런 느낌은 울리가 나타날 즈음에 사라졌다. 비아프라를 바깥세상과 연결하는 유일한 통로이자 아직까지 나이지리아의 공습을 피해 식량과 무기가 들어오는 기적의 활주로인 이곳을 찾아온 건 이번이 처음이었다.

리처드는 자동차에서 내려 양쪽에 울창한 숲이 자리 잡은 아스팔트 활주로를 바라보며 사람들이 변변한 장비도 없이 맨손으로 저렇게 엄청난 작업을 해내는 모습을 떠올렸다. 활주로 끝에는 조그만 제트기 한 대가 서 있었다. 내리쬐는 뜨거운 태양 아래서 인부 세 명이 땀을 뻘뻘 흘리면서 야자수 잎사귀가 가득한 커다란 손수레를 잡아끌며 아스팔트에다 커다란 잎사귀를 능숙하게 깔고 있었다. 리처드는 그곳으로 가서 말했다.

"수고하십니다. 지시에누 이케."

근처에 있는 아직 다 짓지 못한 터미널 건물에서 관리 한 명이 나와 리처드와 악수하며 농담했다.

"너무 자세히 쓰지는 마세요. 우리의 기밀이 드러나면 안 되니까요."

"물론이죠. 당신을 인터뷰할 수 있을까요?"

남자는 환한 얼굴로 어깨에 힘을 주며 대답했다.

"그럼요. 전 입국 관리소 책임자입니다."

리처드는 웃음을 숨겼다. 자신이 인터뷰를 요청하면 상대편은 언제나 목에 힘을 주었다. 두 사람은 활주로 옆에서 대화를 나누었다. 관리가 터미널로 들어간 직후에는 키가 큰 금발의 남자가 걸어 나왔다. 리처드는 상대를 알아보았다. 로젠 백작이었다. 리셔브가 본 시간에서보다 늙어 보였다. 예순을 넘어 칠순에 가까운 것 같았다. 하지만 기품이 있으며 걸음걸이는 확신에 차고 턱은 단단해 보였다.

"당신이 왔다고 해서 인사나 나누려고 나왔어요. 비아프라 소년단에 대해서 쓴 선생의 훌륭한 글을 지금 막 읽었죠."

로젠 백작이 말했다. 그의 녹색 눈동자와 악수를 하는 손에는 망설임이 없었다.

"만나서 반갑습니다, 로젠 백작님."

리처드가 말했다. 정말 반가웠다. 스웨덴 귀족이 조그만 자가용 비행기를 몰고 나이지리아의 요지를 포격했다는 기사를 읽고서 한번 만나고 싶던 참이었다.

로젠 백작이 공중에서 보면 숲처럼 보일 만큼 길게 뻗어 나간 포장도로에 빽빽하게 서 있는 일꾼들을 바라보며 중얼거렸다.

"놀라운 사람들. 놀라운 나라."

"맞습니다."

리처드가 대답했다.

"치즈를 좋아하나요?"

백작이 물었다.

"치즈요? 네, 물론이지요."

백작이 주머니를 뒤져서 조그만 상자를 꺼냈다.

"맛있는 치즈랍니다."

리처드는 그걸 받으며 놀란 표정을 숨기려고 애썼다.

"고맙습니다."

백작이 주머니를 다시 뒤지자 리처드는 치즈를 또 꺼내려고 그러는 것은 아닌지 걱정스러웠다. 하지만 그는 선글라스를 꺼내 썼다.

"당신 부인이 부유한 이보족 여자라고 들었어요. 독립을 위해 싸우려고 이곳에 남은 애국자 가운데 하나라고."

리처드는 카이네네가 떠나지 않고 남은 걸 그런 식으로 생각한 적이 없었다. 하지만 백작이 그렇게 말해서, 그리고 자신과 카이네네를 부부로 보아 주어서 기뻤다. 갑자기 그녀가 너무나 자랑스러웠다.

"그래요. 정말 대단한 여인이랍니다."

잠시 침묵이 흘렀다. 치즈 선물에 대해 답례할 필요가 있었다. 그래서 리처드는 일기장을 열고 카이네네 사진을 보여 주었다. 첫 번째는 그녀가 수영장 옆에서 입에 담배를 물고 찍은 사진이고 두 번째는 밧줄 무늬 그릇 사진이었다.

"처음에는 이보 으크우 예술과 사랑에 빠지고 다음엔 이 여인과 사랑에 빠졌답니다."

"아름답군요, 둘 다."

백작이 말하고 선글라스를 벗어 사진을 자세히 살폈다.

"오늘 작전에 나가실 예정인가요?"

리처드가 물었다.

"그래요."

"왜 이런 일을 하시나요, 백작님?"

로젠 백작이 선글라스를 다시 썼다.

"난 에티오피아에서 자유의 투사들과 함께 싸웠고 그다음엔 바르샤바의 게토[06]로 날아가서 그곳을 도와주었어요."

실문에 충분히 대답했다는 표정으로 배자이 살짝 우었다

"이제 가야 할 시간이군요. 그럼 계속 수고해 주세요."

리처드는 백작이 등을 꼿꼿이 펴고 걸어가는 모습을 지켜보며 용병과 너무나 다르다고 생각했다. 예전에 만난 독일 용병의 새빨간 얼굴이 떠올랐다.

"난 비아프라를 사랑합니다. 콩고의 잔인한 이교도와는 완전히 다르거든요."

그때 그는 숲속에 자리한 자신의 저택에서 이렇게 말하고 위스키 병에서 위스키를 따라 마시며 자기가 양자로 삼은 귀여운 비아프라 아기가 바닥에서 낡은 총알을 가지고 노는 모습을 바라보았다. 아이를 대할 때는 애정이 느껴졌지만 비아프라 사람들은 예외라는 식으로 말할 때는 흑인에 대한 경멸이 느껴져 리처드는 짜증이 났다. 그는 이곳에서 드디어 마음에 드는 흑인들을 만났다고 생각하는 것 같았다. 하지만 백작은 달랐다. 리처드는 그의 작은 전투기를 보고 나서 자동차에 올라탔다.

돌아오다가 하코트 항구 외곽에 들어설 즈음에 멀리서 기관총 소리가 났다. 그리고 얼마 안 되어서 멈췄다. 걱정스러웠다. 카이네네가 날이 밝으면 오르루에 가서 목수들이 집을 제대로 짓는 중인지 살펴보자고 제안했을 때, 리처드는 가지 않았으면 좋겠다고 생각했다. 이틀 연속으로 하코트 항구를 비우는 것이 불안했다.

06 유대인들이 모여 살도록 법으로 규정해 놓은 거주 지역.

196

새 집은 캐슈 나무가 에워싸고 있었다. 리처드는 카이네네가 이곳을 처음 살 때만 해도 페인트칠을 안 한 벽에 더덕더덕 붙어 있는 파란 곰팡이와 떨어진 캐슈 나무 열매의 냄새를 맡고 모여든 파리 떼 때문에 구역질을 했던 게 떠올랐다. 전 집주인은 길 아래쪽에 있는 중학교의 교장이었다. 하지만 중학교는 난민 수용소로 변하고 부인은 사망한 뒤여서 그는 염소와 아이들을 데리고 내륙 깊숙이 들어갈 생각이었다. 그래서 그는 계속 이렇게 말했다.

"이 집은 이제 포격 지점이 아닙니다. 포격 지점에서 완전히 벗어났습니다."

이 말을 들을 때마다 리처드는 나이지리아 비행기가 앞으로 포격할 지점을 그가 어떻게 안다는 건지 궁금할 뿐이었다. 리처드는 이제 막 페인트를 칠한 텅 빈 실내를 카이네네와 거닐며 그곳이 은근한 매력이 있는 방갈로임을 인정했다. 카이네네는 난민 수용소에서 목수 두 명을 고용하고 종이에다 가구 디자인을 여러 개 그린 다음에 자동차로 돌아와 말했다.

"그들이 괜찮은 식탁을 만들 거라고 생각하지는 않아."

오르루를 빠져나갈 때 날카로운 경보음이 났다. 운전사는 도로 한가운데에 자동차를 재빨리 세웠고 모두 밖으로 나가 짙푸른 덤불 속으로 뛰어들었다. 도로를 따라 걸어가던 아낙네들도 고개를 틀어 위쪽을 바라보며 열심히 달렸다. 리처드가 카이네네와 함께 피신한 것은 처음이었다. 그녀는 바로 옆에 납작하게 엎드려서 꼼짝도 하지 않았다. 그녀의 어깨가 닿았다. 운전사는 약간 뒤에 있었다. 완벽한 침묵이 흘렀다. 근처에서 갑자기 부스럭거리는 소리에 리처드는 잔뜩 긴장했지만 그곳에선 빨간머리도마뱀 한 마리가 나왔을 뿐이다. 두 사람은 엎드린 채 계속 또 기다리다가 윙윙거리는 자동차 엔진 소리와 근처에서 "내 돈이 없어졌어! 내 돈이 없어졌어!" 하는 비명을 듣고서야 마침내 일어났다. 몇 미터 떨어진 거리에 시장이 있었다. 장사꾼 아줌마가 몸을 피한 사이에 누군가가 좌판에 있던 돈을 훔친 것이다. 리처드는 비명을 질러 대는 아낙네를 바라보았다. 좌판 밑에서 나오며 시끄럽게 떠들어 대는 아낙네들도 보았다. 경보음이 울린 직후 조금 전까지 완벽한 침묵에 휩싸였던 아우구 장터가 금방 시끌시끌해지는 모습이 놀라웠다.

"엉터리 경보는 진짜 경보보다 나빠요."

운전사가 말했다.

카이네네는 옷에 묻은 흙을 조심스럽게 털어 냈다. 하지만 땅바닥이 축축했기 때문에 천에 진흙이 달라붙어서 파란 드레스가 초콜릿색 얼룩을 넣어서 디자인한 것처럼 보였다. 그들은 자동차에 올라타 가던 길을 계속 갔다. 리처드는 그녀가 화나 있음을 감지했다.

"저 나무를 봐."

리처드가 손으로 나무를 가리켰다. 나무 줄기부터 몸통까지 깨끗하게 두 가닥으로 갈라진 나무였다. 하나는 약간 기운 채로 서 있고 다른 하나는 바닥에 쓰러져 있었다.

"최근에 저렇게 된 것 같아."

카이네네가 말했다.

"우리 삼촌이 2차 대전 당시에 비행기를 몰았어. 독일을 포격했지. 삼촌이 저런 일을 했다고 생각하니까 기분이 이상해."

"삼촌에 대해 말한 적 없잖아."

"전사하셨어. 비행기가 격추당했지."

리처드가 대답하고 잠시 입을 다물었다가 다시 말했다.

"숲속의 장터에 대한 글을 써야겠어."

운전사가 검문소에서 자동차를 멈췄다. 소파와 책꽂이와 책상을 실은 화물차 한 대가 옆에 섰고 그 옆에서 한 남자가 카키색 바지에 운동화 차림의 한 여자 시민 방위군에게 사정하고 있었다. 여자는 그 사람을 그대로 두고 다가와서 리처드와 카이네네를 살펴보았다. 트렁크와 조수석 쪽 보관함을 뒤진 후 카이네네에게 핸드백을 달라고 손을 내밀었다.

"폭탄이 있다고 해도 핸드백에 숨기진 않아요."

카이네네가 투덜거리자 젊은 여자 방위군이 물었다.

"뭐라고 하셨습니까, 아주머니?"

그녀는 입을 꾹 다물었고, 젊은 여자는 카이네네의 핸드백을 살살이 뒤졌다. 여자는 핸드백에서 조그만 라디오를 꺼내며 물었다.

"이건 뭡니까? 무전기입니까?"

"그건 무전기가 아니에요. 라아디이오예요."

카이네네가 조롱하듯이 천천히 대답했다. 여자는 특별 통행증을 확인하고는 베레모를 고쳐 쓰며 말했다.

"죄송합니다, 아주머니. 하지만 이상한 장치로 나이지리아에 정보를 보내는 반역자가 많아서 그런 겁니다. 확실한 경계가 우리의 슬로건입니다!"

"그런데 저 화물차는 왜 세운 건가요?"

카이네네가 물었다.

"가구를 옮기는 사람을 돌려보내는 중입니다."

"왜요?"

"이런 식의 대피는 시민들 사이에 공포를 조장합니다. 두려워할 이유가 하나도 없는데 말입니다."

젊은 여자가 미리 연습한 말을 그대로 반복하듯 대답했다.

"하지만 저 사람 마을이 함락당하기 직전이면 어떻게 하나요? 저 사람이 어디에서 오는 건지는 아세요?"

젊은 여자의 표정이 굳었다.

"그럼 안녕히 가십시오, 아주머니."

운전사가 자동차를 몰기 시작하자 카이네네가 투덜거렸다.

"정말 말도 안 되는 짓이야. 안 그래?"

"뭐가?"

리처드가 무슨 뜻인지 알면서도 물었다.

"사람들한테 공포를 불러일으키는 거. 여성의 브래지어에도 폭탄이 있다! 아기들이 먹는 분유 통에도 폭탄이 있다! 사방에 반역자다! 자녀들이 나이지리아 첩자 노릇을 할 수 있으니 잘 감시하라!"

리처드는 그녀가 가끔 상황을 너무 삐딱하게 본다고 생각했다.

"전시엔 누구나 그래. 우리 안에 반역자가 있다는 사실을 사람들이 자각하는 건 아주 중요해."

"우리 안에 있는 반역자는 오주크우가 반대 세력을 가두고 마음에 드는 여자를 빼앗기 위해 억지로 만들어 놓은 반역자밖에 없어. 피난민들이 니타나던 시기에 우리 공장에 있던 시멘트를 모두 사 버린 오니차 사람에 대한 말을 내가 했던가? 오주크우가 그 사람을 아무 이유도 없이 구속시키고는 그 부인과 바람을 피웠어."

카이네네가 발로 자동차 바닥을 톡톡 쳤다. 수상 각하에 대한 말만 나오면 그녀는 언제나 마두와 같은 식으로 비난했다. 하지만 리처드는 그녀가 그렇게 말하는 것이 싫었다. 수상 각하가 자신을 외면한 채 자기 부하를 사령관으로 임명했다고 마두가 투덜거린 다음부터 그런 식으로 말했기 때문이다. 수상 각하가 마두를 외면하지 않았다면 그녀도 수상 각하를 이렇게 비판적으로 말하지는 않았을 것이다.

"오주크우가 얼마나 많은 장교를 가뒀는지 알아? 오죽하면 부하 장교들이 의심스러워서 민간인들한테 무기 구입을 맡기고 있겠어. 마두는 그 민간인들이 아무 쓸모 없는 수동식 노리쇠 소총을 유럽에서 구입했다고 했어. 비아프라가 안정되면 오주크우부터 몰아내야 할 거야."

"그래서 누구로 대체하게? 마두?"

그녀가 웃었다. 리처드는 자신이 빈정대는 말을 그녀가 좋아한다는 사실이 기쁘기도 하고 놀랍기도 했다.

"아카라⁰⁷랑 생선 튀김을 파는 곳에서 자동차를 세워."

그녀가 말했다. 운전사가 브레이크를 밟는 것에도 리처드는 불안을 느꼈다.

집에 도착하자 마두 대령이 네 번이나 전화했다고 이케지데가 전해 주었다.

"아무 일 없어야 할 텐데……."

---

07 나이지리아에서 자주 먹는, 검은 콩과 야자수 기름을 넣어 만든 길거리 음식.

카이네네가 말하며 생선 튀김과 콩떡을 싼, 기름으로 얼룩진 신문지를 벗겼다. 리처드는 아직도 뜨거운 아카라를 받아서 후후 불며 히코트 항구는 무사하다고, 아무 일도 없을 거라고 마음속으로 중얼거렸다. 전화벨이 울리고 수화기를 집어 들어 마두의 목소리를 들었을 때, 리처드는 심장이 쿵쾅거리며 뛰기 시작하는 걸 느꼈다.

마두가 물었다.

"무사해요? 아무 일 없어요?"

"그럼요. 왜요?"

"영국이 나이지리아에 전함 다섯 척을 공급한다고 젊은이들이 오늘 하코트 항구 전역에서 영국인 선박과 주택을 불태운다는 소문이 있어요. 그래서 당신한테 아무 일도 없는지 확인하고 싶었어요. 부하 병사를 한두 명 보낼까요?"

처음에 리처드는 마두가 아직도 자신을 공격받을 수 있는 외국인으로 생각한다는 사실이 짜증스러웠지만 나중에는 그의 염려가 고마웠다.

"우리는 괜찮아요. 오르루에 있는 집을 살펴보고 지금 막 도착했어요."

"아, 다행이군요. 무슨 일이 있으면 당장 알려 주세요."

마두가 말을 멈추고 누군가에게 소리친 다음에 다시 전화에 대고 말했다.

"프랑스 대사가 어제 한 말에 대한 글을 써야 해요."

"네, 물론이죠."

"난 비아프라 국민이 영웅들처럼 싸운다고 들었다. 하지만 지금 난 영웅들이 비아프라 국민들처럼 싸운다는 걸 안다."

마두가 자랑스럽게 읊조렸다. 마치 자기 자신이 직접 그런 찬사를 듣고서 리처드에게 알려 주기라도 하는 것 같았다.

"네, 물론이죠. 그런데 하코트 항구는 안전하죠?"

마두 쪽에서 잠시 침묵이 흘렀다.

"반역자를 몇 명 체포했는데 모두 소수 부족이에요. 그들이 적군한테 계속 협조하는 이유가 뭔지 모르겠어요. 하지만 우리는 이겨 낼 거예요. 카이네네도 있나요?"

리처드는 카이네네에게 수화기를 넘겨주었다. 소수 부족이 비아프라를 거부한다는 사실이 안타까웠다. 예전에 오웨리에 있는 은행에서 대화를 나눈 이조족 남자와 에피크족 남자들이 떠올랐다. 리처드는 불공평이 싫어서 새로 세워진 국가는 불공평한 행위를 줄이게 될 거라고 그들에게 말했다. 하지만 그들은 여전히 의심의 눈초리로 그를 쳐다보았다. 리처드는 에피크족 출신의 육군 장성과 이조족 출신의 정부 기관장, 독립을 위해 용감하게 싸우는 소수 부족 출신의 군인들을 언급했다. 그래도 그들은 여전히 의심스럽게 그를 쳐다보았다.

리처드는 다음 날부터 집에만 머물렀다. 숲속 장터에 대한 글을 쓰고 베란다에 나가서 쭉 뻗어 나간 도로를 자주 내려다보며 행여나 젊은 폭도들이 횃불을 들고 몰려오는지 살피곤 했다. 카이네네는 회사에 나가다가 불에 탄 집 한 채를 보았는데, 담벼락만 검게 그을린 걸 보면 경고의 표시인 것 같다고 말했다. 리처드도 그곳에 가 보고 싶었다. 최근에 정부 영상물에서 본 적 있는 윌슨 인형과 코시긴[08] 인형의 화형식과 연결해서 글을 쓰면 좋을 것 같았다. 하지만 그는 그로부터 일주일을 기다리며 영국인이 도로에 나가도 안전하다는 걸 확인한 다음 아주 이른 새벽에 밖으로 나갔다.

그는 아그레이 도로에 검문소가 새로 들어선 것을 보고 깜짝 놀랐는데, 그곳을 군인이 지키는 걸 보고 더 놀랐다. 집을 태우는 폭도 때문에 그런 것 같았다. 도로는 텅 비어 있었다. 크게 소리치며 땅콩과 신문과 생선 튀김을 팔던 장사꾼이 모두 사라졌다. 그의 자동차가 다가가자 군인 한 명이 도로 한가운데에서 총을 휘두르며 돌아가라는 신호를 보냈다. 운전사는 차를 세웠고 리처드는 통행증을 내밀었다. 하지만 군인은 통행증도 무시한 채 총을 계속 흔들며 소리쳤다.

"차를 돌리십시오! 차를 돌리십시오!"

리처드가 입을 열었다.

"안녕하세요. 전 리처드 처칠인데, 지금……."

"차를 돌리지 않으면 총을 쏘겠습니다! 그 누구도 하코트 항구를 떠날 수 없습니다! 도망칠 이유가 하나도 없습니다!"

총을 움켜쥔 손가락이 꿈틀거릴 때 운전사는 차를 돌렸다. 불길한 예감이 단단한 자갈처럼 콧구멍을 틀어막아 숨 쉬기가 어려웠다. 하지만 집에 도착한 후 그 일에 대해서 카이네네에게 최대한 느긋한 말투로 말해 주었다.

"아무 일 아닐 거야. 온갖 소문이 떠돌아서 군대가 공포 분위

---

08 알렉세이 코시긴(1904~1980). 러시아의 정치인으로, 나이지리아의 비아프라 사이의 전쟁 당시 소련의 수상으로 재직함.

기를 진정시키려고 그럴 거야."

"그래, 그렇게라도 해야겠지."

카이네네가 대답했다. 하지만 그녀의 얼굴에 예전에 자주 지었던 진지한 표정이 떠올랐다. 그녀는 서류를 정리하며 말했다.

"마두한테 전화해서 무슨 일인지 알아봐야겠어."

"그래. 음, 난 가서 면도나 할게. 아까 떠나기 전에 면도할 시간이 없었거든."

리처드는 욕실에서 첫 번째 폭발 소리를 들었다. 하지만 턱에 닿아 있는 면도기를 계속 밀었다. 그런데 이번에는 폭발 소리가 쾅쾅쾅 연달아 일어났다. 지붕 유리창이 깨져서 유리 파편이 쨍그랑 소리를 내며 바닥에 떨어졌다. 일부는 리처드 발 옆에 떨어지기도 했다.

카이네네가 화장실 문을 열었다.

"해리슨하고 이케지데한테 자동차에 짐 몇 개만 실으라고 했어. 포드는 놔두고 푸조만 가져갈 거야."

리처드가 돌아서서 카이네네를 물끄러미 바라보았다. 당장이라도 울고 싶은 심정이었다. 자신도 그녀처럼 침착하고 싶었다. 떨지 않고 손을 씻고 싶었다. 그는 면도 크림과 비누와 목욕용 스펀지를 가방 안에 던져 넣었다.

"리처드, 서둘러야 해. 폭탄 터지는 소리가 아주 가까이 나."

카이네네가 소리치고 뒤이어 쾅쾅쾅 소리가 연달아 났다. 카이네네는 자기 물건과 리처드 물건을 여행 가방에 넣고 있었다. 리처드의 셔츠와 속옷이 있던 서랍은 모두 열려 있었으며 카이네네의 짐 싸는 동작은 빠르고 질서 정연했다. 리처드는 책장에 가지런히 꽂힌 책을 손으로 훑다가 비아프라가 만든 환상적인 지뢰 오그부니그웨에 대해 쓴 글을 찾기 시작했다. 책상에 놓은 게 분명한데 보이지 않았다. 그는 서랍을 뒤지며 소리쳤다.

"내 원고가 어디 있는지 알아?"

"본격적으로 포격을 퍼붓고 진격하기 전에 이곳을 피해야 해, 리처드."

카이네네가 소리치면서 핸드백에다 두꺼운 봉투 두 개를 쑤셔 넣었다.

"그 봉투는 뭐야?"

"비상금."

해리슨과 이케지데가 들어와서 여행 가방 두 개를 질질 끌고 나갔다. 그는 공중에서 비행기 소리를 들었다. 잘못 들은 것 같았다. 지금까지 하코트 항구가 공습당한 적은 한 번도 없었다. 그런데 하필이면 지금 이 순간에, 침략자들이 포격을 퍼붓고 하코트 항구가 함락당하기 직전인 바로 이 순간에 공습까지 당하는 게 어처구니가 없었다. 하지만 잘못 들은 게 아니었다. 해리슨이 외치는 소리도 들렸다.

"적기예요, 주인어른!"

공포에 질린 목소리였다.

리처드는 카이네네에게 뛰어갔다. 하지만 그녀가 벌써 밖으로 달려가고 있어서 그 뒤를 쫓아갔다. 그녀는 부엌 식탁 밑에 웅크린 해리슨과 이케지데를 빠르게 지나치며 소리쳤다.

"과수원으로 피해!"

바깥은 공기가 후덥지근했다. 리처드는 고개를 들어서 하늘에다 새하얀 은빛 궤적을 그리며 낮게 나는 전투기 두 대를 바라보았다. 그 성능이 너무 좋아 보여서 불길했다. 공포가 온몸으로 퍼져 나갔다. 리처드와 카이네네는 오렌지 나무 밑에 나란히 엎드린 채 가만히 있었다. 해리슨과 이케지데는 먼저 바깥으로 나와 있었다. 해리슨은 땅바닥에 납작하게 엎드린 반면에 이케지데는 몸을 앞으로 살짝 숙인 채 두 팔을 열심히 휘젓고 머리를 흔들며 계속 달렸다. 순간 매서운 소리를 일으키며 공중을 날아온 폭탄이 땅에 떨어지며 쾅 터졌다. 리처드는 카이네네를 몸으로 가렸다. 주먹만 한 폭탄 파편 하나가 휘잉 지나갔다. 이케지데는 여전히 달리고 있었다. 그런데 리처드가 고개를 돌려서 힐끗 쳐다본 순간 그의 머리가 사라졌다. 몸은 여전히 앞으로 살짝 숙인 채 두 팔을 열심히 휘저으며 달리고 있었지만 머리가 없었다. 머리가 있던 자리에는 피가 용솟음치는 목만 남아 있었다. 카이네네가 비명을 질렀다. 카이네네의 기다란 미국산 자동차 근처에 이케지데의 몸뚱이가 쓰러지고 나서 전투기 두 대는 점점 멀어지다가 사라졌다. 두 사람이 오랫동안 가만히 엎드려 있는데 해리슨이 일어나서 말했다.

"제가 가서 가방을 가져올게요."

해리슨이 라피아 가방을 가지고 돌아왔다. 해리슨이 이케지데에게 다가가서 그의 머리를 집어 가방에 넣을 때 리처드는 고개를 돌렸다. 나중에 해리슨은 이케지데의 아직 따뜻한 발목을 움켜쥐고 리처드는 그의 팔목을 들어 올려 과수원 제일 아래쪽에 얕은 무덤을 파고 그곳에 시신을 옮겼다. 하지만 리처드는 시신을 제대로 바라볼 수가 없었다. 카이네네는 땅바닥에 앉아 그들을 지켜보왔다.

"당신은 괜찮아?"

리처드가 물었다. 카이네네는 아무 대답도 하지 않았다. 두 눈에 초점이 없는 것 같았다. 그는 어떻게 해야 좋을지 몰랐다. 그가 그녀를 가볍게 흔들었지만 초점 없는 시선은 그대로였다. 그래서 수돗가로 가서 그녀에게 차가운 물 한 양동이를 뿌렸다.

"아니, 무슨 짓이야! 옷이 젖었잖아!"

그녀가 소리치며 일어났다.

카이네네는 여행 가방에서 다른 옷을 꺼내 부엌에서 갈아입었고 일행은 오르루로 출발했다. 그녀는 더 이상 서두르지 않았다. 옷의 목깃과 구겨진 몸통 부분을 두 손으로 천천히 폈다. 쾅쾅쾅 시끄러운 폭탄 소리와 콩 볶는 듯한 기관총 소리가 자동차를 운전하는 리처드의 귀청을 계속 때렸다. 나이지리아 군인이 금방이라도 차를 세우거나 총을 쏘거나 수류탄을 던질 것 같았다. 하지만 아무 일도 일어나지 않았다. 도로에는 피난민이 가득했다. 검문소는 사라졌다. 뒷좌석에서 해리슨이 겁먹은 목소리로 조그맣게 말했다.

"저들이 하코트 항구를 점령하려고 모든 수단을 총동원하고 있어요."

오르루에 도착하니 목수도 가구도 없었다. 목수들이 선불만 받고 사라진 것이다. 하지만 카이네네는 아무 말도 하지 않았다. 도로 아래쪽에 있는 난민 수용소로 걸어가서 다른 목수를 구해 왔다. 일당을 식량으로 주기를 바라는 창백한 피부의 남자였다. 목수가 나무를 자르고 망치질을 하고 대패질을 하는 며칠 동안 카이네네는 리처드와 바깥에서 그를 가만히 지켜보기만 했다. 입을 거의 열지 않았다. 그러던 어느 날, 그녀가 목수에게 물었다.

"왜 돈으로 받지 않겠다는 건가요?"

"돈으로 살 수 있는 게 뭐가 있겠어요?"

목수가 되묻자 그녀가 말했다.

"그런 멍청한 말이 어디 있어요? 돈만 있으면 뭐든지 살 수 있잖아요."

목수가 어깨를 으쓱했다.

"비아프라에선 아니에요. 가리랑 쌀만 주시면 돼요."

카이네네는 대답하지 않았다. 리처드가 캐슈 잎사귀를 주워와 베란다 바닥에 떨어진 새똥을 치웠다.

"올란나가 죽은 아이 머리를 호리병에 넣어 온 어떤 여자를 보았다는 거 알아?"

"응."

리처드가 대답했다. 하지만 모르는 내용이었다. 카이네네는 대학살 기간에 올란나가 겪은 일에 대해서 지금까지 말한 적이 없었다.

"올란나를 보고 싶어."

"그럼 찾아가."

리처드는 마음을 진정시키기 위해 숨을 깊이 들이마시고 목수가 완성한 의자 하나를 물끄러미 쳐다보았다. 기울어지고 못생긴 의자였다.

"폭탄 파편이 어떻게 그리도 완벽하게 이케지데 머리를 잘랐을까?"

카이네네가 물었다. 리처드가 자신이 잘못 본 거라고 말해 주길 바라는 것 같았다. 그도 그럴 수 있으면 좋을 것 같았다.

그녀는 밤마다 울었다. 이케지데 꿈을 꾸고 싶은데 매일 아침 잠에서 깨어나면 머리 없이 뛰어가는 몸뚱이만 선명하게 떠오르고, 그 다른 쪽 구석에서는 우아한 황금 담뱃대로 담배를 피우고 있는 자신을 봤다고 리처드에게 하소연했다.

소형 화물차가 가리 여러 부대를 집으로 가져왔다. 카이네네는 난민 수용소로 가져갈 것들이니까 손대지 말라고 해리슨에게 말했다. 그녀는 난민 수용소에다 식량을 공급하는 새 관리자가 된 것이다.

"앞으로 내가 피난민들한테 직접 식량을 나누어 주고 농업 연구 센터에 가서 비료를 달라고 요청할 생각이야."

카이네네가 말하고 리처드는 물었다.

"비료?"

"그래, 비료. 수용소에다 농장을 만들 수 있어. 콩이랑 아키디 같은 걸 직접 재배하는 거야."

"아."

"바구니랑 전등을 만드는 실력이 환상적인 에누구 지역 출신 남자가 있어. 그 사람이 다른 사람들을 가르치게 할 거야. 그러면 난민들 스스로 돈을 벌 수 있어. 수용소를 바꿀 수 있어! 그리고 적십자에 매주 한 번씩 의사를 보내 달라고 요청할 거야."

매일 난민 수용소로 나갔다가 저녁에 돌아올 때마다 그녀의 두 눈에 피로가 가득했고, 이상한 긴장감이 돌았다. 이케지데에 대한 말은 더 이상 하지 않았다. 그 대신 한 사람이 묵을 공간에 살고 있는 피난민 스무 명에 대해서, 전쟁놀이를 하는 아이들과 아기를 돌보는 여자들 그리고 이타적으로 봉사하는 마르셀 신부와 주드 신부에 대해서 말했다. 하지만 카이네네가 제일 많이 언급하는 사람은 이나티미였다. 그는 대학살 때 가족 모두를 잃은 남자로, 자유의 투사 비아프라 지국에서 일하며 적군 진영에 자주 침투하는 사람이었다. 그러면서 시간이 날 때마다 난민들을 교육하러 왔다.

"그 사람은 우리의 요구가 무엇이며 그게 왜 정당한지 깨닫는 게 중요하다고 생각해. 봉건주의와 아부리 협정 등에 대해서 가르칠 필요 없다고, 사람들은 절대로 이해 못 할 거라고, 초등학교조차 못 다닌 사람이 많다고 내가 아무리 말해도 그 사람은 내 말을 무시하고 사람들한테 그런 이야기를 하며 시간을 보내."

카이네네는 자기 말을 무시한 것이 그의 훌륭함을 드러내는 증거라도 되는 것처럼 감탄하며 말했다. 질투가 다 날 정도였다. 리처드의 마음속에서 이나티미는 가족과 함께 두려움마저 모두 잃어버린 완벽하고 용감한 영웅이 되어 있었다. 마침내 그를 만났을 때 리처드는 코는 뭉툭하고 얼굴엔 여드름이 가득한 조그만 남자 앞에서 하마터면 폭소를 터뜨릴 뻔했다. 하지만 그에게는 비아프라 자체가 절대적인 신이라는 것을 금방 깨달을 수 있었다. 그는 독립의 필요성에 대해 절대적인 믿음을 지니고 있었다.

이나티미는 리처드에게 차분하게 말했다.

"가족을 모조리 잃었을 때 난 완전히 다른 사람으로 태어났습니다. 예전의 날 아는 가족이 더 이상 없었기 때문에 난 완전히 다른 사람이 되었습니다."

두 신부 역시 리처드가 예상한 것과 완전히 달랐다. 차분하고
도 열정적인 그들의 태도가 너무나 놀라웠다. 두 신부가 "우리는
하느님이 이곳에서 벌이신 놀라운 역사에 깜짝 놀랐습니다." 하고
말할 때 리처드는 하느님이 애초에 전쟁이 일어나게 놔둔 이유가
무엇이냐고 묻고 싶었다. 하지만 두 신부의 믿음은 리처드를 감동
시켰다. 두 신부를 이렇게 신실하게 만든 것이 하느님이라면, 하
느님을 믿을 가치가 충분해 보였다.

리처드가 아침에 마르셀 신부와 하느님에 대한 이야기를 나
누고 있을 때 여의사가 도착했다. 여의사가 몰고 온 자동차에는
빨간 페인트로 쓴 '적십자'라는 글씨가 적혀 있었다. 편안한 인상
의 그녀가 악수하며 "인양이라고 합니다."라고 말하기도 전에 리
처드는 그녀가 소수 부족 출신이라는 사실을 알아챘다. 이보족과
소수 부족을 알아보는 자신의 능력이 자랑스러웠다. 상대의 외모
와 상관없이 느낌으로 알 수 있었다.

카이네네는 인양을 건물 끝 교실에 마련된 병실로 곧장 안내
했다. 리처드는 그 뒤를 따라갔으며 카이네네는 대나무 침상에 누
워 있는 난민들에 대해 설명했다. 갑자기 젊은 임신부 한 명이 일
어나 앉아서 가슴을 부여잡고 기침하기 시작했다. 가슴에서 끝없
이 뿜어 나오는 듯한 기침이 듣는 사람까지 고통스럽게 했다. 인
양은 허리를 숙여 청진기를 임신부의 가슴에 대고 원주민식 영어
로 부드럽게 물었다.

"어떠세요? 견딜 만하세요?"

젊은 임신부가 뒤로 물러나더니, 이맛살이 찡그러질 정도로

힘차게 침을 퉤 뱉었다. 인양의 턱에 걸쭉한 침이 떨어졌다.

젊은 임신부가 소리쳤다.

"반역자! 너 같은 연놈들이 적군한테 길을 알려 줬어! 하푸 음! 우리 마을로 가는 길을 알려 준 놈들이 바로 너희 같은 연놈들이야!"

인양이 너무 놀라 한 손을 턱에 댄 채로 굳어서 침을 닦아 내지도 못했다. 어색하게 침묵이 감도는 순간 카이네네가 재빨리 다가가서 임신부의 얼굴에 따귀를 힘차게 두 차례 연속으로 날리며 소리쳤다.

"우리 모두가 똑같은 비아프라 국민이야! 안인차 부 비아프라! 무슨 말인지 알겠어? 우리 모두가 똑같은 비아프라 국민이라고!"

임신부가 침상에 쓰러졌다.

리처드는 카이네네가 휘두른 폭력에 깜짝 놀랐다. 약간만 건드려도 그녀가 산산조각 나며 순식간에 무너지지 않을까 두려울 정도였다. 카이네네는 악몽을 떨치기 위해 너무나 정신없이 일에 빠져들어 서서히 무너지고 있는 것 같았다.

28

올란나는 행복한 꿈을 꾸었다. 내용은 기억나지 않아도 행복한 느낌이 여운으로 남아 있었다. 아직도 행복한 꿈을 꿀 수 있다고 생각하니 기분이 좋았다. 올란나는 오데니그보가 일하러 가지 않고 꿈 이야기를 들어 주었으면 하고 바랐다. 그래서 동의할 수는 없어도 믿을 수는 있다는 표정으로 가만히 귀를 기울이며 웃는 그의 모습을 보고 싶었다. 하지만 그가 어머니의 사망 소식을 듣고 아바까지 가려다가 침울한 표정으로 돌아온 다음부터, 아침에는 너무 일찍 일하러 나가고 저녁에는 탄자니아 술집에 들렀다가 너무 늦게 오기 시작한 다음부터 올란나는 그의 웃는 모습을 못 보았다. 군대가 차단한 도로를 넘어가려고 하지만 않았다면 그도 이렇게까지 침울하고 고독해하지 않을 터였다. 적어도 실패로 인한 슬픔은 덜 것이었다. 애초에 그가 떠나지 못하게 막았어야 했다. 하지만 그의 결심이 너무나 단호했다. 올란나에게는 그를 막을 권리가 없다고 생각하는 것 같았다. "짐승들이 남긴 유골이라도 모아서 묻어야 해."라는 그의 말이 두 사람 사이에 깊은 골을 만들어 놓았으며, 그녀는 그 깊은 골을 어떻게 메워야 좋을지 몰랐다. 어머니의 사망 소식을 들은 오데니그보가 자동차에 올라타서 떠나기 직전, 올란나는 이렇게 말했다.

"누군가가 어머니를 묻어 주었을 거야."

나중에 베란다에 앉아서 그가 돌아오기만 기다리면서 올란나는 적절한 말을 찾아내지 못한 자신에게 화가 났다. 누군가가 어머니를 묻어 주었을 거야. 너무나 통속적인 표현이었다. 그녀가 하고 싶었던 말은 사촌 아니에크웨나가 시신을 분명히 묻어 주었을 거란 말이었다. 아바에서 퇴각한 군인 편으로 보낸 아니에크웨나의 전갈은 간단했다.

적군한테 점령당한 뒤에 물품을 가져오려고 아바에 몰래 들어갔다가 공동 주택 담벼락 근처에서 총상을 입고 죽은 오데니그보의 어머니를 보았음.

이게 전부였다. 하지만 올란나는 아니에크웨나가 무덤을 만들어 주었을 거라고, 시신이 그냥 썩도록 놔두진 않았을 거라고 생각했다.

오데니그보가 돌아오기만을 기다리던 시간은 더 이상 기억나지 않았다. 하지만 그때 막연히 솟구쳐 오르던 불안감은 또렷하게 떠올랐다. 그때까지만 해도 아이나 카이네네나 으그우가 죽을 가능성에 대해, 앞으로 커다란 슬픔이 닥칠 가능성에 대해 가끔씩 걱정했지만 오데니그보가 죽을 거란 생각은 단 한 번도 하지 않았다.

단 한 번도. 올란나에게 그는 삶의 지표였다. 그러나 자정이 훨씬 지나 신발에 진흙을 잔뜩 묻힌 채 돌아온 그를 봤을 때 그녀는 그가 완전히 다른 사람으로 변했다는 사실을 깨달았다. 그는 으그우에게 물을 한 잔 달라고 한 다음에 올란나에게 차분하게 말했다.

"군대가 막아서 자동차를 숨겨 놓고 걸어갔어. 그러다가 장교한테 걸렸지. 그는 당장 돌아서라고, 그렇지 않으면 침략자한테 죽을 테니 차라리 자기 총에 죽는 편이 좋을 거라고 협박했어."

올란나는 그를 꼭 껴안고 흐느꼈다. 안도감과 동시에 외로움이 몰려들었다.

"괜찮아, 은켐."

오데니그보가 말했다. 하지만 그는 내륙 마을을 돌아다니는 선전 모임에 더 이상 끼지 않았고 눈빛을 반짝이며 집으로 돌아오지도 않았다. 그 대신 매일처럼 탄자니아 술집에 들렀다가 입을 꾹 다물고 돌아왔다. 은수카에 두고 온 원고를 출간했다면 정교수가 되었을 거라며, 침략자들이 그걸 어떻게 했을지 모르겠다는 말을 입을 열 때마다 했다. 올란나는 자신이 위로할 수 있게 오데니그보가 마음의 문을 열어 주길 바랐다. 하지만 그녀가 그렇게 말할 때마다 그는 이렇게 대답했다.

"너무 늦었어, 은켐."

올란나는 이 말이 무슨 뜻인지 이해할 수가 없었다. 자기 어머니가 죽을 때의 상황을 절대로 알 수 없으며 자신은 평생을 후회하며 보내야 한다는 너무나 깊은 슬픔을 느낄 수 있을 뿐, 그 슬픔 속으로 파고들 수가 없었다. 실패한 사람은 오데니그보가 아니라 올란나 자신이라는 생각이 들었다. 고통을 함께 짊어질 수 있게 그를 설득할 능력이 자신에게 없다는 생각이 들었던 것이다.

오케오마가 위로하러 찾아왔다. 그는 문을 열어 준 올란나에게 말했다.

"안 좋은 일이 있다고 들었어요."

올란나는 오케오마를 껴안고 그의 턱에서 목까지 길게 뻗어 나가며 울퉁불퉁하게 부어오른 상처를 쳐다보았다. 사망 소식이 정말 빨리 퍼진다는 생각이 들었다.

"오데니그보가 얼토당토않은 말만 해요. 나한테 속마음을 털어놓지 않아요."

"누군가를 잃어 본 적이 없어서 그래요. 참고 기다리세요."

오케오마가 속삭이며 말했다. 오데니그보가 나오는 중이었기 때문이다. 마주친 두 사람은 서로를 껴안고 등을 쓰다듬었다. 오케오마가 오데니그보를 바라보며 말했다.

"은도. 너무 안타까워."

"저들이 총을 쏠 때 어머니가 많이 놀라셨을 거야. 어머니는 우리가 진짜 전쟁을 하고 있다는 걸, 생명이 위태롭다는 걸 모르셨어."

오데니그보가 말할 때 올란나는 그를 가만히 쳐다보았다.

오케오마가 대답했다.

"이왕 일어난 일은 어쩔 수 없어. 마음을 강하게 먹어야 해."

순간적으로 실내에 침묵이 어색하게 깔렸다.

마침내 오데니그보가 입을 열었다.

"스페셜 줄리어스가 신선한 야자수 술을 가져왔어. 요새는 술에다 물을 타는 사람이 너무 많은데 그 술은 정말 좋은 술이야."

"그건 나중에 마시자. 특별한 일이 있을 때 마시려고 남겨 두 었던 그 위스키는 어디에 있어?"

"거의 다 마셨어."

"그럼 내가 끝장을 내지."

오데니그보가 술병을 가져오고 두 사람은 거실에 앉았다. 라디오 소리가 나지막하게 흘러나오고 으그우가 요리하는 수프 냄새가 거실에 가득했다.

"우리 사령관은 이걸 물처럼 마셔."

오케오마가 말하며 얼마나 남았는지 보려고 술병을 흔들었다.

"그래, 백인 용병이라는 자네 사령관은 어때?"

오데니그보가 묻자 오케오마는 올란나를 미안한 표정으로 바라보며 말했다.

"아무 데서나 여자들을 쓰러뜨려 놓고 그 짓을 해. 사람들이 보든 안 보든 말이야. 한 손에는 돈주머니를 꼭 움켜쥐고."

오케오마가 술을 들이켜고 얼굴을 잠시 찡그렸다.

"사령관이 말을 제대로 듣기만 했어도 우리는 에누구를 쉽게 탈환할 수 있었어. 하지만 그는 우리 땅을 우리보다 더 잘 안다고 생각해. 심지어 그가 원조 물품 차량까지 강탈하고 있어. 지난주에는 제대로 봉급을 안 주면 그냥 떠나겠다고 수상 각하를 협박하더군."

오케오마가 술을 다시 들이켰다.

"이틀 전에는 내가 평상복 차림으로 밖에 나왔는데, 일반 병사가 도로변에서 보초를 서다가 날 막고 도망치려 한다고 비난하는 거야. 난 한 번만 더 그런 식으로 말하면 특공대가 일반 병사랑 어떻게 다른지 보여 주겠다고 경고했어. 그리고 걸어가는데 뒤에서 웃음소리가 들리는 거야. 한번 생각해 봐! 예전에는 감히 그 누구도 특공대를 비웃지 않았어. 특공대를 빨리 재편하지 않으면 그 권위가 땅에 떨어지고 말 거야."

오데니그보가 의자에 등을 기대며 물었다.

"돈을 주면서까지 백인을 우리 전쟁에 붙잡아 두려는 이유가 뭐지? 비아프라를 위해 기꺼이 목숨을 바치며 싸울 수 있는 사람들이 많잖아."

올란나가 벌떡 일어나며 대화를 막았다.

"이제 식사를 합시다. 고기를 넣지 않은 수프라서 미안해요, 오케오마."

"고기를 넣지 않은 수프라서 미안해요."

오케오마가 그대로 흉내 냈다.

"이 집이 고기 파는 집처럼 보이는 줄 아세요? 난 고기를 먹으러 온 게 아니에요."

으그우는 가리 접시를 식탁에 놓았다.

"식사하는 동안에는 수류탄을 안 보이는 데다 내려놓으세요, 오케오마."

올란나가 말하자 오케오마는 허리춤의 수류탄을 풀어 한쪽 구석에 내려놓았다. 한동안 서로 침묵하며 가리를 동그랗게 말아서 수프에 담근 다음에 입에 넣고 삼켰다.

"그 흉터는 뭐예요?"

올란나가 묻자 오케오마가 한 손으로 흉터를 가볍게 문질렀다.

"아무것도 아니에요. 겉보기와 달리 별로 심각하지 않아요."

"당신은 비아프라 작가 동맹에 들어가야 했어요. 외국에 나가시우리 주장을 널리 알릴 수도 있었잖아요."

그녀가 말하는 동안 오케오마는 머리를 계속 흔들었다.

"난 군인이에요."

"글은 계속 쓰시는 거예요?"

올란나가 묻자 오케오마가 다시 머리를 흔들었다.

"하지만 우리한테 읽어 줄 시는 있겠지요? 머릿속에?"

올란나가 물었다. 자신이 듣기에도 간절함이 담겨 있었다.

오케오마가 동그랗게 만 가리 하나를 삼키자 목젖이 튀어나오다가 들어갔다.

"아니에요."

오케오마가 대답하고 오데니그보에게 고개를 돌리며 물었다.

"오니차 지역에서 우리 해안 포대가 침략자들한테 어떻게 했는지 들었어?"

점심 식사를 마치고 오데니그보는 침실로 들어갔다. 오케오마는 위스키를 비우고 나서 야자수 술을 연거푸 마시더니 거실 의자에서 깊은 잠에 곯아떨어졌다. 자면서는 거친 숨을 몰아쉬다가 뭐라고 중얼거리며 양팔을 두 번이나 휘둘렀다. 적과 싸우는 꿈이라도 꾸는 것 같았다.

올란나가 그의 어깨를 톡톡 쳐서 깨웠다.

"쿠니. 안으로 들어가서 주무세요."

오케오마가 깜짝 놀라며 빨개진 눈을 떴다.

"아니에요, 아니에요. 잠을 자는 게 아니에요."

"맞아요. 완전히 곯아떨어졌어요."

오케오마가 하품을 참으며 대답했다.

"아니에요. 전혀 그렇지 않아요. 머릿속으로 시를 떠올렸어요."

오케오마가 일어나 앉아서 등을 똑바로 펴고 시 낭송을 시작했다. 예전과 다른 목소리였다. 은수카에서는 예술이 그 무엇보다 중요하다는 확신에 찬 목소리로 그럴싸하게 낭송했는데 지금은 장난이라도 치는 듯한 투였다.

비늘을 번뜩이는 갈색 인어처럼
그 여인이 나타난다.
은빛 새벽을 머금고
환한 햇살을 비춘다.
나한테 도저히 올 수 없는
인어가.

"오데니그보가 '우리 시대의 목소리'라고 감탄할 만하네요!"

올란나가 말했다.

"당신 생각은 어떠세요?"

"남자의 목소리."

오케오마가 수줍게 웃었고 올란나는 그가 자신을 남몰래 사모한다며 놀리던 오데니그보의 말이 떠올랐다. 이 시 역시 올란나를 생각하고 쓴 것이었고, 그는 그 사실을 노골적으로 밝혔다. 두 사람이 침묵 속에 가만히 앉아 있는 사이에 마침내 오케오마가 두 눈을 감고 편하게 코를 골기 시작했다. 올란나는 그런 그를 가만히 바라보았다. 지금 무슨 꿈을 꾸는지 궁금했다. 그가 머리를 뒤척이고 잠꼬대를 하며 계속 자고 있는데 저녁에 아차라 교수가 찾아왔다.

"오, 특공대 친구가 찾아왔군요. 오데니그보를 불러 주세요. 베란다에서 기다리고 있을게요."

그들은 베란다 의자에 앉았고, 아차라 교수는 눈을 밑으로 깐 채 두 손을 꼭 잡았다 펴는 동작을 반복하다가 마침내 입을 열었다.

"곤란한 문제가 있어서 찾아왔어요."

올란나는 두려움 때문에 가슴이 옥죄는 것 같았다. 카이네네에게 무슨 일이 있어서 그 사실을 전하려고 찾아온 게 분명했다. 올란나는 아차라 교수가 아무 말도 않고 지금 당장 떠났으면 했다. 모르고 있으면 고통스럽지도 않을 터였다.

"집주인의 마음을 돌리려고 계속 노력했어요. 제가 할 수 있는 건 다 했지만 집주인은 거절했어요. 2주 안에 집을 비워 달래요."

"무슨 말인지 모르겠군요."

오데니그보가 말했다. 하지만 올란나는 그가 알아들었다고 확신했다. 집주인이 월세를 두세 배 지불할 사람이 있으니 집을 비워 달라고 벌써 여러 차례 요구한 터였다.

"정말 미안해요, 오데니그보. 평소엔 아주 이성적인 사람이었는데 시대가 그 이성을 앗아 간 것 같아요."

오데니그보가 한숨을 쉬었고, 아차라 교수가 말했다.

"내가 다른 집을 알아보리다."

으무아히아가 가득 몰려든 피난민으로 북적이는데도 다행히 집을 하나 찾았다. 방 아홉 개가 나란히 붙어 있는 길쭉한 건물이 었고 문을 나서면 공동으로 쓰는 좁은 베란다 하나가 있었다. 한 쪽 끝에 부엌이 있고 다른 쪽 끝에는 화장실이 있으며 바깥에는 조그만 바나나 나무 숲이 있었다. 그들이 살 방은 화장실 쪽에 가까웠는데, 첫날에 올란나는 방을 둘러보고 방 한 칸밖에 없는 곳에서 오데니그보, 아이, 으그우와 어떻게 함께 살며 음식을 먹고 옷을 갈아입고 사랑을 나눌지 상상할 수가 없었다. 오데니그보는 얇은 커튼으로 방을 나누었고, 올란나는 벽에 박힌 못 두 개에 묶여 축 늘어진 밧줄을 보다가 음바에지 외삼촌과 이페카 외숙모가 카노에서 살던 방을 떠올리며 눈물을 흘렸다.

"조금만 참으면 더 좋은 방을 구할 수 있을 거야."

오데니그보의 말에 그녀는 고개를 끄덕였다. 하지만 방 때문에 우는 게 아니라는 사실은 말하지 않았다.

바로 옆방에는 오지 엄마가 살았다. 딱딱한 얼굴에 눈을 거의 깜빡거리지 않는 아낙네라서 처음 만나 대화를 나눌 때 올란나는 물끄러미 바라보는 상대의 커다란 눈동자에 당황했다.

오지 엄마가 먼저 말을 걸었다.

"어서 오세요, 은노. 남편은 안 계시나요?"

"직장에 나갔어요."

올란나가 대답했다.

"다른 사람이 찾아오기 전에 내가 제일 먼저 당신 남편을 만나고 싶었어요. 우리 아이들 때문에요."

"아주머니 아이들 때문에요?"

"십무인이 딩신 남편이 의사라고 하더군요."

"오, 아니에요. 박사 학위를 가지고 있는 거예요."

오지가 무슨 말인지 모르겠다는 눈으로 올란나를 뚫어지게 바라보았다.

"우리 남편은 연구하고 책을 쓰는 박사이지 아픈 사람을 고치는 박사가 아니에요."

오지 엄마는 표정을 조금도 바꾸지 않고 대답했다.

"아. 우리 아이들한테 천식이 있어요. 전쟁이 일어난 다음에 셋이 죽고 셋이 남았지요."

"안됐군요. 은도."

올란나가 말하자 오지 엄마는 어깨를 으쓱하며 이웃 사람 모두가 도적질에 익숙하다고 말했다. 부엌에 석유통을 놔두고 나갔다 오면 통이 텅 비어 있고, 화장실에다 비누를 놔두면 발이 생겨서 저절로 없어지며, 빨래를 널어 두고 지키지 않으면 날개가 돋아서 날아간다는 것이다.

"조심하세요. 그리고 소변 보러 갈 때도 문을 꼭 잠가 두세요."

올란나는 고맙다고 대답했다. 오지 엄마를 위해서라도 오데니그보가 진짜 의사였다면 좋았겠다는 생각이 들었다. 일부러 찾아와서 알은척하는 다른 이웃들도 고마웠다. 마당에는 사람이 너무 많았다. 오지 엄마 옆방에는 식구 열여섯 명이 살고 있었다. 화장실 바닥은 항상 오물이 잔뜩 묻어서 끈적거렸으며 변기에는 낯선 사람들의 냄새가 났다. 후덥지근한 저녁이면 습한 공기에 진한 악취가 섞여서 올라나는 선풍기와 전기 시설이 너무나 그리웠다. 마을 건너편에 있던 집에는 저녁 8시까지 전기가 들어왔지만 내륙 더 안쪽으로 들어온 이 집에는 그런 시설이 없었다. 그녀는 우유 깡통으로 만든 기름등잔을 샀다. 으그우가 기름등잔에 불을 붙일 때마다 아이는 갑자기 일어나는 불길에 놀라 비명을 지르며 뒤로 물러났다. 올라나는 갑작스럽게 변한 환경에 아이가 당황하지 않아서 안심했다. 아이가 새로 사귄 친구 아단나와 적기가 나타난 시늉을 하며 "어서 대피해!" 하고 소리치고 웃으면서 바나나 잎사귀 사이에 숨으며 매일 뛰어노는 모습을 지켜보았다. 그나마 다행이라고 생각했다. 하지만 행여나 아이가 아단나에게 으무아히아 사투리를 배우는 건 아닌지, 또 아단나의 팔에 난 진물이 흐르는 종기 때문에 병이 옮는 건 아닌지, 그리고 아단나의 깡마른 개 빙고로부터 벼룩이 옮는 건 아닌지 걱정스러웠다.

올라나가 으그우와 함께 부엌에서 처음 요리한 날, 아단나 엄마가 들어와서 사발 하나를 내밀었다.

"수프를 조금만 주세요."

"안 돼요. 우리도 부족해요."

올라나가 대답했다. 그러나 원조 센터에서 받은 밀가루 부대로 만들어 등에 '밀가'라고 써 있고 '루'는 안감으로 말려들어 간, 아단나의 하나밖에 없는 옷을 떠올리고 고기가 없는 멀건 수프를 국자로 떠서 사발에 담아 주었다. 다음 날에도 아단나 엄마가 들어와서 가리를 조금만 달라고 요청했고 그녀는 사발의 반을 채워 주었다. 셋째 날에도 아단나 엄마가 아낙네들이 가득한 부엌에 들어와서 또 수프를 달라고 하자 오지 엄마가 소리쳤다.

"저 여자한테 먹을 걸 그만 주세요! 저 여자는 사람이 새로 이사 올 때마다 저래요. 이제 다른 사람 좀 그만 괴롭히고 자신이 직접 카사바 농장에 나가서 벌어먹으라고 하세요! 저 여자는 우리 같은 피난민도 아니에요! 이곳 원주민이라고요! 원주민이 피난민한테 음식을 구걸하는 게 말이 되냐고요!"

오지 엄마가 콧방귀를 크게 뀌고 나서 야자수 과일을 계속 절구로 찧었다. 가죽만 남은 딱딱한 얼굴이 발휘하는 효과에 올란나는 감탄했다. 지금까지 오지 엄마가 웃는 걸 본 적은 한 번도 없었다.

"하지만 당신 같은 피난민이 우리 음식을 모두 동낸 거 아니에요?"

아단나 엄마가 말했다.

"그 냄새나는 입 닥치지 못해!"

오지 엄마가 소리치자 아단나 엄마는 즉시 입을 다물었다. 순식간에 말을 따발총처럼 쏘아 대는 오지 엄마와 싸워서 이길 수 없다는 것을 아는 것 같았다. 저녁에 오지 엄마가 남편과 싸우기라도 할 때는 그녀의 큰 목소리가 마당에 가득 울려 퍼졌다.

"이 불알도 없는 화상아! 군대에서 도망친 너 같은 놈도 남자야? 전투에서 다쳤다고 또다시 지껄이기만 해 봐! 그 더러운 입을 한 번만 더 놀리면 당장 군인을 찾아가서 네놈이 숨은 곳을 알려 줄 테니까!"

오지 엄마의 장광설은 항상 마당에서 떠나지 않았다. 앰브로스 목사가 마당을 거닐며 크게 기도하는 소리도, 부엌 바로 옆방에서 연주하는 피아노 소리도 그랬다. 올란나는 너무나 힘 있고 너무나 순수하게 울려 퍼져서 바나나 나무조차 숨을 죽이게 하는 우수에 찬 피아노 선율을 처음 들었을 때 깜짝 놀랐다.

오지 엄마가 말했다.

"앨리스가 치는 피아노 소리예요. 에누구가 점령당할 때 여기 왔어요. 처음에는 누구와 얘기를 하지도 않았어요. 그래도 지금은 인사하면 알은척은 한답니다. 그 여자는 저 방에서 혼자 살아요. 밖으로 나오지도 않고 요리도 안 해요. 도대체 뭘 먹고 사는지 모르겠어요. 우리가 반역자를 찾으러 나갈 때도 저 여자는 자기가 뭐라도 되는 양 함께 어울릴 생각을 안 해요. 이곳에 사는 모두가 밖에 나와서 숨은 반역자를 찾기 위해 숲을 뒤지러 가지만 저 여자는 나오지 않아요. 그래서 몇몇 여자들은 저 여자를 군대에 고발하겠다는 말까지 한답니다."

피아노 선율이 계속 퍼져 나갔다. 베토벤 같은데 확신이 안 섰다. 오데니그보라면 알 것 같았다. 바로 그때 선율이 아주 빠르고 아주 격정적으로 변하며 계속 높아지다가 멈췄다. 그리고 앨리스가 방에서 나왔다. 작고 아담한 체구를 보니 마치 올란나 자신의 체구가 멀뚱하게 큰 것처럼 느껴졌다. 엷은 피부색, 너무 희어서 거의 투명해 보이는 얼굴, 작은 손이 어린아이처럼 보였다.

"안녕하세요. 올란나라고 해요. 막 이사 왔답니다."

"어서 오세요. 아주머니 딸을 봤어요."

악수하는 앨리스의 손이 너무나 연약했다. 모든 일에 조심스럽고 목욕할 때도 세게 문지르지 않을 것 같은 손이었다.

"연주 솜씨가 대단해요."

올란나가 말하자 앨리스는 머리를 저었다.

"아니에요. 형편없어요. 어디에서 오셨나요?"

"은수카 대학. 당신은요?"

앨리스가 잠시 망설이다 대답했다.

"에누구에서 있어요."

"그곳에 친구가 있었답니다. 나이지리아 예술 대학에 아는 사람이 있나요?"

"아, 화장실이 비었네요."

앨리스가 등을 돌리고 재빨리 걸어갔다.

너무나 갑작스러운 그녀의 행동에 올란나는 깜짝 놀랐다. 나중에 화장실 밖으로 나온 그녀는 고개만 살짝 끄덕이며 올란나를 빠르게 지나쳐서 자기 방으로 들어갔다. 얼마 후 피아노 소리가 다시 흘러나왔다. 감성이 넘치는 느릿느릿한 선율이었다. 올란나는 당장 앨리스의 방으로 걸어가서 문을 열고 연주하는 장면을 지켜보고 싶은 충동을 느꼈다.

올란나는 섬세한 성격에다가 체구가 아담하고 피부가 투명한, 피아노를 놀라운 열정으로 연주하는 앨리스를 자주 떠올렸다. 그녀의 아이와 아단나를 비롯한 몇몇 아이를 마당에 모아서 책을 읽어 줄 때는 그녀가 나와서 함께하길 바랐다. 그녀가 재즈를 좋아하는지도 궁금했다. 그녀와 음악과 예술과 정치에 대한 대화도 나누고 싶었다. 하지만 그녀는 화장실에 갈 때만 잠시 나올 뿐 올란나가 문을 두드리는 소리에 아무 반응도 보이지 않았다. 그리고 나중에 "자고 있었나 봐요." 하고 대답할 뿐 나중에 찾아오라며 초대하지도 않았다.

두 사람은 시장에서 다시 만났다. 새벽이 막 지나서 이슬을 머금은 공기가 무겁게 가라앉아 있을 때였다. 올란나는 굵은 나무뿌리 옆을 돌아서 녹색 잎사귀가 울창한 숲의 차갑고 눅눅한 기운을 즐기며 시장을 둘러보았다. 그리고 장사꾼과 집요하게 흥정해서 분홍색 카사바 뿌리를 샀다. 예전에는 분홍색이 너무 진한 카사바 뿌리는 독이 있다고 생각했는데 무오케루 부인에게 그렇지 않다는 사실을 배운 터였다. 머리 위 나무에서 까마귀 한 마리가 까악까악 울었다. 나뭇잎이 가끔씩 팔랑거리며 떨어졌다. 올란나는 털을 뽑은 생닭이 놓인 탁자를 물끄러미 바라보며 생닭을 움켜쥐고 최대한 빠르게 도망치는 자신을 상상했다. 생닭을 사려면 주머니에 있는 돈을 모두 털어야 했다. 결국 생닭 대신 중간 크기의 달팽이 네 마리를 샀다. 나선형 모양의 껍질이 있는 작은 달팽이는 바구니에 가득 쌓아 놓고 훨씬 싸게 팔았지만 그걸 살 수는 없었다. 음식으로 여겨지지가 않았다. 자신이 알고 있는 작은 달팽이는 마을 아이들이 가지고 노는 장난감일 뿐이었다. 올란나는 그곳을 떠나다가 앨리스를 발견했다.

"안녕하세요, 앨리스."

올란나가 알은척을 하자 그녀가 대답했다.

"안녕하세요."

올란나는 반갑게 껴안으며 인사하려고 했지만 앨리스는 한집에 살지 않는 사람처럼 형식적인 악수를 하려고 손을 내밀었다.

"소금을 찾을 수가 없네요. 소금이 전혀 없어요. 우리를 이런 상황에 몰아넣은 사람들이 소금을 모두 차지한 거예요."

올란나는 깜짝 놀랐다. 시장에서 소금을 찾을 수 없는 건 너무나 당연했다. 소금은 어디에도 없었다. 앨리스가 입은, 런던 상점에 걸린 것처럼 보이는 순모 드레스와 새 허리띠가 아담하고 귀여웠다. 새벽녘에 숲속 장터로 물건을 사러 나온 비아프라 여자 같지가 않았다.

"시 캅틴 말이 나이지리아 구대가 울리를 계속 포격해서 지난 일주일 동안 원조 물품을 실은 비행기가 착륙할 수 없었다네요."

앨리스가 말하고 올란나가 대답했다.

"네, 저도 들었어요. 이제 집으로 갈 건가요?"

앨리스는 울창한 숲으로 시선을 돌렸다.

"지금은 아니에요."

"그럼 기다릴 테니까 나중에 함께 돌아가요."

"아니에요. 그러실 필요 없어요. 그럼 안녕히."

앨리스는 발길을 돌려서 좌판이 늘어선 곳으로 돌아갔다. 엉터리 교사가 '숙녀처럼' 걷는 법을 가르쳐 주기라도 한 것처럼 걸음걸이가 우아하면서도 부자연스러웠다. 올란나는 가만히 서서 지켜보며 그녀가 대체 무슨 생각을 하는 것일까 궁금해하다가 집으로 발길을 돌렸다. 원조 식량이 있는지, 마침내 비행기가 착륙했는지 알고 싶어서 도중에 원조 센터에 들렀다. 하지만 아무도 없었다. 그녀는 꽉 잠긴 문 사이로 안을 보았다. 반쯤 찢어진 벽보가 벽에 붙어 있는데, 누군가가 '세계 교회 협의회(WCC: WORLD COUNCIL OF CHURCHES)'라는 글자를 숯으로 지우고 '전쟁은 계속된다(WCC: WAR CAN CONTINUE)'라고 적어 놓았다.

방앗간 근처를 걸어가고 있는데 도로변에 있는 집에서 한 여자가 뛰쳐나오더니 군인 두 명에게 질질 끌려가는 키 큰 남자아이 뒤를 울면서 쫓아갔다. 그러면서 비명을 질렀다.

"날 대신 끌고 가라고 했잖아! 날 대신 끌고 가라고!"

하지만 두 군인은 신경도 쓰지 않았다. 남자아이는 차마 엄마를 돌아볼 수 없는 듯 계속 앞만 바라보았다.

올란나는 그들이 지나가는 걸 가만히 서서 바라보고 집으로 돌아가다가 나이 많은 이웃집 사람들과 마당 앞에 모여서 얘기하는 으그우를 발견하고 화가 벌컥 치밀었다. 젊은 남자를 잡으러 돌아다니는 군인이라도 나타나면 그를 단번에 찾아낼 터였다. 그래서 날카롭게 소리쳤다.

"비아 은오케 음, 지금 네가 정신이 있는 거니? 여기까지 나오면 안 된다고 내가 말하지 않았어?"

으그우가 장바구니를 받아 들며 중얼거렸다.

"죄송합니다, 마님."

"아기는 어디에 있니?"

"아단나 방에요."

"열쇠를 줘."

"주인어른이 계세요, 마님."

올란나는 손목시계를 쳐다보았다. 하지만 굳이 그럴 필요는 없었다. 이 시간이면 오데니그보는 벌써 직장에 나가고 없어야 했다. 그런 그가 침대에 앉아 등을 숙인 채 조용히 어깨를 들썩거리고 있었다.

"오 지니? 무슨 일이야?"

"아무 일 없어."

그녀가 다가가서 중얼거렸다.

"에벤지 나, 이제 그만 울어."

하지만 속마음은 달랐다. 올란나는 그의 목구멍을 틀어막은 고통이 사라질 때까지, 끝없는 슬픔이 깨끗하게 씻겨 나갈 때까지 마음껏 울기를 바랐다. 그녀는 오데니그보를 두 팔로 껴안고 몸을 흔들었으며 그는 그녀에게 천천히 몸을 맡겼다. 그리고 그녀를 껴안았다. 흐느끼는 소리가 점차 커졌다. 그가 숨을 들이켤 때마다 그녀는 그가 아기 같다는 생각을 했다. 지금 그는 아기처럼 울었다.

마침내 오데니그보가 입을 열었다.

"지금까지 어머니한테 제대로 해 준 것이 하나도 없어."

"괜찮아."

올란나가 중얼거렸다. 어머니에게 화내지 않고 좀 더 잘하려고 노력했더라면 하고 후회가 밀려왔다. 할 수만 있다면 모든 걸 되돌려 놓고 싶었다.

오데니그보가 말했다.

"우리는 죽는다는 생각을 제대로 해 본 적이 없어. 우리가 이렇게 살아가는 이유는 우리가 죽을 거라고 생각하지 않기 때문이야. 하지만 인간은 누구나 죽어."

"그래, 맞아."

올란나는 그의 어깨가 푹 꺼졌다고 생각했다.

"살아 있다는 게 바로 그런 거 아닐까? 죽음을 부정하는 상태?"

그가 묻고 올란나는 그를 더 꼭 껴안았다.

"군대에 들어갈 생각을 하는 중이야. 수상 각하가 새로 모집하는 특공대에 들어가고 싶어."

올란나는 한동안 말문이 막혔다. 그가 새로 기르는 턱수염을 잡아 뜯어서 피가 나게 하고 싶었다.

"튼튼한 나무랑 밧줄을 찾는 게 좋겠어, 오데니그보. 그게 훨씬 편하게 자살하는 방법이니까."

그가 뒤로 물러나 올란나를 물끄러미 쳐다보았지만 그녀는 시선을 돌린 채 일어나서 라디오를 켜 비틀스 노래가 꽝꽝 울리도록 소리를 키웠다. 군대에 대해 더 이상 거론하고 싶지 않았다.

"대피소를 만들어야겠어. 그래, 여기에도 대피소가 있어야 할 것 같아."

오데니그보가 말하고 문으로 걸어갔다.

그의 흐리멍덩한 눈동자와 축 늘어진 어깨가 올란나는 걱정스러웠다. 하지만 뭔가를 해야 한다면 군대에 들어가는 편보다 대피소를 만드는 편이 훨씬 좋을 터였다.

바깥에서 그가 공동 주택 입구에 선 오지 아빠를 비롯한 몇몇 사람에게 대피소에 대해 말하자 오지 아빠가 말했다.

"저 바나나 나무들이 보이지 않으세요? 공습이 일어나도 저곳에 들어가면 아무 일 없어요. 대피소는 필요 없어요. 바나나 나무가 총알과 포탄을 모조리 막아 주니까요."

오데니그보는 그를 차갑게 노려보며 냉랭하게 말했다.

"군대에서 도망친 사람이 대피소에 대해서 뭘 알겠어요?"

오데니그보는 그곳을 떠나 잠시 후 으그우와 함께 대피소의 설계도를 그리고 건물 뒤편에다 땅을 파기 시작했다. 이윽고 젊은 남자 몇 명이 합류하더니 해가 떨어질 즈음에는 나이 많은 남자들도 함께 일했다. 오지 아빠도 끼어들었다. 그들이 일하는 광경을 지켜보는 동안 올란나는 저 사람들이 오데니그보를 어떻게 생각할지 궁금했다. 다른 사람들이 농담을 하고 웃음을 터뜨려도 오데니그보는 그러지 않았다. 오직 작업에 대해서만 말했다. 아니에요,

음바, 더 깊숙이 파세요. 네, 그곳에 세워요. 아니에요, 그걸 약간 옮기세요. 그의 온몸에 땀방울이 맺힐 즈음에 올란나는 그의 체중이 많이 줄었으며 가슴이 움푹 들어갔다는 것을 처음 깨달았다.

그날 밤 올란나는 오데니그보와 뺨을 맞대고 누웠다. 그는 왜 직장도 나가지 않고 집에서 어머니 생각을 하며 울었는지에 대해 아직까지 한마디도 하지 않았다. 하지만 그게 무엇 때문이든 그의 가슴에 맺힌 한이 조금이라도 풀렸기를 바랄 뿐이었다. 올란나는 오데니그보의 목과 귀에 키스했다. 으그우가 베란다에 나가서 자는 밤에 그렇게 하면 그는 언제나 그녀를 꼭 껴안곤 했다. 하지만 이번에는 그녀의 손을 떼어 내며 이렇게 말할 뿐이었다.

"피곤해, 은켐."

오데니그보가 이렇게 말한 건 처음이었다. 그에게서 땀 냄새가 났다. 올란나는 은수카에 두고 온 그의 스킨로션이 갑자기 뼈에 사무치도록 그리웠다.

아바가나에서 거둔 기적적인 승리에도 오데니그보의 가슴에 맺힌 한은 그대로였다. 예전 같으면 자신이 이긴 것처럼 기뻐하며 함께 축하했을 것이다. 서로 부둥켜안으며 키스하고 올란나는 그가 새로 기르는 턱수염에다 뺨을 비볐을 것이다. 하지만 아바가나의 기적이 라디오 방송에서 처음 흘러나올 때 그는 "잘했군, 정말 잘했어." 하고 중얼거린 다음에 기뻐서 춤추는 동네 사람들을 멍청한 표정으로 바라보기만 했다.

오지 엄마가 "온예 가 엔웨 음메리?" 하고 노래를 시작했고, 다른 아낙네들은 "비아프라 가 엔웨 음메리, 이그바!" 하고 후렴을 부르고 동그랗게 모여서 우아하게 몸을 흔들며 "이그바!" 하고 외칠 때마다 발을 힘차게 굴렀다. 그럴 때마다 마당에서 먼지가 일어나다가 가라앉았다. 올란나도 "누가 이기지? 비아프라가 이기지, 이그바!"라는 가사에 흥이 나서 그 속에 뛰어들며 오데니그보도 멍청한 표정으로 가만히 앉아 있지 말고 함께 춤추면 좋겠다고 생각했다.

"올란나가 백인처럼 춤을 추네! 엉덩이를 조금도 움직이지 않아!"

오지 엄마가 소리치며 웃었다.

올란나는 오지 엄마가 웃는 얼굴을 그때 처음 보았다. 남자들은 똑같은 이야기를 하고 또 했다. 비아프라 군대가 숨어 있다가 길게 늘어서서 다가오는 수송 트럭 100대를 향해 불을 내뿜었다고 말하는 사람도 있고, 실제로는 장갑차와 수송 트럭 1000여 대가 파괴되었다고 주장하는 사람도 있었다. 하지만 나이지리아 부대가 목적지에 제대로 도착했다면 비아프라가 끝장났을 거란 말에는 모두가 동의했다. 라디오란 라디오는 모두 크게 켜서 각 방 앞 베란다에 올려놓았다. 똑같은 소식이 라디오에서 계속 흘러나왔으며 끝날 때는 매번 "비아프라 독립은 자유세계를 위해서 꼭 성공해야 합니다!"라는 말이 나왔다. 그러면 동네 사람들도 그 말을 따라 함께 크게 소리쳤다. 아이도 이 말을 알았다. 빙고의 머리를 쓰다듬으며 이 말을 중얼거릴 정도였다. 밖에 나오지 않은 이웃은 앨리스가 유일했다. 올란나는 그녀가 뭘 하는지 궁금했다.

오지 엄마가 투덜거렸다.

"앨리스는 자신이 너무 고고해서 마당에 나와서 우리랑 어울릴 수 없다고 생각해요. 하지만 당신을 보세요. 당신이 거물의 딸

이라는 걸 사람들이 모르는 줄 아세요? 그런데도 당신은 사람을
사람답게 대접해요. 앨리스는 너무 거만해요."

"자고 있을 수도 있잖아요,"

"행여나 그렇겠어요. 앨리스는 반역자예요. 얼굴에 쓰여 있어
요. 침략자를 위해 일하고 있어요."

"반역자들이 언제부터 그런 걸 얼굴에 쓰고 다녔나요?"

올란나가 웃었다. 오지 엄마는 어깨를 으쓱했다. 너무나 확실
한 사실을 올란나가 모른다며 안타까워하는 표정이었다.

에제카 교수의 운전사가 몇 시간 후에 찾아왔을 때 마당은 텅 비
어 조용했다. 운전사는 올란나에게 쪽지 하나를 건네주고 차로 돌아
가서 트렁크를 열어 상자 두 개를 꺼냈다. 으그우는 그것을 안으로
급히 들었다.

"고마워요. 당신 주인께 고맙다고 전해 주세요."

올란나가 말했다.

"네, 마님."

운전사가 대답하고 가만히 서 있었다.

"아직 볼일이 남았나요?"

"마님께서 모든 게 다 있는지 확인하실 때까지 기다려야 합니
다."

"아!"

쪽지 앞장에는 갈겨쓴 글씨로 에제카가 보낸 물품 목록이 적
혀 있었다. 그리고 뒷장에는 "운전사가 빼놓은 게 없는지 확인하
세요." 하고 똑같이 갈겨쓴 글씨가 적혀 있었다. 올란나는 안으로
들어가서 분유, 비스킷, 차, 설탕 우유, 정어리 깡통 그리고 설탕

상자, 소금 부대 여러 개를 확인했다. 화장실 휴지까지 봤을 때는 감탄사가 절로 나왔다. 이제 최소한 아이는 당분간이나마 낡은 신문지를 쓰지 않아도 될 터였다. 올란나는 고마운 마음을 가득 담아 쪽지를 재빨리 써서 운전사에게 건네주었다. 에제카가 자신의 우월함을 과시하기 위해 이랬다고 해도 올란나의 기쁨은 전혀 줄어들지 않을 것 같았다. 으그우는 자신보다 훨씬 더 기뻐하는 것 같았다.

으그우가 소리쳤다.

"마치 은수카 시절로 돌아간 것 같아요, 마님! 이 정어리 통조림들을 보세요!"

"소금 부대 하나를 뜯어서 절반의 절반을 상자에 담아."

"마님? 누굴 주시려고요?"

으그우가 의심스러운 표정으로 바라보았다.

"앨리스. 그리고 우리한테 이런 게 들어왔다고 이웃 사람한테 말하지 마. 누가 물으면 옛날 친구가 네 주인어른한테 책을 몇 권 보냈다고 답해."

"네, 마님."

올란나는 으그우의 불만스러운 시선을 느끼며 소금이 든 상자를 들고 앨리스의 방으로 건너갔다. 문을 두드렸지만 아무 대답이 없었다. 그래서 돌아서려 할 때 앨리스가 문을 열었다.

"친구가 소금을 조금 보냈어요."

올란나가 말하며 소금을 내밀었다.

"헤이! 이런 걸 받을 순 없어요."

앨리스가 말하더니 곧 손을 내밀었다.

"고마워요. 아, 정말 너무나 고마워요!"

"우리도 오랫동안 못 만난 친구예요. 깜짝 선물로 왔어요."

"나 때문에 신경을 많이 쓰시는군요. 그러시지 않아도 돼요."

앨리스가 말하며 소금을 가슴에 꼭 껴안았다. 두 눈에 짙은 그림자가 드리웠고 창백한 피부 아래로 녹색 혈관이 비쳤다. 아픈 사람 같았다.

하지만 저녁에 바깥에 나와서 올란나와 나란히 베란다 바닥에 앉아 두 다리를 쭉 펼 때 앨리스는 달라 보였다. 피부에도 생기가 있었다. 얼굴에 분을 바른 것 같았다. 그녀의 두 발은 작았다. 몸에서는 익숙한 화장품 냄새가 났다.

"어이쿠! 앨리스, 당신이 바깥에 나와 앉아 있는 모습은 처음 봐요!"

아단나 엄마가 지나가며 말하자 앨리스가 입술을 살짝 움직이며 웃었다. 앰브로스 목사는 바나나 나무 옆에서 기도하고 있었다. 그가 입은 소매가 긴 빨간 옷이 떨어지는 햇살을 받아 반짝거렸다.

"신성한 여호와시여, 성령의 불꽃으로 침략자를 박살 내소서! 신성한 여호와시여, 우리 편에서 싸워 주소서!"

"하느님은 나이지리아 편이에요. 하느님은 언제나 많은 무기가 있는 편에서 싸우지요."

앨리스가 말하자 올란나는 너무나 냉랭한 그녀의 말에 깜짝 놀랐다.

"하느님은 우리 편이세요!"

앨리스가 아차 하는 표정으로 입을 다물었다. 건물 뒤 어디에

선가 빙고가 짚어 대고 있었다.

"난 하느님이 정의로운 편에 선다고 생각하는 것뿐이에요."

올란나가 부드럽게 말했다. 앨리스가 모기를 내려쳤다.

"앰브로스는 군대에 안 가려고 목사 흉내를 내는 거예요."

올란나가 웃었다.

"네, 정말 그런 것 같아요. 에누구 오구이 거리에 있는 이상한 교회를 아세요? 그곳 목사도 저런 사람 같았어요."

앨리스가 무릎을 모으며 입을 열었다.

"사실 난 에누구 지역 출신이 아니에요. 아사바 지역 출신이에요. 아사바에서 사범 대학을 졸업하고 라고스로 가 전쟁이 일어나기 전 거기서 일했죠. 거기서 육군 소령을 만났는데 그는 만난 지 서너 개월이 지난 다음에 나한테 청혼했어요. 그는 자신이 유부남이고 아내가 해외에 있다는 말을 하지 않았죠. 난 임신했어요. 그는 아사바에 가서 치르는 전통 예식을 계속 미루었지만 난 처리할 게 아주 많아 너무 바빠서 시기를 미루어야겠다는 그의 말을 믿었죠. 갑자기 북부 군인들이 이보족 장교들을 죽일 때 그는 탈출해서 나와 함께 에누구로 왔어요. 난 거기서 아이를 낳았어요. 그러다 전쟁이 일어나기 직전, 아내가 돌아왔고 그는 날 떠났어요. 그리고 얼마 지나지 않아 내 아기가 죽었어요. 그다음에 에누구가 함락되었죠. 그래서 여기까지 온 거예요."

"정말 안됐군요."

"내가 멍청했어요. 그의 거짓말을 모두 믿은 건 바로 나예요."

"그렇게 말하지 마요."

"당신은 운이 좋아요. 남편도 있고 딸도 있으니까요. 가정을 지키면서 아이들까지 가르치는 게 놀라워요. 나도 당신처럼 살 수 있으면 좋겠어요."

셀다스기 감탄하며 하는 말에 올라나는 기분이 좋으면서도 놀라 대답했다.

"나도 그다지 특별한 건 없어요."

앰브로스 목사가 점차 열광하며 빠져들고 있었다.

"악마여, 내가 널 쏘아 죽이겠다! 사탄아, 내가 너한테 폭탄을 던지겠다!"

"그런데 은수카에서 어떻게 도망쳤나요? 재산을 많이 잃었나요?"

"모두 다 잃었어요. 급하게 떠났거든요."

"에누구에서도 마찬가지였어요. 우리가 미리 대비할 수 있게끔 정부 측에서 사실대로 말하지 않는 이유를 모르겠어요. 정보국 사람들이 확성기가 달린 트럭을 타고 시내를 돌면서 아무렇지 않다고 사람들을 설득하고, 폭탄 소리는 우리 군대가 훈련을 하는 중이라서 나는 것뿐이라고 소리쳤어요. 그들이 사실대로 알려 주었다면 우리도 그렇게 많은 재산을 내버리지 않고 미리 충분한 준비를 했을 거예요."

"하지만 당신은 피아노를 가져왔잖아요."

올란나는 그녀가 '그들'이라고 말하는 게 마음에 들지 않았다. 자기는 '그들' 편이 아니라고 말하는 것 같았다.

"내가 에누구에서 가져온 건 피아노 하나밖에 없어요. 에누구가 함락되던 바로 그날에 그 사람이 나한테 돈과 트럭을 보냈어요. 양심에 찔려서 모른 척할 수 없었던 거지요. 나중에 운전사한테 들으니 그 사람은 자기 아내와 모든 재산을 챙겨서 몇 주 전에 자기네 고향으로 도망쳤더군요. 상상해 보세요!"

"지금 그 사람이 있는 곳은 아세요?"

"알고 싶지 않아요. 그 사람을 다시 만나면, 에지 오크우 음, 이 손으로 죽이고 말겠어요."

앨리스가 작은 두 손을 올렸다. '후' 소리를 '우' 소리로 발음하는 아사바 특유의 사투리로 이보 말을 한 것은 처음이었다.

"내가 그 사람 때문에 겪은 고통을 생각하면……. 라고스에 있는 직장도 포기하고, 우리 가족한테 계속 거짓말을 하고, 그 사람을 믿지 말라는 친구들이랑 멀어지고……."

앨리스가 모래에서 무언가를 주우려고 허리를 숙이다 말했다.

"게다가 그 사람은 그 짓조차 제대로 못 했어요."

"네?"

"내 몸에 뛰어올라서 염소 새끼처럼 오오오 하며 끙끙대다가 끝나고 말았지요."

그녀가 손가락 하나를 치켜들었다.

"이렇게 조그만 것으로. 그런 다음에 자기 혼자 행복하다는 듯이 웃었어요. 난 그가 언제 시작하고 끝났는지조차 모르는데 말이에요. 남자들! 남자들에게는 희망이 없어요!"

"아니에요, 모두 그런 건 아니에요. 우리 남편은 어떻게 해야 하는지 알아요. 이렇게 커다란 것으로."

올란나가 주먹을 치켜들며 말하고 두 사람은 여자들만이 나눌 수 있는 은밀한 유대감을 느끼며 폭소를 터뜨렸다.

올란나는 오데니그보가 집에 오기를 기다렸다. 앨리스와 친해졌다고, 그녀와 이야기를 나누었다고 알려 주고 싶었다. 그가 집에 와서 오랜만에 가신을 예전처럼 꼭 안아 주길 바랐다. 하지만 그는 탄자니아 술집에서 돌아오며 총을 가지고 왔다. 길고 둔탁하게 생긴 검은색 쌍발식 엽총이 침대에 놓여 있었다.

"지니 부 이페 아? 이게 뭐야?"

올란나가 물었다.

"기획국 사람이 나한테 줬어. 아주 낡은 거야. 하지만 만약에 대비해서 가지고 있는 게 좋아."

"난 우리 집에 총을 두고 싶지 않아."

"지금 우리는 전쟁 중이야. 사방에 총이 널려 있다고."

오데니그보가 바지를 벗고 허리춤에 천을 두르며 셔츠를 벗었다.

"오늘 앨리스랑 얘기를 나눴어."

"앨리스?"

"피아노를 연주하는 이웃 아가씨."

"아, 그래."

그가 방에 쳐 놓은 커튼을 쳐다보았다.

"피곤해 보여."

올란나가 말했다. 원래 하고 싶었던 말은 슬퍼 보인다는 말이었다. 더 좋은 직장이라도 있으면, 슬픔이 밀려드는 순간에 푹 빠져들 일거리라도 있으면 얼마나 좋을까!

"괜찮아."

오데니그보가 대답했다.

"당신이 에제카를 찾아가는 게 좋겠어. 다른 좋은 자리로 옮길 수 있도록 도와 달라고 부탁해. 기획국을 맡은 건 아니지만 영향력을 행사할 수 있는 부처가 여러 곳일 거야."

그가 벽에 박힌 못에다 바지를 걸었다.

"내 말 들었어?"

"에제카한테 부탁할 순 없어."

올란나는 그의 얼굴에 떠오른 표정이 무엇을 뜻하는지 알아차렸다. 실망스러워하는 표정이었다. 한때나마 높은 이상을 품고 살던 친구들이라는 사실을 올란나가 깜빡 잊어버린 것이다. 그들은 원칙을 중시하는 사람들이었다. 높은 자리에 있는 친구를 찾아가서 부탁을 늘어놓을 수는 없었다.

"두뇌와 능력을 충분히 활용할 수 있는 자리에 있다면 당신은 비아프라를 위해 더 많은 일을 할 수 있어."

"난 인력 동원 기획국에서도 비아프라를 위해 충분히 일하고 있어."

올란나는 침대와 감자 두 알, 벽에 기대 놓은 더러운 얼룩이 묻은 매트리스, 한쪽 모퉁이에 쌓아 놓은 상자와 가방, 필요할 때만 부엌에 들고 가는 석유곤로 등이 복잡하게 꽉 들어찬 단칸짜리 방을 쳐다보았다. 갑자기 분노가 치밀었다. 당장 뛰쳐나가서 무작정 이곳을 도망치고 싶은 충동이 일었다.

두 사람은 서로 등을 돌린 채 잠을 잤다. 잠에서 깨어났을 때 오데니그보는 없었다. 올란나는 그가 누웠던 자리를 만지며 흐트러진 시트에 남아 있는 온기를 느껴 보았다. 에제카를 만나서 그를 도와 달라고 부탁해야 할 것 같았다. 화장실에 가려고 바깥에 나서서 이웃 사람들에게 "안녕하세요!" 그리고 "잘 주무셨어요?" 하고 인사했다. 아이는 어린아이들과 바나나 나무 근처에 모여서 오지 삐삐기 들려주는, 키라바에서 권총으로 적기를 떨어뜨렸다는 이야기를 듣고 있었다. 나이 많은 아이들은 마당을 쓸며 노래를 불렀다.

비아프라, 쿠니에, 부소 나이지리아 아그하,

안이 에메리에 은디 아우사,

은디 나 아마로 추그우,

티그부에 파, 조그부에 파,

은웨루 은우데 고원.

노래가 끝나자 앰브로스 목사의 아침 기도 소리가 훨씬 커졌다.

"신이여, 수상 각하를 보호하소서! 신이여, 탄자니아와 가봉에 힘을 주소서! 신이여, 나이지리아와 영국과 이집트와 알제리와 러시아를 박살 내소서! 예수님의 전지전능하신 이름으로!"

몇몇 사람이 자기네 방에서 "아멘!" 하고 소리쳤다. 앰브로스 목사는 하늘에서 놀라운 기적이라도 내려올 것처럼 성서를 치켜들고 이상한 말을 크게 외치기 시작했다.

"쉬 바바 쉬 바바 쉬 바바."

"그만 좀 떠들어, 앰브로스 목사. 군대나 들어가라고! 입으로만 떠들면 무슨 소용 있겠어?"

오지 엄마가 소리쳤다. 그녀는 아들과 함께 자기네 방 앞에 있었는데, 아들은 김이 모락모락 피어오르는 그릇 위에 천으로 덮은 머리를 갖다 대고 있었다. 그러다가 그는 신선한 공기를 마시려고 천을 들추었다. 올란나는 오지 엄마가 아이의 천식을 고치기 위해 오줌, 기름, 약초, 그리고 뭔지 모를 물질을 섞은 혼합물을 쳐다보았다.

"지난밤에 아이가 힘들어했나요?"

올란나가 묻자 오지 엄마가 어깨를 으쓱하며 "그러긴 했지만 심한 건 아니었어요." 하고 대답하고 아들에게 시선을 돌리며 소리쳤다.

"따귀를 맞아야 제대로 마실 거니? 왜 김이 그냥 사라지도록 놔두는 거야?"

아들이 그릇 위에다 머리를 다시 숙였다.

"여호와시여, 고원과 아데쿠늘레[09]를 멸망시키소서!"

앰브로스 목사가 비명을 질렀다.

"그만 닥치고 군대나 들어가란 말이야!"

오지 엄마가 소리치자 다른 방에서 누군가가 외쳤다.

"오지 엄마, 목사님을 방해하지 마세요! 먼저 당신 남편부터 군대로 돌려보내라고요!"

오지 엄마가 재빨리 받아쳤다.

"그래도 우리 남편은 군대에 갔었다고. 하지만 당신 남편은 군대에 안 가려고 오하피아 숲에 숨어서 비겁하게 벌벌 떨며 지내고 있잖아!"

---

09 벤저민 아데쿠늘레(1936~). 나이지리아의 장성으로, 나이지리아와 비아프라 간 전쟁 시에 병력을 지휘함.

아이가 건물 뒤에서 돌아 나오자 빙고가 그 뒤를 졸졸 쫓아다녔다.

"올 엄마! 빙고가 유령을 볼 수 있어요. 빙고가 밤에 짖는 건 유령을 봐서 그래요."

"유령 같은 건 없어, 아가."

올란나가 말하자 아이가 반박했다.

"아니에요. 있어요."

올란나는 아이가 이곳에서 주워듣는 이야기에 신경이 쓰였다.

"아단나가 그렇게 말하던?"

"아니요, 추크우디가 말했어요."

"아단나는 어디에 있니?"

"자고 있어요. 아프대요."

아이가 빙고의 머리 위에 맴도는 파리 떼를 쫓아냈다.

오지 엄마가 중얼거렸다.

"그 애의 병은 말라리아가 아니라고 계속 말해도 아단나 엄마는 아무 소용도 없는 님 나무즙만 먹여요. 아무도 말하지 않으면 나라도 말할 거예요. 아단나가 걸린 병은 해럴드 윌슨 증후군이라고, 호하."

"해럴드 윌슨 증후군?"

"단백질 부족증. 그 애는 단백질 부족증에 걸린 거예요."

올란나는 웃음을 터뜨렸다. 단백질 부족증을 영국 수상 이름으로 고쳐 부른다는 사실은 모르고 있었다. 하지만 아단나의 방에 찾아가는 순간에 그 웃음은 사라지고 말았다.

아단나는 두 눈을 절반쯤 감은 채 매트에 누워 있었다. 올란나는 열이 없는 것을 알았지만 손등으로 아단나 얼굴을 만지며 확인해 보았다. 그리고 예전에 모르던 사실을 발견했다. 아단나의 배가 볼록하게 부어올랐고 피부에 병색이 또렷했다. 일주일 전에 비해 피부가 너무 창백했다.

"이번 말라리아는 아주 질겨요."

아단나 엄마가 말했다.

"이건 단백질 부족증이에요."

올란나가 차분하게 말했다.

"단백질 부족증?"

아단나의 엄마가 중얼거리며 겁에 질린 눈으로 올란나를 바라보았다.

"왕새우나 우유를 먹여야 해요."

"우유, 크와? 그런 게 어디 있어서?"

아단나 엄마가 묻더니 곧 이렇게 덧붙였다.

"하지만 근처에 좋은 물건이 있을 거예요. 오비케 엄마한테 전에 들은 적이 있어요. 어서 나가서 가져와야겠어요."

"뭐를요?"

"단백질 부족증을 치료하는 약초요."

아단나 엄마가 말하며 벌써 밖으로 나가고 있었다. 허리춤을 순식간에 추켜올리고 도로 건너편 숲으로 아주 빠르게 사라져서 올란나는 깜짝 놀랐다. 그녀는 작은 녹색 잎사귀를 한 다발 움켜쥐고 돌아왔다.

"이걸로 죽을 끓여 줄 거예요."

"아단나한테 필요한 건 우유예요. 저런 거로는 단백질 부족증을 고칠 수가 없어요.”

올란나가 말하자 오지 엄마가 타일렀다.

“그냥 두세요. 너무 오래 끓이지만 않으면 그런대로 효과가 있을 거예요. 게다가 원조 센터엔 아무것도 없잖아요. 그리고 은네위 아이들이 원조로 나온 우유를 마시고 모두 죽었다는 소식 들었어요? 침략자들이 우유에다 독을 탔어요.”

올란나는 아이를 불러 안으로 데려가 옷을 벗겼다.

“으그우가 벌써 목욕시켜 줬어요.”

아이가 당혹스러운 표정으로 말했다.

“그래, 그래, 우리 아가.”

올란나는 아이의 몸을 자세히 검사했다. 피부는 진한 적갈색 그대로이고 배는 부어오르지 않았다. 올란나는 원조 센터가 빨리 문을 열었으면 했고 오코로마두가 아직도 그곳에 있으면 좋겠다고 생각했다. 하지만 세계 교회 협의회가 교회를 잃은 수많은 목사 가운데 한 명에게 그 일을 맡긴 후에 오코로마두는 오르루로 떠나갔다.

아단나 엄마는 부엌에서 잎사귀를 끓이고 있었다. 올란나는 에제카가 보낸 상자에서 정어리 통조림 하나와 분유 약간을 꺼내 아단나 엄마에게 건네주며 당부했다.

“아무한테도 내가 줬다고 말하지 마세요. 이걸 아단나한테 아주 조금씩 먹이세요.”

아단나 엄마가 올란나를 끌어안았다.

“고마워요, 고마워요. 아무한테도 말하지 않을게요.”

하지만 그녀는 그 말을 한 게 분명했다. 올란나가 나중에 에제카 교수 사무실을 찾아가려고 집을 나설 때 오지 엄마가 이렇게 말했기 때문이다.

"우리 아들이 천식이 있는데 우유를 마시면 좋아질 거예요!"

올란나는 못 들은 척했다.

*

올란나는 큰 도로로 걸어가 나무 밑에 섰다. 자동차가 지나갈 때마다 손을 들어서 세우려 했다. 녹슨 스테이션왜건을 타고 가던 군인이 차를 세웠다. 그녀는 운전석 옆자리에 올라타기 전부터 군인의 음흉한 시선을 알아채고 자동차를 타고 가는 동안 일부러 상대가 전혀 알아들을 수 없는 정확한 영어 발음으로 비아프라 독립의 명분을 주장하고, 자기 자동차를 모는 운전사는 정비소에 가 있다고 말했다. 결국 상대는 꿀 먹은 벙어리처럼 운전만 하다가 그녀가 어떤 인물이며 어떤 거물을 아는지조차 모른 채 정부 기관 건물 앞에 그냥 내려 주었다.

에제카 교수의 비서가 올란나의 정성스럽게 빗은 가발부터 신발까지 매서운 표정으로 훑어보며 말했다.

"지금 안 계세요!"

"그럼 지금 당장 전화해서 내가 기다린다고 전하세요. 내 이름은 올란나 오조비아예요."

비서가 깜짝 놀란 표정으로 물었다.

"뭐라고요?"

올란나가 더 세게 몰아붙였다.

"똑같은 말을 두 번 말해야 알겠어요? 내가 왔다는 소식을 들으면 에제카 교수가 좋아할 거예요. 전화 거는 동안 어디에 앉을까요?"

비서가 올란나를 물끄러미 바라보았고 그녀는 단호한 표정으로 비서를 쳐다보았다. 그러자 비서가 의자 하나를 말없이 가리키고 수화기를 집어 들었다. 30분 후에 에제카 교수의 운전사가 나타나서 올란나를 태웠다. 에제카 교수의 집으로 향하는 자동차는 포장도 안 된 골목길로 접어들었다.

올란나는 에제카 교수와 인사했다.

"교수님 같은 귀빈은 정부 보호 지역에서 살 거라고 생각했어요."

"어이쿠, 그럴 순 없지요. 그러면 폭격 목표물이 되니까요."

에제카 교수는 하나도 변하지 않았다. 안으로 안내한 후 연구가 끝날 때까지 기다려 달라고 말하는 목소리에는 괴팍할 정도로 심한 우월감이 깔려 있었다.

올란나는 은수카에서 에제카 부인을 만난 적이 없었다. 예전에 오데니그보에게서 그녀가 같은 마을에서 고른, 수줍음이 많고 교육을 거의 못 받은 여자라고 들은 적이 있었다. 그래서 에제카 부인이 널따란 거실로 나와서 두 번씩이나 껴안으며 환영할 때 올란나는 깜짝 놀란 표정을 숨기려 애썼다.

"오랜 친구를 만나서 정말 반가워요! 요새는 사교 모임이 공식적인 자리밖에 없어요. 오늘은 이런 정부 요인들과 만나고 내일은 저런 정부 요인들과 만나는 식이죠."

에제카 부인의 목에 금 목걸이가 치렁치렁하게 걸려 있었다.

"파멜라! 어서 나와서 아줌마께 인사드려."

인형 하나를 들고 나온 여자아이는 올란나의 아이보다 나이가 많았다. 아홉 살 정도로 보였다. 통통한 뺨이 자기 엄마의 얼굴을 닮았으며 머리에는 분홍색 공단 리본이 매달려 흔들렸다.

"안녕하세요."

여자아이가 말했다. 여자아이는 플라스틱 인형이 입은 옷을 억지로 벗기는 중이었다.

"잘 지냈니?"

"네, 잘 지내요. 고맙습니다."

올란나는 화려한 빨간 소파에 앉았다. 작고 정교하게 만들어진 접시와 찻잔이 든 인형의 집이 탁자 한가운데에 놓여 있었다.

에제카 부인이 명랑하게 물었다.

"뭘 드시겠어요? 오데니그보는 브랜디를 좋아했던 걸로 기억하는데, 우리한테 아주 좋은 브랜디가 있답니다."

올란나는 에제카 부인을 쳐다보았다. 그녀는 오데니그보가 좋아하는 걸 기억할 수가 없었다. 저녁 시간에 그녀가 남편과 함께 집에 방문한 적이 한 번도 없었다.

"냉수를 주세요."

"그냥 냉수만요? 좋아요. 점심 식사를 한 다음에 다른 걸 마실 수 있으니까요. 집사!"

집사가 당장 나타났다. 문가에서 기다리던 것 같았다.

"냉수랑 콜라 음료를 가져와요."

에제카 부인이 말했다.

파멜라가 인형 옷을 계속 잡아당기다가 찡얼거리기 시작했다.

"이리 와, 이리 와. 내가 대신 벗겨 줄게."

에제카 부인이 말하고 올란나를 바라보았다.

"저 애가 더 이상 못 참겠나 봐요. 지난주에 외국으로 나갈 예정이었거든요. 위로 두 아이는 벌써 나갔어요. 수상 각하가 오래전에 허락하셨어요. 우리는 원조 물품을 내린 비행기 편으로 출국할 예정이었는데 도대체 비행기가 한 대도 착륙을 못 하네요. 나이지리아 폭격기가 너무 많대요. 상상이 돼요? 어제는 울리에 있는 아직 완공조차 못 한 터미널 건물에서 두 시간 이상을 기다렸는데 비행기가 착륙을 못 하는 거예요. 하지만 일요일이면 떠날 수 있겠지요. 우리는 가봉을 거쳐서 영국으로 갈 거예요. 당연히 나이지리아 여권으로! 영국은 비아프라를 인정하지 않으니까요!"

그녀의 웃음소리가 핀으로 콕콕 찌르는 것처럼 고통스럽게 올란나의 귀에 꽂혔다.

집사가 은 쟁반에 물 잔을 받쳐 들고 나타났다.

"차가운 물을 가져온 게 분명해? 새 냉장고에 있던 물이야, 낡은 냉장고에 있던 물이야?"

"지시하신 대로 새 냉장고에 있던 물이에요, 마님."

집사가 떠나고 나서 에제카 부인이 물었다.

"케이크를 드실래요, 올란나? 오늘 만들었답니다."

"아니에요, 고맙습니다."

에제카 교수가 서류철 몇 개를 들고 나타났다.

"겨우 그걸 마시는 거예요? 물을?"

"저택이 초현실적이네요."

올란나가 말하자 에제카 교수가 대답했다.

"초현실적이라……. 대단한 표현이군요."

"오데니그보가 지금 일터에서 일하는 것을 너무 힘들어해요. 다른 자리로 옮기도록 도와줄 수 있으세요?"

이 말을 천천히 하는 동안 올란나는 정말 하기 싫은 말이라고 생각했다. 어서 용무를 끝내고 빨간 양탄자, 빨간 소파, 텔레비전이 있고 에제카 부인의 과일 향이 나는 향수 냄새가 감도는 이 집에서 빨리 벗어나고 싶다는 마음만 간절했다.

"요새는 모든 게 빡빡하답니다. 정말 빡빡해요. 사방에서 온갖 청탁이 쏟아지지요."

에제카 교수가 소파에 앉아서 서류철을 무릎에 올려놓고 다리를 꼬았다.

"하지만 좋은 방법을 찾아보도록 하지요."

"고맙습니다. 그리고 식량을 보내 주신 것에 대해서도 감사드립니다."

"케이크를 드세요."

에제카 부인이 말했다.

"아니에요, 괜찮아요."

"그럼 점심 식사를 드시고 나서 들면 되겠네요."

올란나가 일어나며 말했다.

"점심때까지 머물 수가 없어요. 가야 해요. 마당에서 아이들을 모아 놓고 가르치는데, 한 시간 후에 오라고 했거든요."

"오, 정말 대단하세요."

에제카 부인이 말하고 문까지 배웅했다.

"해외로 나갈 예정만 아니라면 우리가 함께 손을 잡고 승전 기원 운동의 일환으로 무슨 일이든 할 텐데요."

올란나는 억지로 웃었다.

"훈신사가 집까지 데애다 드릴 겁니다."

에제카 교수가 말하자 올란나는 대답했다.

"고맙습니다."

올란나가 자동차에 올라타기 전에 에제카 부인이 건물 뒤로 안내하며 남편이 새로 만든 대피소를 구경시켜 주었다. 콘크리트로 만든 단단한 대피소였다.

"침략자들 때문에 이런 걸 만들 수밖에 없는 현실이 답답해요. 저들이 포격할 때면 파멜라랑 전 여기서 잠을 자기도 한답니다. 살아남아야 하니까요."

"네."

올란나가 대답하고, 부드러운 바닥에 침대 두 개를 놓고 잘 꾸며 놓은 지하 공간을 물끄러미 바라보았다.

올란나가 집 마당에 들어서자 아이가 울고 있었다. 코에서 콧물이 흘러내렸다.

"사람들이 빙고를 먹었어요."

"뭐라고?"

"아단나 엄마가 빙고를 먹었어요."

"으그우, 어떻게 된 거니?"

올란나가 물으며 아이를 두 팔에 안았다.

으그우가 어깨를 으쓱했다.

"마당에 있는 사람들이 그렇게 말해요. 아단나 엄마가 몇 시간 전에 개를 끌고 나갔는데, 개가 어디에 있느냐고 물어도 대답하지 않는대요. 그리고 고깃국을 끓여 먹었대요.”

올란나는 아이를 달래며 두 눈과 코를 닦아 주었다. 그러면서 머리에 종기가 가득한 개를 잠시 떠올렸다.

햇볕이 뜨거운 오후에 카이네네가 찾아왔다. 부엌에서 말린 카사바를 물에 불리고 있는 올란나를 오지 엄마가 불렀다.

“어떤 여자가 차를 타고 와서 당신을 찾고 있어요!”

올란나는 황급히 나가다가 바나나 나무 옆에 선 카이네네를 발견하고 걸음을 멈췄다. 카이네네의 무릎까지 내려오는 황갈색 드레스가 우아했다.

“카이네네!”

올란나는 어색한 표정으로 두 팔을 살짝 내밀었고 카이네네는 올란나 앞으로 다가왔다. 포옹은 짧았고 서로의 몸이 닿을 즈음에는 카이네네가 몸을 뒤로 뺐다.

“예전에 살던 집에 찾아갔더니 어떤 사람이 이곳으로 가 보라고 하더군.”

“집주인한테 쫓겨났어. 우리 사업이 잘되는 편은 아니거든.”

올란나가 어설프게 농담을 하며 웃었지만 카이네네는 웃지 않았다. 그리고 실내를 힐끗 보았다. 올란나는 집다운 집에서 살고 있을 때 그녀가 찾아왔다면 정말 좋았을 거라고 생각했다. 자신이 너무 창피해하지 않았으면 하는 생각도 들었다.

“들어와서 앉아.”

올란나가 베란다에서 의자를 끌어오고 카이네네는 조심스럽게 살피다가 의자에 앉아서 가발과 색깔이 같은 진한 갈색 가죽 핸드백에 두 손을 올려놓았다. 두 사람은 서로 시선을 피했다. 그동안의 추억이 침묵 속에 잠겼다.

"그래, 갈기네니?"

마침내 올란나가 물었다.

"하코트 항구가 함락될 때까진 평범했어. 군대에 물건을 납품했지. 건어물 수입 자격증도 있었고. 지금은 오르루에 있어. 그곳 난민 수용소를 책임지고 있지."

"오."

"지금 넌 속으로 내가 전쟁을 이용해서 폭리를 취했다고 비난하지? 하지만 누구든 건어물을 수입할 사람은 있어야 해. 군납업자들 가운데는 돈만 받고 물건은 안 주는 사람이 많지만 최소한 난 그런 적 없어."

카이네네가 눈썹을 추켜올렸다. 연필로 가늘고 우아하게 그린 눈썹이었다.

"아니야, 아니야. 난 전혀 그렇게 생각하지 않았어."

"했잖아."

올란나는 시선을 돌렸다. 머릿속에서 너무나 많은 생각이 소용돌이쳤다.

"하코트 항구가 함락될 때 정말 걱정스러웠어. 그래서 전갈을 보냈어."

올란나가 말하자 카이네네는 핸드백에 달린 줄을 매만졌다.

"마두한테 보낸 편지는 받았어. 아이들을 가르친다고? 아직도 가르치고 있어? 승전 기원 운동의 일환으로?"

"학교는 난민 수용소로 바뀌었어. 가끔씩 마당에 아이들을 모아 놓고 가르쳐."

"그래, 혁명가 남편은 어때?"

"아직 인력 동원 기획국에 있어."

"결혼식 사진이 없군."

"피로연을 할 때 공습이 있었어. 사진사가 카메라를 내던졌지."

카이네네가 고개를 끄덕거렸다. 그 정도는 아무것도 아니라는 표정이었다. 그리고 핸드백을 열었다.

"이것 때문에 왔어. 엄마가 영국인 기자 편으로 보낸 거야."

올란나는 봉투를 받고 카이네네 앞에서 그걸 열어 보아야 할지 망설였다.

카이네네가 바닥에 내려놓은 가방을 가리켰다.

"아기가 입을 드레스 두 벌도 가져왔어. 상투메에 다녀온 여자가 괜찮은 어린아이 옷을 싸게 팔더군."

"아기한테 주려고 옷을 샀어?"

"충격적이지? 이제 그 애를 치아마카라고 부를 때도 됐어. 아기라는 호칭도 싫증이 나."

올란나가 웃었다. 자매가 조카에게 주려고 옷을 사 가지고 찾아와 지금 바로 앞에 앉아 있다는 생각을 하니 기분이 좋았다.

"물을 갖다줄까? 우리한테 있는 건 그게 전부야."

"아니야, 괜찮아."

카이네네가 일어나서 매트리스를 기대 놓은 벽을 향해 걸어가더니 다시 돌아와 앉았다.

"넌 우리 집사 이케지데를 모르지?"

"맥스웰이 자기 고향에서 데려왔다는 사람 아니야?"

올란나가 반문하자 카이네네가 다시 일어섰다.

"밎에. 그기 히코트 항구에서 주었어. 나이지리아 사람들이 항구를 포격하고 기관총을 쏘았는데 폭탄 파편에 완벽하게 목이 잘렸어. 그런데도 그 몸뚱이는 한동안 계속 달리더군. 그 몸뚱이는 계속 달렸어. 머리도 없이."

"하느님 맙소사!"

"내 눈으로 똑똑히 봤어."

올란나가 일어나서 카이네네 옆에 앉아 그녀를 팔로 껴안았다. 카이네네에게서 고향 냄새가 났다. 두 사람은 한동안 그렇게 가만히 있었다.

카이네네가 입을 열었다.

"너 대신 환전해 올까 생각했어. 하지만 네가 직접 은행에 가서 환전하고 저금하는 것도 좋을 거야. 그렇지?"

"은행 근처에 널린 폭탄 자국 못 봤어? 난 침대 밑에다 돈을 보관하고 있어."

"그럼 바퀴벌레가 갉아 먹지 않도록 조심해. 요새는 바퀴벌레도 먹고살기 힘드니까."

카이네네가 올란나에게 몸을 기댔다가 갑자기 무슨 기억이라도 떠오른 듯 일어나서 자기 드레스를 쭉 폈다. 바로 옆에 있는 카이네네와 헤어질 수밖에 없다는 생각이 들어서 올란나는 슬퍼졌다.

"맙소사. 시간이 벌써 이렇게 많이 지난 줄 몰랐어."

카이네네의 말에 올란나가 물었다.

"또 놀러 올 거야?"

잠시 침묵이 흐른 다음에 카이네네가 대답했다.

"요새는 난민 수용소에서 거의 모든 시간을 보내. 구경하러 와."

그녀가 핸드백에서 종이 한 장을 꺼내 집으로 찾아오는 약도를 그려 주었다.

"그래, 구경하러 갈게. 다음 주 수요일에."

"차를 몰고 올 거니?"

"아니. 군인들 때문에. 게다가 휘발유도 부족하고."

"혁명가 남편한테 안부나 전해."

카이네네가 자동차에 올라타서 시동을 걸었다.

"번호판이 바뀌었네?"

올란나가 숫자 앞에 적힌 '경'이란 단어를 쳐다보았다.

"이 차에다 애국심 도장을 찍으려고 돈을 약간 썼어. 경계!"

카이네네가 눈썹을 추켜올리고 한 손을 올려 경례하며 떠나갔다. 올란나는 푸조 404가 멀어지는 모습을 가만히 바라보았다. 몸 안에 쌓인 체증이 시원하게 뚫리는 느낌이었다.

수요일에 올란나는 일찍 도착했다. 해리슨이 문을 열고 누구인지 보다가 그녀를 알아보고 너무 놀라서 허리를 숙이고 인사하는 것조차 잊어버린 것 같았다.

"마님, 안녕하세요! 정말 오랜만이네요!"

"잘 지냈어요, 해리슨?"

"네, 마님."

그가 대답하고 허리를 숙여 인사했다.

올란나는 거실에 있는 소파 두 개 가운데 하나에 앉았다. 거실은 창문을 활짝 열어서 환하지만 가구가 없어서 휑뎅그렁한 분위기였다. 안쪽 어디에선가 라디오 소리가 크게 흘러나왔다. 발소리가 다가올 때 울리는 여자로 긴장을 풀려고 노력했다. 리처드가 나타나면 무슨 말을 해야 좋을지 몰랐다. 하지만 다가온 사람은 리처드가 아니라 구겨진 검은 드레스 차림으로 가발을 한 손에 든 카이네네였다.

"에지마 음."

카이네네가 말하며 올란나를 껴안았다. 포옹은 길었으며 두 사람은 몸을 서로에게 따뜻하게 기댔다.

"그러잖아도 네가 제시간에 와서 나랑 연구 센터에 들렀다가 난민 수용소에 가면 좋겠다고 생각하던 참이야. 쌀밥 먹을래? 지난주에 원조 센터에서 식량이 나왔거든. 쌀밥을 얼마나 오랜만에 먹는 건지 모르겠어."

"아니, 지금은 싫어."

올란나는 자매를 더 오랫동안 꼭 껴안으며 익숙한 고향 냄새를 맡고 싶었다.

"나이지리아 라디오를 듣는 중이었어. 라고스 방송에서는 중국 인민군이 우리를 위해 싸우는 중이라고 하고, 카두나 방송에서는 이보 여자는 모두 다 강간당해야 한다고 해. 정말 놀라운 상상력이야."

"난 그런 방송 안 들어."

"난 라디오 비아프라보다 라고스와 카두나 방송을 더 많이 들어. 적진의 동정을 계속 파악해 두는 게 좋거든."

해리슨이 들어와서 허리를 숙이며 물었다.

"마님? 마실 걸 가져올까요?"

"해리슨이 저런 식으로 말하는 걸 들으면 짓다 만 이 집 어딘가에 큰 식량 창고라도 있는 줄 알겠어."

카이네네가 중얼거리면서 손가락으로 가발이 곧게 펴지도록 빗었다.

"마님?"

"아니야, 해리슨. 필요 없어. 지금 떠날 거야. 2시까지 점심 준비, 명심해."

"네, 마님."

올란나는 리처드가 어디에 있을까 궁금했다. 카이네네가 자동차 시동을 걸면서 말했다.

"해리슨은 지금까지 내가 겪은 그 어떤 촌놈보다도 허풍이 심해. 물론 너라면 촌놈이란 말이 듣기 싫겠지만."

"아니야."

"하지만 네 남편은 그럴 거야."

"우리는 누구나 촌놈이야."

"우리가? 리처드랑 비슷한 말을 하는군."

올란나는 갑자기 목구멍이 타들어 가는 것 같았다.

카이네네가 그녀를 흘낏 바라보며 말했다.

"리처드는 오늘 아침 일찍 떠났어. 원래는 다음 주에 가봉에 있는 단백질 부족증 센터에 찾아가서 작업 내용을 살펴볼 계획이었어. 그런데 너랑 만나는 자리가 어색할까 봐 미리 떠난 것 같아."

"오."

올란나는 입을 꾹 다물었다.

카이네네는 조심하지 않고 험하게 운전대를 돌리며 도로에 파인 웅덩이를 지나고, 잎사귀가 모두 뜯겨 나간 야자수 나무를 지나고, 깡마른 염소를 끌고 가는 똑같이 깡마른 병사를 지나쳤다.

"호리병에 든 아이 머리가 꿈에 보인 적 있어?"

카이네네가 물었다.

올란나는 차창을 내다보며 종횡으로 빗금을 새긴 호리병과 흰자위만 보이던 아이의 두 눈을 떠올렸다.

"꿈이 기억나지 않아."

"할아버지는 당신이 겪은 고통에 대해서 이렇게 말씀하셨지. '고통은 날 죽이지 않아, 날 지혜롭게 하지.' 오 그부로 음 에그부, 오 메에카 음 말루 이페."

"기억나."

"너무 극심한 고통을 겪다 보면 다른 건 쉽게 용서될 때가 있는 것 같아."

카이네네가 말했다.

침묵이 흘렀다. 올란나의 몸속에 단단히 굳었던 무언가가 꿈틀거리며 되살아나는 것 같았다.

"내 말이 무슨 뜻인지 알아?"

"응."

연구 센터가 나타나자 카이네네는 나무 밑에 차를 세우고 내렸고 올란나는 자동차에서 기다렸다. 잠시 후에 그녀가 급히 돌아왔다.

"내가 만나려던 사람이 저곳에 없어."

그녀가 말하고 시동을 걸었다. 올란나는 입을 꾹 다물었고 자동차는 드디어 난민 수용소에 도착했다. 전쟁이 일어나기 전에 초등학교로 사용하던 시설이었다. 건물은 우중충했으며 예전에 칠한 하얀색 페인트는 대부분 벗겨진 상태였다. 난민 몇 명이 건물 바깥에 있다가 하던 동작을 멈추고 올란나를 물끄러미 바라본 다음에 카이네네에게 "은노." 하고 인사했다. 변색된 신부복을 입은 깡마른 젊은 신부가 자동차로 다가왔다.

"마르셀 신부님, 이쪽은 저랑 쌍둥이로 태어난 올란나예요."

카이네네가 말하자 신부는 깜짝 놀란 표정으로 올란나를 쳐다보고 "어서 오세요." 하고 인사한 다음에 불필요한 말을 덧붙였다.

"두 분은 쌍둥이 같지가 않아요."

나무 밑에 서서, 마르셀 신부는 왕새우 부대가 배달되었으며, 적십자 측에서 원조 화물 비행기 착륙을 계속 미루고 있고, 이나티미가 자유의 투사 비아프라 지부에서 한 사람을 데리고 일찍 찾아왔는데 나중에 다시 돌아오겠다고 말했다고 카이네네에게 보고했다. 올란나는 카이네네가 말하는 걸 가만히 지켜보았다. 하지만 그녀의 말을 자세히 알아들을 수 없었다. 그녀의 확신에 찬 행동이 정말 놀랍다고 생각하고 있었기 때문이다.

마르셀 신부가 떠나고 카이네네는 올란나에게 말했다.

"자, 이제 나랑 수용소를 돌아보자. 난 매번 대피소를 살피면서 시작해."

카이네네는 거칠게 판 웅덩이를 통나무로 덮어 놓은 대피소를 구경시켜 주고 수용소 제일 끝에 있는 건물을 향해 걸어갔다.

"이제는 '돌아올 수 없는 자들의 숙소'로 가자."

올란나는 뒤를 따라갔다. 첫 번째 문에서 악취가 코를 찔렀다. 콧속에 들어간 악취가 배 속으로 곧장 파고들어 아침에 먹은 삶은 감자를 뒤집어 놓기 시작했다.

　카이네네가 그녀를 쳐다보며 말했다.

　"넌 들어오지 않아도 돼."

　"괜찮아."

　올란나가 말했다. 그러고 싶지는 않지만 꼭 들어가야 할 것 같았다. 정체불명의 악취가 점차 짙어져서 더러운 갈색 구름으로 떠오르는 것을 볼 수 있을 것 같았다. 현기증이 일었다. 두 사람은 첫 번째 교실로 들어섰다. 약 열두 명 정도가 대나무 침상과 돗자리를 깐 바닥에 누워 있었다. 통통하게 살찐 파리를 쫓아내려고 팔을 휘두르는 사람은 아무도 없었다. 올란나가 발견한 움직임이라곤 문가에 앉은 어린아이가 두 팔을 벌렸다 접었다 하는 것뿐이었다. 뼈가 불쑥 튀어나왔고 두 팔에는 가죽만 남았다. 살이 하나도 붙어 있지 않아 보였다.

　카이네네는 실내를 재빨리 훑어보고 문으로 돌아섰다. 올란나는 교실 바깥에서 숨을 거칠게 몰아쉬었다. 두 번째 교실로 들어서자 악취가 더 심했다. 올란나는 코에 느껴지는 악취가 배 속의 신선한 공기와 뒤섞이지 않도록 코를 틀어막고 싶었다. 한 여자가 바닥에 앉아 있었고 그 뒤에는 그녀의 두 아이가 누워 있었다. 그들의 나이를 가늠할 수가 없었다. 모두 벌거벗은 상태였다. 동그랗게 올라온 팽팽한 배 때문에 셔츠를 입는다 해도 어차피 안 맞을 것 같았다. 엉덩이와 가슴에는 푹 꺼져서 주름진 살가죽만 있고 머리에는 군데군데 빨간 머리카락이 엉겨 붙어 있었다. 올란나는 그녀를 물끄러미 바라보는 아이 엄마와 시선이 마주치는 순간 눈을 재빨리 돌렸다. 얼굴에 달라붙는 파리를 쫓아낼 때는 이곳에 있는 파리들이 모두 너무나 통통하고 활기차고 활발하게 움직인다는 생각이 들었다.

"저 여자는 죽었어. 다른 데로 옮겨야 해."

카이네네가 말했다.

"맙소사!"

올란나는 깜짝 놀랐다. 죽은 아이 엄마가 어떻게 자신을 물끄러미 바라볼 수 있다는 말인가! 하지만 그녀가 말한 사람은 바닥에 얼굴을 대고 엎드린, 등에는 앙상한 아기를 업은 다른 여자였다. 카이네네가 그쪽으로 걸어가서 업힌 아기를 엄마에게서 떼어냈다. 그리고 밖으로 나가서 "신부님! 신부님! 시신 매장요!" 하고 소리친 다음에 바깥 계단에 앉아서 아기를 안았다. 그리고 밀가루 색깔의 부드러운 알약을 아기의 조그만 입에 억지로 집어넣으려고 했다. 그러려면 아기가 울어야 했다.

"그건 뭐야?"

올란나가 물었다.

"단백질 알약. 조금 싸 줄 테니까 치아마카한테 먹여. 맛이 끔찍해. 적십자를 졸라서 지난주에 간신히 얻은 거야. 물론 충분한 양은 아니야. 그래서 아이들한테만 먹이고 있어. 어차피 저 안에 있는 사람들은 이 알약을 먹어도 별다른 차도가 없을 거야. 하지만 이 아기는 다를 수도 있어. 어쩌면."

"하루에 몇 명이나 죽어?"

올란나가 묻자 카이네네는 아기를 내려다보았다.

"이 아기 엄마는 초기에 함락된 지역에서 왔어. 난민 수용소 다섯 곳을 거쳐서 여기까지 온 거야."

"하루에 몇 명이나 죽어?"

올란나가 다시 물었다. 하지만 카이네네는 대답하지 않았다. 마침내 아기가 기느디란 비명을 내질렀고 그녀는 아기의 쩍 벌린 조그만 입에다 알약을 억지로 집어넣었다. 올란나는 마르셀 신부가 다른 남자와 함께 죽은 여자의 발목과 손목을 잡고 교실에서 나와 건물 뒤편으로 옮기는 장면을 지켜보았다.

"난 저들이 미울 때가 있어."

카이네네가 말했다.

"침략자들?"

"아니, 저 사람들."

그녀가 교실을 가리켰다.

"맥없이 죽어 가는 저들이 미워."

그녀는 아기를 안으로 데려가서 다른 여자에게 넘겼다. 죽은 여자의 친척인데 뼈만 앙상한 그녀의 몸이 떨렸다. 아기가 말라버린 납작한 젖통으로 파고드는 동안 여자의 눈이 말라 있었기 때문에 여자가 지금 운다는 사실을 올란나가 깨달은 건 시간이 조금 흐른 뒤였다.

나중에 자동차를 향해 걸어가면서 카이네네는 올란나의 손을 슬그머니 움켜잡았다.

29

해외 재단에서 나온 사람들이 성 요한 성당 도로 끝에 탁자를 놓고 지나가는 사람들에게 삶은 달걀과 냉장고에 넣어 둔 시원한 물을 준다는 앰브로스 목사의 말을 믿으면 안 된다는 사실을 으그우는 잘 알았다. 그리고 공동 주택을 떠나면 안 된다는 사실도 알았다. 마님이 경고한 말이 머릿속에 메아리쳤다. 하지만 으그우는 너무 따분했다. 날씨도 후덥지근하고 건물 뒤 진흙 항아리에 넣어 둔 맛없는 물은 먹고 싶지 않았다. 냉장고 속에 넣어 둔 시원한 물이 너무나 먹고 싶었다. 그리고 앰브로스 목사가 한 말이 사실일 가능성도 있었다. 아이는 아단나와 놀고 있으니 지름길을 이용하면 아무도 몰래 다녀올 수 있었다.

으그우는 성 요한 성당 모퉁이를 막 돌아가다가 도로 아래쪽에서 두 손을 머리에 올려놓고 한 줄로 선 남자들을 발견했다. 그들을 감시하는 군인 두 명은 키가 아주 컸고 그중 한 명은 총을 앞으로 겨누고 있었다. 으그우는 그 자리에 멈췄다. 총을 겨눈 군인이 뭐라고 소리치며 그를 향해 뛰어오기 시작했다. 으그우의 심장이 쿵쾅거렸다. 도로변에 있는 덤불을 쳐다보았지만 덤불 속 나무기 적어서 숨을 수도 없었다. 뒤를 돌아보았다. 텅 빈 도로가 끝없이 펼쳐졌다. 군인이 자신에게 총이라도 쏘면 막아 줄 만한 장애물이 없었다. 방향을 돌려서 성당 마당으로 달려갔다. 나이 많은 신부가 하얀 신부복을 입고 건물로 들어가는 정문 계단 꼭대기에서 있었다. 그는 그곳으로 뛰어오르며 안심했다. 군인이 성당 안까지 들어와서 자기를 잡아가지는 않을 터였다. 그런데 아무리 잡아당겨도 문은 열릴 생각을 안 했다.

"비코, 신부님, 안으로 들어가게 해 주세요."

으그우가 사정했지만 신부는 머리를 절레절레 흔들었다.

"징집하러 돌아다니는 군인도 똑같은 하느님의 아들이야."

"제발, 제발."

으그우가 문을 잡아당기며 사정했다.

"하느님의 은총이 그대와 함께하기를."

"어서 문 열어요!"

으그우가 소리쳤다.

신부는 머리를 흔들며 뒤로 물러나고 군인은 성당 마당으로 뛰어들며 소리쳤다.

"서지 않으면 쏜다!"

으그우는 가만히 서서 군인을 쳐다보았다. 머릿속이 텅 비는 것 같았다.

군인이 소리쳤다.

"사람들이 날 뭐라고 부르는지 알아? '저승사자'야!"

군인은 해진 바지가 너무 짧아 검은 군화까지 닿지도 않는 차림으로 다가와서 땅바닥에 침을 뱉고 으그우의 팔을 잡아당겼다.

"젠장맞을 민간인! 어서 따라와!"

으그우는 비틀거리면서 그의 뒤를 따라갔다. 뒤에서 신부가 말했다.

"하느님, 비아프라를 축복하소서!"

으그우는 이미 한 줄로 서 있는 남자들의 얼굴조차 안 보고 두 손을 머리 뒤로 들어 올렸다. 이건 꿈이다, 지금 꿈을 꾸는 중이다. 어디에선가 개가 짖어 댔다. '저승사자'가 어떤 남자에게 소리치며 총을 치켜들고 공중에 쏘았다. 아낙네들이 주변에 모여들었는데 그 가운데 한 아낙네가 '저승사자'의 동료에게 말을 걸었다. 처음에 그녀는 나지막하게 사정하더니 나중에는 목소리를 키워서 사납게 소리쳤다.

"저 애가 말도 제대로 못 하는 걸 모르는 거야? 저 애는 저능아야! 저런 애가 어떻게 총을 들겠느냐고?"

'저승사자'가 남자들의 손목을 뒤로 돌려서 두 사람씩 밧줄로 단단히 묶으며 엮어 나갔다. 으그우와 함께 묶인 남자가 줄이 얼마나 단단한지 알아보려고 밧줄을 홱 잡아채서 하마터면 으그우는 바닥에 쓰러질 뻔했다.

"으그우!"

아낙네들 사이에서 목소리가 흘러나왔다. 으그우는 고개를 돌렸다. 무오케루 부인이 깜짝 놀란 눈으로 그를 바라보고 있었다. 그는 고개를 끄덕여 인사했다. 입을 여는 모험을 할 수는 없었다. 그녀가 뛰다시피 도로를 내려가고 그는 그녀를 물끄러미 바라보았다. 실망스러웠다. 하지만 그녀도 어쩔 도리가 없을 터였다.

"자, 이제 이동할 준비해!"

'저승사자'가 소리쳤다. 그리고 고개를 돌리다 도로 끝에 있는 남자아이를 발견하고 그 뒤를 쫓아서 달려갔다. 동료 군인이 줄선 남자들을 향해 총을 겨누며 소리쳤다.

"누구든 도망치면 총에 맞을 줄 알아!"

'저승사자'가 남자아이를 앞세우며 돌아왔다. 그러고는 남자 아이의 손을 뒤로 돌려서 묶으며 소리쳤다.

"모두 닥치고 움직여! 옆 도로에 있는 우리 트럭으로!"

밧줄에 묶인 남자들이 어색하게 걷기 시작하고 '저승사자'가 "레프! 아이!" 하고 소리칠 때 으그우는 마님을 발견했다. 그녀가 최근에 거의 안 쓰던 가발까지 쓰고 공포에 질린 표정으로 으그우 쪽으로 급히 달려오고 있었다. 가발이 머리 한쪽으로 기운 걸 보면 아주 급하게 쓴 게 분명했다. 그녀가 웃는 얼굴로 군인에게 손짓하자 '저승사자'가 "정지!" 하고 소리친 다음에 그쪽으로 다가갔다. '저승사자'는 남자들에게서 등을 돌린 채 마님과 무슨 이야기를 주고받더니 잠시 후에 돌아서서 으그우의 손목에 묶인 밧줄을 잘랐다.

"이 사람은 이미 우리 나라를 위해 봉사하는 중이다. 우리는 게으른 민간인한테만 관심이 있다."

'저승사자'가 동료 군인에게 소리치자 그가 고개를 끄덕였다.

으그우는 긴장이 풀리면서 어지러웠다. 얼얼한 손목을 문질 렀다. 집까지 걸어가는 동안 마님은 단 한마디도 안 했다. 으그우 는 자물쇠를 따고 방문을 활짝 여는 그녀의 동작에서 그녀가 치미는 분노를 꾹 참는 것을 느낄 수 있었다.

"죄송합니다, 마님."

그가 잘못을 빌었다.

"너처럼 멍청한 놈은 오늘 같은 행운을 누릴 자격이 없어. 그 군인한테 내가 가진 돈을 모조리 뇌물로 줬어. 이제 네놈은 우리 아기한테 먹일 음식을 구해야 해, 알겠어?"

"죄송합니다, 마님."

그가 또 빌었다.

마님은 며칠 동안 으그우에게 말도 하지 않았다. 이제 그를 믿을 수 없다는 듯 아이에게 먹일 죽도 직접 끓였다. 인사해도 고개를 차갑게 끄덕이는 게 전부였다. 그래서 그는 매일 새벽 일찍 일어나서 물을 길어 오고 방바닥을 열심히 닦으며 마님의 신뢰가 되살아나기만 기다렸다.

그는 구운 도마뱀 때문에 신뢰를 되찾을 수 있었다. 마님이 아이와 함께 오르루에 있는 카이네네를 찾아갈 준비를 하던 어느 날 아침이었다. 장사꾼 한 명이 갈색 도마뱀 꼬치를 신문지로 덮은 쟁반에 담아 들고 마당에 들어와서 소리쳤다.

"음메 음메 수야! 음메 음메 수야!"

"저걸 사 줘요, 올 엄마, 제발."

아이가 말했다.

마님은 못 들은 척하고 아이 머리를 계속 빗어 주었다. 앰브로스 목사가 방에서 나와 도마뱀 장사꾼과 가격을 흥정하기 시작했다.

"나도 사 줘요, 올 엄마."

"저건 몸에 좋지 않은 거야."

마님이 대답했다. 앰브로스 목사가 신문지로 싼 도마뱀 꼬치를 들고 방으로 돌아갔다.

"목사님두 저걸 삽잖아요."

"하지만 우리는 저런 건 안 사."

아이가 울기 시작하자 마님이 고개를 돌려 화난 표정으로 으그우를 보다가 갑자기 으그우와 함께 웃었다.

"도마뱀은 뭘 먹지, 아가?"

으그우가 묻자 아이가 웅얼거렸다.

"개미."

"네가 저걸 먹으면 도마뱀이 먹은 개미가 배 속을 돌아다니며 물어뜯을 거야."

으그우가 차분하게 말하자 아이가 눈을 끔벅거렸다. 그리고 사실인지 아닌지 모르겠다는 표정으로 그를 물끄러미 쳐다보다가 눈물을 닦기 시작했다.

마님이 아이를 데리고 카이네네와 일주일 정도 지내다 오려고 오르루로 떠난 날, 주인어른은 일이 끝나자마자 탄자니아 술집에도 가지 않고 평소보다 일찍 집에 돌아왔다. 으그우는 두 사람의 부재가 주인어른이 어머니의 죽음으로 빠져든 깊은 시궁창에서 헤어 나오는 계기가 되길 간절히 빌었다. 주인어른은 베란다에 앉아서 라디오를 듣는 중이었다. 그런데 으그우는 화장실에 가다가 집에 들른 앨리스를 보고 깜짝 놀랐다. 주인어른은 앨리스의 말에 짤막하게 대답만 하고 그녀는 다시 피아노 앞으로 돌아갈 거라고 생각했다. 하지만 두 사람은 나지막하게 이야기를 나누었고 그는 두 사람의 대화를 제대로 듣지 못했다. 그녀가 깔깔거리며 웃는 소리도 가끔씩 들렸다. 그다음 날에 그녀는 주인어른과 의자에 나란히 앉았다. 그리고 이웃 사람들 모두가 잠자리에 들 때까지 의자에 머물렀다.

며칠 후 으그우는 뒷마당에서 돌아오다가 베란다가 텅 비어 있고 방문이 꽉 막힌 것을 발견했다. 가슴이 옥죄는 것 같았다. 아말라 때문에 힘들었던 기억이 그의 숨을 틀어막았다. 앨리스는 아말라와 달랐다. 진지하면서도 순수한 아이 같은 그녀의 분위기 때문에 그는 한층 더 걱정스러웠다. 그녀라면 주인어른을 유혹하려고 디비아를 찾아가서 약을 구할 필요도 없을 터였다. 창백한 피부와 연약해 보이는 모습으로도 충분했다. 그는 바나나 나무로 걸어가다가 돌아와 방문 앞으로 가서 문을 세차게 두드렸다. 두 사람을 막아야 한다는, 그 짓을 막아야 한다는 결심이 확고했다. 안에서 무슨 소리가 들렸다. 그는 계속 문을 두드렸다.

"네?"

주인어른이 약한 목소리로 물었다.

"접니다, 주인어른. 석유곤로를 가져가도 괜찮은지요, 주인어른."

석유곤로를 받은 다음에는 가리 컵을 깜빡 잊은 척하고 그다음엔 감자를, 그리고 국자를 깜빡 잊은 척할 생각이었다. 주인어른이 그 여자와 벌이는 짓만 막을 수 있다면 무슨 짓이든, 심장 발작이나 간질 발작이 일어난 척이라도 할 생각이었다. 기나긴 몇 분이 지난 다음에 주인어른이 문을 열었다. 안경을 벗은 그의 두 눈은 부어 있었다.

"주인어른? 괜찮으세요, 주인어른?"

으그우가 물으며 주인어른 등 뒤를 살폈다.

"당연히 안 괜찮지, 이 멍청아."

주인어른이 말하고 바닥에 놓인 슬리퍼 한 쌍을 쳐다보았다. 깊은 생각에 잠긴 표정이었다. 으그우는 그가 말하기를 기다렸다. 주인어른이 한숨을 쉬며 입을 열었다.

"에크웨누고 교수가 과학자 모임 사람들과 함께 지뢰를 넘겨주려고 가다가 자동차가 웅덩이를 지날 때 지뢰가 폭발했어."

"지뢰가 폭발해요?"

"몸뚱이가 갈가리 찢어졌어. 에크웨누고가 죽었어."

"갈가리 찢어졌어."라는 말이 으그우의 귓속에 울렸다.

주인어른이 뒤로 물러났다.

"석유곤로나 어서 가져가."

으그우는 안으로 들어가서 필요하지도 않은 석유곤로를 집어 들며 에크웨누고 교수님의 길게 기른 손톱을 떠올렸다. 그에게 에크웨누고 교수님과 그가 자랑하던 로켓과 장갑차와 신기한 연료는 결국에는 비아프라가 이길 거라는 확실한 징표였다. 에크웨누고 교수의 갈가리 찢긴 몸뚱이가 나뭇조각처럼 새까맣게 탔을까? 뭐가 뭔지 구분할 순 있을까? 건조한 열풍에 말라 버린 잎사귀처럼 바싹 마른 몸 조각들이 사방에 널려 있을까? 몸이 갈가리 찢어졌다면?

잠시 후 주인어른은 탄자니아 술집에 갔다. 으그우는 좋은 바지로 갈아입고 에베레치네 집 쪽으로 급히 걸었다. 다른 건 아무것도 못 할 것 같았다. 이렇게 하는 게 가장 자연스러운 행동 같았다. 자신이 나갔다는 말을 오지 엄마에게 듣고 마님이 무진장 화를 낼 거란 생각도, 에베레치가 과연 자신을 반길지 외면할지 고함을 질러 댈지 모르겠다는 생각도 일부러 하지 않았다. 그녀를 만나야 했다.

에베레치는 베란다에 혼자 앉아 있었다. 꼭 끼어서 엉덩이 선이 그대로 드러나는 눈에 익은 치마 차림이었다. 하지만 머리카락 길이가 예전과 달랐다. 짧게 자른 머리가 실로 땋아 묶은 머리보다 동그랗게 보였다.

"으그우!"

그녀가 깜짝 놀라며 벌떡 일어났다.

"머리를 잘랐네?"

"실을 살 돈이 떨어졌거든."

"잘 어울려."

으그우가 말하자 그녀는 어깨를 으쓱했다.

"계속 너에게 찾아가고 싶었어."

으그우가 말했다. 자신이 잘 모르는 육군 장교 때문에 그녀와 헤어질 수는 없었다.

"미안해, 용서해. 그바그하루."

두 사람은 서로를 바라보았다. 에베레치가 손을 내밀어 그의 목덜미를 꼬집었다. 으그우는 그 손을 톡 치며 장난스럽게 떼어 내다가 꼭 움켜잡았다. 계단에 나란히 앉아서도 그 손을 놓지 않았다. 그녀는 그가 예전에 살던 집에 아주 나쁜 사람들이 이사 왔으며, 군인이 잡아가려고 나타날 때마다 거리에 있던 남자아이들은 다락 천장에 숨는다고, 지난 공습 때는 벽에 구멍이 생겨서 그

구멍으로 쥐들이 들락거린다고 말했다.

마침내 으그우는 에크웨누고 교수님이 죽었다는 말을 꺼냈다.

"전에 내가 말한 사람 기억나? 고하가 모인에서 일한다는 사람, 위대한 물건을 만든다는 사람."

"기억나. 손톱이 긴 사람."

"그건 잘랐어."

으그우가 대답하고 울기 시작했다. 눈물이 별로 안 나오고 눈이 가렵기만 했다. 그녀가 한 손을 그의 어깨에 올려놓자, 그는 그 손이 떨어지지 않고 계속 그 자리에 있게 하려고 가만히 앉아서 조금도 움직이지 않았다. 그녀가 새롭게 변한 것 같았다. 하지만 자신의 생각이 많이 변해서, 사람은 참 소중하다는 생각이 들어서, 그래 보이는 것 같기도 했다.

"그 사람이 긴 손톱을 잘랐다고 했어?"

"응, 잘라 냈어."

손톱을 잘라서 그나마 다행이라는 생각이 들었다. 그 손톱까지 폭탄에 잘려 나갔다면 견딜 수 없을 것 같았다.

"이제 가야겠어. 주인어른이 오시기 전에."

으그우가 말했다.

"내일 내가 너희 집에 놀러 갈게. 지름길을 알거든."

에베레치가 대답했다.

으그우가 집에 도착했을 때 주인어른은 아직 술집에서 돌아오지 않았다. 오지 엄마가 자기 남편에게 내지르는 고함만 들렸다.

"창피한 줄 알아! 창피한 줄 알라고!"

앰브로스 목사는 하느님에게 성령의 다이너마이트로 영국을 폭파시켜 달라는 기도를 하고 있었으며 어디선가 아이가 우는 소리도 들렸다. 그 소리들이 하나씩 천천히 사그라졌다. 어둠이 깔렸다. 기름등잔이 꺼졌다. 으그우는 집 바깥에 앉아서 주인어른을 기다렸다. 마침내 나타난 주인어른은 희미한 미소를 머금고 충혈된 눈으로 한곳을 응시하며 중얼거렸다.

"우리 일꾼."

"어서 오세요, 주인어른. 은노."

으그우가 벌떡 일어나며 말했다. 걸음걸이가 불안해서 주인어른이 왼쪽으로 약간 기우뚱했다. 그는 재빨리 다가가서 한 팔로 주인어른의 몸을 껴안으며 부축했다. 두 사람이 그렇게 방으로 막 들어선 순간 주인어른이 갑자기 허리를 숙이며 바닥에 토했다. 거품까지 긴 구토물이 사방으로 튀었다. 시큼한 냄새가 났다. 주인어른이 침대에 앉았다. 그는 걸레와 물을 가져와서 청소하며 주인어른이 불규칙하게 내뿜는 숨소리에 귀를 기울였다.

"이랬단 걸 너희 마님한테 말하지 마."

주인어른이 말했다.

"네, 주인어른."

에베레치는 자주 놀러 왔으며 그 미소와 부드러운 손길 그리고 목덜미를 꼬집는 손은 즐거움의 원천이 되었다. 으그우가 처음으로 그녀와 키스했던 오후에 아이는 자고 있었다. 둘은 벤치에 나란히 앉아 비아프라 카드놀이를 하고 있었는데, 그는 그녀가 "이겼다!"라고 소리치며 마지막 카드를 내려놓는 순간에 몸을 기울여서 그녀의 귀 뒤에 입술을 짜릿하게 갖다 댔다. 그런 다음에 목덜미와 턱과 입술에 키스했다. 힘차게 들이미는 그의 혀에 밀려서 그녀가 입술을 여는 순간에 열기가 확 몰려들며 으그우를 압도했다. 그는 한 손을 그녀의 가슴 쪽으로 밀어 넣어서 작은 가슴을 움켜잡았다. 그녀가 그 손을 밀어냈다. 그는 손을 상대의 배로 내리고 입술에 다시 키스하다가 손을 짧은 치마 속으로 재빨리 밀어 넣었다. 그는 그녀가 손을 밀치기 전에 빌었다.

"보기만 할게. 그냥 보기만 할게."

에베레치가 순순히 일어나서 가만히 섰고 으그우는 그녀의 치마를 올리고 허리춤이 살짝 해진 순면 팬티를 끌어 내려서 크고 동그란 엉덩이와 음부를 쳐다보았다. 그는 팬티를 다시 올려 주고 치마를 내렸다. 그녀가 너무나 사랑스러웠다. 사랑한다고 말하고 싶었다.

"이제 가야 해."

에베레치가 말하고 블라우스를 똑바로 폈다.

"육군 장교 친구는 어떻게 됐니?"

"그 사람은 다른 지역에 있어."

"그 사람이랑 어떤 걸 했니?"

에베레치가 뭔가를 닦아 내려는 듯 손등으로 입술을 문질렀다.

"그놈이랑 무슨 짓을 하긴 한 거니?"

그녀는 입을 꾹 다문 채 문 쪽으로 걸어갔다.

"그놈을 좋아하는구나."

으그우가 말했다. 절망이 몰려들었다.

"하지만 널 더 좋아해."

그녀가 말했다.

그는 하늘을 날 것 같았다. 에베레치가 그 장교를 계속 만난다 해도 이제 문제 될 게 없었다. 중요한 건 그녀가 자신을 더 좋아한 다는 사실이었다. 으그우는 에베레치를 꼭 껴안았지만 그녀는 몸을 빼려고 하면서 웃었다.

"그러다가 날 죽이겠어. 어서 놔줘."

"중간까지 데려다줄게."

"그럴 필요 없어. 아기만 남게 되잖아."

"깨기 전에 돌아올 거야."

으그우는 에베레치의 손을 잡고 싶었다. 하지만 그 대신 그녀와 아주 가까이 걸어서 가끔씩 몸이 맞닿게 했다. 그는 얼마 안 가서 돌아섰다. 집과 가까운 짧은 골목에 들어서는 순간 트럭 옆에 총을 들고 서 있는 군인 두 명을 발견했다.

"너! 거기 멈춰!"

으그우가 잽싸게 도망치기 시작하자 총소리가 났다. 아주 가까운 곳에서 나는, 귀를 먹먹하게 하는 무서운 소리에 그는 땅바닥에 엎드린 채 몸뚱이를 파고드는 통증이 느껴지기만을 기다렸다. 총에 맞은 게 분명했다. 하지만 통증은 없었다. 군인이 달려왔고 으그우는 군인의 천 운동화를 보고 이어 고개를 들어서 그의 단단한 몸과 찌푸린 얼굴을 보았다. 목에는 묵주가 걸려 있고 총구에서는 화약 냄새가 흘러나왔다.

"어서 일어나, 젠장맞을 민간인! 저곳으로 가!"

으그우가 일어나는 순간 군인이 손으로 그의 뒷머리를 쳐서 눈에 번갯불이 번쩍였다. 으그우는 모래에 발바닥을 밀어 넣어 잠시 몸의 균형을 잡은 다음에 남자 두 명이 두 팔을 높이 들고 서 있는 곳으로 걸어갔다. 한 명은 나이가 많았다. 최소한 여든여섯 살은 된 노인 같았다. 그리고 다른 한 명은 열여섯 살 정도로 보이는 소녀이었다. 그는 노인에게 "안녕하세요." 하고 중얼거리고 그 옆에 서서 두 팔을 추켜올렸다.

"트럭에 올라타."

두 번째 군인이 말했다. 무성한 턱수염이 뺨을 뒤덮고 있었다.

"나 같은 늙은이까지 끌어가야 할 정도라면, 이 정도까지 되었다면 비아프라는 끝난 거야."

노인이 조용히 말했다.

두 번째 군인이 노인을 바라보았다.

"냄새나는 입 좀 닥쳐, 아가디!"

첫 번째 군인이 소리치며 노인을 때렸다.

"그만해!"

두 번째 군인이 그를 막더니 노인을 바라보며 말했다.

"아버지, 가세요."

"예?"

노인이 어리둥절한 표정으로 물었다.

"가세요, 가와."

노인이 조금 전에 맞은 뺨을 한 손으로 문지르며 처음에는 천천히 걸어가기 시작했다. 그러다가 뛰었다. 으그우는 도로 아래쪽으로 사라지는 노인을 바라보며 자신도 그쪽으로 넘어가서 노인의 손을 움켜잡고 함께 자유를 향해 달려가고 싶은 마음이 굴뚝같았다.

"트럭에 올라타!"

첫 번째 군인이 소리쳤다. 두 번째 군인이 노인을 보내 주어서 화나 보였다. 그런 상대와 함께 징집하러 나온 것을 불만스러워하는 표정이었다. 군인은 소년과 으그우를 손으로 밀었다. 소년이 바닥에 쓰러졌다가 재빨리 일어나서 으그우와 함께 트럭 뒤에 올라탔다. 좌석은 없었다. 낡은 라피아 가방 여러 개와 생가죽 회초리, 그리고 텅 빈 술병이 녹슨 트럭 바닥 여기저기에 나뒹굴었다. 으그우는 거기 앉아서 콧노래를 흥얼거리며 맥주를 병째 마시고 있는 남자아이를 보고 깜짝 놀랐다. 그 옆에 앉아 그에게서 나는, 현지에서 만든 독한 술 냄새를 맡으며 어쩌면 그가 아이가 아니라 키가 작은 어른일 수도 있겠다고 생각했다.

"난 하이테크야."

그가 말하자 독한 술 냄새가 더 강하게 흘러나왔다.

"난 으그우."

으그우는 그가 입은 커다란 셔츠와 누더기 바지, 군화, 베레모를 바라보았다. 어린아이가 분명했다. 아무리 많게 보아도 열네 살은 넘지 않았다. 하지만 눈가에 냉소를 띠고 있어서 건너편에 쭈그려 앉은 소년보다 훨씬 나이가 들어 보였다.

"지 크와누? 넌 이름이 뭐야?"

하이테크가 소년에게 물었다.

소년은 훌쩍훌쩍 울었다. 어디선가 본 적이 있는 것 같은 소년이었다. 새벽에 시추공에서 물을 길어 오는 이웃집 남자아이 가운데 한 명일 수도 있었다. 으그우는 소년이 불쌍하면서도 동시에 화가 치밀었다. 훌쩍거리는 소리가 궁지에 몰린 상황을 돌이킬 수 없는 것처럼 만들었다. 지금 그들은 정말로 군대에 끌려가고 있었다. 제대로 훈련도 받지 않고 최전선에 투입될 게 분명했다.

"넌 남자도 아니야? 이 부 은완이? 여자처럼 그러는 이유가 뭐냐?"

소년이 울면서 한 손으로 두 눈을 훔치자 하이테크의 냉소가 비웃음으로 변했다.

"저놈은 독립을 위해 싸우는 게 싫은가 보군!"

으그우는 아무 말도 안 했다. 하이테크의 비웃음과 독한 술 냄새 때문에 속이 메스꺼웠다.

"난 쩡짤 활동을 해."

하이테크가 처음으로 영어로 말했다. 으그우는 그 말을 '정찰 활동'으로 제대로 고쳐 주고 싶었다. 하이테크가 올란나의 반에서 공부하면 많은 도움을 받을 것 같았다.

"우리 부대는 현장 기술자로 구성되어서 우리는 강력한 오그부니그웨만 사용해."

하이테크가 잠시 멈추고 트림을 했다. 듣는 사람이 재미있어 할 거라고 생각하는 것 같았다. 하지만 소년은 계속 울고 있었고 으그우는 무표정하게 들었다. 하이테크에게 인정을 받으려면 온몸에 스멀스멀 기어드는 공포를 겉으로 조금도 드러내지 않아야 한다는 생각이 들었다.

"난 적군이 있는 곳을 찾아내는 담당이야. 나무에 바싹 붙어서 움직이다가 그 위에 올라가서 적군의 정확한 위치를 찾아내면 우리 사령관은 그 정보를 이용해서 작전을 세우지."

하이테크가 으그우를 보았다. 으그우는 대수롭지 않다는 표정을 계속 유지했다.

"지난번 부대에 있을 때는 고아인 척하면서 적진에 침투했지. 사람들이 날 하이테크라고 부르는 이유는 옛날 사령관이 고성능 하이테크 장비보다 내가 훨씬 낫다고 해서야."

으그우에게 깊은 인상을 주려고 애쓰는 것처럼 들렸다. 하지만 으그우는 발을 쑥 뻗으며 말했다.

"쩡짤이라는 말은 없어. 정찰이라고 해야지."

하이테크가 잠시 그를 물끄러미 바라보다가 웃음을 터뜨리며 그에게 술병을 건네주었다. 으그우는 머리를 흔들었다. 하이테크가 어깨를 으쓱하곤 술을 마시고 "비아프라는 전쟁에서 이긴다." 라고 흥얼거리며 발바닥으로 바닥을 톡톡 치며 박자를 맞추었다. 소년은 계속 울고 있었다. 운전대를 붙잡은 첫 번째 군인이 마른 잎사귀를 종이에 만 담배를 태우고 있었는데 담배 연기가 너무 매운 데다가 너무 오래 앉아 있다 보니 소변을 더 이상 참을 수가 없었다.

"오줌 좀 싸고 가요, 제발!"

으그우가 소리치자 군인이 트럭을 멈추고 그에게 총구를 겨누며 말했다.

"어서 내려서 싸. 도망치면 쏜다."

건물마다 야자수 잎사귀로 가린 예전의 초등학교를 개조한 훈련장에 도착했을 때 그 군인은 깨진 유리 조각으로 으그우의 머리카락을 밀어 주었다. 거친 유리 날이 부드러운 머리 가죽 여기저기에 흉터를 남겼다. 교실에 널린 돗자리와 매트리스에는 지독하게 물어 대는 빈대가 기어 다녔다. 군화도 없고 군복도 없고 소매에 절반짜리 노란 태양 마크도 없는 깡마른 군인들이 훈련을 시키면서 으그우를 발로 차고 손으로 때리고 욕설을 퍼부었다. 행진 훈련으로 두 팔은 뻣뻣해졌고, 장애물 훈련 때문에 장딴지가 콕콕 쑤셨고, 빗줄 오르기 훈련으로 손바닥이 까져서 피가 흘렀다. 하루에 한 번씩 줄 서서 받는 가리와 금속 양동이에서 퍼 주는 멀건 수프 때문에 배가 고팠고, 새로운 세계의 일상적인 폭력 때문에 가슴속에서 공포가 딱딱하게 응어리졌다.

교실 지붕에 새 가족이 둥지를 틀었다. 아침마다 새가 짹짹거리는 소리를 사령관이 부는 날카로운 호각 소리와 "집합! 집합!" 하고 외치는 목소리 그리고 어른과 아이들이 바쁘게 뛰는 소리가 방해했다. 오후에는 내리쬐는 뜨거운 태양이 모든 힘과 쾌활한 기분을 앗아 갔다. 군인들은 비아프라 카드놀이를 하다가 다투기도 하고 지난번 전투에서 날려 보낸 침략자 이야기를 꺼내기도 했다. 누군가가 "다음 작전이 금방 있을 거야!" 하고 말할 때는 자신이 비아프라를 위해서 싸우는 군인이라는 생각에 흥분과 공포가 동시에 밀려들었다. 진짜 부대에서 진짜 총을 들고 싸운다면 얼마나 좋을까!

고성능 지뢰 오그부니그웨에 대해 설명하던 에크웨누고 교수님이 떠올랐다. 비아프라에서 만든 지뢰나 '오주크우 양동이' 같은 놀라운 발명품이 너무나 강력한 나머지 침략자들이 파괴력을 가늠하기 위해 군인보다 소 떼를 먼저 보낼 정도라는 말은 얼마나 멋있었던가! 하지만 처음 훈련받으러 갔을 때 으그우는 눈앞에 놓인, 쇳조각이 가득한 초라한 금속 용기를 물끄러미 바라보았다. 자신이 느낀 실망감을 에베레치에게 그대로 말해 주고 싶었다. 빳

빳빳하게 다린 군복을 제대로 차려입은 유일한 인물인 사령관에 대해, 그가 무전기에 대고 얼마나 자주 소리를 질러 대는지, 그리고 그가 훈련 도중에 도망치려 했던 소년을 코피가 질질 흐를 정도로 맨손으로 얼마나 무지막지하게 때렸는지, 그리고 그다음에 얼마나 크게 "저놈, 유치장에 가둬!" 하고 소리쳤는지도 말해 주고 싶었다.

마을 여자들이 가리와 묽은 수프, 그리고 아주 가끔씩 야자 기름으로 요리한 승전 기원 쌀밥을 가져올 때 으그우는 에베레치가 가장 많이 생각났다. 가끔은 젊은 여자들이 와서 사령관 숙소에 들어갔다가 수줍게 웃으며 나오기도 했다. 정문을 지키는 보초는 여자들이 양옆으로 쉽게 들어올 수 있어서 그럴 필요가 없는데도 여자들이 올 때마다 입구를 막아 놓은 긴 장대를 일부러 들어 올렸다. 한번은 엉덩이가 통통하고 동그란 여자가 나가는 걸 보고는 다른 사람이란 걸 알면서도 "에베레치!" 하고 크게 불러 보고 싶었다.

나중에 행여나 에베레치를 만나면 알려 주려고 하루하루 겪은 일을 적어 놓으려 종이를 찾다가 칠판 뒤 모퉁이에 놓인 책 한 권을 발견했다. 미국인 노예 프레더릭 더글러스의 『자서전』이라는 책이었다. 앞 장에는 진한 파란색으로 '공립 대학 소유'라고 도장이 찍혀 있었다. 으그우는 바닥에 앉아서 책을 읽었다. 이틀 만에 다 읽고 나서는 혀를 굴리며 단어를 읽고 문장을 외워 가며 다시 읽기 시작했다.

노예들은 아편을 채찍만큼이나 무서워하게 된다. 노예들은 잠자리가 없어도 적응하고 잠자는 시간이 줄어도 적응한다.

하이테크는 으그우가 책을 읽는 동안 그 옆에 앉아 있기를 좋아했다. 그러면서 짜증이 날 정도로 단조로운 비아프라 노래를 흥얼거리기도 하고 이런저런 잡담도 늘어놓았다. 하지만 으그우는 못 들은 척했다. 어느 날 오후에는 마을 아낙네들이 음식을 하나도 가져오지 않아서 군인들이 하루 종일 투덜거렸다. 그런데 그날 저녁 하이테크가 으그우를 쿡 찌르고는 정어리 통조림을 내밀었다. 으그우가 그걸 움켜잡자 하이테크는 웃었다.

"우리 둘이 나눠 먹는 거야."

으그우는 하이테크가 이런 걸 어떻게 구했으며 이런 어린아이가 어떻게 이리도 뛰어난 능력을 발휘하는지 궁금했다. 두 사람은 건물 뒤로 가서 기름기 많은 생선을 나누어 먹었다.

그때 하이테크는 말했다.

"침략자들은 정말 잘 먹어! 내가 은테제 부대에 있을 때 적진에 침투한 적이 있는데, 그곳 여자들이 아주 커다란 고깃덩이를 넣고 수프를 끓였어. 심지어 부활절을 기념하려고 일주일 동안 싸움을 멈출 때 그들은 우리 편 군인들한테 먹을 것도 줬어."

"그들이 부활절을 기념하려고 싸움을 멈췄다고?"

으그우가 묻자 하이테크는 마침내 그의 관심을 사로잡아서 기쁘다는 표정으로 대답했다.

"그래. 심지어 우리 편이랑 카드놀이도 하고 위스키도 마셨어. 가끔은 서로 싸우지 말고 양쪽 다 충분히 쉬자고 약속할 때도 있었어."

하이테크가 으그우를 바라보며 웃었다.

"머리카락을 너무 보기 싫게 잘랐어."

으그우는 울퉁불퉁한 유리 날로 잘라서 머리카락이 듬성듬성한 머리를 만졌다.

"그래."

"머리를 거칠게 밀어서 그런 거야. 내가 면도날과 비누를 써서 제대로 깎아 줄 수 있어."

하이테크는 녹색 비누를 꺼내서 으그우의 머리에 거품을 내고 면도날로 머리가 매끈해질 때까지 말끔하게 깎아 주었다. 나중에 하이테크가 "이틀 후에 작전이야." 하고 속삭일 때 으그우의 머릿속에는 죽음을 준비하며 머리를 깎는 사람들이 떠올랐다.

으그우는 낮은 매트리스에 반듯하게 누워 주변에서 시끄럽게 코를 골아 대는 소리를 들었다. 지금까지 그는 장애물을 정확히 파악하고 거친 밧줄을 재빨리 설치하는 등 우수한 훈련 성과를 나타내며 주변의 주목을 받았다. 하지만 친구는 사귀지 않았다. 말을 거의 안 했다. 다른 사람들 이야기를 알고 싶지 않았다. 각자가 지닌 사연을 건드리지 않고 가슴속에 그대로 묻어 두는 편이 훨씬 좋을 것 같았다. 그는 다가온 작전에 대해서, 자신이 오그부니그웨로 날려 버릴 침략자들에 대해서, 갈가리 찢어진 에크웨누고 교수님의 몸뚱이에 대해서 생각했다. 그리고 잔잔한 달빛을 받으며 일어나서 밖으로 나갔다. 으무아히아에 있는 집까지 마냥 달려서 주인어른과 마님에게 인사하고 아이를 끌어안는 장면을 상상했다. 하지만 자신이 그렇게 하지 않으리라는 사실을 잘 알고 있었다. 마음 한구석은 이곳에 있는 걸 바라고 있었기 때문이다.

참호의 흙이 물에 적신 빵처럼 느껴졌다. 으그우는 가만히 누워 있었다. 거미 한 마리가 팔에 기어올랐지만 그는 움직이지 않았다. 어둠은 짙게 깔렸고 그는 거미의 털북숭이 다리를 떠올렸다. 거미가 사시사 기이기는 곳이 축축하고 차가운 흙이 아니라 인간의 따뜻한 살이라는 걸 알면 놀랄 것 같았다.

가끔씩 달이 구름 사이로 나타날 때마다 앞에 있는 울창한 나무들이 희미한 윤곽을 드러냈다. 침략자들은 그 사이 어딘가에 있었다. 으그우는 사방이 약간 더 밝았으면 했다. 아까 약 30미터 전방에 오그부니그웨를 묻을 때만 해도 달빛은 지금보다 훨씬 밝았다. 지금은 어둠이 짙었다. 손에 쥔 케이블이 차가웠다. 바로 옆에서 한 병사가 조그맣게 기도를 중얼거리고 있었다. 그의 귀에 대고 속삭이는 것처럼 들리는 나지막한 기도였다.

"천주의 성모 마리아님, 이제 와 저희 죽을 때 저희 죄인을 위하여 빌어 주소서."

으그우가 거미를 털어 내고 일어서는 순간, 침략자들이 총을 쏘기 시작했다. 콩 볶는 듯한 총소리가 사방에서 시끄럽게 나다가 사그라지고, 으그우 측 보병이 완전히 다른 방향에서 반격을 시작했다. 더러운 유목민 침략자들이 당황해서 오그부니그웨의 지뢰가 기다린다는 것을 생각조차 못 할 것 같았다.

으그우는 툭하면 목덜미를 꼬집는 에베레치의 손길과 입안에 들어온 그녀의 축축한 혀를 떠올렸다. 침략자들이 포격을 퍼붓기 시작했다. 처음에는 공중을 가르는 박격포 소리가 휘잉 하고 나다가 땅에 떨어져 쾅 소리를 내면서 동시에 뜨거운 폭탄 파편이 사방으로 날아갔다. 마른 풀 일부에 불이 붙어서 환하게 타오르는 순간, 으그우는 눈앞의 숲에 커다란 거북이처럼 웅크린 척후병을 발견했다. 그리고 침략자들을 발견했다. 적군 무리가 바닥에 엎드린 채 윤곽을 드러내며 앞으로 기어오고 있었다. 적군이 지뢰 매설 지역으로 들어온 것이다. 너무 이르다는 생각이 들었다. 적군이 으그우의 공격 목표로 들어오기 전에, 오그부니그웨에 들어 있는 쇳조각을 격렬하게 터뜨리기 전에, 더 많은 일이 일어날 거라고 예상했던 터였다.

으그우는 숨을 깊이 들이켰다. 조심스러우면서도 단호하게 양손에 있는 케이블과 플러그를 연결하는 순간, 충분히 예상했는데도 너무나 강력한 폭발에 깜짝 놀랐다. 순간적으로 솟구친 공포가 심장을 억눌렀다. 계산이 틀릴 가능성도 있었다. 적군을 몰살시키지 못할 가능성도 있었다. 하지만 근처에 있는 누군가가 "적중이다!" 하고 외치는 소리가 들렸다. 그 소리가 으그우의 머리를 울리는 동안 동료들은 잠깐 기다리다가 참호를 올라가 사방에 흩어진 침략자들의 시신에 다가갔다.

"옷을 벗겨! 바지랑 셔츠를 챙겨!"

누군가가 소리치자 다른 누군가가 반박했다.

"아니야, 군화랑 총만 챙겨! 시간이 없어. 시간이 없어. 은그와 은그와! 적군의 지원 부대가 오는 중이야!"

으그우는 깡마른 시신 앞에서 허리를 숙였다. 그리고 군화를 잡아챘다. 옷을 뒤지자 주머니에 든 차갑고 딱딱한 콜라나무 열매와 따뜻하고 걸쭉한 피가 느껴졌다. 바로 옆에 있던 두 번째 시신에 손을 대는 순간 시체가 꿈틀거려서 으그우는 뒤로 물러났다. 하지만 상대는 마지막 숨을 힘들게 뱉어 낸 다음에 잠잠해졌다. 그는 몸을 부르르 떨었다. 옆에서 동료 한 명이 획득한 총 몇 자루를 들어

올리며 좋아했다.

"이제 가자!"

으그우가 소리치며 양손에 묻은 피를 바지에 닦았다.

케이블을 반납하러 본부로 우르르 돌아가는 도중에 모두가 으그우의 등을 툭툭 치며 "명사수!"라고 치켜세웠다. 그러면서 놀렸다.

"책 보고 배운 거야?"

으그우는 공중에 둥둥 뜬 것 같았다. 그런 기분은 다음 작전을 기다리며 비아프라 카드놀이를 하고 독한 술을 마시는 며칠 동안 계속 이어졌다. 그가 땅바닥에 똑바로 누워 있는 동안 하이테크는 바싹 마른 잎사귀를 낡은 종이에 말아서 그와 함께 담배를 태웠다. 으그우는 마르스 담배를 좋아했다. 마른 잎사귀를 말아서 피우는 담배는 다리와 엉덩이 사이의 관절이 약간 틈이 생기며 벌어지는 것 같은 느낌을 주었다. 사령관의 기분이 좋았고 이제 비아프라가 침략자들에게서 오웨리를 다시 빼앗았다는 희망찬 소식 때문에 그들은 숨지 않고 아무 데서나 대놓고 담배를 태웠다. 규칙이 느슨하게 풀렸다. 고속 도로 근처에 있는 술집으로 나갈 수도 있었다.

"한참 걸어야 하잖아."

누군가가 말하자 하이테크가 웃었다.

"당연히 자동차를 징발해야지."

하이테크가 웃을 때 으그우는 그가 아직 어린아이라는 사실을 떠올렸다. 이제 열네 살이었다. 장정 아홉 명 사이에서 걸어가는 그가 너무나 작아 보였다. 누군가 고무 슬리퍼를 끄는 소리가 조용한 도로에 울려 퍼졌다. 두 사람은 맨발이었다. 그들은 한참 기다리다가 먼지가 쌓인 폭스바겐 자동차 한 대가 달려올 때 재빨리 도로로 뛰어들며 길을 막았다. 자동차가 멈추자 몇 명이 다가가서 보닛을 주먹으로 때리며 소리쳤다.

"밖으로 나와! 젠장맞을 민간인!"

자동차를 몰던 남자는 완고해 보였다. 자신은 이런 걸 무서워하지 않는다는 단호한 표정이었다. 남자 옆에서 부인이 우는소리로 사정하기 시작했다.

"제발, 지금 우리 아들을 찾으러 가는 중이에요."

한 병사가 자동차 보닛을 강하게 때리며 소리쳤다.

"작전을 수행하려면 이 차가 필요해!"

"제발, 제발, 지금 우리는 아들을 찾으러 가는 중이에요. 난민 수용소에서 봤다는 소식을 들었어요."

여자가 하이테크를 잠시 바라보며 이마를 찡그렸다. 자기 아들일 수도 있다는 생각을 한 것 같았다.

"우리는 여기서 당신네를 위해 죽어 가는데 당신은 자동차나 끌고 놀러 다닌다는 게 말이나 돼?"

한 병사가 물으며 여자를 밖으로 끌어냈다. 그러자 남편도 밖으로 나왔다. 하지만 그는 자동차 옆에 버티고 서서 자동차 키를 단단히 움켜쥐고 있었다.

"병사들이 이러면 안 되지요. 당신들은 이 자동차를 빼앗을 권리가 없어요. 난 통행증도 있어요. 난 정부에서 일하는 사람이에요."

병사 한 명이 남자를 때렸다. 남자가 비틀거리자 병사가 때리고 또 때렸다. 남자가 바닥에 쓰러지며 손에 움켜쥔 키를 떨어뜨릴 때까지 계속 때렸다.

"이제 됐어!"

으그우가 소리쳤다.

다른 병사가 남자의 목과 손목을 짚으며 숨을 쉬는지 확인했다. 여자가 엎드려서 남편을 살피는 동안 병사들은 자동차에 억지로 몸을 집어넣고 술집으로 차를 몰았다.

술집 여주인이 일행을 맞이하며 맥주는 없다고 말했다.

"맥주가 없는 게 확실해? 우리가 돈 안 줄까 봐 숨기는 거 아니야?"

동료 하나가 물었다.

"아니에요. 맥주는 하나도 없어요."

그녀가 대답했다. 길쭉하고 날카로워 보이는 얼굴에 웃음기가 없었다.

"우리는 적군을 깨부쉈다고! 맥주를 내놔!"

동료가 다시 소리쳤다. 으그우는 짜증이 났다. 적군이 가까이 다가오기도 전에 자신이 맡은 오그부니그웨를 내버린 채 도망친 동료였다. 그래서 끼어들었다.

"맥주는 하나도 없다고 하잖아. 카이카이나 가져오라고 해."

술집 여주인이 현지에서 만든 독한 술과 조그만 금속 컵을 가져오자, 동료들은 비아프라가 승리한 다음에는 단주마와 아케쿤레와 고원을 비롯해 나이지리아 장교 모두를 거꾸로 매달아야 한다고 떠들어 댔다.

하이테크가 마른 종이로 담배를 말기 시작했다. 그런데 아직

말지 않은 종이 일부가 눈에 익었다. '이야기'라는 글자도 눈에 익었다. 으그우가 종이를 쳐다보며 물었다.

"어디서 난 종이야?"

"책 제일 앞에 있는 종이를 딱 한 장만 뜯었어."

하이테크가 웃으며 담배를 내밀었다.

으그우는 그걸 받지 않았다.

"내 책을 찢었다고?"

"제일 앞에 있는 종이 한 장이야. 내 종이는 떨어졌어."

분노가 치밀었다. 으그우는 주먹을 내질렀다. 하지만 하이테크가 마지막 순간에 뒤로 몸을 빼며 피하는 바람에 주먹은 하이테크의 턱을 살짝 스쳤을 뿐이다. 으그우가 주먹을 다시 치켜드는 순간에 다른 동료들이 그를 붙잡아 질질 끌어내고, 책 제일 앞에 있는 종이 한 장에 불과하다며 술이나 마시라고 타일렀다.

"미안해."

하이테크가 중얼거렸다.

으그우는 머리가 아팠다. 모든 것이 너무 빠르게 움직이고 있었다. 지금 이것은 자신의 삶이 아니었다. 지금 자신은 예전과 완전히 동떨어진 삶을 살아가고 있었다. 그는 끊임없이 술을 마시며 다른 동료들을 쳐다보았다. 지저분한 농담과 허풍과 거짓말을 내뱉으며 계속 열렸다가 닫히는 입을 쳐다보았다. 이윽고 술집 전체가 흔들리는 것처럼 느껴졌다. 탁자 주변에 놓인 의자도 이상하게 흔들거렸다.

여주인이 술병을 바꿔 가며 계속 술을 내왔다. 으그우는 아마 술집 뒷마당에서 빚은 술일 거라고 생각했다. 그는 바깥에 나가서 소변을 보고 잠시 나무에 기댄 채 신선한 공기를 들이마셨다. 은수가 뒷마당에 앉아서 레몬 나무와 자신의 약초밭 그리고 조모 아저씨가 기기런히 까음 나무들을 바라보는 것 같았다. 그가 그곳에 가만히 있는 사이에 술집에서 커다란 환호성이 들렸다. 누군가가 내기에서 이긴 것 같았다. 동료들 때문에 피곤했다. 전쟁 때문에 피곤했다. 하지만 마침내 그는 안으로 들어서다가 문가에 멈춰 섰다.

여주인이 바닥에 등을 대고 누워서 치마를 허리춤까지 올리고 병사 한 명에게 어깨를 꼭 붙잡힌 채 다리를 활짝, 아주 활짝 벌리고 있었다. 그녀는 "제발, 제발, 비코." 하며 흐느끼는 중이었다. 블라우스는 그대로 입은 상태였다. 다리 사이에서 하이테크가 허리를 들썩거리며 바삐 움직이고 있었다. 그의 조그만 엉덩이가 두 다리보다 새까맣게 보였다. 동료들이 소리치고 있었다.

"하이테크, 이제 됐어! 그만 내려와!"

하이테크가 신음하며 술집 여주인에게 쓰러졌다. 동료 하나가 그를 끌어내고 바지를 벗으려 할 때 누군가가 소리쳤다.

"아니야! 명사수 차례야!"

으그우가 문가에서 뒷걸음질을 쳤다.

"우조 아비아라 오! 명사수가 겁을 낸다!"

으그우는 어깨를 으쓱하고 앞으로 다가가며 거만하게 말했다.

"누가 겁을 낸다는 거야? 난 제일 먼저 먹는 걸 좋아할 뿐이야."

"그래도 아직은 음식이 신선한 편이야!"

"명사수, 너도 남자냐? 이 부크와 은워케?"

바닥에서 여주인이 움직이지 않았다. 으그우는 바지를 내렸다. 너무나 빨리 일어서는 그것이 놀라웠다. 으그우가 그것을 집어넣을 때 술집 여주인의 안은 메마르고 딱딱했다. 그는 상대의 얼굴을 쳐다보지 않았다. 상대의 어깨를 누르는 동료 얼굴도 쳐다보지 않았다. 아무것도 쳐다보지 않았다. 그냥 빨리 움직이다가 절정을 느꼈다. 허리춤으로 몰려든 액체가 저절로 배출되는 기분을 느꼈다. 그가 바지 지퍼를 채우는 동안 동료들이 박수를 쳤다. 마침내 그는 여주인을 바라보았다. 그녀는 증오 어린 시선으로 그를 쳐다보고 있었다.

작전은 계속 이어졌다. 때때로 으그우는 공포 때문에 얼어붙었다. 그는 몸과 마음을 분리시킨 채 참호에 누워서 진흙에 몸을 밀착시켰다. 자신과 진흙이 하나처럼 착 달라붙은 기분이 좋았다. 쏘아 대는 총소리와 병사들이 내지르는 비명, 죽음의 냄새, 공중과 주변에서 터지는 폭탄 소리는 다른 세상에서 일어나는 일 같았다. 하지만 야영장으로 돌아오면 모든 기억이 생생하게 떠올랐다. 쏟아지는 내장을 움켜잡으려는 듯 쩍 벌어진 복부에 두 손을 올려놓은 채 죽은 병사도 떠오르고 아들을 부르다가 숨이 끊어진 병사도 떠올랐다. 작전을 나갔다 올 때마다 모든 것이 새로워졌다. 매일 보는 가리도 너무나 새로웠다. 으그우는 한 권밖에 없는 책을 읽고 또 읽었다. 자기 살을 매만지며 이것도 언젠가 썩어 문드러질 거라고 생각했다.

어느 날 오후에 사령관이 다리가 묶인 병약한 염소 한 마리를 지프 옆구리에 매달고 왔다. 게으른 민간인에게서 빼앗은 게 분명했다. 힘없이 음매음매 우는 염소 주위로 병사들이 고기를 먹게 되었다고 좋아하며 몰려들었다. 병사 가운데 두 명이 염소를 죽이고 불을 피웠다. 내장만 빼낸 고깃덩어리가 다 익자 사령관은 고기 모두를 자기 숙소로 가져오라고 명령했다. 그리고 네 다리와 머리가 붙은 듯 고깃덩이를 아무도 손대지 않고 양동이에 그대로 넣었는지 일일이 확인했다. 나중에 마을 여자 두 명이 나타나서 사령관 숙소에 들어갔다. 오랜 시간이 지난 후 떠나가는 두 여자에게 병사들이 돌멩이를 던졌다. 으그우는 사령관이 염소 고기 절반을 내주어서 병사들이 뼈도 남기지 않고 모조리 씹어 먹는 꿈을 꾸었다.

잠에서 깨어나니 라디오 소리가 크게 키워져 있고 하이테크는 훌쩍거리며 울고 있었다. 으무아히아가 함락된 것이다. 비아프라가 수도를 빼앗긴 것이다. 한 병사가 두 손을 들어 올리며 소리쳤다.

"그 염소가 나쁜 징조였어! 이제 다 잃었어! 이제 항복해야 돼!"

다른 병사들도 우울한 표정이었다. 으무아히아를 다시 빼앗는 계획을 은밀하게 세우는 중이라고 사령관이 말해도 병사들 사기는 올라가지 않았다. 하지만 수상 각하가 방문한다는 소식은 달랐다. 병사들은 연병장을 쓸고 옷을 빨고 늘어서서 환영하는 연습을 했다. 그리고 지프와 폰티악 자동차의 행렬이 연병장에 들어설 때는 모두가 일어나서 경례했다. 으그우는 아무렇게나 경례했다. 으무아히아에 있는 마님과 주인어른과 아이가 걱정스러웠고, 수상 각하나 사령관에게는 아무 관심도 없었다. 거만하고 잘난 척하며 부하들을 멍청이로 취급하는 장교들에게도 아무 관심이 없었다.

하지만 정신이 제대로 박힌 것처럼 보이는 오하에토 대위는 정말 존경스러웠다. 그래서 오하에토 대위가 참호 속 바로 옆에 있다는 것을 알고는 그에게 깊은 인상을 주기로 결심했다. 참호는 축축하지 않았다. 거미보다는 개미가 많았다. 콩 볶는 듯한 총소리와 박격포 소리를 듣고 으그우는 침략자들이 가까이 다가왔다는 것을 느낄 수 있었다. 그는 오하에토 대위에게 정말 깊은 인상을 심어 주고 싶었다. 주변이 너무 어두워서 아쉬울 뿐이었다. 으그우가 케이블과 플러그를 연결하려고 할 때 무언가가 휘잉 소리를 내며 머리를 스치더니 곧바로 등에 따가운 통증이 느껴졌다. 바로 옆에 있던 오하에토 대위는 온몸이 찢겨 나가 피투성이로 변하고 말았다. 이윽고 누군가가 으그우를 참호 위로 힘들게 끌어 올리는 느낌이 들었다. 바닥에 내려질 때 으그우는 온몸으로 몰려드는 통증보다는 내리누르는 자기 몸의 무게 때문에 깊은 나락으로 빠져들며 정신을 잃었다.

30

리처드는 푸조 자동차에 올라탄 미국인 기자 두 명에게서 최대한 멀리 떨어져 차 문에 몸을 붙였다. 사실 그가 앞 좌석에 앉고 연락병을 그들과 함께 뒷좌석에 앉혀야 했다. 하지만 구겨진 모자를 쓴 뚱보 찰스와 빨간 수염이 턱까지 덮인 빨간 머리 찰스 두 사람의 몸 냄새가 이렇게 지독할 거라고는 상상도 못 했다.

뚱보 찰스가 웃으며 말했다.

"한 명은 중서부 지역에서, 한 명은 뉴욕에서 왔는데 우리 둘 다 이름이 찰스입니다. 정말 대단한 우연의 일치 아닌가요? 게다가 우리들의 어머니 두 분도 모두 우리를 척이라고 부른답니다!"

리처드는 두 사람이 리스본에서 비행기를 타려고 얼마나 오래 기다렸는지 확실히는 몰랐다. 하지만 상투메에서 비아프라로 떠나는 원조 물품 비행기를 기다린 시간이 무려 열일곱 시간으로 늘어났다는 건 알았다. 두 사람은 당장 목욕할 필요가 있었다. 리처드 옆에 앉은 뚱보 찰스가 전쟁이 처음 일어날 때 비아프라에 온 적이 있다며 말을 시작하자 리처드는 그가 이도 닦아야겠다고 생각했다.

"그때는 제대로 된 비행기를 타고 와서 하코트 항구 공항에 내렸답니다. 하지만 이번엔 불조차 켜지 않은 비행기 바닥에서 분유 20톤 옆에 나란히 앉아서 왔어요. 비행기가 정말 낮게 날아서 밖을 내다보면 나이지리아 대공포가 내뿜는 노란 불꽃까지 보일 정도였답니다. 정말 무서웠지요."

뚱보 찰스가 통통한 얼굴로 환하게 웃었다. 빨간 머리 찰스는 웃지 않았다.

"나이지리아 측에서 쏘았다는 증거는 없어요. 비아프라 측에서 쏘았을 수도 있으니까요."

"맙소사, 그러지 마세요!"

뚱보 찰스가 말하며 리처드를 흘낏 쳐다보았지만 그는 얼굴 표정을 그대로 유지한 채 가만히 있었다.

"당연히 그건 나이지리아 대공포였어요."

"어쨌든 비아프라 측에서 비행기에다 식량과 무기를 함께 실었잖아요."

빨간 머리 찰스가 리처드를 바라보며 물었다.

"그렇지 않은가요?"

리처드는 그가 싫었다. 엷은 녹색 눈동자에 빨간 주근깨가 난 그의 얼굴이 싫었다. 공항에서 두 사람을 만나 여권을 건네주면서 비아프라 정부에서는 두 사람을 환영하며 자신이 안내를 할 것이라고 말할 때 경멸하듯 비웃던 그의 표정이 싫었다. '당신이 비아프라 정부 대변인이라도 되는 거요?' 하고 묻는 것 같은 표정이었다.

"우리 원조 비행기는 식량만 수송합니다."

리처드가 말하자 빨간 머리 찰스가 비웃었다.

"당연히 식량만 수송하겠지요."

뚱보 한스가 차창 바깥을 내다보려고 리처드 쪽으로 몸을 기울였다.

"사람들이 차를 몰고 다니고 주변을 걸어 다닌다는 사실을 믿을 수가 없어요. 전쟁이 한창인 것 같지 않아요."

"공습이 일어나기 전까지는요."

리처드가 말했다. 얼굴을 뒤로 뺀 채 숨을 꾹 참는 중이었다. 빨간 머리 찰스가 물었다.

"비아프라 군대가 이탈리아 원유 기술자를 총으로 쏜 곳을 구경할 수 있나요? 《트리뷴》에 실리긴 했지만 우리는 그 사건을 좀 더 자세히 다루고 싶거든요."

"아니요, 불가능합니다."

리처드가 가시 돋힌 말투로 대답하자, 빨간 머리 찰스가 그를 물끄러미 바라보며 말했다.

"좋아요. 하지만 뭔가 새로운 내용을 알려 줄 수는 있나요?"

리처드는 분노가 치밀었다. 상처에 후추를 뿌려 대는 격이었다. 비아프라 국민 수천 명이 죽었는데도 이 남자는 백인 한 명의 죽음에 대해 뭔가 새로운 내용이 있는지만 알고 싶어 했다. 리처드는 흑인 100명의 죽음을 백인 한 명의 죽음보다 못하게 여기는 서양 언론의 태도를 글로 쓰리라 작정하며 대답했다.

"특별히 언급할 새로운 내용은 없습니다. 지금 그 지역은 점령당했습니다."

검문소에서 리처드는 시민 방위군에게 이보 말로 두 사람에 대해 설명했다. 여자 시민 방위군은 여권을 확인하며 넌지시 웃었고 리처드도 미소로 답했다. 키가 크며 가슴이 납작한 여자는 카이네네를 연상시켰다.

뚱보 찰스가 입을 열었다.

"저 여자가 당신에게 관심이 아주 많아 보이는군요. 이곳은 섹스 천국이라고 들었어요. 하지만 저런 여자한테는 성병이 있겠지요? 매독 같은 거? 여러분도 조심해서 그런 병을 집까지 달고 가지 않도록 하세요."

너무나 뻔뻔한 말에 리처드는 화가 치밀었다.

"지금 우리가 가는 난민 수용소는 제 아내가 운영하는 곳입니다."

"정말요? 부인은 이곳에 오래 있었나요?"

"비아프라 출신입니다."

빨간 머리 찰스가 창밖을 내다보다가 리처드를 돌아보며 말했다.

"내 영국인 대학 친구 한 명도 유색인 여자를 정말 좋아했어요."

뚱보 찰스가 당혹스러운 표정으로 재빨리 화제를 돌렸다.

"당신은 이보 말을 잘하나요?"

"네."

리처드는 카이네네와 밧줄 무늬 그릇 사진을 보여 주고 싶었지만 그러지 않는 편이 좋겠다는 생각이 들었다.

"나도 그분을 만나고 싶군요."

뚱보 찰스가 말했다.

"아내는 오늘 출장을 갔습니다. 수용소에 필요한 물품을 충분히 공급받으려고 애쓰는 중이지요."

리처드가 자동차에서 먼저 내려 통역관 두 명이 기다리는 것을 발견했다. 그걸 보니 또 화가 치밀었다. 이부 말의 관용어와 뉘앙스와 사투리가 리처드에게 어려울 때가 있긴 했다. 하지만 기획국은 리처드에게 거의 무조건 통역관을 보냈다. 바깥에 앉은 피난민들이 리처드를 막연한 호기심으로 쳐다보았다. 깡마른 남자 한 명이 허리춤에 단검을 차고 혼자 뭐라고 중얼거리며 걸어가고 있었다. 순간 고약한 냄새가 났다. 아이들이 모닥불에 둘러앉아서 쥐 두 마리를 굽고 있었다.

"아, 하느님 맙소사!"

뚱보 찰스가 모자를 벗고 아이들을 쳐다보았다.

"흑인들은 아무거나 가리지 않고 먹는 법이랍니다."

빨간 머리 찰스가 중얼거렸다.

"지금 뭐라고 했죠?"

리처드가 발끈했지만 빨간 머리 찰스는 못 들은 척하며 통역관 한 명을 데리고 급히 앞으로 걸어가서 장기를 두는 사람들에게 말을 걸었다.

뚱보 찰스가 말했다.

"당신도 알다시피 상투메에는 바퀴벌레가 기어 다닐 정도로 많은 식량이 쌓여 있는데 이곳으로 가져올 방법이 없어요."

"네, 맞아요."

리처드가 대답하고 잠시 침묵하다가 물었다.

"혹시 편지를 전해 줄 수 있나요? 런던에 있는 장인 장모님께 보내는 편지랍니다."

302

"물론이지요. 이곳에서 나가는 즉시 우편함에 넣어 드릴게요."

뚱보 찰스가 배낭에서 커다란 초콜릿 하나를 꺼내서 포장을 벗겨 두 입을 깨물었다.

"더 많은 도움이 될 수 있으면 좋을 텐데 안타깝군요."

뚱보 찰스가 아이들한테 걸어가서 사탕을 나눠 주고 사진을 찍었다. 아이들은 시끄럽게 떠들어 대며 더 달라고 했다. 하지만 그가 "웃는 모습이 정말 예쁘군!" 하고 말하며 다른 곳으로 가자 아이들은 쥐를 굽던 곳으로 돌아갔다. 빨간 머리 찰스가 목에 걸린 카메라를 흔들어 대며 빠르게 다가와서 리처드에게 말했다.

"진짜 비아프라 사람을 만나고 싶어요."

"진짜 비아프라 사람요?"

"저들을 보세요. 저들은 2년 동안 제대로 먹지도 못했어요. 그런데도 독립과 비아프라와 오주크우에 대한 이야기만 계속 늘어놓고 있다니 나로서는 도저히 이해할 수가 없어요."

"당신은 인터뷰를 하기 전에 어떤 대답을 들어야 할지 미리 정해 놓으시나요?"

리처드가 말을 돌려 보다 부드럽게 물었다.

"다른 난민 수용소에 가고 싶어요."

"물론이죠, 다른 수용소에도 데려갈 겁니다."

도시 안으로 깊숙이 들어간 두 번째 난민 수용소는 예전에 시청사로 쓰던 건물이라서 훨씬 작고 냄새도 훨씬 덜 났다. 팔이 하나뿐인 여자가 계단에 앉아서 사람들에게 이야기를 해 주고 있었다.

"하지만 그 사람의 유령이 나타나서 하우사족 침략자들한테 말하자 그들은 그 사람 집에서 당장 나갔답니다."

여자가 하는 이야기의 끝부분을 들으며 리처드는 유령에 대한 여자의 믿음이 부럽다고 생각했다. 빨간 머리 찰스는 여자의 바로 옆에 앉아서 통역관을 통해 물었다.

배가 고프세요? 당연하지요, 우리 모두 배가 고파요.

전쟁이 일어난 이유를 아세요? 네, 하우사족 침략자들이 우리를 모두 죽이려고 했지만 하느님은 잠만 자지 않았어요.

전쟁이 끝나길 바라세요? 네, 비아프라가 금방 이길 거예요.

비아프라가 이기지 못한다면요?

여자가 땅바닥에 침을 퉤 뱉고서 처음에는 통역관을, 다음에는 빨간 머리 찰스를 불쌍하다는 표정으로 오랫동안 쳐다보았다. 그리고 벌떡 일어나 안으로 들어갔다.

빨간 머리 찰스가 중얼거렸다.

"믿을 수가 없군. 비아프라의 선전 선동 시스템은 정말 대단해."

리처드는 빨간 머리 찰스 같은 유형을 잘 알고 있었다. 워싱턴에서 닉슨 대통령이 보낸 진상 조사단이나 런던에서 윌슨 수상이 보낸 위원회에 있는 사람들과 비슷한 유형이었다. 그들은 단단한 단백질 알약과 그보다 더 확고한 결론을 지니고 비아프라를 찾았다. 나이지리아 군대는 시민에게 포격하지 않으며 기아 현상은 과장이고 전쟁 중에도 그것이 크게 문제 될 것은 없다는 결론이 바로 그것이었다.

"선전 선동 시스템 같은 건 없어요. 시민한테 포격하면 더 커다란 반발이 일어나는 법이에요."

리처드가 말하자 빨간 머리 찰스가 물었다.

"라디오에서 말하는 이야기처럼 들리네요. 비아프라 방송에서 그런 식으로 주장하나요?"

리처드는 대답하지 않았다.

"저 사람들은 먹을 수 있는 모든 걸 먹고 있어요. 녹색 잎사귀라면 무엇이든 채소로 여길 정도예요."

뚱보 찰스가 머리를 절레절레 흔들며 말했다.

"오주크우가 기아를 극복하고 싶으면 식량 공급 위원회에 나가서 'OK'라는 말만 하면 되잖아요. 그러면 저 아이들이 쥐까지 먹을 필요는 없다고요."

빨간 머리 찰스가 말했다. 뚱보 찰스가 계속 사진을 찍다가 대답했다.

"하지만 그렇게 간단하지 않아요. 지금은 전쟁 중인데, 안전 문제도 생각해야지요."

"오주크우는 항복해야 할 거예요. 지금 나이지리아가 마지막 총력을 쏟는데 비아프라가 빼앗긴 영토를 다시 찾을 가능성은 없어요."

빨간 머리 찰스가 말했다. 뚱보 찰스가 주머니에서 먹다 만 초콜릿을 꺼냈다. 빨간 머리 찰스가 또 물었다.

"비아프라가 항구에서 그렇게 많은 연료를 잃었는데 지금은 연료를 어떻게 공급하나요?"

"우리는 에그베마에 있는 몇몇 유전에서 원유를 계속 뽑아내고 있답니다. 적기의 공습을 피하려고 야간에 전조등도 켜지 않은 유조차에 원유를 싣고 정유소로 운반하지요."

리처드가 설명했다. 하지만 에그베마의 위치까지 구태여 말하진 않았다.

"당신은 계속 우리라는 표현을 쓰는군요."

빨간 머리 찰스가 말하자 리처드가 그를 쳐다보았다.

"네, 난 계속 우리라는 표현을 씁니다. 전에 아프리카에 온 적이 있나요?"

"아니요, 이번이 처음입니다. 왜요?"

"그냥 궁금해서요."

"내가 미개한 지역에 대한 경험이 적은 것 같으세요? 아시아 지역을 3년이나 담당했답니다."

빨간 머리 찰스가 말하며 빙그레 웃었다. 뚱보 찰스가 배낭을 뒤져서 브랜디 술병을 하나 꺼내 리처드에게 주면서 말했다.

"상투메에서 샀어요. 뚜껑조차 안 딴 거지요. 좋은 술이랍니다."

리처드는 술병을 받았다.

출국하는 비행기를 잡으러 울리까지 태워다 주기 전, 그들은 여행자 숙소에 들러서 쌀밥과 닭고기 죽으로 저녁을 먹었다. 리처드는 빨간 머리 찰스가 먹은 음식값까지 비아프라 정부가 지불한다는 생각에 짜증이 치밀었다. 터미널에는 자동차 서너 대가 들락거렸으며 그 앞쪽에는 새까만 활주로가 펼쳐져 있었다. 몸에 딱 맞는 카키색 정장을 입은 공항 책임자가 나와서 그들과 일일이 악수하며 말했다.

"비행기가 금방 도착할 예정입니다."

빨간 머리 찰스가 투덜거렸다.

"이 지옥 같은 곳에서도 여전히 관례를 따른다는 게 우스워요. 내가 여기 왔을 때 여권에다 도장을 찍으면서 신고할 물건이 있느냐고 물었을 정도니까요."

커다란 폭발음이 공중을 뒤흔들었다. 공항 관리자가 "이쪽으로!" 하고 소리쳤고 세 사람은 그 뒤를 쫓아서 짓다 만 건물로 달려갔다. 그리고 바닥에 납작하게 엎드렸다. 지붕 창문이 덜거덕거리며 떨렸다. 땅이 흔들렸다. 이윽고 폭발이 멈추고 기관총 소리가 나자 공항 책임자가 일어나 카키색 정장에 묻은 먼지를 털어내며 말했다.

"이제 됐어요. 갑시다."

"미쳤어요?"

빨간 머리 찰스가 비명을 질렀다.

"저들은 폭탄이 떨어진 다음에만 기관총을 쏘니까 이제 걱정할 거 없어요."

공항 책임자가 경쾌하게 말하고 벌써 밖으로 나가기 시작했다.

화물차 한 대가 폭탄이 터진 곳에 자갈을 채우며 활주로를 보수하고 있었다. 활주로 불빛이 들어왔다 나가며 깜빡거리고 주변은 다시 완벽한 어둠에 휩싸였다. 파란빛이 감도는 어둠 속에서 리처드는 현기증을 느꼈다. 불빛이 약간 오랫동안 들어오다가 꺼지더니, 다시 켜지고 또 꺼졌다. 비행기 한 대가 착륙하고 있었다. 비행기가 활주로를 달려오며 쿵쿵거리는 소리가 꼬리를 물고 계속됐다.

"착륙한 건가요?"

뚱보 찰스의 말에 리처드가 대답했다.

"네."

불빛이 계속 들어왔다 나가며 깜빡거렸다. 비행기 세 대가 착륙했다. 리처드는 전조등도 켜지 않은 채 벌써 비행기 쪽으로 달려가는 화물차들을 보고 놀랐다. 일꾼들이 비행기에서 부대를 끌어내리고 있었다. 불빛은 계속 켜졌다가 꺼졌다. 비행사들이 고함을 길게 댔다.

"어서 서둘러, 이 게으른 자식들아! 어서 내리라고! 여기서 폭탄을 맞을 순 없단 말이야! 어서 움직여, 이 자식들아! 빨리 서둘러, 제기랄!"

영국식 악센트와 아프리카식 악센트 그리고 아일랜드식 악센트가 뒤섞여 들렸다.

"저 사람들도 조금은 친절하게 굴 수 있을 텐데. 원조 물품을 싣고 날아오는 대가로 수천 달러씩 받으면서."

뚱보 찰스가 말하자 빨간 머리 찰스가 반박했다.

"저 사람들 목숨이 위험하니까 그러지요."

"비행기에서 화물을 내리는 사람들 목숨도 마찬가지예요."

누군가가 바람막이 등불을 켰다. 리처드는 혹시 나이지리아 폭격기가 공중을 돌아다니다가 불이 켜진 걸 보는 건 아닌지 마음 졸이다가 문득 지금 공중을 돌아다니는 나이지리아 폭격기는 몇 대나 되는지 궁금했다.

"우리 일꾼 가운데 일부는 어둠 속에서 돌아가는 프로펠러 속으로 들어가기도 했답니다."

리처드가 차분하게 말했다. 자신이 왜 이런 말까지 했는지 이유를 알 수 없었다. 빨간 머리 찰스의 은근한 우월감을 깨뜨리고 싶었던 것 같았다.

"그래서 어떻게 됐나요?"

뚱보 찰스가 물었다.

"당신 생각에는 그들이 어떻게 되었을 거 같으세요?"

자동차 한 대가 전조등도 켜지 않은 채 천천히 다가왔다. 바로 옆에서 문이 열리고 닫혔으며 이윽고 여윈 아이들 다섯 명, 파란색과 하얀색이 어우러진 옷차림의 수녀 한 명이 일행에 합류했다. 리처드가 수녀에게 인사했다.

"안녕하세요. 키 카 이 메?"

수녀가 빙그레 웃었다.

"오, 이보 말을 하시는 온예 오차이시군요. 우리의 대의명분에 대해 훌륭한 글을 쓰시는 바로 그분이시죠? 글이 정말 좋아요."

"가봉으로 가세요?"

"네."

수녀가 대답하고 아이들에게 나무판자에 앉으라고 말했다. 리처드는 가까이 다가가서 아이들을 살펴보았다. 아이들 눈에 가득한 우윳빛 눈물이 희미한 빛에 드러났다. 수녀는 제일 어린 아이를 들어 껴안았다. 피부는 주름지고 두 다리는 나무처럼 가늘며 배는 임신이라도 한 것처럼 볼록 튀어나온 아이였다. 리처드는 그 아이가 남자아이인지 여자아이인지조차 구분할 수가 없었다. 그래서 갑자기 화가 치밀어 올랐다. 너무 화가 난 나머지 빨간 머리 찰스가 "비행기에 언제 올라탈 수 있을까요?" 하고 묻는 말을 무시해 버렸다.

아이들 가운데 한 명이 억지로 일어나다가 앞으로 꼬꾸라져서 얼굴을 땅에 댄 채 움직이지 않았다. 수녀가 제일 어린 아이를 바닥에 내려놓고 쓰러진 아이를 일으켜 세웠다. 그리고 다른 아이들에게 "여기 앉아 있어. 다른 데 갔다간 혼날 줄 알아." 하고 말한 다음에 급히 다른 곳으로 갔다.

뚱보 찰스가 물었다.

"저 아이가 잠에 곯아떨어진 거예요, 뭐예요?"

리처드는 그 말도 무시해 버렸다.

마침내 뚱보 찰스가 중얼거렸다.

"지랄 같은 미국 정책."

"우리 정책에는 문제가 없어요."

빨간 머리 찰스가 반발하자 리처드가 목소리를 키웠다.

"힘이 있으면 그만한 책임도 져야 하는 거예요. 당신네 정부는 사람들이 죽어 간다는 걸 알고 있어요!"

빨간 머리 찰스가 반발했다.

"물론 우리 정부는 사람들이 죽어 간다는 걸 알아요. 수단에서도, 팔레스타인에서도, 베트남에서도 죽어 가고 있어요. 사람들이 사방에서 죽어 가고 있어요."

빨간 머리 찰스가 바닥에 앉았다.

"지난달에는 베트남에 간 내 동생이 시신으로 변해서 돌아왔다고요, 제기랄."

리처드도 뚱보 찰스도 아무 말을 하지 않았다. 긴 침묵이 깔렸다. 조종사들이 재촉하는 소리와 화물을 내리는 소리조차도 줄어들었다. 나중에 차를 타고 활주로를 급히 달려서 비행기에 올라탔다. 비행기가 계속 켜졌다 꺼지는 불빛 속에서 이륙하는 순간 리처드 머릿속에 책 제목 하나가 불쑥 떠올랐다.

'우리가 죽을 때 세상은 침묵했다.'

리처드는 전쟁이 끝난 다음에 비아프라가 힘겹게 승리한 이야기와 그때 침묵한 세상을 고발하는 이야기를 담은 책을 써야겠다고 생각했다. 리처드는 오르루에 돌아가서 두 기자에 대해서, 빨간 머리 찰스 때문에 분통이 터지다 못해 그를 불쌍하다고 여겼 던 것에 대해서, 그들과 있는 동안 얼마나 외로웠는지에 대해서, 그러다가 책 제목이 떠오른 과정에 대해서 카이네네에게 말했다.

그녀가 눈썹을 추켜올리며 물었다.

"우리? 우리가 죽을 때 세상은 침묵했다?"

"나이지리아 포격기가 영국 여권 소지자를 피해 포격하려고 애쓰고 있다는 사실도 특별히 언급할 생각이야."

리처드가 말하자 카이네네가 웃었다.

그녀는 최근에 자주 웃었다. 엄마를 잃은 아기가 간신히 살아 있다고 말할 때도 웃고, 이나티미와 사랑에 빠진 젊은 여자에 대 해 말할 때도 웃고, 저녁마다 노래한다는 여자들에 대해 말할 때 도 웃었다. 그녀는 리처드와 올란나가 드디어 만난 아침에도 웃었 다. 올란나가 먼저 입을 열었다.

"안녕하세요, 리처드."

올란나가 인사하자 리처드도 인사했다.

"올란나, 안녕하세요."

그러자 카이네네가 웃었다.

"리처드가 이번에는 출장 여행 핑계를 만들어 낼 수가 없었어."

리처드는 카이네네가 언제 또 날카로워지며 분노를 터뜨릴지 몰라서 그녀의 얼굴을 조심스럽게 살폈다. 하지만 그런 일은 없었 다. 입가에 뜬 다정한 미소가 그녀의 각진 턱을 부드럽게 만들어 줄 뿐이었다. 리처드와 올란나가 다시 만나는 데 대한 마음의 부 담감과 긴장감은 보이지 않았다.

7 책 : 우리가 죽을 때 세상은 침묵했다

맺음말로 그는 오케오마가 쓴 시를 본보기로 삼아 시 한 편을 쓴다.

우리가 죽을 때 그대는 침묵했나요?

머리에 딱지가 앉은 아이들
예순여덟 명 사진을 그대는 보았나요?
조그만 머리마다 앉았다가 썩은 낙엽처럼
바닥으로 떨어지는 부스럼을?

두 팔은 이쑤시개 같고 배는 축구공 같으며
살이 없어 피부가 늘어지는 아이들을 상상해 보세요.
단백질 부족증이랍니다……. 어려운 단어,
너무나 역겨운 단어, 죄악.

상상력을 동원할 필요도 없어요. 광택이 흐르는
당신이 든 《라이프》 잡지에 사진이 가득하니까요.
그대는 보았나요? 잠시 미안한 마음이 들었나요?
그리고 돌아서서 그대의 연인이나 아내를 껴안았나요?

아이들 피부는 황갈색의 연약한 찻잎으로 변해서
거미줄 같은 정맥 혈관과 부서지기 쉬운 뼈다귀를 드러낸답니다.
벌거벗은 아이들이 웃어요, 사진사가 사진을 찍고
혼자 떠나지 않기라도 할 것처럼.

31

올란나는 누더기를 걸친 병사들이 시신 한 구를 어깨에 짊어
지고 옮기는 것을 보았다. 공포로 온몸이 멍했다. 그녀는 걸음을
멈췄다. 으그우의 시신이라는 생각이 들었다. 병사들이 말없이 빠
르게 걸으며 곁을 지나칠 때 비로소 그녀는 시신의 키가 큰 것을
보고 으그우가 아님을 깨달았다. 시신의 두 발바닥은 갈라지고 진
흙이 말라붙어 있었다. 신발도 없이 싸운 것이다. 올란나는 멀어
지는 병사들의 등을 가만히 바라보며 불안감을 가라앉히고 오랫
동안 마음을 불편하게 한 불길한 예감을 떨쳐 내려고 애썼다.

나중에 올란나는 으그우 때문에 걱정된다고, 어느 날 갑자기
너무나 슬픈 소식을 듣게 될 것 같은 예감이 든다고 카이네네에게
말했다. 카이네네는 그녀를 껴안으며 마두가 모든 연대 사령관에
게 으그우를 찾아보라는 지시를 내렸으니 그가 있는 곳을 금방 찾
을 수 있을 거라며 안심시켰다. 하지만 아이가 "으그우가 오늘 돌
아와, 올 엄마?" 하고 물으면 올란나는 아이도 불길한 예감이 드는

모양이라고 생각했다.

으무아히아에 돌아와 오지 엄마에게서 누군가가 보낸 걸 받
이 놓았다며 주는 스프 하나를 받는 순간, 올란나는 그 안에 으그
우에 관한 불길한 소식이 들었을 거라는 두려움에 시달렸다. 수많
은 손길을 거치며 구겨진 갈색 종이 상자를 받는 두 손이 덜덜 떨
렸다. 그러다가 상자 겉면에 비아프라 대학교에 있는 그녀의 집
주소를 길고 우아하게 갈겨쓴 모하메드의 글씨체를 알아보았다.

상자 안에서 접지 않은 손수건 여러 장, 빳빳하고 하얀 속옷, 럭
스 비누 여러 장, 그리고 초콜릿이 나왔다. 비록 적십자를 통해 들
어오긴 했지만 지금까지 아무도 손대지 않은 채로 상자가 그대로
들어왔다는 데 그녀는 감탄했다. 편지는 보낸 지 3개월이 지났지만
아직도 향긋한 사향 냄새가 희미하게 배어 있었다. 그녀가 처한 현
실과 너무나 동떨어진 편지 안 내용이 그녀의 마음에 새겨졌다.

내가 보낸 많은 편지를 당신이 받았을 거라고 믿어. 누이동생 하디자
가 6월에 결혼했어. 난 계속 당신을 생각해. 그리고 폴로 실력이 많이 늘
었어. 난 잘 지내. 당신이랑 오데니그보도 잘 지낼 거라고 믿어. 답장을
보내 줘.

그녀는 초콜릿을 이리저리 돌려 보다가 '스위스산(産)'이란 단
어를 물끄러미 바라보고 은박지를 만지작거렸다. 그러다가 초콜
릿을 그냥 내던졌다. 편지 내용에 분노가 치밀었다. 그녀가 처한
현실을 놀리는 것 같았다. 하지만 모하메드는 올란나에게 당장 먹
을 소금조차 없으며, 오데니그보는 매일 카이카이를 마셔 대고, 으

그우는 군대에 끌려갔으며, 그녀는 이미 가발까지 팔았다는 사실을 모를 수도 있었다. 이 모든 사실을 모하메드는 알 수가 없었다. 그럼에도 모하메드가 폴로 실력이 늘었다고 자랑할 정도로 예전과 똑같이, 아무런 지장 없이 살아간다는 사실에 화가 치밀었다.

오지 엄마가 문을 두드려서 올란나는 숨을 크게 내쉬며 호흡을 진정시킨 다음에 문을 열고 그녀에게 비누 한 장을 주었다.

"고마워요."

오지 엄마가 두 손으로 비누를 받아서 코에 가까이 대고 냄새를 맡았다.

"소포가 아주 크던데, 줄 게 이거 하나밖에 없나요? 통조림은 없나요? 혹시 반역자 앨리스한테 주려고 숨겨 놓은 거 아니에요?"

"은그와, 그 비누를 돌려주세요. 아단나 엄마한테 주면 정말 좋아할 거예요."

오지 엄마가 재빨리 블라우스를 들추어 올리고 실밥이 터진 브래지어 안에다 비누를 집어넣었다.

"나도 지금 좋아하잖아요."

길에서 들려오는 시끄러운 소리에 두 사람 모두 밖으로 나갔다. 넓적한 칼을 든 시민 방위군들이 여자 두 명을 앞으로 밀었다. 두 여자는 비틀비틀 걸으며 울부짖었다. 치마는 찢어지고 두 눈은 빨갛게 충혈되어 있었다.

"우리가 무슨 짓을 했다는 거예요? 우리는 반역자가 아니에요! 우리는 은도니에서 온 피난민이에요! 우리는 아무 짓도 안 했다고요!"

앰브로스 목사가 길로 나와서 기도하기 시작했다.

"하느님 아버지, 적군에게 길을 가르쳐 주는 반역자를 처단하소서! 성령의 불로!"

이웃 사람 몇몇이 급히 나와서 두 여자 등에다 침을 뱉고 돌을 던지고 욕설을 퍼부었다.

"반역자! 하느님이 벌을 내리실 거다! 반역자!"

"목에다 타이어를 걸어 놓고 불에 태워야 해. 반역자는 모두 다 태워 죽여야 해!"

오지 엄마가 소리쳤다.

올란나는 모하메드의 편지를 접으며 맨살이 드러난 두 여자의 축 늘어진 배를 물끄러미 바라보았다. 할 말이 없었다.

"당신도 앨리스를 조심하는 게 좋을 거예요."

오지 엄마가 말했다.

"앨리스 좀 가만두세요. 앨리스는 반역자가 아니에요."

"하지만 다른 사람 남편을 빼앗을 순 있는 여자예요."

"뭐라고요?"

"당신이 오르루에 갈 때마다 앨리스가 나와서 당신 남편 옆에 나란히 앉았어요."

올란나는 깜짝 놀라며 오지 엄마를 빤히 바라보았다. 전혀 상상도 못 한 말이었기 때문이다. 자신이 집을 비운 동안 앨리스가 찾아와서 함께 시간을 보낸다는 말을 오데니그보에게 들은 적이 없었다. 두 사람이 서로 얘기하는 것조차 본 적이 없었다.

오지 엄마가 올란나를 가만히 쳐다보았다.

"난 당신이 앨리스를 조심하는 게 좋다는 말을 하는 것뿐이에요. 앨리스가 반역자는 아닐지 모르겠지만 좋은 여자가 아닌 건 분명하니까요."

올란나는 무슨 말을 해야 좋을지 몰랐다. 오데니그보는 다른 여자에게 손을 댈 사람이 절대 아니었다. 이것 하나는 확신했다. 게다가 오지 엄마는 앨리스에 대해 불만이 많았다. 그럼에도 오지 엄마 입에서 나온 전혀 뜻밖의 말이 올란나를 괴롭혔다.

"그래요, 조심할게요."

올란나는 마침내 입을 열며 웃었다. 오지 엄마는 말할 게 더 있다는 표정을 하다가 마음을 바꾼 듯 고개를 돌리고 자기 아들에게 소리쳤다.

"당장 거기서 떨어져! 그렇게 멍청해? 에우 아우사! 그러면 기침이 나온다는 걸 몰라?"

나중에 올란나는 비누 한 장을 들고 앨리스의 방문을 세 차례 빠르게 두드려서 자신이 왔음을 알렸다. 앨리스는 졸린 눈을 하고 있었고, 평소보다 훨씬 우울해 보였다.

"돌아오셨군요. 쌍둥이 자매는 어떠시던가요?"

앨리스가 물었다.

"아주 잘 있어요."

"사람들이 반역자라고 욕하며 공격하던 두 여자를 보셨나요?"

앨리스가 묻더니 올란나가 미처 대답도 하기 전에 다시 말했다.

"어제는 오조가에서 온 남자에게 그랬어요. 이건 말도 안 돼요. 나이지리아가 우리를 공격한다고 해서 우리 역시 다른 사람을 공격할 수는 없어요. 나 같은 사람은 지난 2년 동안 음식을 제대로 먹은 적이 없어요. 설탕조차 맛보지 못했어요. 시원한 물도 마시지 못했어요. 이런 사람한테 무슨 힘이 있어서 적군을 돕겠어요?"

앨리스가 작은 두 손을 흔들었다. 예전에는 우아하고 연약해 보이던 두 손이 갑자기 너무나 게으르고 이기적으로 보였다. 자기 혼자만 선생의 고통에 매달리는 것처럼 말하는 목소리도 그랬다.

올란나가 비누를 건네주었다.

"누가 비누 몇 장을 보내 줬어요."

"오! 이제 나도 비아프라에서 럭스를 쓰는 사람들의 대열에 합류하는군요. 고마워요."

앨리스가 두 눈을 반짝이며 환하게 웃었다. 올란나는 오데니그보가 저 얼굴을 예쁘다고 생각할지 궁금했다. 그녀의 노란 얼굴과 가느다란 허리를 바라보는 동안 올란나는 예전에 멋있어 보이던 그녀가 갑자기 위협적으로 보인다는 사실을 깨달았다.

"은그와누, 이제 가서 아기한테 점심을 만들어 주어야겠어요."

올란나가 말하고 등을 돌렸다.

그날 저녁에 올란나는 비누 한 장을 들고 무오케루 부인을 찾아갔다.

"당신이야? 안야 지! 정말 오랜만이군!"

무오케루 부인이 말했다. 그녀가 입은 긴 민소매 원피스에 그려진 수상 각하 얼굴에 구멍이 뚫려 있었다.

"좋아 보여요."

올란나는 거짓말했다. 그녀의 얼굴은 많이 여위어 있었다. 뚱뚱하던 몸이 지금은 홀쭉했고 허리도 구부정했다. 이제 똑바로 설 기운조차 없는 것처럼 보였다. 심지어 팔에 난 털도 굽어 있었다.

"당신은 여전히 아름답군."

무오케루 부인이 올란나를 다시 껴안았다.

올란나는 비누를 건넸다. 나이지리아 사람이 보낸 거라면 그녀가 싫어할 게 분명하기 때문에 이렇게 말했다.

"우리 엄마가 영국에서 보냈어요."

"하느님의 은총이 함께하기를. 당신 남편과 아기는, 크와누?"

"모두 잘 있어요."

"그리고 으그우는?"

"군대에 끌려갔어요."

"그 일 이후에?"

"네."

무오케루 부인이 목에 건 절반짜리 노란 태양 모양의 플라스틱 조각을 만지작거리다가 입을 열었다.

"괜찮을 거야. 돌아올 거야. 어쨌든 누군가는 우리 독립을 위해 싸워야 해."

무오케루 부인이 밀무역을 시작하고 난 후 두 사람이 만난 건 처음이었다. 올란나는 바닥에 앉아서 그녀가 하는 이야기를 들었다. 하코트 항구를 적군에게 넘겨준 반역자가 비아프라 육군 장군임을 알려 주는 환영을 보았으며, 또 한번은 오키자에 있는 디비아가 지금까지 빼앗긴 수많은 도시를 다시 탈환할 마법의 힘을 수상 각하에게 주는 환영을 보았다는 이야기였다.

"그런데 으무아히아가 위험하다는 소문이 돌고 있어. 오크와야?"

무오케루 부인이 올란나를 빤히 쳐다보며 물었다.

"네."

"하지만 으무아히아는 함락되지 않아. 공포에 질려 벌벌 떨 필요가 없어."

올란나는 어깨를 으쓱했다. 그녀가 왜 자신을 뚫어지게 쳐다보는지 궁금했다. 하지만 무오케루 부인은 올란나를 계속 뚫어지게 바라보았다.

"자동차를 가진 사람들이 휘발유를 찾아다니기 시작했다는 소문이 돌아. 누군가가 와서 반역자가 아니고서야 으무아히아가 함락된다는 사실을 어떻게 알았느냐고 묻기 전에 모두 조심해야 돼. 정말 조심하라고."

그때 비로소 올란나는 그녀가 자신에게 미리 준비해 두라고 경고하는 거라는 사실을 깨달으며 대답했다.

"네, 정말 조심해야지요."

무오케루 부인이 두 손을 문질렀다. 뭔가 많이 변한 모습이었다. 확고하던 믿음이 많이 사라진 것 같았다. 올란나는 비아프라가 이길 거라고 확신했다. 당연히 비아프라가 이겨야 하기 때문이다. 하지만 무오케루 부인 같은 사람조차도 비아프라 수도가 금방 함락된다고 생각한다는 사실에 그녀는 기가 꺾였다. 올란나는 이제 다시 만나지 말아야겠다는 공허한 느낌으로 그녀를 껴안고 작별 인사를 했다. 그리고 으무아히아가 함락될 가능성에 대해서 처음으로 진지하게 고민하며 집으로 걸어갔다. 수도가 함락된다는 건 승리가 늦어지고 비아프라의 영토는 그만큼 좁아진다는 의미였다. 그리고 이제 전쟁이 끝날 때까지 오르루에 있는 카이네네의 집에 가서 살아야 한다는 의미이기도 했다.

올란나는 병원 근처에 있는 주유소에 들렀다가 '휘발유 없음'이라고 분필로 휘갈겨 쓴 글씨를 보고도 전혀 놀라지 않았다. 으무아히아가 함락될 거라는 소문이 나돌기 시작한 이후부터 정부 측에서는 사람들의 동요를 막으려고 비아프라에서 만든 휘발유를 더 이상 팔지 않았다. 그날 밤에 올란나는 오데니그보에게 이렇게 말했다.

"암시장에 가서 휘발유를 사 올 필요가 있어. 만약의 경우 지금 가진 휘발유로는 부족해."

그가 고개를 애매하게 끄덕이며 스페셜 줄리어스에 대해서 뭐라고 중얼거렸다. 탄자니아 술집에서 돌아오자마자 침대에 누워서 라디오를 작게 켜 놓은 직후였다. 커튼 너머 매트리스에서는 아이가 자고 있었다.

"뭐라고 했어?"

올란나가 물었다.

"지금 당장은 휘발유를 살 수가 없어. 1갤런에 1파운드야."

"지난주에 월급을 받았잖아. 자동차를 쓸 수 있게 준비를 확실히 해 두어야 한다고."

"스페셜 줄리어스한테 수표를 현금으로 바꿔 달라고 부탁했는데 아직 돈이 들어오지 않았어."

올란나는 거짓말이란 걸 즉시 깨달았다. 매번 스페셜 줄리어스에게 수표를 현금으로 바꿨는데 그는 지금까지 수표를 받고 하루 이상 넘긴 적이 한 번도 없었다.

"그럼 휘발유를 어떻게 사야 하지?"

올란나가 물었지만 오데니그보는 아무 대답도 하지 않았다.

올란나는 오데니그보를 지나 밖으로 나갔다. 달이 구름 뒤에 숨었다. 그녀는 깜깜한 마당에 앉았다. 그에게서 났던, 현지에서 만든 독한 싸구려 술 냄새가 아직까지 진동하는 것 같았다. 독한 싸구려 술 냄새는 오데니그보를 따라다니며 그의 앞길을 어둡게 했다. 은수카에서 마신 적갈색 고급 브랜디는 그의 정신을 날카롭게 하고 머릿속 생각과 믿음을 정리해 주어서 그는 거실에 앉아 자기주장을 끝없이 펼치고 다른 사람들은 그에게 가만히 귀를 기울일 수 있었다. 그런데 여기에서 마시는 술은 그를 침묵시켰다. 그는 내면 깊숙한 곳에 파묻혀서 피로에 찌든 흐릿한 눈으로 세상을 바라보았다.

*

올란나는 남은 영국 지폐를 바꿔 들고 휘발유를 사러 가서 한 남자를 뒤따라 들어갔다. 남자가 들어간 곳은 바닥 여기저기에 통통하고 매끈한 구더기가 기어 다니는 눅눅한 변소였다. 그 남자는 자신의 금속 통에 있는 휘발유를 올란나의 통에다 조심스레 부어 주었다. 그녀가 그걸 들고 집까지 와서 옥수수를 담았던 부대로 잘 싼 다음에 자동차 트렁크에 넣었을 때, 지붕이 없는 '비아프라 육군' 지프 한 대가 마당으로 들어왔다. 카이네네가 밖으로 나오고 헬멧을 쓴 병사가 뒤따라 나왔다. 순간 올란나는 하늘이 무너지는 듯한 느낌을 받으며 으그우 때문에 그들이 왔으리라는 걸 직감했다. 태양은 뜨겁게 타오르고 머릿속은 빙글빙글 돌기 시작했다. 아이를 찾았지만 찾을 수가 없었다. 카이네네가 다가와서 그녀의 양어깨를 꽉 움켜잡으며 말했다.

"에지마 음, 마음 단단히 먹어. 약해지면 안 돼. 으그우가 죽었어."

올란나는 그 소식을 인정할 수 없었다. 지금 그녀에게 느껴지는 건 단단히 움켜잡은 카이네네의 손밖에 없었다. 그녀는 차분하게 대답했다.

"아니야."

현실이 아닌 것 같았다. 꿈을 꾸는 것 같았다.

"아니야."

올란나가 재차 말하며 고개를 흔들었다.

"마두가 당번병을 통해서 보내온 소식이야. 으그우는 현장 기술 부대에 있었는데 지난주에 대대적인 공격을 받아서 그 부대에 대규모 사상자가 나왔어. 병사 중 극히 일부만 돌아왔는데 으그우는 없었어. 시신을 찾은 건 아니지만 다른 시신들도 대부분 못 찾았어."

카이네네가 잠시 멈췄다가 다시 말했다.

"신원을 파악할 정도로 온전한 시신이 별로 없었어."

올란나는 계속 머리를 흔들며 꿈에서 깨어나려고 했다.

"나랑 가. 치아마카를 데려와. 오르루에 가서 지내."

카이네네가 그녀를 강하게 붙잡고 아이는 뭐라고 중얼거렸지만 주변에서 안개가 잔뜩 피어오르는 것 같아서 올란나는 고개를 들고 하늘을 쳐다보았다. 하늘은 맑고 파랬다. 하늘을 보니 현실감이 돌아왔다. 꿈에서는 하늘을 본 적이 한 번도 없었다. 그녀는 발을 돌려 탄자니아 술집으로 걸어갔다. 문에 걸린 더러운 커튼을 들추고 들어가 탁자에 놓인 오데니그보의 술잔을 확 밀어 버렸다. 투명한 액체가 시멘트 바닥에 흩어졌다.

"이제 충분히 마셨어? 엉? 으그우 안우고. 내 말 들려? 으그우가 죽었다고!"

벌떡 일어나서 그녀를 쳐다보는 그의 눈가가 부어 있었다.

"계속 술이나 마셔. 마시고 또 마셔, 멈추지 말고. 으그우가 죽

4부   323

었다고!"

그녀가 소리쳤다. 술집 여주인이 다가와 위로했다.

"이! 정말 안타까워요, 음두."

여주인이 껴안으려 했지만 올란나는 그녀를 떨쳐 내며 소리쳤다.

"손대지 마요. 손대지 말라고!"

뒤로 주춤주춤 물러나는 술집 여주인에게 계속해서 "손대지 마! 손대지 마!" 하고 소리칠 때 비로소 올란나는 카이네네가 따라와 자신을 말없이 붙잡고 있다는 사실을 깨달았다.

그날 이후부터 하루하루가 공허하게 지나갔고 그동안 오데니그보는 탄자니아 술집에 가지 않았다. 그는 아이에게 목욕을 시키고 가리를 만들어 주었으며 직장에서 일찍 돌아왔다. 한번은 그가 올란나를 껴안고 키스하려고 했지만 그녀는 벌레가 스멀스멀 기어가는 느낌 때문에 그 손길을 거부하고 바깥으로 나가 으그우가 가끔씩 자던 베란다 매트에 누워서 잤다. 그녀는 울지 않았다. 딱한 번 울었다. 에베레치를 찾아가서 으그우가 죽었다는 소식을 전하던 날, 에베레치가 비명을 질러 대며 거짓말이라고 소리칠 때였다. 밤만 되면 그 비명이 그녀의 머리에 울려 퍼졌다.

오데니그보는 전선을 넘나들며 밀무역하는 여자를 세 명이나 찾아가 으그우 가족에게 으그우의 소식을 전해 달라고 부탁했다. 그리고 마당에서 노래 추도식을 열었다. 이웃 사람 몇 명이 앨리스와 함께 피아노를 가지고 나와 바나나 나무 옆에다 내려놓았다.

앨리스는 주변에 모여든 아낙네들에게 말했다.

"아무 노래라도 부르면 내가 노래에 맞춰 연주를 할게요."

하지만 누가 노래를 시작할 때마다 오지 엄마는 박자에 맞춰서 고집스럽게 박수를 크게 쳤으며 그러면 이웃 사람들도 함께 박수를 쳤다. 앨리스는 연주할 수가 없어 아이를 무릎에 앉힌 채 피아노 앞에 무기력하게 앉아 있었다.

첫 번째 노래는 매우 열정적이었으며 아단나 엄마의 허스키한 목소리는 구슬펐다.

나바 나 은도크와,

으그우, 나바 나 은도크와.

오 가 아디리 기 음마,

나바 나 은도크와.

노래가 끝나기 전, 오데니그보는 불신에 찬 눈으로 비틀거리며 마당을 빠져나갔다. "평화롭게 가세요. 앞으로 잘될 겁니다."라는 노래가사를 도저히 못 믿겠다는 표정이었다. 올란나는 그가 떠나는 모습을 가만히 지켜보았다. 왠지 모를 분노가 치밀어 올랐다. 물론 그는 으그우의 죽음을 막을 수 없었다. 하지만 술을 끝없이 마시기만 한 그와 전혀 아무 관계도 없다고 말할 수도 없었다. 올란나는 그와 말도 하기 싫었다. 함께 자고 싶지도 않았다. 그래서 바깥의 매트에 나가서 잤다. 차라리 모기에게 뜯기는 편이 마음 편했다. 올란나는 오데니그보와 말하는 것도 싫었다. 꼭 필요한 대화만 나누었다. 아이에게 뭘 먹일까? 으무아히아가 함락되면 어떻게 할까?

"묵을 곳을 찾을 때까지만 카이네네 집에 머물 거야."

그가 말했다. 다양한 선택권이 있기라도 한 것처럼, 예전에 툭하면 으무아히아는 절대 함락되지 않는다고 말했던 사실조차 잊어버린 것처럼 말이다. 그래서 그녀는 아무 대답도 하지 않았다.

올란나는 아이에게 으그우가 하늘나라에 갔다고 말했다.

"하지만 금방 돌아올 거지요, 올 엄마?"

아이가 물었다.

그래서 그녀는 그렇다고 대답했다. 아이를 달래고 싶어서 그런 건 아니었다. 시간이 지나도 으그우가 죽었다는 사실을 도저히 받아들일 수가 없었다. 으그우는 죽은 게 아니라고 자신을 달랬다. 거의 죽을 뻔했지만 완전히 죽은 건 아닐 것 같았다. 그의 행방을 알고 싶은 마음이 간절했다.

이제 올란나는 바깥에서 목욕했다. 화장실이 오줌과 곰팡이 때문에 끈적거려서 아주 이른 시각에 일어나 양동이를 들고 건물 뒤로 갔다. 그런데 한번은 모퉁이에서 수상한 움직임을 발견했다. 앰브로스 목사가 훔쳐보고 있었던 것이다. 그녀가 비명을 지르자 목사가 급히 도망쳤다.

"앰브로스 목사! 창피하지 않아? 유부녀가 목욕하는 걸 훔쳐볼 시간이 있으면 으그우 소식을 아는 사람이 찾아오게 해 달라고 기도하란 말이야!"

올란나는 으그우와 관련된 환영을 보았다는 이야기를 듣기만을 바라며 무오케루 부인을 찾아가기도 했다. 그러나 이웃 사람이 그녀가 가족과 함께 떠났다고 알려 주었다. 아무에게도 말하지 않고 떠난 것이다.

올란나는 라디오 비아프라에서 나오는 전쟁 소식을 열심히 들었다. 용감한 비아프라 군대가 침략자를 몰아내고 전진한다는 소식을 전하는 씩씩한 목소리를 듣다 보면 행여나 으그우에 대한 단서가 나올 수도 있을 것 같았다.

어느 토요일 오후에는 긴 소매에 때가 묻은 하얀색 옷을 입은 남자 한 명이 마당에 들어왔다. 으그우 소식을 전해 주러 온 사람이 분명했다. 올란나는 그에게 급히 다가갔다.

"으그우가 있는 곳을 어서 알려 주세요."

남자가 어리둥절한 표정으로 입을 열었다.

"다루. 전 아사바에서 온 앨리스 은조캄마를 찾아왔답니다."

올란나는 남자를 빤히 쳐다보았다. 그 말을 취소하고 자신을 찾아왔다고 말할 기회라도 주려는 듯했다.

"앨리스? 앨리스요?"

"네, 아사바 출신 앨리스. 전 앨리스의 친척입니다. 우리 가족은 앨리스 가족 바로 옆집에 살았지요."

올란나는 앨리스의 방문을 가리켰고, 남자는 그 앞으로 가서 문을 계속 두드리다가 물었다.

"안에 있나요?"

올란나는 고개를 끄덕였다. 그가 으그우의 소식을 가져오지 않아 화가 났다.

남자가 문을 다시 두드리며 소리쳤다.

"아사바에 있는 이시오마 가족이에요."

앨리스가 문을 열어 남자는 안으로 들어갔다. 잠시 후 앨리스가 밖으로 뛰쳐나와 땅바닥에 몸을 내던지고 이리저리 뒹굴었다. 황혼의 햇살이 모래가 묻은 그녀의 몸을 금빛으로 물들였다.

"오 지니 메레? 무슨 일이야?"

이웃 사람들이 주변에 모여들며 묻고 남자는 설명하기 시작했다. 앨리스보다 사투리가 심해서 올란나는 남자의 이보 말을 조금 낫게 알아들을 수 있었다,

"전 아사바에서 왔는데, 오늘 아침에 고향 소식을 들었어요. 몇 주 전 침략자들이 우리 마을을 장악했는데 그들은 마을 사람 전부가 나와서 '나이지리아는 하나'라고 말하면 쌀을 주겠다고 했어요. 숨은 사람들이 나와 '나이지리아는 하나'라고 말할 때 침략자들이 총을 쏘았어요, 남녀노소 가리지 않고 모두."

남자가 잠시 입을 다물었다.

"은조캄마 가족은 단 한 사람도 남지 않았어요. 단 한 사람도."

땅바닥에 등을 대고 누운 앨리스는 머리를 바닥에 미친 듯이 문지르며 신음했다. 머리가 모래투성이였다. 그녀가 벌떡 일어나 도로 쪽으로 달려갔지만 앰브로스 목사가 그 뒤를 쫓아 그녀를 질질 끌고 돌아왔다. 그녀가 몸을 홱 뒤틀며 다시 바닥에 몸을 던졌다. 입술이 뒤로 말리고 이가 드러났다.

"내가 왜 아직 살아 있는 거지? 어서 그놈들한테 여기 와서 나까지 죽이라고 해! 어서 그놈들한테 여기 와서 나까지 죽이라고 하라고!"

앨리스는 너무나 슬퍼서 미친 나머지 무서운 힘을 발휘했다. 그녀를 붙잡으려고 달려드는 사람을 모조리 떨쳐 냈다. 그리고 땅바닥에 무섭게 굴렀다. 튀어나온 돌멩이에 살이 찢겨서 상처가 빨갛게 생길 정도였다. 이웃 사람들은 모두가 한탄하며 머리를 흔들었다. 순간 오데니그보가 방에서 나와 앨리스에게 다가가 그녀를 일으켜 세웠다. 그녀는 가만히 있다가 머리를 그의 어깨에 기대고 흐느꼈다. 올란나는 두 사람을 가만히 바라보았다. 앨리스를 껴안

은 그의 두 팔이 조금도 어색하지 않았다. 편해 보였다. 예전부터 자주 껴안은 사이가 분명했다.

앨리스는 의자에 앉았다. 너무 슬퍼서 멍한 표정이었다. 그러다가 때때로 "헤이!" 하고 비명을 지르며 벌떡 일어나 두 손을 머리에 얹었다. 오데니그보는 그 옆에 앉아 물을 마시라고 권했다. 오데니그보와 아사바 출신 남자가 앨리스를 책임질 사람은 자신들밖에 없다는 듯이 나지막하게 대화를 나눴다. 그러다 오데니그보가 벌떡 일어나 올란나가 앉은 베란다로 다가왔다.

"앨리스 물건 좀 정리해 줄 수 있어, 은켐? 저 사람이 자기 집에 아사바 지역 사람들과 같이 살고 있으니 앨리스를 데려가서 한동안 돌볼 생각이래."

올란나가 고개를 들고 멍한 표정으로 그를 바라보았다.

"싫어."

"싫어?"

"싫어."

올란나가 더 크게 소리쳤다.

"싫어!"

그리고 벌떡 일어나 방으로 들어갔다. 올란나는 지금 누구 집이나 정리하고 싶은 기분이 아니었다. 앨리스 물건을 그가 정리했는지 다른 사람이 정리했는지 모르지만, 늦은 저녁 시간에 앨리스와 아사바 남자가 떠나고 이웃 사람들이 "이제 오마, 잘 가." 하고 말하는 소리가 들렸다. 그녀는 바깥에서 자다가 앨리스와 오데니그보가 은수카의 침대에 같이 누워 있는 꿈을 꾸었다. 그녀가 새로 빤 시트에는 두 사람의 땀이 잔뜩 묻어 있었다. 그녀는 잔뜩 화를 내다가 잠에서 깨어났다. 그리고 폭탄 터지는 소리를 들었다.

"침략자들이 니미났다!"

앰브로스 목사가 소리치고 가방을 한 손에 든 채 제일 먼저 바깥으로 도망쳤다.

고함 소리와 짐 싸는 소리와 떠나는 소리로 갑자기 마당이 시끄러워졌다. 폭탄 소리가 지독한 기침 소리처럼 끊임없이 터지고 또 터졌다. 그런데 자동차에 시동이 걸리지 않았다. 오데니그보가 계속 열쇠를 돌리는 와중에 도로는 피난민으로 가득 차고 박격포가 터지는 소리는 성 요한 성당 거리까지 들렸다. 오지 엄마가 남편에게 고함을 질렀다. 아단나 엄마가 자신과 아이들을 차에 태워 달라고 사정했지만 올란나는 단호하게 거절했다.

"안 돼요, 아이들을 데리고 어서 떠나세요."

엔진에 시동이 걸렸지만 위잉 하는 소리가 나다가 꺼졌다. 이제 마당은 텅 비었다. 도로에서 한 여자가 고집이 세서 잘 움직이지 않는 염소를 끌고 가다가 마침내 포기하고 급히 도망쳤다. 오데니그보가 열쇠를 다시 돌렸으나 시동은 다시 꺼졌다. 올란나는 폭발 소리와 함께 땅이 울리는 것을 느꼈다.

오데니그보가 열쇠를 돌리고 또 돌렸다. 하지만 자동차는 움직이지 않았다.

"아기랑 먼저 떠나."

그가 말했다. 그의 이마에 땀방울이 어렸다.

"뭐라고?"

"시동이 걸리면 내가 쫓아가서 태워 줄게."

"걸어야 한다면 우리 모두가 함께 걸어야 해."

오데니그보가 시동을 다시 걸었다. 올란나는 뒤를 돌아보았다. 뒷좌석에서 둘둘 말아 놓은 매트리스 옆에 앉은 아이가 너무나 차분해 보였다. 아이는 오데니그보를 유심히 바라보고 있었다. 두 눈으로 아빠와 자동차에게 힘을 실어 주는 것 같았다.

그가 나와서 보닛을 열었다. 올란나도 아이를 데리고 나와서는 트렁크에서 무엇을 꺼내고 무엇을 남겨 둘지 고민했다. 마당엔 아무도 없었다. 한두 사람이 도로를 빠르게 걸어가고 있을 뿐이었다. 콩 볶는 듯한 총소리가 근처에서 났다. 그녀는 두려웠다. 두 손이 덜덜 떨렸다.

"그냥 걸어가. 으무아히아에 남은 사람은 하나도 없어!"

올란나가 말하고 오데니그보는 운전석에 올라타 숨을 깊이 들이마신 다음에 열쇠를 돌렸다. 시동이 걸렸다. 그가 자동차를 빠르게 몰며 으무아히아를 빠져나갈 즈음에 올란나가 물었다.

"앨리스랑 무슨 짓을 했어?"

그는 대답하지 않고 앞만 계속 바라보았다.

"지금 묻잖아, 오데니그보."

"음바, 아무 짓도 안 했어."

그가 올란나를 흘깃 바라보고 다시 도로로 시선을 돌렸다.

두 사람은 한마디도 하지 않은 채 오루루에 도착했다. 카이네네와 해리슨이 밖으로 나왔다. 해리슨이 자동차에 실은 짐을 풀기 시작했다. 카이네네가 올란나를 껴안고 아이를 들어 올린 다음에 오데니그보를 쳐다보며 말했다.

"턱수염이 재미있네요. 수상 각하 흉내를 내는 건가요?"

"난 지금까지 누구 흉내를 낸 적이 없어요."

"그렇겠죠. 정말 독특한 사람이란 걸 깜빡했네요."

카이네네의 목소리에 모두가 긴장했다. 리처드가 돌아와서 오데니그보와 뻣뻣하게 악수할 때, 그리고 식탁에 앉아서 해리슨이 접시에 내온 감자를 먹을 때 올란나는 긴장감이 답답하고 무겁게 깔려 있음을 느낄 수 있었다.

"셋방을 찾을 때까지만 이곳에 있을 겁니다."

오데니그보가 카이네네를 바라보며 말했다.

카이네네가 그를 물끄러미 바라보다가 눈썹을 추켜올리며 소리쳤다.

"해리슨! 치아마카한테 야자수 기름을 더 갖다줘."

해리슨이 들어와서 아이 앞에 기름 그릇을 갖다 놓고 떠나자 카이네네가 말했다.

"지난주에는 해리슨이 환상적인 들쥐 구이를 했어. 새끼 양 갈비라도 굽는 것처럼 정성을 들여서."

올란나가 웃었다. 리처드는 모호하게 웃었다. 아이도 무슨 말인지 알아들은 것처럼 웃었다. 하지만 오데니그보는 굳은 얼굴로 접시만 바라보았다. 라디오에서는 아히아라 선언이 계속 나왔다. 수상 각하의 목소리가 진지하고 단호했다.

비아프라는 흑인 형제들을 배신하지 않습니다. 확률은 낮아졌을지언정, 우리는 모든 흑인 형제들이 우리 공화국을 아프리카의 민족주의가 성공한 존귀하고 떳떳한 사례로 자랑스럽게 여길 수 있을 때까지 최선을 다해 싸울 것입니다…….

리처드가 잠시 실례하겠다며 나가더니 브랜디 술병을 들고 돌아와 오데니그보에게 손짓하며 말했다.

"미국인 기자가 준 거예요."

오데니그보는 술병을 물끄러미 바라보았다.

"브랜디예요."

리처드가 말하며 내밀었다. 오데니그보가 그걸 모를 리는 없었다. 오데니그보가 차를 몰고 리처드 집까지 쫓아가서 소리를 지른 날 이후로 둘이서 대화를 나눈 적은 한 번도 없었다. 오늘 악수를 한 다음에도 서로 대화를 나누지 않았다.

오데니그보는 술병을 받으려 손을 내밀지 않았다.

카이네네가 끼어들었다.

"당신은 비아프라산(産) 백포도주나 마시는 게 좋겠군요. 그게 혁명가인 당신의 간에 더 잘 맞을 테니까요."

오데니그보가 재미있기도 하고 불쾌하기도 하다는 듯 냉소를 살며시 머금고 카이네네를 바라보았다. 그리고 벌떡 일어났다.

"고맙지만 브랜디는 싫습니다. 잠자리에 들어야겠어요. 인력 동원 기획국이 숲으로 옮겨서 걷는 거리가 만만찮거든요."

올란나는 안으로 들어가는 그를 바라보았다. 그녀는 리처드를 바라보지 않았다. 그리고 말했다.

"잘 시간이야, 아가."

"싫어요."

아이는 텅 빈 접시에 시선을 맞추는 척했다.

"어서 일어나."

올란나가 말하자 아이가 일어났다. 방에서 오데니그보가 허리춤에 천을 둘러 묶고 있었다.

"아기를 재우러 들어왔어."

그가 말했기만 온란나는 무시했다

"잘 자렴, 아가. 카 치 포."

오데니그보가 말하고 아이가 대답했다.

"안녕히 주무세요, 아빠."

올란나는 아이를 매트리스에 눕히고 이불로 덮어 준 다음에 이마에 키스했다. 갑자기 떠오른 으그우 생각에 마냥 울고 싶었다. 함께 왔다면 그는 거실에서 매트를 깔고 잘 터였다.

오데니그보가 다가와 바로 옆에 설 때 올란나는 그가 무슨 짓을 할지 몰라 뒤로 물러나고 싶었다. 그가 그녀의 쇄골을 만지며 중얼거렸다.

"뼈가 앙상하게 드러났군."

올란나는 고개를 숙여 자신의 불쑥 튀어나온 쇄골을 보고 깜짝 놀랐다. 살이 이렇게 많이 빠졌는지 미처 몰랐다. 그녀는 말없이 거실로 나갔다. 리처드는 그곳에 없었다.

아직 식탁에 남아 있던 카이네네가 물었다.

"그래, 오데니그보랑 셋방을 찾기로 결정한 거야? 이 집은 너무 초라해서 싫어?"

"오데니그보 말은 신경 쓰지 마. 아무 결정도 내리지 않았어. 셋방을 찾아서 나가고 싶으면 오데니그보 혼자 나가라고 해."

카이네네가 가만히 쳐다보며 물었다.

"무슨 문제 있어?"

올란나는 머리를 흔들었다. 카이네네가 야자수 기름에 손가락 하나를 담갔다가 입에 넣으며 다시 물었다.

"에지마 음, 무슨 문제야?"

올란나는 식탁에 놓인 브랜디 술병을 바라보았다.

"모르겠어. 뭐가 뭔지 제대로 알 수 있는 게 하나도 없어. 전쟁이 끝나고 오데니그보도 예전처럼 돌아오면 좋겠어. 완전히 다른 사람으로 변했어."

"지금 우리 모두 전쟁을 겪고 있어. 다른 사람으로 변하느냐 아니냐는 자기 스스로 결정할 문제야."

"그 사람은 싸구려 카이카이를 너무 많이 마셔. 가끔씩 월급을 받아도 돈이 순식간에 없어져. 내가 보기엔 앨리스랑 잔 것 같아. 한 집에 살던 아사바 지역 출신 여자랑. 이제 그를 견딜 수가 없어. 옆에 다가오는 것도 싫어."

"잘됐군."

"잘됐어?"

"그래, 잘됐어. 네가 그 사람을 아주 오랫동안 비판 없이 무조건적으로 사랑하는 것 자체가 문제였어. 넌 그 사람이 못생긴 것도 인정하지 않잖아."

카이네네가 말했다. 카이네네의 얼굴에 미소가 어리더니 그녀는 이내 크게 웃기 시작했다. 올란나도 웃을 수밖에 없었다. 듣고 싶은 말은 아니었지만 듣고 나니 기분이 좋아졌던 것이다.

아침에 카이네네가 올란나에게 서양배 모양의 조그만 화장품 용기를 보여 주며 말했다.

"이걸 봐. 어떤 사람이 해외에 나갔다 오면서 나한테 갖다줬어. 얼굴에 바르는 크림이 몇 달 전에 떨어져서 끔찍한 비아프라 산(産) 오일을 바르던 중이었거든."

올란나는 분홍색 용기를 살펴보았다. 그리고 크림을 찍어서 천천히 얼굴에 발랐다. 그런 다음에 난민 수용소로 나갔다. 두 사람은 매일 아침 그곳에 나갔다. 새로 불기 시작한 하마탄 열풍이 사방에 먼지를 흩날렸으며 아이는 벌거벗어 배가 드러난 깡마른 아이들과 이리저리 뛰어다녔다. 마을 아이들 대부분이 폭탄 파편을 주워 서로 바꾸기도 하며 가지고 놀았다. 아이가 폭탄 파편 두 개를 가지고 왔을 때 올란나는 야단을 치고 귀를 잡아당기며 그것을 빼앗았다. 아이가 사람을 죽인 차가운 물건을 가지고 노는 게 끔찍했다.

하지만 카이네네는 그걸 아이에게 돌려주라고 말했다. 그리고 폭탄 파편을 담을 깡통 하나를 아이에게 주었다. 아이에게 좀 더 큰 아이들을 쫓아다니며 도마뱀 잡는 법도 배우고 야자수 잎을 엮어서 이도 개미를 그 안에다 가득 잡아넣는 법도 배우라고 말했다. 마당을 돌아다니며 "은그와, 침략자한테 덤빌 테면 덤비라고 해. 지금 당장 덤비라고 해." 하고 중얼거리는 쇠약한 남자의 단검도 아이에게 만져 보게 했다. 도마뱀 다리도 먹였다.

카이네네는 올란나와 얼굴에 크림을 바르면서 말했다.

"치아마카도 현실을 있는 그대로 바라보아야 해, 에지마 음. 너무 심하게 보호하는 건 좋지 않아."

"아기를 안전하게 키우고 싶은 것뿐이야."

올란나가 말하고 손가락 끝으로 크림을 약간 떠서 얼굴에 대고 문질렀다.

"두 분은 우리를 너무 과잉보호하셨어."

"아빠랑 엄마?"

올란나가 알면서도 묻자 카이네네는 손바닥으로 얼굴에 크림을 바르며 대답했다.

"그래. 엄마가 멀리 떠나서 다행이야. 넌 엄마가 여기서 야자수 기름을 바르면서 사는 걸 상상할 수 있니?"

올란나가 웃었다. 하지만 카이네네가 크림을 너무 많이 찍어 바르지 않기를, 그래서 남은 크림을 최대한 오래 쓸 수 있기를 바라는 마음이 간절했다.

"넌 왜 그렇게 엄마랑 아빠를 기쁘게 하려고 애썼니?"

카이네네가 물었다.

올란나는 두 손을 얼굴에 댄 채 잠시 가만히 있었다.

"나도 몰라. 두 분이 불쌍해 보였던 것 같아."

"그래, 넌 언제나 사람들을 불쌍하게 여겼어. 그럴 필요가 없는 사람들까지도."

올란나는 아무 대답도 하지 않았다. 무슨 말을 해야 좋을지 몰랐다. 카이네네가 부모님과 자신에 대해서 처음으로 아쉬움을 토로했다는 사실은 예전 같았으면 오데니그보와 나눌 만한 좋은 이야기 소재였다. 하지만 지금은 그와 거의 대화를 나누지 않았다. 그가 근처에 있는 술집 하나를 찾았는지 지난주에는 술집 주인이 외상값을 주지 않는다며 그를 만나러 집까지 찾아오기도 했다. 술집 주인이 떠난 다음에 올란나는 그에게 아무 말도 하지 않았다. 그가 언제 인력 관리 기획국에 가고 언제 술집에 가는지조차 확실하지 않았다. 그에 대해 걱정하는 걸 포기한 상태였다.

올란나는 다른 것들을 걱정했다. 월경 주기가 일정하지 않은 데다가 빨간색이 아니라 진흙처럼 묽은 색이 나오는 것도 걱정스럽고, 아이 머리카락이 빠지는 것도 걱정스럽고, 굶주림이 아이들의 기억을 잊어 가는 것도 걱정스러워다, 올란나는 아이들이 정신을 바싹 차리게 해야겠다고 다짐했다. 그들이 바로 비아프라의 미래였다. 그래서 그녀는 끔찍한 악취가 나는 건물 뒤편과 멀리 떨어진 큰 나무 밑에서 아이들을 매일 가르쳤다. 아이들에게 시를 한 줄씩 외우게 했지만 그들은 다음 날이면 모두 잊어버렸다. 도마뱀만 잡으러 다녔다. 아이들은 하루에 두 끼 먹던 가리와 물을 이제는 한 끼밖에 못 먹었다. 카이네네에게 식량을 공급하던 사람들이 이제 음보시로 넘어가서 가리를 사 올 수 없었다. 모든 도로가 점령당했다.

카이네네가 '우리 식량 우리 손으로 심기 운동'을 벌이며 사람들과 함께 고랑을 만들 때 올란나는 그녀가 괭이질을 어디에서 배웠는지 궁금했다. 하지만 땅이 너무 바싹 말라 있었다. 하마탄 열풍 때문에 사람들의 입술과 발바닥까지 갈라졌다. 하루에 세 아이가 죽었다. 마르셀 신부는 영성체 없이 미사를 진행했다.

으렌와라는 여자아이는 배가 점차 부풀어 올랐는데, 그게 단백질 부족증 때문인지 임신 때문인지 확실히 모르던 차에 그 아이 엄마가 그녀를 매질하며 다그쳤다.

"누구야? 누가 너한테 이런 짓을 했어? 너한테 이런 짓을 한 남자를 어디서 만난 거야?"

의사는 더 이상 찾아오지 않았다. 휘발유가 없기도 했지만 치료할 군인이 너무 많았다. 우물도 말랐다. 카이네네는 틈만 나면 급수차를 구하러 아히아라에 있는 기획국으로 갔지만, 매번 국장의 의심쩍은 약속만 듣고 빈손으로 돌아왔다. 씻지 않은 몸에서 나는 악취와 건물 뒤 얕게 파묻은 무덤 속에서 썩어 가는 시신의 악취가 계속 심해졌다. 아이들 몸에 종기가 생기고 그 주변에 파리들이 달려들었다. 사람들 몸에 빈대와 크와리크와타 벌레가 기어 다니고, 여자들은 두른 천을 풀어서 빨갛게 물려 심하게 곪기 시작한 허리를 그대로 드러냈는데 그 모양이 마치 피로 만든 벌집 같았다. 오렌지가 한창이라서 카이네네는 설사를 일으킬 수 있는데도 그들에게 나무에 열린 오렌지를 따 먹고 그 껍질로 피부를 문지르라고 말했다. 오렌지 껍질 냄새가 지독한 냄새를 줄여 주었기 때문이다.

저녁에 올란나와 카이네네는 함께 집으로 걸어왔다. 두 사람은 수용소에 있는 사람들, 히스그로브 사립 학교를 다니던 시절, 부모님, 그리고 오데니그보에 대해 이야기를 나누었다.

"그 아사바 여자에 대해서 다시 물어봤어?"

"아니, 아직."

"무작정 다가가서 얼굴에 따귀를 날린 다음에 물어봐. 그 사람이 감히 널 때리기라도 하면 내가 해리슨의 부엌칼을 들고 쫓아가서 혼쭐을 내 줄 테니까. 따귀를 맞으면 입에서 진실이 나올 거야."

올란나가 웃었다. 둘이서 신발에 흙먼지를 묻히며 느긋하게 보조를 맞추면서 걷는다는 사실이 기뻤다.

카이네네가 말했다.

"할아버지가 나쁠 때가 있으면 좋을 때도 있다는 말씀을 자주 하셨지. 오 디카타 은조, 오 디크와 음마."

"나도 기억나."

"세상이 금방 우리 편으로 돌아설 거야. 나이지리아도 이 짓을 그만둘 거고. 우리가 이길 거야."

카이네네가 차분하게 말했다.

"그래."

카이네네의 말은 듣고 올란나는 승리를 더 확신했다.

가끔씩 저녁이면 카이네네가 정신 나간 사람처럼 깊은 생각에 빠져들 때가 있었다. 한번은 이렇게 말했다.

"난 이케지데한테 별다른 관심도 쏟지 못했어."

그러면 올란나는 카이네네를 가만히 안아 주었다. 하지만 카이네네는 대체적으로 기분이 좋았으며 두 자매는 밖에 앉아서 대화도 나누고 라디오도 듣고 캐슈 나무 주변을 날아다니는 박쥐 소리도 들었다. 가끔은 리처드도 함께 어울렸다. 하지만 오데니그보는 한 번도 어울리지 않았다.

그러던 어느 날 저녁 비가 왔다. 거세게 몰아치는 비였다. 건기에 흔치 않은 소낙비였다. 그래서 오데니그보도 술집에 가지 않았다. 그날 저녁 오데니그보가 마침내 리처드의 브랜디를 받아 들고 코로 향을 깊이 들이마신 다음에 쭉 들이켰다. 하지만 여전히 두 사람은 서로 아무 말도 하지 않았다. 은와라 의사 선생이 찾아와서 오케오마가 죽은 사실을 알려 준 것도 바로 그날 저녁이었다. 번개가 하늘에서 번쩍이고 천둥이 우르릉 소리를 낼 때 카이네네가 웃으면서 말했다.

"폭탄이 떨어지는 소리 같아."

"왜 한동안 포격을 안 했는지 궁금해. 무슨 계획을 세우고 있는 걸까?"

올란나가 묻자 카이네네가 대답했다.

"원자 폭탄 아닐까?"

바로 그때 자동차 들어오는 소리가 들려서 카이네네가 벌떡 일어섰다.

"이렇게 날씨가 궂은데 누가 찾아오는 거지?"

카이네네가 문을 열자 은와라가 얼굴에서 빗물을 뚝뚝 떨어뜨리며 들어왔다. 올란나는 결혼식 날 공습을 겪고 나서 손을 내밀어 그녀를 일으켜 주고, 땅바닥에 엎드리고 난 후에도 드레스가 아직 더럽혀지지 않은 것처럼 드레스가 더러워지겠다고 말하던 은와라를 떠올렸다. 그는 살이 많이 빠져서 호리호리했다. 갑자기 주저앉기라도 하면 몸이 두 동강 날 것처럼 보였다. 하지만 은와라는 앉지 않았다. 형식적인 인사로 시간을 낭비하지도 않았다. 축 처진 셔츠를 벗어 빠르게 흔들어서 빗물을 털어 내며 말했다.

"오케오마가 떠났어요, 오 제베고. 으무아히아 재탈환 임무를 수행하다가 그렇게 됐어요. 지난달에 만났을 때, 자기가 시 몇 편을 쓰고 있는데 올란나는 자기 여신이라고, 만일 자신한테 무슨 일이 일어나면 그 시를 그녀한테 전해 주라고 나한테 말했어요. 그런데 난 그 시를 찾을 수가 없었어요. 전갈을 가져온 사람들 말이 오케오마가 시를 쓰는 걸 본 적이 없대요. 그래서 오케오마가 떠났다는 걸 내가 당신한테 전하겠다고 했지만 시는 찾지 못했어요."

올란나는 고개만 끄덕거렸다. 은와라가 너무 많은 것을 너무 빠르게 말해서 도대체 무슨 말인지 이해할 수 없었다. 그러다가 갑자기 망치로 머리를 얻어맞은 것 같았다. 은와라 말은 오케오마가 죽었다는 뜻이었다. 하마탄 열풍이 불 때 비가 오고 오케오마는 죽었다.

"오케오마가? 온예? 지금 오케오마에 대해서 말하는 거예요?"

올란나가 손을 내밀어 오데니그보의 팔을 움켜잡았다. 몸속

깊숙한 곳에서 비명이 터져 나왔다. 귀청을 찢는 날카로운 비명이었다. 뭔가가 머리를 마구 내려치는 것 같았다. 누군가가 무자비하게 사정없이 때리는 것 같았다. 은와라가 비틀거리며 빗속으로 사라질 때까지, 그리고 자신이 바닥에 깔린 매트리스 위로 말없이 올라갈 때까지 올란나는 오데니그보의 팔을 놓지 않았다.

오데니그보가 몸속으로 들어올 때 올란나는 그가 위에 올라탄 느낌이 예전보다 훨씬 가볍다고 생각했다. 그가 너무 가만히 있어서 그녀는 몸을 흔들며 그의 엉덩이를 잡아당겼다. 하지만 그는 움직이지 않았다. 그러다 갑자기 그가 찔러 대기 시작하자 쾌락이 몇 배로 늘어났다. 온몸의 감각이 날카롭게 살아나 작은 쾌락의 불꽃도 온몸으로 퍼져 나갔다. 올란나는 자신이 우는 소리를 들었다. 우는 소리가 계속 커져서 아이가 뒤척였으며 그는 손바닥으로 그녀의 입을 막았다. 그도 울고 있었다. 올란나는 몸으로 떨어지는 눈물을 느꼈고 그의 얼굴에서 눈물을 보았다. 그는 팔꿈치로 몸을 지탱한 채 그녀를 바라보며 말했다.

"당신은 아주 강한 여자야, 은켐."

오데니그보에게서 한 번도 들은 적 없는 말이었다. 그가 늙어 보였다. 두 눈에 어린 물기와 좌절감으로 얼굴을 찌푸리며 생긴 주름살 때문에 아주 늙어 보였다. 올란나는 왜 그런 말을 하느냐고, 무슨 뜻이냐고 묻고 싶었다. 하지만 묻지 않았다. 누가 먼저 잠들었는지도 확실치 않았다.

다음 날 아침에 올란나는 아주 일찍 깨어나서 자신의 입 냄새를 맡으며 슬프고 불안한 평화를 느꼈다.

32

으그우는 처음에 죽고 싶었다. 머리가 너무 아파서도 아니고 등에 흐른 피가 너무 끈적거려서도 아니고 엉덩이가 너무 아파서도 아니고 숨쉬기가 너무 어려워서도 아니었다. 목이 너무 말랐다. 목구멍이 타는 것 같았다. 그를 옮기던 보병들은 그를 구출하면서 그 명분으로 후퇴했다고, 총알이 다 떨어져서 상부에 지원부대를 보내 달라고 했지만 아무도 오지 않았고 침략자들은 계속 밀고 들어왔다고 말했다. 하지만 으그우는 목마름 때문에 귀가 막히고 목이 잠겼다. 보병들은 으그우의 몸에 셔츠를 붕대처럼 감고 그를 어깨에 들어 올려 옮겼다. 그들이 걸을 때마다 온몸에서 통증이 느껴졌다. 숨을 급하게 몰아쉬었지만 왠지 숨을 충분히 들이켤 수가 없었다. 목이 말라 구역질이 났다.

"물, 물 좀."

으그우가 간신히 말을 뱉어 냈지만 그들은 아무것도 주지 않았다. 조금이라도 힘이 있다면 자신이 아는 모든 욕설을 다 퍼부을 것 같았다. 총이 있다면 다 죽이고 자살이라도 할 것 같았다.

하지만 그들이 병원에 데려오자 죽고 싶은 마음이 사라졌다. 아니, 죽을까 봐 두려웠다. 돗자리와 매트리스와 맨바닥 여기저기 수많은 환자가 누워 있었다. 사방에 피가 가득했다. 의사가 진찰할 때마다 환자들이 내지르는 날카로운 비명을 듣고 으그우는 자신의 부상이 최악은 아니라는 걸 깨달았다. 하지만 피는 옆구리에서 계속 새어 나왔고 그 피가 처음에는 따뜻하게 느껴지다가 좀 지나니 끈적끈적하고 차갑게 느껴졌다. 계속 흐르는 피가 의지를 앗아 갔다. 기운이 하나도 없어서 스스로 어떤 조치를 취할 수도 없었다. 간호사들이 붕대도 갈아 주지 않고 급히 지나쳐도 그들을 크게 부르지 않았다. 간호사들이 와서 그를 옆으로 눕히고 아무렇게나 주사를 놓을 때조차 아무 말도 하지 않았다. 정신 착란이 일어날 때는 몸에 꽉 끼는 치마를 입고 뭔지 모를 손짓을 해 대는 에베레치가 보였다. 정신이 맑을 때는 죽음의 공포가 몰려들었다. 으그우는 하늘나라와 옥좌에 앉은 하느님을 그려 보려고 애썼지만 제대로 떠오르지 않았다. 대신 죽음은 끝없는 침묵에 불과하다는 환상이 자주 나타났다. 하지만 그건 사실이 아닌 것 같았다. 자신의 일부는 계속 환상 속에서 허우적대는데 이러다 영원한 침묵 속으로 빠져드는 건 아닌지 두려웠다. 죽음 자체는 그다지 두렵지 않았다. 죽음의 정체를 제대로 모른 채 죽는다는 게 두려웠다.

저녁에 황혼이 드리울 때면 카리타스 사람들이 찾아왔다. 신부 한 명과 조수 두 명이 기름등잔을 들고 병사들에게 우유와 설탕을 나눠 주며 이름과 출신 지역을 물었다.

"은수카."

신부님이 묻자 으그우는 대답했다. 그런데 신부님 목소리가 왠지 익숙했다. 하지만 이곳에서는 왠지 모든 게 익숙했다. 옆 환자가 흘리는 피에서도 자기 피와 똑같은 냄새가 나고 아카무[10]가 담긴 그릇을 갖다주는 간호사는 에베레치처럼 웃었다.

"은수카? 이름이 뭔가?"

신부님이 물었다.

으그우는 동그란 얼굴과 안경, 그리고 때가 탄 신부복 옷깃에 초점을 맞추려고 애썼다. 데미안 신부님이었다.

"전 으그우예요. 우리 올란나 마님이랑 성 빈첸시오 아 바오로 모임에 자주 참석했어요."

"아!"

데미안 신부님이 손을 꼭 잡자 으그우는 얼굴을 찡그렸다.

"자네, 독립을 위해 싸웠나? 어디서 부상당했나? 지금까지 무슨 치료를 받았지?"

으그우는 머리를 흔들었다. 엉덩이 한쪽에서 느껴지는 날카로운 통증 때문에 정신이 하나도 없었다. 데미안 신부님은 그의 입에다 우유를 몇 숟갈 넣어 주고 설탕과 우유 봉지를 옆에 내려 놓았다.

"오데니그보는 인력 동원 기획국에 있어. 내가 그쪽으로 전갈을 보내겠네."

데미안 신부님은 떠나기 직전에 나무로 만든 묵주를 벗어서 으그우의 손목에 걸어 주었다.

---

10 아프리카 전통 음식으로, 옥수수 등으로 만든 죽.

며칠 후에 리처드 선생님이 찾아왔을 때도 차가운 묵주는 손목에 그대로 걸려 있었다.

"으그우, 으그우."

금발 머리에 이상한 눈동자가 갑자기 눈앞에 나타나 맴돌자 으그우는 그 정체를 파악할 수가 없었다.

"내 말 들려, 으그우? 널 데리러 왔어."

몇 년 전 으그우에게 마을 축제에 대해서 묻던 바로 그 목소리였다. 으그우는 상대의 정체를 파악했다. 리처드 선생님이 그가 일어나도록 도와줄 때 옆구리와 엉덩이의 통증이 머리와 두 눈으로 치솟아 올랐다. 으그우는 비명을 지르다가 이를 악물고 입술을 깨물며 입안에 고인 피를 삼켰다.

"천천히, 천천히."

리처드 선생님이 말했다.

뒷좌석에 누워서 흔들리는 푸조 404를 타고 갈 때, 눈부신 햇살이 차창에 반사되는 것을 보면서 으그우는 드디어 자신이 죽는 건지, 죽으면 이렇게 되는 건지, 이렇게 차를 타고 끝없는 여행길에 나서는 건지 궁금했다. 마침내 자동차는 피 냄새가 아니라 소독약 냄새가 나는 병원 앞에 멈췄다. 그리고 제대로 된 침대에 누울 때 으그우는 비로소 이제 죽지 않을 수도 있겠다는 생각이 들었다.

리처드 선생님이 말했다.

"여긴 지난 몇 주 사이에 굉장히 심한 포격을 당했어. 그래서 의사 선생님한테 진찰받고 나서 곧장 떠날 거야. 진짜 선생님은 아니야. 그가 의과 대학 4학년일 때 전쟁이 터졌거든. 하지만 실력은 아주 좋아. 올란나랑 오데니그보랑 아가는 으무아히아가 함락된 후에 오르루에서 우리랑 지내고 있어. 물론 해리슨도 함께 있어. 카이네네한테는 난민 수용소 일을 도와줄 사람이 필요해. 그러니까 너도 몸이 빨리 나아야 해."

으그우는 리처드 선생님이 너무 많이 말한다고 생각했다. 의사 선생님이 올 때까지 정신을 잃지 않게 하려는 것 같았다. 으그우는 리처드 선생님의 웃음과 평상시 같은 모습이 고마웠다. 묻는 말에 자신이 대답하면 그가 가죽으로 묶은 공책에 뭔가를 열심히 적던 시절이 떠올라서 좋았다.

"네가 에메쿠쿠 병원에서 살아 있단 소식을 들었을 때 우리 모두 충격을 받았어. 당연히 기분 좋은 충격이었지. 으무아히아가 함락되기 전에 추도식만 열고 장례식까지 하지 않아서 정말 다행이야."

으그우의 눈꺼풀이 떨렸다.

"내가 죽었다고 했나요, 선생님?"

"응, 부대 사람들이 그랬어. 부대에서는 네가 작전 중에 전사했다고 생각한 것 같아."

으그우는 눈이 자꾸 감겼다. 아무리 애써도 떠지지 않았다. 그러다가 마침내 눈을 떴을 때 리처드 선생님이 그를 내려다보며 물었다.

"에베레치가 누구지?"

"네?"

"에베레치라고 계속 불렀어."

"알고 지내던 여자예요, 선생님."

"으무아히아에서?"

"네, 선생님."

리처드 선생님의 눈빛이 부드럽게 변했다.

"지금 그 여자가 있는 곳을 알아?"

"아니요, 선생님."

"부상당한 후에 이 옷을 계속 입고 있었니?"

"네, 보병들이 바지와 셔츠를 줬어요."

"빨아야겠구나."

으그우가 웃었다.

"네."

"무서웠니?"

으그우는 몸을 틀었다. 통증이 온몸 구석구석에서 느껴졌다. 편안하게 느껴지는 자세를 취할 수가 없었다.

"무서웠냐고요, 선생님?"

"그래."

"가끔은요."

으그우가 잠시 가만히 있다가 말했다.

"우리 막사에서 책을 한 권 찾았어요. 책을 보고 너무 슬프고 화가 났어요."

"어떤 책이었는데?"

"프레더릭 더글러스라는 미국 흑인 노예의 『자서전』."

리처드 선생님이 뭔가를 수첩에 적었다.

"지금 들은 말을 내 책에 써야겠구나."

"책을 쓰는 중이세요?"

"그래."

"어떤 내용인가요, 선생님?"

"전쟁, 그리고 그 전에 일어난 일, 그리고 절대로 일어나지 말아야 할 일. 제목을 '우리가 죽을 때 세상은 침묵했다'로 할 거야."

나중에 으그우는 '우리가 죽을 때 세상은 침묵했다'라는 제목을 속으로 중얼거렸다. 괴로웠다. 너무나 창피했다. 더러운 바닥에 가만히 누워서 자신을 증오 어린 눈으로 노려보던 술집 여주인의 무표정한 얼굴이 저절로 떠올랐다.

주인어른과 마님이 으그우를 두 팔로 껴안았다. 하지만 통증을 느끼지 않게 하려고 아주 가볍게 껴안았다. 그는 너무나 불편했다. 두 사람은 전에 그를 껴안은 적이 한 번도 없었다.

"으그우, 으그우."

주인어른이 머리를 흔들며 중얼거렸다.

아이가 으그우의 한 손을 붙잡고 놓지 않으려고 할 때 그는 지나온 모든 삶을 돌아보고 갑자기 울컥하며 목이 메어 왔다. 그래서 흐느끼기 시작했다. 눈물 때문에 눈이 쓰라렸다. 으그우는 눈물을 흘리는 자신에게 화가 났다. 드디어 겨우 진정하고 나서는 겪은 일을 회상하며 담담한 말투로 이야기를 시작했다. 자신이 군인에게 잡힌 과정에 대해서는 거짓말을 했다. 앰브로스 목사가 자기 병든 누이를 약초 다루는 사람에게 데려다 달라고 하도 애원해서 그렇게 하고 돌아오는 길에 잡혔다고 말했다. 그는 운 것을 만회라도 하고 싶은 듯, '적군의 포격'과 '기습 공격'이란 단어를 아무렇지도 않은 듯이 말했다.

"그래서 네가 죽은 줄 알았구나. 그렇다면 오케오마도 살아 있을지 몰라."

마님이 으그우를 가만히 쳐다보며 말하고 으그우는 그런 그녀를 가만히 바라보았다.

"그들이 오케오마가 작전 중에 전사했다고 했어. 아단나가 단백질 부족증 때문에 결국 죽었다는 소식도 들었어. 물론 아기는 그 사실을 몰라."

으그우는 시선을 돌렸다. 그런 소식에 짜증이 났다. 듣고 싶지 않은 소식을 알려 주는 마님에게 화가 났다.

"너무 많은 사람이 죽어 가고 있어요."

으그우가 말하자 마님이 대답했다.

"전쟁이란 그런 거야. 너무 많은 사람이 죽지. 하지만 우리는 이겨 낼 거야. 베개 위치는 편안하니?"

"네, 마님."

오르루에서 보낸 처음 몇 주일 동안 으그우는 어느 쪽 엉덩이로도 앉을 수가 없어서 옆으로 누운 채 지내야 했다. 마님은 그의 곁을 떠나지 않고 먹을 걸 챙겨 주며, 살아야겠다는 의지를 키워 주었다. 그는 정신이 오락가락할 때가 많았다. 옆구리와 엉덩이와 등에서 통증이 느껴지지 않아도 오그부니그웨 폭발이나 하이테크가 웃는 얼굴, 술집 여주인의 증오 어린 눈동자가 떠올랐다. 그녀의 얼굴 생김새는 기억나지 않았다. 하지만 자신을 노려보던 그 눈빛, 잔뜩 긴장한 그녀의 메마른 가랑이 사이, 자신이 하고 싶지 않은 행위를 할 수밖에 없었던 당시의 상황은 자세히 떠올랐다.

밤에 꾸는 꿈과 낮에 꾸는 꿈 사이에 펼쳐지는 회색 공간, 눈앞에 떠오르는 환영을 자유롭게 조절할 수 있는 공간에서 으그우는 술 냄새를 맡고 동료들이 "명사수!"라고 외치는 소리를 들었다. 하지만 더러운 바닥에 등을 대고 누운 여자는 술집 여주인이 아니라 에베레치였다. 잠에서 깨어난 그는 그 환영을 증오하고 자신을 증오했다. 자신이 저지른 잘못을 속죄할 시간이 필요했다. 그런 다음에 에베레치를 찾아 나서야 했다. 그녀는 가족과 함께 음바이세에 있는 고향 마을로 갔거나 이곳 오루루 어딘가에 있을 가능성이 컸다. 그녀는 자신을 기다릴 터였다. 자신이 꼭 돌아온다는 걸 알고 있을 터였다. 그녀가 자신이 찾아오기만을 기다린다면 자신의 죄가 씻겨 나갔다는 증거가 될 것 같았다. 죄에서 벗어나 편안함을 느낄 것 같았다. 자신의 육신이 과거의 모습으로 돌아오고 자신의 마음이 회복될 수 있다는 게 너무나 놀라웠다.

으그우는 낮 시간에는 난민 수용소 일을 돕고 저녁에는 글을 썼다. 큰 나무 밑에 앉아서 낡은 신문지 여백이나 카이네네 마님이 물품 조달 계산을 한 종이나 낡은 달력 뒷면에다 작은 글씨를 조심스럽게 써 내려갔다. 수입 양동이에다 용변을 마친 후에 엉덩이에 뾰루지가 생긴 사람들에 대한 시를 썼지만 오케오마 선생님이 쓴 시처럼 서정적으로 들리지 않아서 찢어 버렸다. 그다음에는 젊은 남자의 목덜미를 꼬집곤 하던, 엉덩이가 완벽하게 동그란 젊은 여자에 대한 시를 쓰고 그것 역시 찢어 버렸다. 마침내 그는 카노에서 잔인하게 살해당한 아리제 아줌마에 대해서, 다리를 움직일 힘조차 잃어버린 마님에 대해서, 잘 어울렸던 오케오마 선생님의 군복과 에크웨누고 교수님의 붕대 감은 손에 대해서 쓰기 시작했다. 난민 수용소 아이들과, 그 아이들이 도마뱀을 잡는 방법에 대해서도 썼다. 도마뱀이 네 아이를 피해 열심히 도망치다가 망고 나무로 재빨리 올라가면 한 아이가 그 위까지 쫓아가고, 도마뱀이 노망치려고 밑으로 뛰어내리면 주변을 에워싼 세 아이의 손에 잡히곤 했다.

"도마뱀이 많이 똑똑해졌어요. 이제는 재빨리 도망쳐서 시멘트 벽돌 밑으로 숨어 버려요."

나중에 나무에 올라간 아이가 으그우에게 말했다.

네 아이는 다른 아이들을 쫓아내고 도마뱀을 구워 나누어 먹었다. 나중에 그 아이가 얼마 안 되는 자신의 몫에서 도마뱀 고기를 약간 떼어 줄 때 으그우는 고맙지만 괜찮다고 머리를 흔들면서 자신은 이 아이들의 삶을, 그리고 하늘에서 폭격기가 날아올 때 난민 수용소 엄마들의 눈을 흐리는 공포를 종이에 제대로 담을 수 없다는 사실을 절실하게 깨달았다. 굶주린 사람들을 포격하는 너무나 잔인한 상황을 절대로 제대로 묘사할 수 없을 것 같았다. 하지만 그는 노력했다. 글을 쓰는 만큼 악몽도 줄어들었다.

마님이 아침에 아이 몇 명을 큰 나무 밑에 모아 놓고 구구단을 가르칠 때 카이네네 마님이 급히 달려왔다.

"으렌와란 조그만 여자아이를 임신시킨 자가 누군지 알아? 마르셀 신부가 그랬단 걸 믿을 수 있겠어?"

카이네네 마님의 각진 얼굴에서 부릅뜬 두 눈이 두드러져 보였다. 분노로 눈물이 가득했다. 처음에 으그우가 제대로 알아보지 못할 정도였다.

올란나 마님이 벌떡 일어났다.

"지니? 지금 무슨 말을 하는 거야?"

"그동안 내가 눈이 멀었어. 그 애 하나만 그런 게 아니야. 내가 힘들게 얻어 온 왕새우를 나누어 주기 전에 거의 모든 여자아이들한테 그 짓거리를 한 거야!"

나중에 으그우는 카이네네 마님이 마르셀 신부의 가슴을 두 손으로 밀치며 욕하는 모습을 지켜보았다. 너무 힘차게 밀쳐서 상대가 바닥에 쓰러질까 걱정스러울 정도였다.

"아모수! 이 악마!"

그녀가 소리치고 주드 신부에게 시선을 돌렸다.

"신부라는 사람이 어떻게 여기에 있으면서 저놈이 굶주린 여자애들 다리를 벌리도록 놔둘 수 있어? 이번 일을 당신네 신한테 어떻게 설명할 거야? 둘 다 당장 꺼져. 지금 당장! 필요하다면 내가 직접 오주크우를 찾아가서 이번 사건을 설명할 테니까!"

카이네네 마님의 얼굴에서 눈물이 흘러내렸다. 그 분노는 너무나 정당했다. 두 신부가 떠나고 나서 가리를 나누어 주고, 싸움을 말리고, 말라 죽는 곡식을 감독하는 일을 새로 맡아 하는 동안 으그우는 계속 죄책감에 시달렸다. 자신이 술집 여주인에게 한 짓을 알면 카이네네 마님이 자신을 어떻게 생각할지, 자신을 어떻게 할지, 무슨 말을 할지 궁금했다. 자신을 경멸할 게 분명했다. 올란나 마님도 그럴 터였다. 에베레치도 그럴 터였다.

으그우는 저녁마다 대화 소리를 들으며 나중에 종이에다 옮겨 적을 내용을 마음에 새겼다. 말하는 사람은 주로 카이네네 마님과 올란나 마님이었다. 자기들만의 세상을 만들어 주인어른과 리처드 선생님이 결코 들어오지 못하게 하는 것 같았다. 가끔씩 해리슨 아저씨가 찾아와서 으그우의 옆에 앉았지만 말은 거의 하지 않았다. 으그우를 존경하고 어려워하는 것 같았다. 으그우는 이제 예전의 그가 아니었다. 나라의 독립을 위해서 싸운 '자랑스러운 아들' 가운데 한 명이었다.

달은 언제나 환하게 빛났으며 가끔씩 불어오는 밤바람에 부엉이 우는 소리와 난민 수용소에서 들리는 여러 소리가 실려 오기도 했다. 아이는 모기를 쫓으려고 마님의 치마를 덮어쓰고 돗자리에 누워 잤다. 낮게 떠서 빠르게 날아오는 폭격기 소리 대신 원조 비행기가 날아오는 희미한 소리가 멀리서 들려올 때마다 카이네네 마님이 이렇게 말하곤 했다.

"이번에는 제대로 착륙하면 좋겠어."

그러면 올란나 마님이 명랑하게 웃으며 대답했다.

"그럼 다음에는 건어물 수프를 끓여 먹을 수 있겠군."

그들이 라디오 비아프라를 들을 때면 으그우는 일어나서 다른 곳으로 갔다. 과장된 목소리로 전쟁 소식을 전하며 사람들의 목구멍으로 가짜 희망을 억지로 밀어 넣는 방송은 관심이 없었다. 어느 날 오후에는 해리슨 아저씨가 라디오 비아프라를 크게 틀고 으그우가 앉아 있는 울창한 나무 밑으로 찾아왔다. 근처 잔디밭에서 뛰어노는 어린아이들을 구경할 때였다.

"그것 좀 꺼 주세요. 새소리를 듣고 싶어요."

"새소리가 어디에서 들린다고 그래?"

"꺼 주세요."

"수상 각하가 연설할 거야."

"꺼 주시든지 다른 곳으로 가져가시든지 하세요."

"수상 각하 연설을 듣고 싶지 않아?"

"음바, 싫어요."

해리슨 아저씨가 물끄러미 바라보았다.

"아주 위대한 연설일 거야."

"위대한 건 어디에도 없어요."

해리슨 아저씨는 상처받은 표정으로 걸어갔지만 으그우는 신경 쓰지 않았다. 아이들을 구경할 뿐이었다. 바싹 마른 잔디 위에서 아이들이 나무총을 들고 입으로 총 쏘는 소리를 내면서 천천히 달렸다. 아이들은 서로를 쫓아다니면서 먼지를 일으켰다. 먼지까지도 느릿느릿 움직이는 것 같았다. 전쟁놀이를 하는 중이었다. 남자아이 네 명이었다. 어제만 해도 다섯 명이었다. 으그우는 다섯 번째 아이의 이름이 치디에베레인지 치디에부베인지 기억나지 않았다. 하지만 최근에 아이의 배가 통통한 공이라도 삼킨 것처럼 보이기 시작했으며, 머리카락이 뭉텅뭉텅 빠지고, 피부색이 마호가니 색깔에서 병색이 짙어 보이는 노란색으로 변한 것은 또렷이 기억했다.

다른 아이들이 자주 놀렸다. 그를 "아포 음미리 으크와."라고 불렀다. 빵나무 배라는 뜻이었다. 으그우는 그러지 말라고 아이들을 말리며 단백질 부족증에 대해 설명하고 싶었다. 단백질 부족증에 대해 자신이 쓴 글을 읽어 주고 싶었다. 하지만 그러지 않았다. 결국엔 그들도 걸릴 수밖에 없는 질병을 미리 두려워하게 할 필요가 없었다. 그 아이가 수상 각하나 아추지에 같은 비아프라의 영웅 역할을 하는 걸 본 적이 한 번도 없었다. 언제나 고원이나 아데쿤레 같은 나이지리아 측을 맡았다. 그건 언제나 싸움에 지고 결국에는 바닥에 쓰러져 죽은 척해야 한다는 걸 의미했다. 풀밭에 누워서 쉴 수 있다는 생각에 혹시 아이가 그 역할을 좋아한 건 아닐까 하고 그는 가끔씩 궁금했다.

그 아이는 가족과 함께 소구미에서 살았는데, 주인어른이 그랬던 것처럼 그곳은 절대 함락되지 않을 거라고 생각하다가 갑자기 피난을 떠나야 했다. 그래서 이곳에 처음 도착했을 때 그 아이 엄마는 아주 공격적이었다. 지금 자신은 꿈을 꾸고 있고 잠에서 금방 깨어날 거라고 확신하며, 이 사실을 부정하는 사람은 가만두지 않을 거라고 벼르는 표정이었다. 그들이 도착한 저녁, 황혼이 깃들기 직전에 방공포 소리가 난민 수용소를 난도질했다. 당황한 아이 엄마는 밖으로 뛰쳐나와서 하나밖에 없는 아들을 꼭 껴안고 움직이지 않았다. 다른 아낙네들이 아이 엄마를 거칠게 흔들었다. 하늘에서는 비행기가 왱왱 굉음을 내며 다가오고 있었다.

"대피소로 피해요! 미쳤어요? 대피소로 피해요!"

그녀는 아들을 꼭 껴안고 가만히 서서 머리만 흔들었다. 으그우는 그때 자신이 왜 그렇게 했는지 아직도 이유를 모른다. 마님이 벌써 아이의 손을 움켜잡고 대피소로 달려가서 그의 부담이 많이 줄었기 때문에 그런 것 같았다. 어쨌든 그는 손을 내밀어 그녀의 품에서 아이를 빼내서 아이와 함께 대피소로 뛰어갔다. (그때만 해도 아이가 꽤 무거울 때였다.) 그러자 아이 엄마도 뒤따라 올 수밖에 없었다. 비행기가 기관총을 쏘기 시작했다. 으그우가 아이를 대피소로 밀어 넣기 직전에 총알 하나가 바로 옆을 스치며 날아갔다. 눈으로 본 게 아니라 냄새를 맡았다. 시큼하고 뜨거운 쇳덩이 냄새였다.

아이는 대피소 안에서 귀뚜라미와 개미가 기어 다니는 축축한 흙을 가지고 놀다가 으그우에게 자기 이름을 알려 주었다. 치디에베레인지 치디에부베인지 확실치 않았다. 하지만 치디 뭐였다. 약간 더 평범한 치디에베레 같았다. 치디에베레. 하느님은 자비로우시다. 지금 생각하니 놀려 먹기 딱 좋은 이름이었다.

나중에 네 아이가 전쟁놀이를 끝내고 안으로 들어갔을 때 으그우는 건물 끝에 있는 교실에서 누군가가 숨죽이며 조용히 흐느끼는 소리를 들었다. 이제 조금 있으면 아이 숙모가 밖으로 뛰쳐나와서 주변 사람들에게 크게 소리치고, 아이 엄마는 맨바닥을 뒹굴면서 비명을 지르다가 목이 완전히 쉬면 면도칼로 머리를 빡빡 깎아 피를 흘릴 게 분명했다.

으그우는 러닝셔츠를 입고 아이의 무덤을 파는 일에 힘을 보태러 갔다.

33

리처드는 올란나가 하는 말을 듣고 깔깔 웃어 대는 카이네네 옆에 앉아서 그 어깨를 쓰다듬었다. 그는 카이네네가 머리를 뒤로 젖히고 웃을 때 길게 뻗는 목이 너무나 좋았다. 그는 카이네네, 올란나, 오데니그보와 함께 지내는 저녁 시간이 너무나 좋았다. 불빛이 침침한 오데니그보의 은수카 집 거실에서 매운 걸 먹어서 얼얼한 혀를 맥주로 달래던 옛날 생각이 났다. 카이네네가 접시에 놓인 구운 귀뚜라미로 손을 뻗었다. 해리슨이 새로 고안한 특별 요리였다. 해리슨은 마른 땅 어디를 파야 그것을 잡을 수 있으며 어디를 잘라 내서 구워야 먹을 게 더 많이 나오는지를 잘 아는 것 같았다. 카이네네가 한 조각을 입에 넣었다. 리처드는 두 조각을 집어서 천천히 씹었다. 바깥은 어두워지기 시작하고 캐슈 나무는 조용한 회색 그림자로 변했다. 그 위에는 먼지가 미세하게 쌓여 있었다.

"아프리카에서 활동하는 백인이 성공할 확률은 얼마나 될 것 같아요?"

오데니그보가 물었다.

"성공할 확률요?"

리처드가 반문했다. 그는 오랫동안 무언가를 곰곰이 생각하다가 갑자기 이상한 말을 꺼내서 리처드를 당혹스럽게 하기 일쑤였다.

"그래요, 성공할 확률. 무슨 말인지 몰라요?"

오데니그보가 말에 카이네네가 끼어들었다.

"백인의 흉내를 내지 않는 흑인이 실패할 확률부터 따져 보는 게 좋을 것 같군요."

"누가 이 세상에 인종주의를 끌어들였지요?"

오데니그보가 물었다.

"무슨 말인지 모르겠군요."

카이네네가 말했다.

"백인이 이 세상에 인종주의를 끌어들였어요. 그리고 그걸 정복의 도구로 삼았어요. 좀 더 인간적인 종족을 정복하는 편이 훨씬 쉬우니까요."

"그렇다면 우리가 나이지리아를 정복하면 우리는 덜 인간적인 종족이 되는 건가요?"

카이네네가 물었지만 오데니그보는 대답하지 않았다. 캐슈나무 근처에서 무언가가 부스럭거리자 해리슨이 벌떡 일어나서 혹시 들쥐라도 보이면 잡으려고 그쪽으로 재빨리 뛰어갔다.

이윽고 카이네네가 다시 입을 열었다.

"이나티미가 나한테 나이지리아 동전을 줬어요. 당신도 알다시피 자유의 투사 비아프라 지부 사람들한테는 나이지리아 돈이 아주 많아요. '나인스 마일'로 가서 살 만한 물건이 있는지 보고 싶어요. 잘되면 우리 수용소 사람들이 만든 물건도 팔 생각이에요."

"적들과 밀무역을 하겠다는 건가요?"

오데니그보가 물었다.

"아무것도 모르는 나이지리아 아낙네들과 장사해서 우리한테 필요한 물건을 구하겠다는 거예요."

"그건 위험해요, 카이네네."

오데니그보가 만류했다. 그의 부드러운 말투에 리처드는 깜짝 놀랐다.

"그쪽 지역은 괜찮아. 이쪽 사람들도 그곳에서 물건을 자유롭게 사고팔아."

올란나가 끼어들자 오데니그보가 깜짝 놀란 듯이 쳐다보았다.

"당신도 가겠다는 거야?"

"아니. 내일은 안 가. 카이네네가 다음번에 갈 때는 모르겠지만."

"내일?"

이번에는 리처드가 놀랄 차례였다. 카이네네가 적진에서 밀무역을 하고 싶다고 말한 적은 있지만 벌써 떠날 날짜까지 정했는지는 몰랐다.

"네, 카이네네는 내일 떠날 거예요."

올란나가 대답하자 카이네네가 뒷말을 이었다.

"맞아. 하지만 올란나에 대해서는 걱정 마세요. 절대로 데려가지 않을 거니까. 올란나는 정직한 자유 무역을 예전부터 끔찍이 무서워했거든요."

카이네네가 웃으며 말하자 올란나도 웃으면서 카이네네의 팔을 때렸다. 리처드는 두 자매의 입술 선과 약간 큰 앞니가 너무나 똑같다고 생각했다.

오데니그보가 물었다.

"'나인스 마일' 도로에 적군이 가끔씩 나타나지 않나요? 가지 않는 게 좋을 것 같아요."

"결정은 끝났어요. 난 내일 아침 이른 시각에 이나티미랑 떠나요. 그래서 저녁에 돌아올 거예요."

카이네네는 리처드가 너무나 잘 아는 단호한 말투로 말했다. 리처드는 반대하지 않았다. 그가 아는 사람들 가운데에도 카이네네가 하고 싶다는 일을 하는 사람이 많았기 때문이다.

그날 밤 리처드는 카이네네가 식용 식물을 넣고 끓인 닭과 매콤한 졸로프 쌀밥, 생선을 아주 많이 넣은 수프를 바구니에 가득 담고 돌아오는 꿈을 꾸었기 때문에 창문 바로 바깥에서 시끄럽게 떠드는 소리에 화들짝 깨어날 때는 짜증이 났다. 카이네네도 잠에서 깨어나 두 사람은 급히 밖으로 나갔다. 그녀는 천을 가슴께에 묶고 있었고 리처드는 반바지 차림이었다. 이제 막 동틀 때라서 주변이 희미했다. 난민 캠프 사람들 몇 명이, 두 손으로 머리를 감싸고 땅바닥에 웅크린 젊은 남자를 발로 차며 때리고 있었다. 바지는 여기저기에 구멍이 뚫렸고 목깃은 거의 뜯겨 나갔지만 절반짜리 노란 태양 마크는 뜯긴 소매에 그대로 달려 있었다.

"뭐예요? 무슨 일이에요?"

카이네네가 물었다.

누가 설명하기도 전에 리처드는 상황을 파악했다. 군인들이 농장을 도적질한 것이다. 도처에서 그런 일이 일어났다. 그들은 밤에 농장을 습격해서 아직 알갱이도 여물지 않은 어린 옥수수를 뜯어 가고 밤톨만 한 크기도 안 되는 감자를 캐 갔다.

"우리가 심은 곡식이 열매를 맺지 못하는 이유를 이제 아시겠죠? 이런 도적놈이 훔쳐 가기 때문에 우린 굶어 죽을 판이고요."

일주일 전에 아이를 잃은 여자가 말했다. 두른 천이 내려와서 축 늘어진 가슴이 드러났다.

"멈춰요! 당장 멈추세요! 저 사람을 놓아줘요!"

카이네네가 소리쳤다.

"도적놈을 놓아주라는 거예요? 오늘 저놈을 놓아주면 내일은 열 놈이 올 거예요."

"저 사람은 도적이 아니에요. 내 말 안 들려요? 저 사람은 도적이 아니라 굶주린 병사예요."

카이네네가 소리쳤다. 크지 않지만 위엄 있는 카이네네의 목소리에 사람들이 조용해지더니, 이윽고 천천히 물러서며 교실로 돌아갔다. 젊은 병사가 일어나서 옷에 묻은 먼지를 털었다.

"전선에서 나왔니?"

카이네네가 묻자 젊은 병사가 고개를 끄덕거렸다. 열아홉 살 정도로 보였다. 이마 양쪽에 커다란 혹 두 개가 났고 코에서는 피가 흘러나왔다.

"도망친 거니? 이 나 아그바 오소? 탈영한 거야?"

카이네네가 물었지만 젊은 병사는 대답하지 않았다.

"이리 와. 이리 와서 가리를 가지고 가."

그녀가 말했다.

부어오른 왼쪽 눈에서 눈물이 흘러내려서 젊은 병사는 부푼 눈에 손바닥을 올려놓은 채 카이네네를 따라갔다. 그는 "다루, 고맙습니다."라는 말만 중얼거리고 가리가 든 작은 봉투를 움켜쥐고 떠났다. 카이네네는 이나티미를 만나러 수용소로 내려가려고 말 없이 옷을 갈아입다가 입을 열었다.

"리처드, 당신도 오늘 일찍 떠나지? 그 거물들이 오늘은 사무 실에 30분 정도만 머물 거야."

"한 시간 안에 떠날 생각이야."

리처드가 대답했다. 아히아라에 있는 원조 센터 본부를 찾아 가서 식량을 달라고 할 생각이었다.

"그 사람들한테 내가 죽게 생겼다고, 우유랑 콘비프를 꼭 가져 가야 날 살릴 수 있다고 말해."

카이네네가 나지막한 목소리로 쓸쓸하게 말했다.

"그래. 당신도 잘 다녀와. 이제 오마. 가리랑 소금을 잔뜩 가지 고 돌아와."

짧은 키스 후에 카이네네는 떠났다. 그녀가 불쌍한 젊은 병사 를 보고 속이 상했다는 사실을 리처드는 알고 있었다. 그녀가 농사 를 망친 원인은 젊은 병사가 아니라고 생각하는 것도 알고 있었다. 농사가 실패한 이유는 땅이 너무 척박하고, 하마탄 열풍이 너무 강 하며, 거름은 없고, 심을 것도 별로 없는 데다가 카이네네가 감자 종 자를 간신히 구해 오면 사람들이 심기도 전에 절반은 먹어 치우기 때문이었다. 리처드는 팔을 들어 올려 하늘을 비틀어서라도 지금 당장 비아프라가 승리하도록 만들고 싶었다. 카이네네를 위해서.

리처드가 아히아라에 갔다가 저녁에 돌아왔지만 카이네네는 집에 없었다. 거실에서는 부엌에서 흘러드는 야자수 기름 냄새가 났고 아이는 돗자리에 누워서 『에제가 학교에 가다』를 한 장씩 넘기고 있었다.

"목마 태워 주세요, 리처드 아저씨."

아이가 달려가며 말하자 리처드는 들어 올리는 척하다가 의자에 쓰러졌다.

"이제 너도 다 큰 아가씨야, 무거워서 들어 올릴 수가 없어."

"아니에요!"

올란나가 부엌에서 리처드를 바라보며 말했다.

"전쟁이 시작된 이후에 우리 아기가 많이 똑똑해지긴 했지만 키가 자란 건 아니에요."

리처드가 웃으며 "키가 큰 것보단 똑똑한 게 좋아요." 하고 말하자 올란나도 웃었다. 리처드는 그동안 둘이서 말한 적이 거의 없으며, 둘만 있는 자리를 조심스럽게 피했다는 것을 떠올렸다.

"아히아라에서 행운이 따랐나요?"

올란나가 물었다.

"아뇨. 사방을 돌아다녔는데, 원조 센터마다 텅텅 비었어요. 어떤 사람이 건물 앞에 앉아서 자기 엄지손가락을 빠는 걸 봤어요."

"당신이 아는 기획국 사람들은 어땠나요?"

"자기네도 가진 게 하나도 없다면서, 이제 우리도 농사를 지으며 자급자족을 해야 할 거라는 말만 했어요."

"농사는 뭘로 지으라고요? 게다가 이렇게 작게 줄어든 영토에서 수백만 인구를 어떻게 먹여 살릴 수 있는데요?"

리처드는 올란나를 쳐다보았다. 비아프라에 대해 비판하는 낌새가 조금만 보여도 그는 불편했다. 으무아히아가 함락된 이후 찢어진 가슴속에 수많은 걱정이 빼곡히 들어차고 있지만 그걸 누군가에게 털어놓은 적은 한 번도 없었다.

"카이네네는 수용소에 있나요?"

리처드가 묻자 올란나가 이마를 닦으며 대답했다.

"그럴 거예요. 지금쯤이면 이나티미랑 돌아왔을 테니까요."

리처드는 아이와 놀려고 밖으로 나갔다. 아이가 캐슈 나무 잎사귀를 잡을 수 있도록 목마를 태워 준 다음에 내려놓았다. 일곱 살치고 체구가 너무 작고 가볍다는 생각이 들었다. 그는 땅바닥에 선을 긋고 아이에게 돌멩이를 집어 들라고 말한 다음에 은초콜로 놀이"를 가르쳐 주었다. 그리고 아이가 깡통에서 울퉁불퉁한 쇳조각을 꺼내 가지런히 놓는 장면을 쳐다보았다. 폭탄 파편이었다.

카이네네는 한 시간이 지나도 돌아오지 않았다. 리처드는 아이를 데리고 수용소로 내려갔다. 그녀는 평소와 달리 '돌아올 수 없는 자들의 숙소' 앞 계단에도 앉아 있지 않았다. 병실에도 없었다. 그 어떤 교실에도 없었다. 그는 큰 나무 밑에서 종잇조각에 글을 쓰고 있는 으그우를 발견했다.

"카이네네 마님은 아직 돌아오지 않으셨어요."

리처드가 묻기도 전에 으그우가 대답했다.

"돌아왔다가 다른 곳에 가지 않은 게 분명하니?"

"분명해요, 선생님. 하지만 금방 돌아오실 거예요."

리처드는 으그우가 정확한 영어를 구사해서 기분이 좋았다. 그는 으그우가 종이만 눈에 보이면 글을 쓰는 것이 존경스러웠다.

---

11 나이지리아 전역에서 아이들이 즐기는 놀이로, 돌멩이 열두 개를 가지런히 놓고 하는 게임.

한번은 으그우가 써 둔 종이를 찾아서 읽어 보려고 했지만 하나도 찾을 수 없었다. 종이를 모두 반바지에 넣어 두는 게 분명했다.

"지금 뭘 쓰는 거니?"

리처드가 묻자 으그우가 대답했다.

"별거 아니에요, 선생님."

"난 으그우랑 있을래요."

"그래, 아가."

리처드는 아이가 교실로 달려가서 다른 아이들을 찾아 도마뱀이나 귀뚜라미를 잡으러 다니거나, 시민 방위군이라고 자칭하는 남자를 찾아서 그가 허리에 찬 단검을 만지게 해 달라고 할 거란 사실을 잘 알고 있었다. 리처드는 집으로 돌아갔다. 오데니그보가 직장에서 막 돌아와 있었는데, 입은 셔츠가 닳다 못해 아주 얇아져서 옷 속이 비쳐 보였다. 가슴에 난 곱슬곱슬한 털이 밝은 초저녁 햇살에 보일 정도였다.

"카이네네는 돌아왔나요?"

오데니그보가 물었다.

"아직 아니에요."

오데니그보가 비난하는 듯한 시선으로 리처드를 오랫동안 쳐다보다가 옷을 갈아입으러 안으로 들어갔다. 그리고 천을 몸에 감고 나와 목 뒤에 묶고 리처드와 함께 거실에 앉았다. 라디오에서는 수상 각하가 평화를 모색하기 위해 직접 외국에 나간다고 발표하고 있었다.

여러 번 언급했듯이, 우리 국민의 안전과 평화를 보장하기 위해서라면 어디든 직접 달려갈 것입니다. 지금 전 평화를 찾아서 비아프라 밖으로 나갈 생각입니다…….

태양이 지고 으그우와 아이가 집에 돌아왔다.

"은네카라는 아이가 지금 막 죽었는데 그 애 엄마가 시신을 가져가서 묻는 걸 거부하고 있어요."

으그우가 모두에게 인사한 다음에 말하자 리처드가 물었다.

"카이네네가 거기에 있니?"

"아니요."

오데니그보가 일어났고 리처드도 일어났다. 그들은 함께 난민 수용소로 내려갔다. 둘은 아무 말도 하지 않았다. 한 여자가 교실 한곳에서 구슬프게 울고 있었다. 두 사람이 계속 물었지만 사람들은 "카이네네가 오늘 아침 이른 시각에 이나티미랑 떠났다." 라는 똑같은 대답만 했다. 그녀가 적진을 넘어서 밀무역을 하러 갔다가 늦은 오후까지 돌아오겠다고 했다는 것이다.

하루가 지나고 이틀이 지났다. 건조한 공기, 먼지바람, 메마른 밭고랑을 가는 피난민 등 변한 건 하나도 없지만 카이네네는 돌아오지 않았다. 리처드는 깊은 동굴 속으로 떨어지는 느낌이, 체중이 시시각각으로 줄어드는 느낌이 들었다. 오데니그보는 길이 막히는 바람에 카이네네가 전선 건너편에서 침략자들이 다른 곳으로 이동하기만을 기다리고 있을 거라고 말했다. 올란나는 밀무역을 하는 아낙네들이 이렇게 늦는 경우가 종종 있다고 했다. 하지만 올란나의 두 눈에도 공포가 은밀하게 엿보이기 시작했다. 두 사람이 카이네네를 찾으러 간다고 할 때 자신은 함께 가지 않겠다고, 그녀가 스스로 돌아올 텐데 그렇게까지 할 필요가 있느냐고 말하는 오데니그보에게도 공포가 엿보이는 건 마찬가지였다. 찾아나선 뒤에 올 결과를 두려워하는 것 같았다.

올란나는 '나인스 마일'을 향해 자동차를 타고 떠나는 리처드의 옆좌석에 앉았다. 두 사람은 계속 침묵했다. 가끔씩 리처드가 도로변에 멈춰서 카이네네처럼 생긴 사람을 보았느냐고 사람들에게 물었다. 올란나도 그가 했던 말을 반복하며, 카이네네는 키가 크고 피부가 아주 까맣다고 하면서 "오 토루 오고, 디 에지그보 오지."라고 외치며 사람들 기억을 불러일으키려고 했다. 리처드는 사람들에게 그녀의 사진을 보여 주었다. 가끔은 너무 서두르다가 밧줄무늬 그릇 사진을 꺼내기도 했다. 하지만 그녀를 본 사람은 아무도 없었다. 이나티미가 모는 자동차를 본 사람도 없었다. 심지어 그들은 도로가 적군에게 점령당해서 더 이상 갈 수 없다고 말하는 비아프라 병사에게도 물었다. 병사들은 머리를 흔들며 본 적이 없다고 대답했다. 돌아오는 도중에 리처드가 눈물을 흘리기 시작했다.

올란나는 단호하게 야단쳤다.

"왜 우세요? 저 건너편에서 발이 며칠 묶인 것뿐이잖아요!"

리처드는 눈물이 앞을 가려서 도로변으로 운전대를 틀었으며 자동차는 날카로운 소리를 내며 울창한 덤불 속으로 들어갔다.

"멈춰요! 멈춰요!"

올란나가 소리쳤다.

리처드는 자동차를 멈췄다. 올란나는 그에게서 차 열쇠를 빼앗고 밖으로 나가 운전석 문을 열었다. 그녀는 자동차를 몰고 집으로 돌아오면서 나지막하게 콧노래를 불렀다.

34

올란나는 나무 빗으로 아이의 머리카락을 최대한 부드럽게 빗어 주었다. 그런데도 나무 빗 사이에는 뽑혀 나오는 머리카락이 많았다. 으그우는 의자에 앉아 글을 쓰는 중이었다.

일주일이 지나도 카이네네는 돌아오지 않았다. 오늘은 하마탄 열풍이 잦아들어서 캐슈 나무가 휘청이지 않았다. 하지만 사방에 모래가 휘날리고 주변에서는 역겨운 소문이 잔모래만큼이나 무성하게 돌아다녔다. 수상 각하가 평화를 찾으러 간 게 아니라 도망친 거라는 소문이었다. 올란나는 그럴 수는 없다고 생각했다. 그녀의 가슴속에는 카이네네가 분명히 돌아올 것이며 수상 각하 역시 성공적으로 임무를 마치고 돌아오리라는 확고한 믿음이 있었다. 수상 각하는 전쟁이 끝났음을 선언하고 자유 비아프라를 선포하는 협정서에 서명을 받고 돌아올 게 분명했다. 정의와 소금을 가지고 말이다.

아이의 머리카락을 빗자 이번에도 한 움큼 뽑혀 나왔다. 올란나는 가느다란 머리카락을 손에 들고 쳐다보았다. 햇볕에 그을려 노란색을 띠는 갈색이었다. 예전의 새까만 머리카락이 아니었다. 그녀는 겁이 났다. 몇 주 전에 카이네네는 이제 일곱 살밖에 안 된 아이가 머리카락이 빠지는 건 너무 지혜가 많아서 그런 짓이라고 놀리면서 아이에게 줄 단백질 알약을 더 많이 구하러 돌아다녔다.

으그우가 글을 쓰다가 고개를 들고 그녀를 쳐다보며 말했다.

"땋아 주지 않는 편이 좋을 것 같죠, 마님?"

"그래. 매듭이 너무 많아서 머리카락이 빠질 수도 있으니까."

"내 머리카락은 빠지지 않아요!"

아이가 말하며 자기 머리를 톡톡 쳤다.

올란나는 빗을 내려놓았다.

"열차에서 본 아이 머리에 붙은 머리카락이 계속 떠올라. 머리카락이 아주 무성했어. 아이 엄마가 그걸 땋느라고 아주 힘들었을 거야."

"어떻게 땋았는데요?"

으그우가 물었다.

그녀는 깜짝 놀랐다. 처음에는 그가 한 질문 때문이었고 다음에는 너무나도 선명하게 떠오르는 매듭 모양 때문이었다. 그래서 그녀는 매듭 일부가 이마로 흘러내린 아이의 머리 모양에 대해 설명하기 시작했다. 그런 다음에는 머리 전체의 모습, 부릅뜬 눈, 회색 피부를 설명했다.

으그우는 그 말을 글로 옮겨 적었다. 올란나는 그가 너무나 진지하게 적는 모습을 보고 자기가 지금 아주 중요한 이야기를 한다는 생각이 들어서, 뭔지 모르지만 자기 이야기가 아주 중요한 역할을 할 거라는 생각이 들어서, 열차에 가득 들어찬 사람들이 울부짖고 소리치고 오줌까지 싸던 광경을 자세히 떠올리며 설명했다.

그녀가 여전히 설명하고 있을 때 오데니그보와 리처드가 돌아왔다. 걸어오는 중이었다. 혹시 아히아라에 있는 종합 병원에 카이네네가 있을까 찾아보려고 이른 아침에 푸조를 타고 떠난 터였다.

올란나가 벌떡 일어나며 물었다.

"찾았어요?"

"아니요."

리처드가 대답하고 안으로 들어갔다.

"자동차는 어디에 두고? 군대에 빼앗겼어?"

"도중에 연료가 떨어졌어. 연료를 구해서 가져올 거야."

오데니그보가 대답하며 올란나를 껴안은 다음에 말했다.

"마두를 만났어. 카이네네가 적진 건너편에 그대로 있을 거라고 하더군. 침략자들이 길을 막아서 새 통로가 열리기만을 기다리고 있을 거라는 거야. 그런 일이 많이 일어난대."

"그래, 당연하지."

올란나는 빗을 들고 자신의 엉킨 머리카락을 풀기 시작했다. 오데니그보는 병원에서 카이네네를 못 찾은 걸 다행으로 여겨야 한다고, 그건 적진 건너편이나마 그녀가 무사히 있다는 뜻이라고 말했다. 하지만 올란나는 일부러 그런 설명까지 하는 그가 싫었다. 며칠이 지나 올란나가 영안실을 살펴야겠다고 고집을 부릴 때, 그는 카이네네가 적진 건너편에 무사히 있다고 똑같이 말하며 만류했다.

"갈 거야."

올란나가 말했다. 마두가 가리와 설탕과 연료를 조금씩 보낸 터라서 자신이 직접 자동차를 몰 생각이었다.

"그럴 필요 없어."

오데니그보가 반대했다.

"필요 없어? 내 쌍둥이 자매의 시신을 찾아볼 필요가 없어?"

"당신 자매는 산아 있어. 시신은 없다고."

"있어. 아, 하느님!"

올란나가 떠나려 몸을 돌리자 그가 급히 말했다.

"올란나, 설사 그들이 카이네네를 쏘았다 해도 그 시신을 비아 프라에 있는 영안실로 보내진 않았을 거야."

올란나는 그 말이 맞다는 걸 알았지만 그렇게 말하는 그가, 은켐 대신 올란나라고 부르는 그가 싫었다. 그녀는 악취가 진동하는 영안실을 찾아갔다. 최근에 폭격당해서 죽은 시신들이 바깥에 쌓인 채로 햇볕을 받아서 심하게 부풀어 올라 있었다. 사람들이 몰려들어 안으로 들어가서 시신을 찾게 해 달라며 사정했다.

"제발, 우리 아버지가 폭격이 끝난 다음에 행방불명이에요."

"제발, 우리 아이가 없어졌어요."

마두가 써 준 종이를 내보이자 관리인이 미소를 지으며 안으로 안내했다. 올란나는 관리인이 아주 오래되었다고 말하는 시신까지도 여자라면 모두 다 얼굴을 확인하겠다고 고집을 부렸다. 그리고 나중에 자동차를 세우고 도로변에서 먹은 음식을 토했다.

"태양이 떠오르지 않는다면 우리가 떠오르게 만들리라."

오케오마의 시구 한 소절이 떠올랐다. 나머지는 기억나지 않았다. 질그릇을 차곡차곡 쌓아서 하늘로 올라가는 사다리를 만든다는 내용이었다.

집에 돌아가니 오데니그보는 아이와 대화를 나누는 중이고 리처드는 멍하니 앉아 있었다. 두 사람은 그녀에게 시신을 찾았느냐는 질문조차 안 했다. 으그우는 옷에 야자수 기름 같은 커다란 얼룩이 묻었다고 올란나에게 말했다. 나지막하게 말하는 게 그녀가 토한 흔적이라는 사실을 아는 것 같았다. 해리슨이 먹을 게 하나도 없다고 하자 그녀는 그를 멍하게 바라보았다. 지금까지 식량을 책임지고 어떻게 식량을 조달할지 아는 사람은 카이네네였기 때문이다.

"자리에 눕는 게 좋겠어, 은켐."

오데니그보가 말하자 올란나가 물었다.

"태양이 떠오르지 않으면 우리가 떠오르게 만들 거라는 오케오마의 시가 기억나?"

"열정으로 구운 질그릇은 산을 오를 때 우리 발을 시원하게 해 주리라."

"그래, 맞아."

"내가 제일 좋아하는 구절이야. 나머지는 기억나지 않아."

난민 수용소에서 어떤 여자가 나뭇가지 하나를 흔들며 소리치면서 마당으로 뛰어들었다. 녹색 이파리가 생생하게 반짝이는 나뭇가지였다. 모든 식물과 나무가 새까맣게 타서 갈색 먼지를 뒤집어쓰고 땅이란 땅은 모두 누렇게 말랐는데 저 여자가 저런 나뭇가지를 어디서 구했을지 올란나는 궁금했다.

"다 끝났어! 다 끝났어!"

여자가 소리쳤다.

오데니그보는 재빨리 라디오를 켰다. 마치 그 여자가 소리치기만을 기다린 것 같았다. 라디오에서 흘러나오는 남자의 목소리가 낯설었다.

역사를 돌아보면, 상처 입은 사람들은 평화 협상이 무산됐을 경우 자신을 방어하기 위해 무기를 들어야 했습니다. 우리도 예외가 아닙니다. 우리는 우리 종족이 대학살을 당한 후에 불안감에 떨며 무기를 들었습니다. 그리고 우리 자신을 지키기 위해 싸웠습니다.

올란나는 바닥에 앉았다. 남자 목소리가 솔직하고 단호하고 분명해서 마음에 들었다. 아이는 수용소에서 온 여자가 저렇게 소리치는 이유가 뭐냐고 오데니그보에게 물었다. 리처드가 일어나서 라디오 옆으로 다가왔다. 오데니그보는 라디오 소리를 키웠다. 여자가 소리쳤다.

"침략자들이 우리 같은 시민을 모두 때려죽이려고 몽둥이를 들고 오고 있대! 우리는 숲으로 들어갈 거야."

여자는 몸을 돌려서 수용소로 달려갔다.

전 지금 이 기회를 빌려서 지금까지 씩씩하고 용감하게 싸운 우리 군대의 모든 장교와 사병을 치하하는 바입니다. 여러분의 용맹스러운 투쟁에 전 세계가 감동했습니다. 그리고 엄청난 고통과 굶주림을 확고한 신념으로 용감하게 견뎌 온 시민 여러분에게도 감사하는 마음을 보냅니다. 전 우리 국민의 고통을 지금 당장 끝내야 한다고 확신합니다. 따라서 전 우리 군대가 질서 정연하게 해산할 것을 명령하는 바입니다. 그리고 고원 장군에게는 휴전 협정을 진행하는 동안 모든 공격을 중단하기를 인류의 이름으로 촉구하는 바입니다.

방송 내용을 올란나는 도저히 믿을 수 없었다. 머리가 어지러웠다. 그래서 바닥에 앉았다.

"이제 어떻게 하나요, 마님?"

으그우가 무표정한 얼굴로 물었다.

올란나는 시선을 돌렸다. 먼지에 뒤덮인 캐슈 나무와 지평선 너머로 꺾어지는 구름 한 점 없는 하늘을 바라보았다. 그리고 작은 소리로 대답했다.

"이제 가서 내 자매를 찾을 수 있어."

일주일이 지났다. 적십자 트럭이 난민 수용소에 왔고 여자 두 명이 우유를 나누어 주었다. 많은 가족이 수용소를 떠났다. 일부는 친척을 찾으러 떠났고, 일부는 몽둥이를 들고 온다는 나이지리아 군대를 피해 숲속에 숨었다. 하지만 올란나가 큰 도로에서 처음 목격한 나이지리아 병사들에게는 몽둥이가 없었다. 그들은 거리를 오가며 요루바 말로 크게 웃고 떠들며 아가씨들에게 이렇게 소리쳤다.

"지금 나랑 결혼해요. 내가 쌀이랑 콩을 줄게요."

올란나는 그들을 구경하는 사람들 사이에 끼었다. 깔끔하게 다림질한, 몸에 딱 맞는 군복과 새까맣고 반짝거리는 군화와 자신만만한 눈빛을 보니 도적질이라도 당한 것처럼 마음이 공허했다. 그들은 도로를 막고 자동차를 돌려보냈다. 아직은 누구도 이동할 수 없었다. 오데니그보는 당장이라도 아바로 가서 어머니의 시신을 살피고 싶은 마음이 간절했다. 그래서 매일 큰 도로까지 걸어가서 나이지리아 병사들이 자동차를 통과시키는지 확인했다. 그리고 하루는 올란나에게 이렇게 말했다.

"짐을 꾸려야 해. 도로가 하루 이틀이면 열릴 거야. 새벽 일찍 떠나면 아바에 들렀다가 어두워지기 전에 은수카에 도착할 수 있어."

올란나는 짐을 싸고 싶지 않았다. 어차피 쌀 짐도 없었다. 그리고 이곳을 떠나고 싶지도 않았다. 그래서 물었다.

"카이네네가 돌아오면 어떻게 하고?"

"은켐, 카이네네가 우리를 금방 찾을 거야."

올란나는 오데니그보가 떠나는 뒷모습을 바라보았다. 그는 카이네네가 찾을 거라는 말을 너무 쉽게 했다. 하지만 그가 어떻게 안단 말인가? 가령, 그녀가 부상을 당해서 먼 거리를 이동하지 못할 수도 있지 않은가? 힘들게 이곳까지 왔는데, 보살펴 줄 사람들이 모두 떠나 버린 텅 빈 집 안을 발견하면 기분이 어떻겠는가?

한 남자가 마당으로 들어왔다. 올란나는 한동안 그를 물끄러미 바라보다가 그가 외사촌 오딘체조라는 사실을 깨닫고 소리를 내지르며 달려가 꼭 껴안았다가 포옹을 풀고 얼굴을 바라보았다. 결혼식 때 시민 방위군 복장으로 찾아온 오딘체조와 에케네를 본 게 마지막이었다.

"에케네는 어디 있어? 에케네 크와누?"

올란나가 물었다. 두려움이 몰려들었다.

"에케네는 으문나치에 있어. 누나가 여기에 있다고 들은 즉시 혼자서 찾아온 거야. 지금 오키자에 가는 길이야. 우리 외가 쪽 친척들이 그곳에 있다는 말을 들었어."

그녀는 오딘체조를 안으로 들이고 물을 한 잔 갖다주었다.

"그동안 어떻게 지냈니, 우리 동생?"

"죽지는 않았어."

올란나는 그의 옆에 앉아서 한 손을 꼭 잡았다. 그의 손바닥에 굳은살이 박여 있었다.

"나이지리아 군대가 지키는 도로를 어떻게 지났니?"

"아무 문제도 안 됐어. 내가 하우사 말로 대답했거든. 군인 한
명이 오주크우 사진을 내밀고 침을 뱉으라고 해서 그렇게 했어."

오딘체조가 빙그레 웃었다. 피로에 찌들었지만 다정한 미소
가 이페카 외숙모와 너무나 비슷해서 올란나의 두 눈에 눈물이 고
였다. 그러자 오딘체조가 그녀를 붙잡으며 말했다.

"아니야, 아니야, 올란나 누나. 카이네네 누나는 돌아올 거야.
으무디오카에 있는 어떤 여자도 밀무역을 하러 갔는데 침략자들
이 그 지역을 점령해서 4개월이나 발이 묶여 있었어. 그런데 어제
비로소 가족한테 돌아왔대."

올란나는 머리를 흔들었다. 자신이 우는 건 카이네네 때문만
은 아니란 말은 하지 않았다. 그녀는 눈물을 훔치고 오딘체조는
그런 그녀의 손을 꼭 붙잡고 있다가 벌떡 일어나서 그 손에 5파운
드 지폐를 올려놓았다.

"이제 갈게. 갈 길이 멀어."

올란나는 지폐를 물끄러미 바라보았다. 마술을 부린 것처럼
빳빳하고 빨간 지폐의 느낌이 놀라웠다.

"오딘체조! 너무 많아!"

"시민 방위군에 있는 동안 밀무역을 해서 나이지리아 돈을 좀
만졌어."

오딘체조가 말하며 어깨를 으쓱했다.

"누나는 나이지리아 돈이 없지?"

올란나는 머리를 흔들었다. 새로 나온 나이지리아 돈을 본 적

이 한 번도 없었다.

"정부에서 비아프라 은행 계좌에 있는 돈을 모두 몰수한다는 소문이 있던데, 사실이 아니면 좋겠어."

올란나는 어깨를 으쓱했다. 자신은 모르는 얘기였다. 사방에서 말도 안 되는 소문이 혼란스럽게 떠돌고 있었다. 처음에는 비아프라에 있는 대학 관계자는 모두 에누구 군 당국에 신고해야 한다는 소문이 들렸다. 그러다가 라고스에 신고해야 한다는 소문으로 바뀌더니, 또 비아프라 군대 관련자만 신고하면 된다는 소문으로 변했다.

나중에 올란나는 아이와 으그우를 데리고 시장에 갔다가 산처럼 쌓인 쌀과 콩 그리고 비린내 나는 맛있는 생선, 피가 잔뜩 묻어서 파리들이 달려드는 고기를 보고 입이 쩍 벌어졌다. 하늘에서 갑자기 수많은 생필품이 떨어진 것 같았다. 어느 날 갑자기 기적이 일어난 것 같았다. 올란나는 비아프라 여자들이 물건 값을 집요하게 흥정하다가 나이지리아 돈을 예전부터 써 온 사람처럼 자연스럽게 꺼내 드는 장면을 바라보았다. 그녀는 쌀과 건어물을 조금씩 샀다. 앞으로 어떤 일이 일어날지 몰라서 돈을 많이 쓸 수 없었다.

오데니그보가 집에 와서 길이 뚫렸다고 했다.

"내일 떠나는 거야."

올란나는 침실에 들어가서 울기 시작했다. 아이가 올란나 옆에 쌓인 매트리스에 올라와서 껴안아 주었다.

"올 엄마, 울지 마세요. 에베지 나."

꼭 껴안은 아이의 팔이 작고 따듯해서 그녀는 더 크게 흐느꼈다. 아이는 더 꼭 껴안았고 그녀는 울음을 그치고 두 눈을 훔쳤다.

리처드는 그날 저녁에 떠나며 이렇게 말했다.

"나인스 마일 주변 마을에 가서 카이네네를 찾아야겠어요."

"아침에 출발하세요."

올란나가 말하자 리처드는 머리를 흔들었다.

"연료는 있나요?"

오데니그보가 물었다.

"나인스 마일까지 갈 정도는 돼요. 언덕길만 시동을 끄고 내려가면 돼요."

올란나는 해리슨을 데리고 떠나는 리처드에게 나이지리아 화폐를 약간 주었다. 그리고 다음 날 아침에는 짐을 자동차에 싣고 쪽지 한 장을 급히 써서 거실에 남겨 두었다.

에지마 음, 우리는 아바를 거쳐서 은수카로 갈 거야. 일주일 후에 확인하러 돌아올게.

올란나.

"보고 싶어." 혹은 "무사하길 빌어."라는 말을 덧붙이고 싶었지만 그러지 않았다. 카이네네가 나중에 웃으면서 "맙소사, 난 놀러 간게 아니라 적진에 발이 묶였던 거야." 하고 말하며 놀릴 것 같았다.

올란나는 자동차에 올라타 캐슈 나무를 쳐다보았다.

"카이네네 이모도 은수카에 와요?"

아이가 물었다.

올란나는 고개를 돌려 아이의 얼굴을 자세히 살폈다. 혹시 아이에게 카이네네가 돌아올 징후를 보는 통찰력이 있는 건 아닐까 궁금했다. 처음에는 그런 통찰력이 있다는 느낌을 받았으나 나중엔 알 듯 모를 듯한 기분만 들었다.

"그래, 우리 아가. 카이네네 이모도 은수카로 오실 거야."

"카이네네 이모는 아직도 밀무역을 하고 있는 거예요?"

"그래."

오데니그보가 시동을 걸었다. 그리고 안경을 벗어서 천 조각으로 쌌다. 소문에 의하면 나이지리아 군대는 지식인처럼 보이는 사람을 싫어했다.

"안경 없이 제대로 앞을 보고 운전할 수 있겠어?"

"응."

오데니그보가 뒤에 앉은 으그우와 아이를 바라보고는 마당을 천천히 빠져나갔다. 그들은 나이지리아 군대가 지키는 검문소를 몇 개 지나쳤으며 오데니그보는 군인들이 지나가라고 손짓할 때마다 숨을 죽인 채 뭐라고 중얼거렸다.

아바가나에서는 검게 타서 뼈대만 남은 채 길게 늘어선 트럭과 장갑차를 지나쳤다. 나이지리아 기갑 부대가 파괴된 흔적이었다. 올란나는 그 풍경을 가만히 바라보았다. 그녀는 팔을 내밀어 오데니그보의 손을 꼭 움켜잡으며 말했다.

"우리가 저렇게 만들었어. 저들이 이겼지만 우리가 저렇게 만들었어."

"저들이 이겼다."라는 말이, 우리가 졌다는 믿기 힘든 말이 아주 이상하게 들렸다. 올란나의 마음속에는 패배했다는 느낌이 없었다. 사기당한 느낌만 있었다.

오데니그보도 그녀의 손을 꼭 잡았다. 아바가 가까워지면서 올란나는 그의 꾹 다문 입에 긴장과 불안이 어리는 것을 느꼈다.

"우리 집이 아직 그대로 있는지 궁금해."

오데니그보가 말했다.

사방에 덤불이 높게 자라서 작은 오두막은 거무스름한 풀에 완전히 뒤덮여 있었다. 오데니그보는 마당 입구에 있는 조그만 나무 옆에 자동차를 세웠다. 가슴이 두근거리고 숨이 거칠어졌다. 집은 아직 그대로 있었다. 그들은 가느다란 풀이 울창하게 자란 수풀 사이를 헤치며 집으로 들어갔다. 올란나는 바닥에 쓰러진 오데니그보 어머니의 해골을 보게 되는 건 아닐까 약간 두려워하면서 주변을 둘러보았다. 하지만 오데니그보의 사촌이 시신을 묻어 놓았다. 물레 나무 옆에 약간 풀이 돋아난 무덤과 나뭇가지 두 개로 대충 만든 십자가 하나가 있었다. 오데니그보는 그 앞에 무릎을 꿇고 잡초를 한 움큼 뽑아 움켜쥐었다.

그들은 총알 자국과 폭탄 자국이 곰보처럼 파인 도로를 따라 은수카로 자동차를 몰았다. 오데니그보는 자주 핸들을 돌리면서 폭탄 자국이 심한 곳을 피했다. 건물은 새까맣게 타고 지붕은 날아갔으며 벽은 군데군데만 남았다. 여기저기에 새까맣게 탄 자동차의 뼈대만 널려 있었다. 기괴한 정적이 감돌았다. 하늘을 선회하는 독수리가 지평선을 가로질렀다.

이윽고 검문소가 나타났다. 몇몇 남자가 도로변에서 칼을 흔들어 대며 높이 자란 잡초를 잘라냈다. 크고 작은 총알 자국이 벽에 스위스 치즈처럼 뻥뻥 나 있는 집으로 두꺼운 나무판자를 들고 올라가는 사람들도 보였다.

오데니그보는 한 나이지리아 장교 옆에 자동차를 세웠다. 버클이 반짝거리는 허리띠를 찬 장교는 고개를 숙여 자동차 안을 살폈다. 이가 아주 하얗고 얼굴은 새까맸다.

"아직까지 비아프라 번호판을 단 이유가 뭐야? 패배한 반역자들을 지지하는 거야?"

큰 목소리가 부자연스러웠다. 깡패처럼 굴며 약자를 협박하는 자신의 역할을 충실히 수행하는 연기자 같았다. 뒤에서는 부하 병사 한 명이 힘들게 일하는 남자들에게 고함을 질러 댔다. 시신 하나가 덤불 옆에 있었다.

"은수카에 도착하면 번호판을 바꿀 겁니다."

오데니그보가 대답하자 장교가 상체를 똑바로 펴고 웃었다.

"은수카? 아, 은수카 대학. 너희 같은 놈들이 오주크우와 반역 계획을 세웠지? 머리에 먹물만 잔뜩 든 놈들."

오데니그보는 아무 말도 하지 않고 앞만 똑바로 쳐다보았다. 장교가 갑자기 운전석 문을 확 열어젖혔다.

"오야! 밖으로 나와서 저 판자를 옮겨. 통일 나이지리아에 네 놈이 얼마나 도움이 되는지 보자고."

오데니그보가 장교를 쳐다보며 물었다.

"왜 그래야 하나요?"

"지금 나한테 질문하는 거야? 어서 나오라고 했잖아!"

장교 뒤에 선 병사가 총구를 겨누었다.

"말도 안 돼. 오 나 에그우 에그우."

"어서 나와!"

장교가 소리쳤다.

올란나가 차 문을 열며 말했다.

"어서 나와, 오데니그보랑 으그우. 아기는 그냥 앉아 있고."

오데니그보가 밖으로 나오자 장교가 갑자기 얼굴을 힘껏 때려서 그가 자동차 쪽으로 쓰러졌다. 아이가 울었다.

"너희를 모두 죽이지 않은 게 고마운 줄 모르는 거야? 어서 저 판자를 옮겨, 한 번에 두 장씩!"

"내 아내는 우리 딸과 있게 해 주세요, 제발."

오데니그보가 말했다. 그와 동시에 장교가 그를 두 번째로 때리는 소리가 들렸는데 처음처럼 크지는 않았다. 올란나는 오데니그보를 쳐다보지 않았다. 시멘트 벽돌을 운반하는 사람 가운데 한 명에게, 그의 벌거벗은 마른 등짝에서 흐르는 땀방울에 시선을 맞췄다. 그런 다음 나무판자가 쌓인 곳으로 걸어가서 판자 두 장을 집어 올렸다. 그리고 그 무게에 눌려서 비틀거렸다. 보기보다 무거웠다. 올란나는 자세를 바로 하고 집으로 걸어가기 시작했다. 집에서 내려올 때는 땀이 났다. 그녀는 자신의 뒤꽁무니를, 옷이 벌어진 틈새를 열심히 바라보는 한 병사의 시선을 느꼈다. 판자를 들고 다시 올라갈 때 그 병사가 판자 더미 옆으로 다가왔다.

올란나는 그를 쳐다본 다음에 소리쳤다.

"장교님!"

장교가 자동차 한 대를 세우다가 고개를 돌리며 물었다.

"뭐야?"

"여기에 있는 당신 부하한테 나한테 손댈 생각은 애초에 안 하는 게 좋을 거라고 분명하게 말해 주세요."

올란나가 말했다. 바로 뒤에서 으그우가 숨을 훅 들이마시는 소리가 들렸다. 자신의 대담한 행동에 놀라며 두려워하는 것 같았다. 하지만 장교는 웃었다. 깜짝 놀랐지만 깊은 인상을 받은 것 같았다. 그리고 소리쳤다.

"아무도 손대지 않아. 내 부하는 훈련이 잘됐어. 우리는 너희 종족이 군대라고 부르는 더러운 반역자들과 달라."

장교가 다른 자동차로 시선을 돌렸다. 푸조 403이었다.

"당장 나와!"

아주 작은 남자가 나와서 자동차 옆에 섰다. 장교가 손을 내밀어 남자가 쓴 안경을 낚아채서 덤불 속으로 던지며 물었다.

"아, 이제 눈앞이 안 보여? 하지만 오주크우한테 사람들을 선동하는 글을 써 줄 정도는 되겠지? 너희 같은 놈들이 하는 게 그런 짓 아니야?"

남자가 가늘게 뜬 눈을 문질렀다.

"바닥에 엎드려."

장교가 소리치고 남자는 콜타르가 칠해진 바닥에 엎드렸다. 장교가 긴 막대기를 집어 들어 등과 엉덩이를 마구 때렸다. 남자는 올란나가 알아들을 수 없는 소리를 내질렀다.

"'고맙습니다, 선생님'이라고 말해!"

장교가 소리치자 남자가 외쳤다.

"고맙습니다, 선생님!"

"다시 말해!"

"고맙습니다, 선생님!"

장교가 매질을 멈추고 오데니그보에게 손짓하며 말했다.

"오야, 먹물, 이제 가. 번호판을 확실히 바꾸도록."

그들은 조용하게, 그러나 급히 자동차에 올라탔다. 올란나는

손바닥이 아팠다. 자동차가 멀어질 때까지 장교는 남자를 계속 때
렸다.

35

으그우는 하얀 꽃과 아무렇게나 울창하게 자라난 덤불 옆에서 허리를 숙인 채 책이 타고 남은 잿더미를 물끄러미 바라보았다. 책을 잔뜩 쌓아 놓고 불을 지른 게 분명했다. 으그우는 손으로 잿더미 사이를 뒤지며 화염을 피한 책이 속에 파묻혀 있는지 살펴보았다. 그나마 온전한 책 두 권이 있어서 집어 들고 셔츠로 표지를 닦았다. 절반 정도가 불에 탄 표지에 글과 그림이 보였다.

"저들이 일부러 책을 쌓아 놓고 태운 이유가 뭘까? 노력이 가상하군."

마님이 아무렇지도 않은 듯이 말했다.

주인어른은 으그우 옆에 웅크리고 앉아서 재로 변한 종이 사이를 뒤지며 중얼거렸다.

"내가 쓴 연구 논문이 모두 여기에 있어, 네케네 은케, 신호 탐지 행렬 실험에 대한 논문이……."

그러더니 잠시 후에 두 발을 쭉 펴고 맨땅에 그대로 앉았다.

으그우는 그런 주인어른을 쳐다보기가 민망했다. 고상하지 않았다. 주인어른답지 않았다. 마님은 아이 손을 붙잡고 바람 소리가 나는 소나무와 익소라와 백합을 쳐다보았다. 모두 뒤엉켜 자라 볼품이 없었다. 오딤 거리도 도로변 양쪽으로 울창하게 자란 덤불이 이리저리 뒤엉켜서 형편없었다. 심지어 도로 끝에 버려진 나이지리아 장갑차 타이어에서도 잡초가 자라고 있었다.

으그우가 집 안에 제일 먼저 들어가고 마님과 아이가 그 뒤를 따랐다. 하얀 거미줄이 거실 여기저기에 걸려 있었다. 으그우는 고개를 들고 거미줄 위에서 천천히 움직이는 커다랗고 까만 거미를 발견했다. 거미는 사람들이 나타나도 전혀 관심이 없으며 자기 집은 안전하다고 생각하는 것 같았다. 소파와 커튼과 양탄자와 선반은 사라졌다. 지붕창 역시 떨어졌으며, 창문에는 커다란 구멍이 나서 그곳으로 메마른 하마탄 열풍에 실린 먼지가 들어와 벽이란 벽은 모두 갈색으로 변했다. 미세한 먼지 입자가 텅 빈 실내를 유령처럼 돌아다녔다. 부엌에는 무거운 나무절구 하나만 남고 복도에는 먼지에 뒤덮인 병 하나가 있었다. 으그우가 그걸 집어 코에 대고 맡으니 코코넛 향이 났다. 마님이 쓰는 향수였다.

그들이 화장실에 들어선 순간 아이가 울기 시작했다. 욕조에 쌓인, 돌처럼 딱딱하게 마른 배설물이 역겨웠다. 딱딱한 오물이 묻은 《드럼》 잡지 낱장이 사방에 널려 있었다. 마님은 우는 아이를 달랬다. 으그우는 욕조에서 노란 플라스틱 오리를 가지고 놀던 아이를 떠올렸다.

으그우가 수도꼭지를 틀자 끽끽 소리만 나고 물은 나오지 않았다. 뒷마당은 잡초가 어깨를 스칠 정도로 높이 자라서 걸을 수가 없었다. 그래서 그는 막대기 하나를 찾아 들고 잡초를 헤치며 걸어 갔다. 캐슈 나무에 있던 벌집도 사라졌다. 남학생 기숙사 문이 절 반쯤 열린 채 부서진 경첩에 걸려 있었다. 으그우는 문을 열면서 자신이 벽에 박은 못에다 걸어 둔 셔츠를 떠올렸다. 셔츠도 당연히 없어졌으리란 생각이 들었지만 그래도 으그우는 셔츠를 걸어 둔 쪽을 쳐다보았다. 아누리카가 좋아하던 셔츠였다. 이제 몇 시간만 있으면 드디어 집에 갈 수 있다고, 아누리카를 만날 수 있다고 생 각하니까 기쁨과 동시에 두려움이 몰려들었다. 남은 사람과 떠난 사람을 억지로 추측하지 않으려고 애썼다. 그는 더러운 바닥에서 몇 가지 물건을 주웠다. 녹슨 총과 반쯤 뜯긴 채 습기가 차 부풀어 오른《소셜리스트 리뷰》한 권이었다. 으그우가 그걸 바닥에 내던 지자 무언가가 우두두 소리를 내며 뛰어갔다. 생쥐 같았다.

으그우는 집을 청소하고 싶었다. 구석구석을 철저하게 박박 문질러 닦아 내고 싶었다. 하지만 그래도 변하는 게 없을까 봐 두 려웠다. 집 안 전체가 밑바닥부터 더러워진 것 같았다. 찌든 악취 가 방마다 진동하고 천장에서는 생쥐들이 계속 뛰어다닐 것 같았 다. 주인어른이 빗자루 하나를 찾아서 서재를 쓸어 도마뱀 배설물 과 먼지를 문 앞에 모아 두었다. 으그우는 서재 안을 들여다보고, 주인어른이 다리 하나가 부러져 한쪽을 벽에 기대서 균형을 맞춰 야 하는 딱 하나 남은 의자에 앉아서 허리를 숙인 채 타다 만 종이 를 살피는 것을 발견했다.

으그우는 욕실에 있는 배설물을 막대기로 찌르며 모든 침략 자와 그 후손들에게 저주를 퍼부었다. 으그우가 욕조를 거의 다 치웠을 즈음, 마님이 청소는 나중으로 미루고 우선 고향 마을에 있는 가족부터 만나 보라고 말했다.

"진짜 인간이야, 으그우? 진짜 인간이야?"

치오케 작은어머니가 모래를 던지며 묻는 동안 으그우는 가만히 서 있었다.

치오케 작은어머니가 허리를 숙여서 모래를 한 줌 움켜쥐고 재빨리 던지자 모래가 으그우의 어깨와 두 팔과 배에 맞으며 떨어졌다. 마침내 작은어머니가 동작을 멈추고 으그우를 껴안았다. 그래도 그는 사라지지 않았다. 유령이 아니었다. 이윽고 다른 사람들이 나와서 믿을 수 없다는 표정으로 그를 껴안으며 몸을 만졌다. 몸에 맞고 떨어진 모래 정도로는 유령이 아니라는 사실을 증명할 수 없다는 듯이 말이다. 여자 몇 명이 울기 시작했다. 으그우는 주변에 모인 얼굴을 둘러보았다. 모두가 삐삐 말랐고 깊이 파인 주름에 그동안의 고생이 새겨져 있었다. 어린아이들도 마찬가지였다. 하지만 제일 많이 변한 사람은 아누리카였다. 얼굴은 여드름과 뾰루지가 뒤덮인 채였고, 눈물을 흘리며 "오빠가 죽지 않았어. 오빠가 죽지 않았어." 하고 말할 때 두 눈은 으그우를 보지 않았다. 으그우는 자신의 기억 속에 있는 아름다운 여동생의 흔적이 어디에도 없다는 사실에 깜짝 놀랐다. 지금 눈앞에 있는 아누리카는 한쪽 눈만 가늘게 뜬 못생긴 이방인이었다.

"내 아들이 죽었다는 전갈을 받았단다."

아버지가 말하며 양쪽 어깨를 움켜잡았다.

"어머니는 어디 계세요?"

으그우가 물었다. 하지만 아버지의 대답을 듣기도 전에 깨달왔다. 치오케 작은어머니가 뛰쳐나온 순간부터 깨닫고 있었다. 어머니가 살아 있다면 자신이 온 걸 알고 우베 나무까지 달려 나왔을 게 분명했다.

"너희 어머니는 이제 우리 곁에 없다."

아버지가 말하는 순간 뜨거운 눈물이 으그우의 두 눈에 가득 고였다.

"신이 저들을 절대 용서하지 않을 거예요."

으그우가 말하자 두 사람밖에 없는데도 아버지가 두려워하는 눈으로 주변을 둘러보며 주의를 주었다.

"입조심해! 침략자들이 그런 게 아니야. 너희 어머니는 기침 때문에 죽었어. 어머니가 누운 곳에 가 보자꾸나."

어머니의 무덤에는 아무 표시도 없었다. 바람에 흔들리는 녹색식물 하나가 전부였다.

"언제요? 어머니가 언제 돌아가셨어요?"

으그우가 물었다. 자기를 낳은 어머니에 대해 "어머니가 언제 돌아가셨어요?" 하고 묻는 소리가 현실이 아닌 것처럼 들렸다. 그리고 아버지가 엉뚱한 말을 하는 동안 으그우는 무릎을 꿇으며 주저앉아 이마를 땅바닥에 대고 두 손으로 머리를 감쌌다. 하늘에서 뭐가 떨어질지도 모른다는 듯이, 그것이 어머니의 죽음에 몰두할 수 있는 유일한 자세라도 되는 듯이 말이다. 아버지는 발길을 돌려서 오두막으로 돌아갔다. 나중에 으그우는 아누리카와 함께 빵나무 밑에 앉았다.

"엄마가 어떻게 돌아가셨니?"

"기침하시다가."

아누리카는 다른 질문에 대해서도 으그우가 예상한 방식으로 대답하지 않았다. 활기차게 몸짓을 섞어 가며 얘기하지도 않고 대화 중간에 번득이던 재치도 보이지 않았다. 침략자들이 마을을 점령하기 직전에 술 운반 의식이 있었다. 온예카는 잘 지냈다. 그는 농장으로 떠나 있었다. 둘 사이에 아이는 아직 없었다. 아누리카는 중간에 시선을 다른 곳으로 자주 돌렸다. 으그우와 함께 있는 걸 불편하게 여기는 것 같았다. 둘 사이를 편하게 생각한 건 그의 착각이라는 생각이 들 정도였다. 치오케 작은어머니가 부르는 소리에 아누리카는 다행이라는 표정으로 벌떡 일어나 나갔다.

으그우가 시끄럽게 떠들며 빵나무 주변에 뛰어다니는 아이들을 가만히 지켜볼 때 은네시나치가 아기를 한쪽 엉덩이에 걸치고 눈을 반짝이며 찾아왔다. 예전 모습 그대로였다. 다른 사람과 달리 살도 빠지지 않은 것 같았다. 가슴이 약간 더 커져서 블라우스가 터질 것 같았다. 은네시나치가 으그우를 꼭 껴안자 그녀의 등에 업힌 아기는 비명을 질렀다.

은네시나치가 말했다.

"난 네가 죽지 않았을 거라고 생각했어. 정신을 바짝 차리고 있을 거라고 생각했어."

으그우는 아기의 뺨을 어루만졌다.

"전쟁 중에 결혼했어?"

은네시나치가 아기를 다른 쪽 엉덩이로 옮기며 대답했다.

"결혼하지 않았어. 하우사족 군인이랑 살았어."

"침략자랑?"

으그우로서는 전혀 예상치 못한 대답이었다.

그녀가 고개를 끄덕거렸다.

"그들이 우리 마을에 머물 때 그 사람이 나한테 잘해 줬어. 아주 친절했지. 나만 여기에 있었다면 아누리카한테 그런 일이 일어나지 않았을 거야. 그 일이 일어날 때 난 그 사람이랑 물건을 사러에누구에 가고 없었거든."

"아누리카한테 무슨 일이 일어났는데?"

"몰랐어?"

"뭘?"

"군인들이 강제로 덮쳤어. 다섯 명이."

은네시나치가 바닥에 앉아 아기를 무릎에 올려놓았다. 으그우는 먼 하늘을 물끄러미 바라보았다.

"어디서 그런 일이 일어났지?"

"1년도 넘었어."

"어디냐고 물었잖아."

"아. 개울 근처."

은네시나치 목소리가 떨렸다.

"마을 밖에 있는?"

"응."

으그우는 허리를 숙여서 돌멩이를 집었다.

"군인들 말로는 제일 먼저 올라탄 놈의 팔을 아누리카가 물어뜯어서 피가 났대. 그래서 그들이 아누리카를 죽도록 때렸어. 그때부터 아누리카는 한쪽 눈을 제대로 뜨지 못해."

나중에 으그우는 걸어서 마을을 돌았다. 개울가에 이르니 아침마다 아낙네들이 긴 줄을 이루며 물 뜨러 가던 장면이 떠올랐다. 그는 바위에 앉아서 흐느꼈다.

은수카에 돌아왔을 때 으그우는 여동생이 겁탈당한 사실을 마님에게 말하지 않았다. 마님은 집을 자주 비웠다. 카이네네 마님처럼 생긴 여자를 본 적이 있는지 계속 수소문하며 에누구, 오니차, 베닌 등을 돌아다니다가 콧노래를 조그맣게 흥얼거리며 돌아왔다. 으그우가 어떻게 됐느냐고 물으면 "무슨 일이 있어도 카이네네를 찾을 거야." 하고 말했다. 그럴 때마다 으그우는 대답했다.

"네, 마님, 맞아요."

마님을 위해서라도 꼭 그럴 거라고 믿고 싶었다.

으그우는 집 안을 청소했다. 시장에 갔다. 자유 광장에 가서 침략자들이 도서관에 있는 책을 모두 끌어내서 불을 질러 새까맣게 태워 버린 후에 남은 책 무덤도 보았다. 아이와 놀았다. 밖으로 나가서 뒷마당으로 이어지는 계단에 앉아 종잇조각에다 글을 쓰기도 했다.

옆집 마당에서 닭들이 꼬꼬댁댔다. 으그우는 울타리를 쳐다보며 친예레를 떠올렸다. 그녀가 살아 있다면 자신을 어떻게 생각할까 궁금했다. 오케케 선생님과 그 가족은 돌아오지 않았다. 지금은 화학을 가르치는 안짱다리 교수님이 닭장도 가꾸고 장작불로 요리하며 오케케 선생님의 집에 살고 있었다. 어느 날 황혼이 드리울 때 으그우는 군인 세 명이 마당으로 들어와 잠시 후 그 교수님을 질질 끌고 가는 장면을 보았다.

으그우는 나이지리아 군대가 은수카에 있는 학자 중 5퍼센트를 죽이기로 했다는 소문을 들은 적이 있었다. 에제카 교수님이

에누구에서 체포된 이래 그에 대한 소식을 들은 사람은 아무도 없었다. 실제로 옆집 교수님이 끌려가는 모습을 보니 소문이 갑자기 사실처럼 느껴졌다. 그래서 며칠 후 정문을 쾅쾅 두드리는 소리가 날 때 으그우는 군인들이 주인어른을 잡으러 왔다고 생각했다. 주인어른이 집에 없다고 대답해야 할 것 같았다. 아니, 주인어른이 죽었다고 대답해야 할 것 같았다. 그래서 우선 서재로 달려가서 속삭였다.

"책상 밑에 숨으세요, 주인어른!"

그런 다음에 정문으로 달려가서 일부러 멍청한 표정을 지으며 문을 열었다. 그런데 위협적인 녹색 군복과 반짝이는 군화와 총 대신 소매가 긴 갈색 옷과 편편한 슬리퍼 차림의 눈에 익은 사람이 서 있었다. 아데바요 교수님이었다.

"안녕하세요."

으그우가 인사했다. 약간 실망스러웠다.

아데바요 교수님이 으그우 너머로 집 안을 살폈다. 두려움에 휩싸인 딱딱한 표정이었다. 그녀의 얼굴은 눈 부위에 커다란 구멍이 뚫린 해골 같았다.

"오데니그보? 오데니그보?"

아데바요 교수님이 속삭였다.

으그우는 그 순간 그녀가 할 수 있는 말은 그것밖에 없으며, 으그우를 알아보지 못해서 "오데니그보는 살아 있니?"라고 제대로 물어보지 못한다는 것을 깨달았다.

"우리 주인어른은 무사하십니다. 지금 안에 계십니다."

으그우가 말하자 그녀가 그를 물끄러미 바라보다가 입을 열었다.

"아, 으그우! 정말 많이 컸구나."

그녀가 안으로 들어오며 물었다.

"어디에 계시니? 어떠시니?"

"제가 불러 드릴게요, 교수님."

주인어른이 서재 입구에서 물었다.

"무슨 일이지, 우리 일꾼?"

"아데바요 교수님이 오셨습니다, 주인어른."

"아데바요 교수 때문에 나한테 책상 밑으로 숨으라고 한 거야?"

"군인들이라고 생각했어요, 주인어른."

아데바요 교수님이 주인어른을 껴안고 오랫동안 놓아주지 않았다.

"당신이랑 오케오마 중 한 명은 돌아오지 못했다는 소식을 들었어요⋯⋯."

"나랑 오케오마 중 오케오마가 돌아오지 못했어요."

주인어른은 왠지 마음에 안 든다는 표정으로 아데바요 교수님의 표현을 그대로 썼다.

그녀가 털썩 주저앉아서 흐느끼기 시작했다.

"우리는 비아프라에서 무슨 일이 일어나는지 제대로 몰랐어요. 라고스는 모든 게 예전 그대로였고 여자들은 최신 레이스가 달린 옷을 입고 다녔어요. 총회에 참석하러 런던에 갔다가 비아프라 사람들이 기아에 시달린다는 기사를 읽을 때까지 전혀 몰랐어요."

그녀가 잠시 말을 멈췄다가 다시 말했다.

"총회가 끝나고, 난 메이플라워 모임에 합류해서 식량을 들고 니제르강을 건넜어요…….”

으그우는 아데바요 교수님이 싫었다. 그녀의 나이지리아 사람다운 기질이 싫었다. 그래도 예전의 저녁 분위기만 돌아올 수 있다면, 아데바요 교수님이 브랜디와 맥주 냄새가 나는 거실에서 주인어른과 논쟁하던 저녁 시간만 돌아올 수 있다면 그 기질을 기꺼이 용서할 준비가 되어 있었다. 지금은 아무도 찾아오지 않았다. 리처드 선생님이 유일했다. 이제는 그와 함께 있는 게 너무나 익숙했다. 마님은 바삐 돌아다니고 주인어른은 서재에 있는 동안 혼자 거실에 앉아서 책을 보는 리처드 선생님의 모습이 가족 이상으로 친숙했다.

리처드 선생님이 집에 있던 어느 날 저녁에 문을 쾅쾅 두드리는 소리가 났다. 으그우는 부엌에서 신문을 내려놓았다. 짜증이 났다. 아데바요 교수님은 이제 우리들을 그냥 놔두고 라고스로 돌아가는 편이 제일 좋다는 사실을 아직도 모른단 말인가? 그런데 유리창 너머로 군인 두 명을 발견하고 으그우는 뒤로 주춤 물러났다. 그들이 손잡이를 움켜잡고 잠긴 문을 급하게 흔들어 댔다. 그는 문을 열었다. 군인 한 명은 녹색 베레모를 썼고 다른 한 명은 턱에 과일 씨앗처럼 생긴 하얀 사마귀가 있었다.

“이 집에 있는 사람 모두 나와서 바닥에 엎드려!”

주인어른과 마님, 으그우, 아이, 그리고 리처드 선생님이 모두 거실 바닥에 엎드린 동안 군인 두 명은 집 안을 뒤졌다. 아이는 두 눈을 꼭 감은 채 꼼짝도 않고 엎드려 있었다.

녹색 베레모를 쓴, 눈동자가 새빨간 군인은 책상에 있는 서류를 박박 찢었다. 그는 리처드 선생님의 등짝에 군홧발을 올려놓고

"백인! 오인보! 여기에서 지랄하지 말라고!" 하고 소리쳤고 주인어른의 머리에 총을 대고 "이 집에 숨겨 놓은 비아프라 돈이 없는 게 분명해?" 하고 물었다.

턱에 하얀 사마귀가 난 군인은 "지금 우리는 나이지리아 통일을 위협하는 물건을 찾는 중이야." 하고 말하고는 부엌에 들어가서 으그우가 졸로프 쌀밥을 수북이 담아 놓은 접시 두 개를 가지고 나왔다. 두 군인은 그것을 먹고 물을 마시고 트림까지 하더니, 자신들이 타고 온 스테이션왜건을 몰고 떠났다. 문을 닫지도 않은 채였다. 마님이 제일 먼저 일어섰다. 그리고 부엌으로 가서 남은 졸로프 쌀밥을 쓰레기통에 모조리 버렸다. 주인어른은 문을 잠갔다. 으그우는 아이를 일으켜서 안으로 데려갔다. 약간 이른 시간이긴 하지만 아이에게 말했다.

"목욕 시간이야."

"나 혼자 할 수 있어."

아이가 말했다. 으그우는 아이가 생전 처음으로 혼자 목욕하는 모습을 옆에서 지켜보았다. 아이가 으그우에게 물을 뿌리며 웃었고, 그는 이제 자신이 항상 아이 옆에 붙어 다녀야 하는 건 아니라는 사실을 깨달았다.

부엌으로 돌아오니 자신이 조리대에 놓은 종잇조각을 리처드 선생님이 읽고 있었다. 그리고 정말 놀랍다는 표정으로 말했다.

"정말 대단한 글이야, 으그우. 올란나가 열차에서 아이 머리를 가지고 다니던 여자에 대한 이야기를 해 줬니?"

"네, 선생님. 두꺼운 책을 쓸 때 그 내용을 넣을 거예요. 오랜 시간을 들여서 책을 다 쓰면 이런 제목을 붙일 거예요. '비아프라에서 살았던 이야기.'"

"야심만만하군."

리처드 선생님이 감탄했다.

"프레더릭 더글러스 책이 있으면 좋겠어요."

리처드 선생님이 머리를 절레절레 흔들었다.

"저들이 모두 태웠을 거야. 음, 다음 주에 라고스에 가면 찾아 볼게. 카이네네 부모님을 만나러 갈 거야. 그 전에 하코트 항구와 으무아히아에 먼저 들를 생각이야."

"으무아히아요, 선생님?"

"응."

리처드 선생님은 더 이상 말하지 않았다. 그는 카이네네를 찾으러 돌아다닌다는 이야기를 한 번도 하지 않았다.

"부탁인데요, 선생님, 혹시 시간이 나시면 저 대신 사람을 찾아 주세요."

"에베레치?"

순간적으로 으그우 얼굴에 미소가 번지더니 금방 차분한 표정으로 돌아왔다.

"네, 선생님."

"물론이지."

으그우는 가족 이름과 주소를 알려 주고 리처드 선생님은 불러 주는 대로 적었다. 두 사람 모두 잠시 침묵했다. 으그우가 어색한 표정으로 더듬거리며 물었다.

"책은 계속 쓰고 계시나요, 선생님?"

"아니."

"'우리가 죽을 때 세상은 침묵했다.' 제목이 정말 좋아요."

"그래, 맞아. 예전에 마두 대령이 한 말 가운데서 뽑은 제목이야."

리처드 선생님이 잠시 가만히 있다가 말했다.

"하지만 사실 내가 담고 싶은 내용은 전쟁이 아니야."

으그우가 고개를 끄덕였다. 자신도 그런 내용일 거라고 생각한 적은 한 번도 없었다.

"혹시 에베레치를 만날 경우에 대비해서 편지를 써서 드려도 될까요, 선생님?"

"물론이지."

으그우는 리처드 선생님에게 종이를 받고 아이가 먹을 저녁을 준비하러 가면서 속으로 나지막하게 노래를 불렀다.

36

리처드는 바닥에 앉아 바다를 구경하곤 하던 과수원의 한곳으로 걸어갔다. 그가 제일 좋아하던 오렌지 나무는 없어졌다. 과수원이 있던 자리에는 이미 많은 나무가 잘려 나가고 길게 갈아 놓은 밭이 들어서 있었다. 리처드는 카이네네가 원고를 태웠던 곳을 물끄러미 바라보았다. 은수카에서 정원 여기저기를 파내며 "죄송합니다, 주인어른. 죄송합니다, 주인어른. 원고를 분명히 이곳에 묻었는데, 원고를 묻은 곳은 여기가 분명한데……." 하고 중얼거리던 해리슨을 아무 느낌 없이 지켜보던 나날이 떠올랐다.

카이네네의 집은 부드러운 녹색으로 다시 칠해져 있었으며, 주택을 감싸고 돌던 부겐빌리아는 잘라 낸 상태였다. 리처드는 건물을 돌아 정문으로 가서 초인종을 눌렀다. 카이네네가 문을 열고 나와서 자신은 그동안 잘 지냈다고, 혼자 시간을 보내고 싶었던 것뿐이라고 말하는 모습을 상상했다. 하지만 문을 연 여자의 양뺨에는 두 줄씩 가늘게 그어 놓은 부족 표시가 있었다. 여자는 문을 살짝 열며 물었다.

"네?"

"안녕하세요. 제 이름은 리처드 처칠이라고 합니다. 전 카이네네 오조비아의 약혼자입니다."

"그래서요?"

"전 예전에 이 집에서 살았던 사람입니다. 이 집은 카이네네의 집이고요."

여자의 얼굴이 딱딱하게 굳었다.

"이 집은 주인이 없었는데, 지금은 내 집이에요."

여자가 문을 닫으려고 하자 리처드가 급히 말했다.

"잠깐만요. 사진이라도 가져갈게요. 카이네네 사진을 가져가게 해 주세요. 서재 선반에 있는 앨범 말입니다."

여자가 휘파람을 불었다.

"사나운 개가 있어요. 당장 떠나지 않으면 개를 풀어놓겠어요."

"제발, 사진만."

여자가 다시 휘파람을 불자 안쪽 어디에선가 으르렁대는 개 소리가 났다. 리처드는 천천히 몸을 돌려 떠났다. 자동차를 몰면서 창을 내렸다. 바다 냄새가 콧속을 파고들었다. 외롭게 길을 달리며 카이네네와 함께 드라이브하던 수많은 시간을 떠올렸다. 마을에 들어서서 키가 큰 어떤 여자를 지나칠 때는 속도를 늦추었지만 여자의 너무나 옅은 피부색은 그녀가 카이네네가 아님을 말해 주었다. 리처드는 지금까지 하코트 항구에 오는 걸 계속 미루었다. 카이네네를 찾아서 함께 찾아오고 싶었다. 두 사람이 잃은 것을 함께 둘러보고 싶었다. 그녀라면 그 집을 되찾으려 할 게 분명했다. 그녀라면 진정서를 쓰고 법원에 가서 연방 정부가 집을 빼앗았다고 모두에게 말할 게 분명했다. 조금도 겁내지 않을 터였다. 사람들에게 젊은 병사를 더 이상 때리지 말라고 호통을 친 때도 그랬다. 이것이 리처드가 기억하는 카이네네의 마지막 모습이었고 이 모습은 리처드의 마음속에서 다양하게 변했다. 허리춤에 걸친 천이 금색을 띠고 있을 때도 있고 빨간색으로 변할 때도 있었다.

카이네네 어머니가 부탁하지만 않았다면 이번에도 이 집에 오지 않았을 것이다. 그녀는 수화기에 대고 작은 목소리로 사정했다.

"그 집에 다녀와요, 리처드. 제발 가서 둘러보기라도 해요."

카이네네 부모님이 런던에서 돌아온 이후 처음으로 리처드가 카이네네의 어머니와 전화 통화를 할 때, 그녀의 목소리는 예전과 달랐다. 리처드를 충분히 믿고 의지하는 듯한 목소리였다.

"카이네네는 어딘가에서 부상당한 게 분명해요. 어떻게 해서든 소식을 알아내야 해요. 빨리 찾아서 좋은 병원으로 옮겨야 해요. 카이네네가 건강을 되찾으면 예전에 친구라고 생각했던 요루바족 자식들한테 본때를 보여 주라고 할 거예요. 자기 집을 돈 주고 사라는 놈이 세상에 어디 있어요? 주택 대장을 비롯한 모든 서류를 조작해 놓고 우리한테 많은 돈을 요구하진 않을 테니 다행으로 생각하라더군요. 심지어 그 많은 가구들까지 모두 차지하고요. 카이네네 아빠는 겁나서 아무 말도 못 하고 있어요. 그 양반은 그 집에서 살게 해 준 걸 고마워하고 있어요. 자기 집인데 말이에요. 카이네네라면 그런 상황을 결코 용납하지 않을 거예요."

카이네네 어머니는 예전과 달랐다. 아주 긴 시간이 지나 자신감이 많이 사라진 것 같았다. 그녀는 제발 집에 가서 둘러보기라도 하라고 말했다. 예전처럼 구체적으로 행동을 지적하며 말하지 않았다.

마두는 라고스에서 카이네네의 부모님과 함께 머물고 있었다. 알라그본 감옥에 갇혔다가 풀려나오고, 나이지리아 육군에서 쫓겨나고, 전쟁 전과 전쟁 기간에 모아 놓은 그 많던 돈을 모조리 빼앗기고 20파운드만 받은 다음이었다.

큰 키에 호리호리하며 교육을 많이 받은 여자 하나가 오니차에서 방황하고 있다는 소식을 마두가 접했다. 그래서 리처드는 올란나와 함께 오니차에 가서 올란나의 어머니를 만났다. 하지만 그 여자는 카이네네가 아니었다. 리처드는 이번엔 분명히 찾을 수 있다고, 카이네네가 기억 상실증에 걸려서 그곳을 방황하는 거라고 확신했기에 여자의 낯선 눈동자를 빤히 들여다보면서 생전 처음으로 알지도 못하는 사람에게 엄청난 증오심을 느꼈더랬다.

리처드는 이런 생각을 하면서 으무아히아에 있는 실종자 센터로 자동차를 몰았다. 그 건물에는 아무도 없었다. 근처에 깊이 파인 폭탄 자국도 메우지 않은 상태였다. 그는 자동차를 몰고 잠시 돌아다니다가 으그우가 건네준 주소로 찾아갔다.

나이 많은 할머니가 심드렁하게 리처드를 맞이했다. 이보 말을 하는 백인이 찾아와서 가족을 찾는 게 조금도 신기하지 않다는 표정이었다. 오히려 리처드가 놀랄 정도였다. 이보 말을 하는 백인을 많은 사람들이 신기한 눈으로 쳐다보며 좋아하는 데 익숙했기 때문이다.

할머니가 의자를 내주었다. 그리고 자신은 에베레치 아버지의 언니라고 하며 이야기를 늘어놓았다. 에베레치에게 일어난 일을 듣는 순간, 리처드는 으그우에게 들은 이야기를 전하지 않겠다고 결심했다. 절대 말할 수 없었다. 에베레치 교모는 허안 스카프를 머리에 쓰고 지저분한 천을 가슴에 두른 채 아주 작은 목소리로 말해서 리처드는 몇 번이고 다시 물어야 했다. 그러면 그녀는 리처드를 물끄러미 쳐다보다가 다시 설명했다. 에베레치가 으무아히아가 함락되던 당일에 폭격을 맞아서 죽었으며, 그로부터 며칠 후에는 군대에 갔던 에베레치 오빠가 건강하게 살아서 돌아왔다고 말이다. 리처드는 자리에 가만히 앉아서 카이네네 이야기를 꺼냈다. 자신이 왜 그랬는지 이해할 수가 없었다.

"제 아내는 전쟁이 끝나기 며칠 전에 밀무역을 하러 나가서 아직까지 돌아오지 않고 있습니다."

에베레치 고모가 어깨를 으쓱하며 말했다.

"언젠간 모든 게 밝혀지겠지요."

리처드는 다음 날 라고스로 돌아오면서 이 말을 곰곰이 생각했다. 그리고 에베레치가 죽었다는 말을 으그우에게 하지 말아야겠다는 결심을 더 굳혔다. 언젠간 그도 알게 될 터였다. 하지만 지금 당장 그의 꿈을 깨뜨릴 필요까지는 없었다.

라고스에 도착할 즈음에는 비가 내렸다. 자동차 라디오에서 "승자도 없고 패자도 없습니다."라는 고원의 연설이 또 흘러나오고 있었다. 신문 판매원들이 비닐에 싼 신문을 들고 자동차 사이를 뛰어다녔다. 하지만 리처드는 신문을 더 이상 읽지 않았다. 신문을 펼칠 때마다 카이네네 부모님이 '행방불명'이라는 머리글 밑에다 수영장에서 찍은 카이네네 사진을 실은 광고가 보일 것 같았기 때문이다. 그걸 보면 숨이 막혔다. 엘리자베스 숙모가 수화기에 대고 리처드가 모르는 뭔가를 자신은 알고 있다는 듯이 "마음을 강하게 먹어야 한다."며 상냥하게 말하는 목소리를 들을 때처럼 숨이 막혔다. 리처드에게는 마음을 특별히 강하게 먹어야 할 이유가 없었다. 카이네네는 실종된 게 아니었다. 나중에 돌아오려고 지금은 혼자서 시간을 보내는 것뿐이었다.

카이네네 어머니가 "무얼 좀 먹었나요, 리처드?" 하고 물으며 반갑게 껴안았다. 제대로 챙겨 먹지 않는 아들에게 말하는 듯한 다정한 말투였다. 그리고 그의 팔을 꼭 붙든 채 몸을 기대며 가구가 별로 없는 거실로 안내했다. 리처드는 카이네네의 어머니가 지금 자신의 팔을 잡고서 카이네네를 잡고 있는 것처럼 생각한다는 것에 기쁘면서도 불편했다.

카이네네 아버지는 마두, 그리고 으문나치에서 온 다른 두 남자와 함께 거실에 앉아 있었다. 리처드는 그들과 악수하고 함께 앉았다. 그들은 맥주를 마시면서 현지인 우선 정책 선언과 직장에서 쫓겨나는 공직자에 대한 대화를 나누었다. 실내에서 나누는 대화도 안전하지 않다는 듯 모두 아주 나직하게 말했다. 리처드는 일어나서 계단을 올라가 카이네네가 쓰던 방으로 갔다. 하지만 그녀의 물건은 하나도 없었다. 벽에는 못이 여기저기 박혔는데 그 집을 빼앗은 요루바족 사람이 사진을 걸어 놓은 자리 같았다.

점심에 나온 스튜에는 왕새우가 너무 많았다. 카이네네가 있었다면 리처드에게 몸을 기울이며 마음에 안 든다고 말할 것 같았다. 점심 식사를 마친 다음에 리처드는 마두와 함께 베란다에 앉았다. 비는 이미 그쳤고 아래에 펼쳐진 나무 잎사귀는 훨씬 푸르러 보였다.

"외국에서는 100만 명이 죽었다고 떠드는데 그렇지 않아요."

마두가 말했다. 리처드는 침묵했다. 지금 마두가 수많은 비아프라 사람이 그러는 것처럼 모든 책임을 다른 사람한테 떠넘기고 생전 보이지 않던 용기와 용맹을 자신의 얼굴에 덧씌우는 말을 꺼내려는 건 아닌지 궁금했다. 리처드는 카이네네와 함께 이곳에서 은빛 수영장을 내려다보던 시절을 떠올리고 싶었다.

"100만 명은 훨씬 넘을 거예요. 그래, 영국으로 돌아갈 생각인가요?"

마두가 맥주를 들이켜며 물었다. 리처드를 불쾌하게 만드는 질문이었다.

"아니요."

"은수카에 머물 건가요?"

"네. 새로 설립되는 아프리카 연구 재단에 합류할 거예요."

"지금 글을 쓰고 있나요?"

"아니요."

마두는 맥주잔을 내려놓았다. 유리잔에 맺힌 물방울이 투명한 자갈처럼 보였다.

"카이네네의 흔적이 우리 앞에 전혀 나타나지 않는 이유를 도무지 모르겠어요. 이해가 안 돼요."

마두가 말했다.

리처드는 '우리'라는 표현도 마음에 들지 않고 거기에 누가 포함되는지도 알 수 없었다. 그는 벌떡 일어나서 발코니를 가로질러가 물이 빠진 수영장을 내려다보았다. 얕게 고인 빗물 아래로 깨끗하게 연마해서 바닥에 깐 하얀 돌이 보였다. 리처드가 마두에게 몸을 돌리며 물었다.

"당신은 카이네네를 사랑하죠?"

"물론 당연히 사랑하지요."

"카이네네한테 손을 댔나요?"

리처드가 묻자 마두가 귀에 거슬리게 짧게 웃었다.

"카이네네한테 손을 댔어요?"

리처드가 다시 물었다. 카이네네가 사라진 것은 마두 때문이라는 생각이 불현듯 들었다.

"카이네네한테 손을 댔느냐고요?"

마두가 일어났다. 리처드가 손을 내밀어 마두의 팔을 잡았다. 돌아오라고, 그냥 가지 말라고, 이곳으로 와서 그 더러운 검은 손으로 카이네네를 만진 적이 있는지 대답하라고 소리치고 싶었다. 마두가 몸을 틀어서 리처드의 손을 떨쳐 냈다. 리처드는 그 얼굴에 주먹을 날리면서 손이 욱신거리는 걸 느꼈다.

"이 자식이……."

마두가 깜짝 놀라며 살짝 비틀거렸다.

리처드는 마두가 팔을 들어 자신을 향해 빠르게 날리는 주먹을 보았다. 마두의 주먹이 콧잔등에 박혔다. 얼굴 전면에 통증이 치솟았고 몸이 아주 가벼워지는 것을 느끼면서 리처드는 바닥에 쓰러졌다. 코를 만지니 손가락에서 피가 묻어 나왔다.

"이 자식……."

리처드는 일어날 수가 없었다. 손수건을 꺼냈다. 두 손이 떨렸다. 셔츠에도 피가 묻었다. 마두가 잠시 지켜보더니, 허리를 숙이고 넓적한 손바닥으로 리처드의 얼굴을 만지며 코를 자세히 살폈다. 마두가 내뿜는 숨결에서 왕새우 냄새가 났다.

"부러지진 않았군."

마두가 말하며 허리를 폈다.

리처드는 코를 문질렀다. 어둠이 몰려들다가 걷혔다. 그 순간 리처드는 자신이 카이네네를 다시는 만날 수 없을 거라고 예감했다. 남은 평생이 촛불을 켠 어두운 방 같을 것이며, 자신은 어두운 곳에 숨어 희미한 빛 아래서 세상을 바라보며 살아가리라는 것을 깨달았다.

37

카이네네가 분명히 돌아올 것이라는 확고부동한 믿음은 뼈아
픈 고통으로 이어졌지만 올란나는 다시 믿음을 되새기며 콧노래
를 흥얼거렸다. 그러다가 갑자기 깊은 좌절을 느끼며 바닥에 쓰러
져서 마냥 울고 또 울었다. 한번은 아데바요 교수가 찾아와서 슬
픔에 대한 일상적인 위로의 말을 해 주었다. 슬픔은 사랑하는 사
람만 느낄 수 있는 축복이며, 진정한 슬픔은 사랑하고 사랑받는
사람만 누릴 수 있는 은총이라는 내용이었다. 하지만 올란나가 느
끼는 건 슬픔이 아니었다. 슬픔 그 이상이었다. 아주 낯선 느낌이
었다. 쌍둥이 자매가 있는 곳을 찾을 수가 없었다. 알 수 있는 게
하나도 없었다. 카이네네가 밀무역을 하러 나간 날 아침에 일찍
일어나지 않은 자신에게, 그날 아침 카이네네가 어떤 옷을 입었
는지조차 모르는 자신에게, 카이네네와 함께 가지 않은 자신에게,
이나티미가 길을 제대로 안내할 거라고 믿은 자신에게 분노가 치
밀었다. 버스를 타거나 오데니그보나 리처드 옆 좌석에 앉아 자동

차를 타고 환자가 가득한 병원이나 지저분한 건물에 들어가서 카이네네를 찾아도 아무 성과가 없을 때마다 세상에 대한 분노가 치밀었다.

부모님을 다시 만났을 때 아버지가 "올 음."이라고, 우리 금덩이라고 부르자 올란나는 마음이 불편했다. 자신이 많이 녹슨 고철이 된 느낌 때문이었다.

"전 카이네네가 떠나는 모습도 못 봤어요. 일어났을 때 카이네네는 이미 떠난 다음이었어요."

올란나가 말하자 어머니는 대답했다.

"아니 가 아초타 야, 꼭 찾을 거야."

"꼭 찾을 거야."

아버지도 똑같이 말했다.

"그래요, 꼭 찾을 거예요."

올란나도 말했다. 지금 모두가 아주 단단한 상처투성이 벽을 손톱으로 필사적으로 긁어 대고 있다는 느낌이 들었다. 세 사람은 행방불명이 되었던 사람을 몇 개월 만에 찾은 사례에 대한 이야기를 서로 나누었다. 아직까지 사람이 나타나지 않은 사례나 텅 빈 관으로 장례식을 치른 사례는 절대 입에 담지 않았다.

두 병사가 은수카 집으로 쳐들어와서 졸로프 쌀밥을 먹었을 때 올란나는 분노가 치밀었다. 그녀는 거실 바닥에 가만히 엎드려서 그들이 비아프라 돈을 못 찾기만을 바라며 기도했다. 그리고 그들이 떠난 후에는 신발 속에 접어서 숨겨 놓은 돈을 꺼내 들고 밖에 있는 레몬 나무 밑으로 나가서 성냥불에 태워 버렸다. 그는 올란나가 그러는 것을 가만히 바라보았다. 물론 오데니그보가 좋게 보고 있지 않다는 사실을 그녀도 알고 있었다. 그는 비아프라 국기를 접어서 바지 주머니 안쪽에 계속 보관하고 있었다.

"당신은 지금 추억을 태우고 있어."

오데니그보가 말했다.

"아니야, 그렇지 않아. 내 추억은 내 가슴속에 있어."

올란나는 대답했다. 그녀는 이방인이 쳐들어와서 빼앗아 갈 수 있는 물건에다 자신의 소중한 추억을 담아 놓고 싶지 않았다.

몇 주가 지나고 다시 수돗물이 나오기 시작했으며 나비들이 앞마당에 돌아오고 아이 머리카락은 새까만 색으로 자라났다. 해외에서 책을 담은 상자들이 오데니그보에게 계속 배달되었다. 쪽지에는 이런 내용이 적혀 있었다.

데이비스 블랙웰을 숭배하는 사람이 전쟁으로 모든 걸 빼앗긴 동료에게 수학자의 형제애를 담아서 보냅니다.

오데니그보는 그 책에 빠져서 긴 시간을 보내다가 가끔씩 말했다.

"여길 봐. 예전에 내가 이 책 초판을 가지고 있었어."

에드나도 책과 옷과 초콜릿을 보냈다. 올란나는 상자에 동봉한 사진을 보았다. 보스턴에서 머리에 기름을 바르며 사는 외국인 여자의 모습이 그대로 담겨 있었다. 엘리아스 거리에서 그녀의 바로 옆집에 살던 때가 까마득한 옛날처럼 여겨졌다. 오딤 거리에 있는 이 집을 생활 터전으로 삼으며 살아가던 시절은 더 오래된 것 같았다. 테니스 코트와 자유 광장을 지나며 오랫동안 교정을 거닐 때는 떠나는 건 순간이지만 돌아오는 건 아주 시간이 오래 걸린다는 생각이 들었다.

라고스에 있던 은행 계좌는 사라졌다, 더 이상 존재하지 않았다. 누군가가 강제로 옷을 벗겨 버린 느낌이었다. 옷을 다 잃고 벌거벗은 몸으로 추위에 벌벌 떠는 느낌이었다. 하지만 올란나는 거기서 좋은 징후도 발견했다. 저금한 돈을 모두 잃었다는 건 쌍둥이 자매가 돌아올 가능성이 그만큼 커졌다는 것이다. 운명의 여신은 그렇게 사악하지 않았다.

"카이네네 이모는 아직도 밀무역을 하는 중이야?"

아이가 의심스러운 눈초리로 쳐다보며 가끔 물었다.

"이제 그런 건 그만 물어, 꼬마!"

올란나가 말했다. 하지만 아이가 그렇게 묻는 데서도 그녀는 어떤 징후를 보았다. 물론 그 의미를 정확히 파악할 수는 없었다. 오데니그보는 무슨 일에서든 징후를 찾으려는 노력을 이제 멈춰야 한다고 말했다. 처음에 이 말을 듣고 올란나는 화가 났다. 그러다가 고마운 마음이 들었다. 그가 그렇게 말할 수 있는 건 아직 확실한 결론을 내릴 수 없다는 뜻이기 때문이다.

으문나치에서 온 친척들이 디비아를 찾아가 굿을 해 보라는 말을 했을 때 올란나는 그들에게 오시타 삼촌에게 한번 가 보라고 부탁했다. 그리고 굿을 하는 데 필요한 염소를 살 돈과 위스키 술병을 하나 건네주었다. 차를 몰고 니제르강으로 가서 카이네네 사진을 강물에 띄웠다. 오르루에 있는 카이네네 집에 가서 세 바퀴나 돌며 걸어 다니기도 했다. 디비아가 약속한 일주일을 기다렸지만 카이네네는 돌아오지 않았다.

"내가 뭔가 제대로 안 한 게 있나 봐."

올란나는 오데니그보에게 이렇게 말했다. 서재에 있을 때였다. 바닥에는 타다 만 책에서 뜯어낸, 검게 그을려 버석거리는 종이가 널려 있었다.

"전쟁은 끝났지만 기아는 끝나지 않았어, 은켐. 디비아는 염소 고기가 탐나서 그렇게 말한 것뿐이야. 그 말을 믿으면 안 돼."

"난 그 말을 믿어. 모든 걸 믿어. 난 우리 쌍둥이 자매가 돌아오는 데 도움이 되는 거라면 무엇이든 믿어."

올란나가 일어나서 창가로 갔다. 그리고 말했다.

"우리는 다시 태어나."

"뭐라고?"

"우리 종족은 우리가 환생한다고 믿어. 그렇지 않아? 으와 음, 으와 오조. 다음 생에 태어날 때도 난 카이네네랑 쌍둥이로 태어날 거야."

올란나가 조용히 흐느끼기 시작하자 오데니그보는 그녀를 두 팔로 감쌌다.

8 책: 우리가 죽을 때 세상은 침묵했다

으그우느 마지막으로 "나의 스슫, 우리 주인어를에게 바칠ㅣ ㅣ다."라는
헌사를 적었다.

작가의 말

　나는 프린스턴 대학에서 '말하지 말고 보여 주라'라는 고전적인 주제로 문예 창작 입문 과정을 가르치면서 소설에는 '가슴으로 느껴지는 진실'이 반드시 드러나야 한다고 강조했다. 학생들이 '가슴으로 느껴지는 진실'의 의미를 정확히 이해했는지는 잘 모르겠다. 가끔은 나 자신도 제대로 이해하지 못한다는 생각이 든다. 하지만 그 개념은 분명히 알고 있다. 이것은 단순히 정직함으로써 얻을 수 있는 것이 아니다. 실제보다 더 실제 같은 일상성 안에서 상황을 설명하기보다는 그대로 보여 줄 때 느껴지는 진실인 것이다. 내가 사랑하고, 기억하고, 다시 읽는 소설은 모두 인간적인 감정 이입이 가능한 소설들이었다. 그래서 나는 내가 읽고 싶은 소설을 쓰고 싶었기에 『태양은 노랗게 타오른다』를 쓰면서 그것을 가장 중요한 특징으로 삼으려고 애썼다.

　나는 심머 치노댜의 『가시 수확』과 치누아 아체베의 「전쟁터의 소녀들」을 전쟁 소설의 모범으로 생각한다. 『가시 수확』의 놀라운 점은 내가 이 작품을 읽는 동안 강의를 받는다는 느낌을 받지 않고도 짐바브웨 흑인의 관점에서 짐바브웨 독립 전쟁의 복잡한 특징을 파악할 수 있었다는 것이다. 이 작품은 아프리카 국가 대부분이 너무나 비슷한 역사의 궤도를 걸어가고 있다는 사실을 깨닫게 해 준다. 사람들이, 결국엔 자신을 실망시키는 정책과 주장, 그리고 자신을 배신하는 소수 지배자와 자신이 배제되는 미래를 정열적으로 신봉하고 따른다는 사실을 떠올리게 한다. 한편 치누아 아체베의 단편 소설 「전쟁터의 소녀들」은 정신적 상실감을 물질적인 손실보다 훨씬 강하게 느끼는 사람들의 세상을 그린다. 이들이 느끼는 환멸, 이들이 빠져드는 허무, 생존에 대한 집착은 자신에게 주어진 명분을 확고하게 믿은 사람들이 겪을 수밖에 없는 결과이다. 그래서 아체베의 전쟁 소설은 인간적이고 활기차면서도 비아프라의 참혹한 현실을 슬프게 드러낸다. 이 두 작품은 처음부터 끝까지 서서히 누적된 감정적 힘으로 마지막에 독자를 깜짝 놀라게 한다. 그리고 진한 감동과 함께 눈물을 흘리게 하는 구절들을 남긴다.

성공적인 작품이란 반드시 '현실'의 검증을 받아야 하는 것은 아니다. 작품의 '현실성'에 대한 질문을 받을 때마다 나는 꽁무니를 뺀다. 하지만 내가 존경하는 이 두 작품을 볼 때마다 나는 이런 생각을 해 본다. 치노댜는 『가시 수확』에 등장하는 벤저민이란 인물에게 자신의 모습을 얼마나 투영하였을까. 「전쟁터의 소녀들」에서 조용히 드러나는 패배감은 비아프라의 패배에 대한 작가 자신의 감정을 얼마나 반영할까. 내가 예술 그 이상으로 중요한 뭔가에 대해 끊임없이 책임감을 느끼는 이유는 전쟁을 사실적으로 묘사하는 작품을, 특히 모국의 역사에 초점을 맞춘 작품을 쓰기 때문인 것 같다. 나는 『태양은 노랗게 타오른다』를 쓰는 동안 사소한 장난을 치기도 했다. 기차역이 없는 마을에 기차역을 만들어 냈고 마을 사이의 거리를 실제보다 가깝게 묘사했으며 도시가 정복당한 순서를 바꾸기도 했다. 하지만 나는 그 시대를 규정할 만한 중요한 사건을 가지고 장난을 치지는 않았다. 실제로 일어나지 않은 사건으로 등장인물의 성격을 구상한 적도 없다. 소설이 진정으로 역사의 영혼을 담을 수 있다는 것을 전제로 나는 소설과 역사에 동일한 중요성을 부여하고 예술성을 추구하면서도 시대정신에 충실하려고 노력했다.

『태양은 노랗게 타오른다』는 1967년에서 1970년까지 일어난 나이지리아 비아프라 사이의 전쟁이 배경이다. 등장인물 대부분이 실제 인물이지만 구체적인 모습과 주변 환경은 물론 가상의 설정이다. 소설을 쓰기 위해 조사를 하면서 많은 책을 참고했다. 특히, 추크우에메가 이케의 『새벽의 황혼 녘』과 플로라 은와파의 『두 번 다시는 싫다』는 비아프라 중산층의 모습을 파악하는 데 절대적인 도움을 주었으며, 크리스토퍼 오키그보의 삶과 그의 소설 『미로』는 오케오마라는 인물에 대한 모티프를 제공해 주었고, 알렉산더 마디에보의 『나이지리아 혁명과 비아프라 전쟁』은 마두 대령이라는 인물을 만드는 데 결정적인 도움이 되었다.

그럼에도 우리 부모님이 아니었다면 나는 이 책을 쓰지 못했을 것이다. 지혜롭고 훌륭하신 아버지, 오델루 오라 아바, 은오예 제임스 아디치에 교수님은 글을 쓰실 때마다 "아그파 아조카."라는 말로 끝맺음을 하신다. 그대로 번역하면 "전쟁은 아주 추악하다."라는 뜻이다. 그리고 어머니 이페오마 그레이스 아디치에는 나를 끝까지 후원하고 지지해 주셨다. 이 두 분은 중요한 건 자신들이 무엇을 겪었느냐가 아니라 살아남았다 사실임을 내가 깨닫기 바라신 것 같다. 자신들이 직접 겪은 일을 알려 주시는 등 수많은 도움을 주신 것에 대해 두 분께 무한한 감사를 드린다.

나는 마이 삼촌, 마이클 E. N. 아디치에에게도 경의를 표한다. 삼촌은 비아프라 육군 21대대 소속으로 전투 중에 부상을 입었는데, 유머를 잃지 않고 기꺼이 자신이 겪은 다양한 체험을 알려 주었다. 또한 나는 비아프라 특공대 소속으로 전투에 참가한 CY 삼촌(사이프리언 오디그웨, 1949~1998)과 놀라운 기억력으로 열네 살짜리 소년이 겪은 전쟁이 어떠했는지 나한테 알려 준 사촌 오빠 폴리(폴리누스 오필리, 1955~2005), 그리고 이제 이 책을 품에 안을 수 없는 남자 친구 오클라(오코로마 마두에웨시, 1972~2005)에게도 감사를 표한다.

톡스 오레물레와 아린제 마두카, 치솜과 아마카 소니 아포에케루, 치네둠과 캄시 아디치에, 이제오마와 오빈나 마두카, 우체와 소니 아포에케루, 추크운위케와 티누케 아디치에, 은네가 아디치에 오케케, 오케추크우 아디치에, 케네추크우 아디치에 등 으문나치에 있는 오디그웨 가문 전체와 아바에 있는 아디치에 가문 전체, 그리고 내 '자매들' 으렌나 에고누, 으주 에고누, 그리고 내 '남동생' 오지 카누에게도 감사의 마음을 전한다. 이들은 내가 실제보다 더 뛰어난 인물이라고 믿어 주었다.

훌륭한 불평을 늘어놓은 이바라 에세게와 빈야반가 와이나이나, 나한테 믿음을 가르쳐 준 아마에치 아우룸, 초고를 읽어 준 친구들 이케 안야, 무흐타르 바카레, 마렌 춤레이, 로라 브라몬 굿, 마친 퀜욘, 이페아초 은오코로, 비아프라에서 찍은 사진을 보여 준 수전 부찬, 시간을 내주고 공간을 빌려 준 버몬트 스튜디오 센터, 마이클 J. C. 에체루오 교수님께도 감사하다는 말을 전한다. 특히 마이클 교수님은 박학다식하고 관대한 논평으로 내가 막 떠오르는 태양의 다른 쪽 절반을 바라볼 수 있도록 도와주셨다.

나한테 안정감을 준 놀라운 에이전트 세라 샬펀트와 탁월한 능력의 편집자 미치 엔젤, 안잘리 싱, 로빈 데서에게도 고마운 마음을 전한다.

항상 기억하길 바라며.

옮긴이 김옥수

한국외국어대학교 영어과를 졸업하고 '임프리마 코리아' 영미권 부장과 도서출판 '사람과
책'에서 편집부장을 지냈다. 현재 전문 번역가로 활동하고 있다. 옮긴 책으로는 『파운데이
션』, 『돼지가 한 마리도 죽지 않던 날』, 『마음이 머무는 곳』, 『내가 처음 만난 셰익스피어』,
『천상의 예언』, 『나를 있게 한 모든 것들』 등이 있다.

절반의 태양 2

1판 1쇄 펴냄	2011년 8월 26일
2판 1쇄 찍음	2023년 4월 20일
2판 1쇄 펴냄	2023년 4월 28일

지은이	치마만다 응고지 아디치에
옮긴이	김옥수
발행인	박근섭·박상준
펴낸곳	(주)민음사

출판등록	1966. 5. 19. 제16-490호
주소	(06027) 서울시 강남구 도산대로 1길 62(신사동)
	강남출판문화센터 5층
대표전화	02-515-2000	팩시밀리 02-515-2007
홈페이지	www.minumsa.com

한국어 판 © (주)민음사, 2011. 2023. Printed in Seoul, Korea

ISBN   978-89-374-1719-1 (03840)